Stefanie Gerstenberger
Marta Martin
Summer Switch

© Marion Koell

Stefanie Gerstenberger und *Marta Martin* sind Mutter und Tochter und legen mit *Summer Switch* ihren dritten gemeinsamen Roman vor. Stefanie Gerstenberger wurde 1965 in Osnabrück geboren und studierte Deutsch und Sport. Nach Stationen in der Hotelbranche und beim Film und Fernsehen begann sie selbst zu schreiben. Ihre Italienromane sind hoch erfolgreich. Marta Martin, geboren 1999 in Köln, ist eine junge Nachwuchsschauspielerin und wurde durch ihre Hauptrolle in *Die Vampirschwestern* bekannt. Die beiden leben in Köln.

Außerdem von Stefanie Gerstenberger und Marta Martin im Arena Verlag erschienen:
Zwei wie Zucker und Zimt. Zurück in die süße Zukunft
Muffins & Marzipan. Vom großen Glück auf den zweiten Blick

Stefanie Gerstenberger
Marta Martin

SUMMER SWITCH

UND PLÖTZLICH *bin ich du!*

Arena

FSC
www.fsc.org
MIX
Papier aus verantwortungsvollen Quellen
FSC® C110508

1. Auflage 2017

Dieses Werk wurde vermittelt durch die Literarische Agentur Thomas Schlück GmbH, 30827 Garbsen
Umschlaggestaltung: Maria Seidel, unter Verwendung von Bildern von © gettyimages/Daniel Grill, © istockphoto/logarymphic/frescomovie/blue67
Gesamtherstellung: Westermann Druck Zwickau GmbH
ISBN 978-3-401-60324-7

1

Felicia

Es begann alles am dritten Tag der Sommerferien.

An dem Tag, als der Brief ankam.

Und Jacques.

Ich stand hinter dem Tresen der Rezeption und wollte gerade einen langen Seufzer loslassen, als Signora Martini auf mich zulief, um ihren Zimmerschlüssel abzugeben. Also zog ich meine Mundwinkel nach oben und wünschte freundlich *»buongiorno!«*.

»Was haben Sie ein Glück, Signorina«, sagte sie auf Italienisch. »Sie dürfen auf dieser *wunderbaren* Insel Ihre Ferien verbringen! Noch dazu im Hotel Ihrer Eltern, in dieser *wunderbaren* alten Villa, mit diesem *wunderbaren* Pool und den *wunderbaren* hohen Pinien drum herum. Ach, diese Pinien. Ich liebe sie!«

Ich starrte sie nur an, lächelte aber weiter. Wenn sie noch einmal *meravigliosa* sagte, würde ich schreien. Mein Magen knurrte und mir war kalt, obwohl es draußen unter den Bäumen bestimmt schon sechsundzwanzig Grad hatte. Noch keine Kalorie bis heute. Es fühlte sich gut an. »Ja«, beeilte ich mich zu sagen. Aber Signora Martini war schon hinausgegangen und hatte ihre absonderlichen Vorstellungen von meinen Ferien mitgenommen.

Ferien? Ferien bedeuteten Arbeit für mich. Als ich im letzten Jahr aus dem Internat nach Elba zurückkam, hatte ich sechs Wochen lang jeden Morgen ab halb sieben im Frühstücksservice geschuftet: Buffet aufbauen, Käseplatten belegen, Kaffee einschenken, leere Teller abräumen, Buffet abbauen. Das Jahr zuvor auf der Etage, als Zimmermädchen: Betten abziehen, Betten beziehen, Bäder putzen, Klos putzen, staubsaugen. Wenn ich zu Hause war, sprang ich da ein, wo jemand fehlte. Natürlich tat ich das. Ich war schließlich Felicia Rosanna Paradiso, die einzige Erbin der *Villa Paradiso*. Ich war sechzehn, würde nach dem Abitur auf eine Hotelfachschule gehen und das Hotel eines Tages übernehmen.

Dieses Mal war es die Rezeption. Anna vom letzten Jahr war leider nicht wiedergekommen und die neue Rezeptionistin war gleich am zweiten Tag der Probezeit gegangen. Ich half also aus, bis Mama jemand anderen gefunden hatte.

Die Arbeit am Empfang war eigentlich nicht der schlechteste Job, man schwitzte nicht so wie als Zimmermädchen oder im Service. Aber es war auch sehr anstrengend, wenn fünf Gäste auf einmal vor dem Empfang standen, jeder etwas anderes verlangte, der Drucker die Rechnungen nicht ausspucken wollte und dann auch noch das Telefon klingelte, wie heute schon den ganzen Morgen lang.

Doch in diesem Moment schwieg das Telefon, Signora Martinis Schritte verknirschten im Kies und in mir wurde es plötzlich ganz ruhig. Ich konnte ein paar Vögel zwitschern hören und den Wagen von der Wäscherei, der gerade zum Hintereingang fuhr, um die Laken und Handtücher abzuholen. Es war ein Gefühl, als bliebe die Zeit stehen, als würde die Welt kurz mal tief ein- und wieder ausatmen. Dann hörte ich meine Mutter in dem Zimmerchen hinter der Rezeption erneut auf die Tastatur des Computers einhacken und der Moment war vorbei. Jetzt würde sie gleich loslegen: »Feli-tscha!«

Während die Leute auf Elba mich allesamt nuschelig »Felischa« riefen, sprach meine deutsche Mutter meinen Namen wie einen Peitschenhieb aus: »Feli-tscha! Du stehst schon wieder rum! Feli-tscha! Du träumst!« Sie musste mich gar nicht sehen, sie spürte auch so, wenn ich nichts »Vernünftiges« machte. Wenn ich nicht freundlich guckte. Wenn ich zu viel aß.

Ja. Im Moment träumte ich wirklich vor mich hin. Und zwar nicht vom Strand oder vom Segeln oder irgendwelchen hübschen Schauspielern, sondern von einem Seminarraum. Einem ziemlich stickigen Seminarraum, ohne viele Fenster, in dem ich in diesem Moment liebend gerne gesessen hätte. Technisches Zeichnen an der Uni Bern. Meine Freundin Tamara hatte mir über WhatsApp beschrieben, wie es dort aussah. Tamara machte dort gerade einen Ferienkurs, denn sie wollte unbedingt Architektin werden und ich überlegte, wie ich meinen Eltern erklären könnte, dass auch ich …

»Feli-tscha?! Fé? Tust du was?«

»Ja klar!« Ich holte tief Luft und machte mich daran, die Ankünfte von diesem Morgen in den Computer zu übertragen. Name, Adresse, Land. Anreisedatum, Abreise. Man konnte viel falsch machen an diesem blöden Computer, der nie das tat, was ich von ihm wollte. Auch mit Menschen konnte man viel falsch machen. Meine Mutter belauschte mich seit zwei Tagen und an jedem Satz, den ich an die Gäste richtete, meckerte sie hinterher rum. Leider konnte ich nicht einfach gehen, wie Anna …

Ich legte die Pässe in die Zimmerfächer, um sie später den Gästen zurückzugeben, und guckte heimlich auf mein Handy. Neue Nachrichten von Tamara? Nein. War wohl zu sehr mit ihrem Kurs beschäftigt. Es war erst der dritte Ferientag und schon vermisste ich die Schule. *Grazie a Dio,* Gott sei Dank, hatten wir in der Schweiz nur sechs Wochen Ferien und nicht drei Monate, wie in Italien.

»Hast du die Anreisen gecheckt?«, kam es aus dem Hinterzimmer. Ich schreckte vom Display hoch. »Bin gerade dabei!« Schnell sah ich in der Liste nach.

Zwei Anreisen waren noch nicht durchgestrichen: eine Familie aus Rom für ein aufgebettetes Dreierzimmer. Ich würde die neue Hausdame anpiepen müssen und fragen, ob das Extrabett schon in Zimmer *Concetta* stand. Und ein Paar reiste noch an. Krüger-Kingston. Ich zog eine Augenbraue nach oben. Manche deutsche Frauen trugen so unnötig lange Doppelnamen … doch neben diesen hatte Mama etwas mit Bleistift geschrieben und auch noch drei Ausrufezeichen dahintergesetzt, damit ich bloß nicht vergaß, dass die Krüger-Kingstons die Gewinner des Preisausschreibens der Zeitschrift *Carina* waren. Ihr Preis: ein zweiwöchiger Gratisaufenthalt bei uns.

»Vergiss nicht, der neuen Hausdame zu sagen, dass sie den Gästen des Preisausschreibens in Suite *Manuela* ein Extra hinstellen soll!«

Ein »Extra« bedeutete eine Flasche Sekt und einen Obstkorb.

»Okay«, rief ich zurück. »Ein Extra für die Krüger-

Kingstons!« Ich hätte auch so dran gedacht. Ganz bestimmt. Musste sie immer alles kontrollieren?

»Preissauschreiben? Zwei Wochen, inklusive Frühstück, was uns das wieder kostet!«, hatte mein Vater sich beschwert. »Hätten es drei Tage nicht auch getan?«

»Manchmal muss man eben investieren. Die Fotos und der Bericht sind eine großartige Werbung für uns.« Mamas alte Schulfreundin aus ihrer Hamburger Zeit war zur Chefredakteurin der *Carina* aufgestiegen und hatte das für uns arrangiert. »Damit wir endlich wieder auf einen grünen Zweig kommen.«

Wir mussten also wieder auf einen grünen Zweig kommen. Warum? Als *Nonna* noch lebte, war der Zweig doch sehr grün gewesen. Was war passiert?

»Das alles macht mich fertig! *Du* machst mich fertig!«, hatte Mama meinem Vater vorgeworfen und prompt hatten sie sich wieder gestritten. Sie stritten oft. Dann vermisste ich meine Nonna Rosanna umso mehr, obwohl es schon zwei Jahre her war, dass sie von uns gegangen war. Aber ich vermisste nicht nur sie, sondern auch meinen Opa, den ich *Nonno* oder manchmal auch Giancarlo nannte. Er hatte sich am Tag nach Nonnas Beerdigung aus dem Hotel und dem Restaurant zurückgezogen und alles meinem Vater und meiner Mutter überlassen. Seitdem lebte er in seinem Gartenhäuschen, einem zusammengezimmerten Ding von einem Haus, das innen aber echt gemütlich war. Es wurde von einem riesigen Pinienbaum überdacht, der von den Elbanern *Zio Pino,* Onkel Pinie, genannt wurde. Nonna Rosanna hatte mir viele Geschichten über ihn erzählt. Er sei der größte und älteste Pinienbaum in unserem Garten, in dem Waldstück, ja sogar auf ganz Elba.

Nun wohnte Nonno unter dem *Zio Pino*. Ein paar Stunden am Tag kümmerte er sich noch um den Garten und seine Bienen, er grüßte jeden freundlich, doch er mischte sich nicht mehr ein.

Die Stammgäste hatten natürlich in den letzten zwei Jahren gemerkt, dass die gut gelaunte Rosanna fehlte und Giancarlo nicht mehr in der Küche sang, und fragten dauernd nach den beiden. Manchmal sah ich einen von ihnen bei ihm stehen und reden. Mein Opa lächelte dann und antwortete mit seinen vielen Gesten, aber er sah einsam aus. Nonna ist tot und hat Nonno Giancarlo, mich und das Hotel allein gelassen, dachte ich.

»Oh! Nein! Nicht das auch noch!«

Ich hielt die Luft an.

»Diese Bewertungen bei You-Travel sind so ungerecht! Man sollte die verklagen!«

Ich antwortete nicht. Meine Mutter erwartete auch meistens keine Antwort. Wenn sie nervös oder gestresst war, redete sie Deutsch. Also fast immer, wenn sie die Buchführung der *Villa Paradiso* machte, die Reservierungen oder den Einkauf erledigte. Ihre Nervosität versteckte sie dabei hinter langen blonden Haaren, die ich übrigens von ihr geerbt habe.

Die Italiener lieben blonde Menschen. Das passt ganz gut, wenn man wie ich hier auf Elba geboren ist. Auf dieser Insel, die zur Toskana gehört und die wie ein krakelig gemalter Fisch mit zu großem Kopf aussieht.

Auch den Rest meines Aussehens habe ich von meiner Mutter Antje. Lang und dünn. Gerade mal ein A-Körbchen, und das mit sechzehn. Da kommt wohl auch nicht mehr viel ... Blaue Augen. Eine normale Nase und einen Mund, der aussieht wie ein lang gezogenes Rechteck, wenn ich lache. Man sieht dann immer meine Zähne bis zum allerhintersten Backenzahn. Keine Ahnung, ob ich das schön finden soll. Aber ich lache ja eh nicht so oft.

Meine Mutter, damals eine junge deutsche Lehrerin aus Hamburg, verliebte sich im Urlaub auf Elba in den coolen Roberto, weil der mit dem Segelboot fast über sie drüber-gesegelt wäre. Der Klassiker eben. Nach zwei Jahren Versteckspiel und Hin und Her heiratete sie als Deutsche in die alte elbanische Familie Paradiso ein und alle dachten: Oh, oh – das geht bestimmt schief. Aber – oh, oh – es ging gut. Zunächst mal. Antje ließ sich von ihrem Lehrerjob beurlauben und stieg in das Hotel mit ein. Noch heute erwähnte sie das mit dem Beurlauben gerne. »Ich bin Beamtin! Ich kann immer noch in den Schuldienst zurück!«, schrie sie dann.

Na ja. Nach achtzehn Jahren? Egal. Mit meiner Oma war sie immer ganz gut ausgekommen und hatte sich auch einiges von ihr abgeschaut. Seit ihrem Tod versuchte sie, Nonna, so gut es ging, zu ersetzen, doch obwohl sie es vielleicht nicht so meinte, war sie immer eine Spur zu streng mit den Gästen. Und mit den Angestellten sowieso.

Ich war jetzt gerade einmal drei Tage zu Hause, aber sie kam mir echt gestresst vor. Dabei ging die Saison doch erst richtig los. Die Autos wurden jeden Tag zu Hunderten von den Fähren übergesetzt und füllten die Straßen der Insel. Noch waren wir nicht ausgebucht, aber es war ja auch noch keine Hochsaison.

In unserem Hotelrestaurant *Adamo* war jedenfalls genug zu tun. Gestern hatte ich den ganzen Abend Salat gewaschen, Spinat gewaschen, Tomaten geschnitten und zwischendurch die Soßenkleckse mit einem Tuch vom Tellerrand abgewischt, bevor sie raus in den Service gingen. Es war wie immer sehr hektisch gewesen und zwischendurch hatte mein Vater natürlich wieder rumgebrüllt.

Mein Vater Roberto führte das Restaurant und regte sich den ganzen Tag über alles Mögliche auf, gerne auch über mich. Mama versuchte, alles auszugleichen, und raunzte dabei die an, die in ihrer Nähe standen.

Ich ließ meinen Blick schweifen. In der Lobby standen bequeme Sofas mit weißen Leinenbezügen, kleine Tischchen, orange Stehlampen, auch einen offenen Kamin gab es. Die Halle war hoch, mit einem gemauerten Gewölbe. Falls ich jemals ein Haus entwerfen sollte, müsste es so eine Eingangshalle haben!

Von der Rezeption konnte ich auch auf die Terrasse schauen und in den Garten, der im wild gesprenkelten Licht der hohen Pinienbäume lag. Ich liebte unseren türkis schimmernden kleinen Pool und auch die Kiesauffahrt vor dem Hotel, die großen Hortensienbüsche, die sie säumten, den Parkplatz mit dem rosa blühenden Oleander, den Eingang und die zwei riesigen Tonamphoren ... Ich liebte das alles – und wollte doch ganz woanders sein.

Endlich stieß ich den langen Seufzer aus, der in mir steckte, sortierte dann die Anreisezettel neu und trug die Gäste- und Frühstückszahlen in die Statistik von gestern ein. Warum waren die Ferien der letzten beiden Jahre so anstrengend gewesen? Weil ich versucht hatte, für meinen Vater unsichtbar zu sein, und zu oft in Mamas Nähe stand? Könnte sein. Außerdem wusste ich nie, zu wem ich wann halten sollte.

»Ach, du meine Güte! Ach nein! Jetzt hat sie es wirklich getan!«, rief meine Mutter aus, als ob ich sie durch meine

Gedanken aufgescheucht hätte. »Dieser Brief ist eine Katastrophe! Sie will uns ruinieren!«

Ich wollte schon verschwinden, bevor sie alles an mir auslassen konnte, aber Mama schoss an mir vorbei, ein paar Papiere flatterten in ihrer Hand. Erst dachte ich nur, Glück gehabt, ihr Ärger wird jemand anderen treffen, doch dann wurde ich neugierig. »Was? Wer? Was ist das für ein Brief?« Ich folgte ihr durch die Lobby und steckte den Pager am Rockbund fest. Einen Moment konnte ich die Rezeption ja wohl mal alleine lassen. Vielleicht geschah ein Wunder und Maurizio, unser fauler Hausdiener, hatte eine wache Minute und würde mich anpiepen, wenn jemand kam. Wo war er eigentlich? Ich hatte ihn seit heute Morgen nicht mehr gesehen.

Oben in unserer Wohnung saß mein Vater im Unterhemd am Küchentisch und rauchte. Er trug echt noch diese weißen, ärmellosen Unterhemden unter seiner Kochjacke. Neben ihm lagen die alten Hanteln auf dem Boden, mit denen er seine Oberarme trainierte. Wenn man ihn glücklich machen wollte, musste man nur was Gutes über seine Arme sagen. Oder seine Ideen loben. Irgendwie machte er immer einen auf Altmodisch, ein Italiener mit gewellten schwarzen Haaren, wie man ihn aus alten Schwarz-Weiß-Filmen kennt.

Früher hatte *Babbo* (so sagt man auf Italienisch für Papa) irgendwie auch ganz gut ausgesehen und Mama konnte sich damals wohl kaum zwischen ihm und seinem gleichaltrigen Cousin Federico entscheiden. Denn Federico war auch nicht gerade hässlich und würde immerhin einmal das Weingut erben, das neben der *Villa Paradiso* lag. Zwischen den beiden hatte es angeblich ein paar heftige Eifersuchtsszenen wegen Mama gegeben. Aber das war Jahre her.

Die Fenster standen weit auf, man konnte das Wasser im Pool aufspritzen und anschließend auf die Terrakottafliesen regnen hören. Einer von den kleinen Jungs aus Zimmer *Margarete* hatte offenbar eine Arschbombe gemacht. Ich mochte die Geräusche des Hotels, am Tag und auch bei Nacht, doch den Rauch von Papas Zigaretten fand ich ätzend.

»Wir müssen mit ihr reden, Roberto«, sagte Mama gerade auf Italienisch und legte die Papiere vor ihm auf den Küchentisch. Er schaute gar nicht darauf.

»Mit der Alten reden? Haben wir doch schon versucht. Seit Jahren«, antwortete er. Natürlich auch auf Italienisch. Mein Vater konnte nur Italienisch, noch nicht mal Englisch. Und Deutsch natürlich auch nicht außer: danke, gute Tag, auf Wiedersähe ...

Er warf den Nacken zurück, kippte sich den Rest seines Espressos in den Mund und schnalzte mehrmals mit der Zunge, als ob er den Kaffeegeschmack auskosten wollte. »Das hat Federico eingefädelt, da kannst du Gift drauf nehmen! Bestimmt hat der diesen Franco, diesen kleinkarierten Anwalt, auf uns angesetzt.«

»Ja, natürlich. Der Brief kommt doch von ihm! Von Franco!« Mamas Stimme klang gereizt.

Nun wusste ich auch, worum es ging. Meine Großtante Simonetta hatte ihre Drohung wahr gemacht und uns verklagt. Sie forderte einen Haufen Geld, weil die *Villa Paradiso,* als meine Oma sie damals 1970 bekam, noch umgebaut und restauriert wurde, das Weingut, das Großtante Simonetta nach ihrer Heirat überschrieben wurde, aber nicht. Dabei war das große Gut mit seinen Weinfeldern und den Kellern, in denen der elbanische Rotwein, der *Elba Rosso,* in großen Holzfässern lagerte, bestimmt mehr wert als die Villa. Als ich klein war und mein Cousin Raffaele noch nebenan wohnte, sind wir dort unten manchmal Hand in Hand durch die schummrigen Gänge geschlichen. Den köstlichen Geruch nach Holz und vergorenen Trauben werde ich nie vergessen. Und auch nicht das große Zimmer, in dem das Zeichenbrett seines Vaters stand, an das es mich so unwiderruflich zog.

Doch Raffaele war mit seinen Eltern nach Rom gezogen, weil sein Vater Federico es nicht mehr mit der schlecht gelaunten Simonetta ausgehalten hatte und nun dort als Architekt arbeitete. Die Simonetta, die endlich ihr Geld ausbezahlt haben wollte. Nonna Rosanna hatte es zeit ihres Lebens nicht geschafft, sich mit ihrer Schwester zu einigen.

Meine Mutter ließ sich seufzend auf einen der Küchenstühle sinken. Unsere Küche ist eigentlich ganz gemütlich, im Sommer benutzen wir sie allerdings kaum, weil wir alle immer nur unten im Hotel sind.

»Wie sollen wir das denn bloß machen?«, klagte sie. »In zwei Jahren wird Felicia auf die Hotelfachschule gehen. Das kostet ja auch wieder … Rosannas Erbteil für sie reicht dafür nicht.«

Oh ja, ich war die Tochter, deren Ausbildung so viel Geld verschlang. Aber Babbo antwortete nur mit einem Nicken.

»Geht es dir denn besser?«, fragte meine Mutter ihn.

Ich merkte, wie sich meine Augenbrauen vor Verwunderung hoben. Was war los? Das waren ja richtig sanfte Töne, die sie plötzlich anschlug. Es klang besorgt, wenn nicht sogar ängstlich. Mein Vater hatte vor Wochen eine Grippe gehabt und sich nur ganz langsam davon erholt. Am Ende hatte er sogar Antibiotika nehmen müssen, hatte meine Mutter mir am Telefon erzählt. Gott sei Dank war ich zu der Zeit noch in der Schweiz, denn krank war mein Vater noch schwerer zu ertragen als sonst. Ich hatte gedacht, er wäre endlich wieder gesund.

»Nix ist besser geworden! Es ist ein Elend«, lamentierte er. »Wer holt sich denn auch eine verdammte Grippe im Mai?«

Er schaute Mama an, als ob sie schuld an seiner Krankheit wäre.

»Und was willst du jetzt machen? Was sagt Dottore Farinelli? Kommt das denn jemals wieder? Du kannst doch nicht ohne …«

»Ach, was weiß denn ich!«, unterbrach mein Vater sie. Er stützte seine Stirn in beide Hände, seine Haartolle fiel ihm ins Gesicht und er sah mit einem Mal richtig verzweifelt aus.

»Was kommt jemals wieder? Die Grippe?«, fragte ich. Beide schauten erstaunt auf. Offenbar bemerkten sie erst in diesem Moment, dass ich neben dem Kühlschrank stand.

»Nichts.« Mama winkte hastig ab. »Was machst du denn überhaupt hier oben? Ist der Empfang jetzt etwa unbesetzt, oder was?«

Noch über fünf Wochen, dachte ich, dann erst darf ich wieder nach Bern. Prompt hatte ich ein schlechtes Gewissen.

»*Scusate*«, entschuldigte ich mich, drehte mich um und wollte schon gehen, da tobte mein Vater gegen meine Mutter los: »Aha! Das bezeichnest du also als *nichts?*«

»Ich dachte, sie müsste es ja nicht unbedingt wissen«, protestierte Mama. »Vielleicht kommt es ja auch von alleine zurück …« Ich wandte mich ihnen wieder zu. Meine Mutter verdrehte die Augen, aber das konnte mein Vater nicht sehen.

»*Ma sì!*«, tobte er auf Italienisch los. »Oh doch! Irgendwann muss sie ja erfahren, dass ihr Vater es nicht schafft, einen starken Espresso von einer dünnen deutschen Kaffeebrühe zu unterscheiden! Nichts mehr da, meine Nase tut's nicht mehr!« Er setzte die kleine Tasse hart auf dem Unterteller ab und starrte uns wütend an. Ich stand ganz still.

Er konnte nichts mehr riechen? Wie wollte er dann noch kochen? Aber da beantwortete er die Frage schon selbst: »Ich kann schließen! Kann sofort zumachen! Ich war mal in der Lage, ein fruchtiges Olivenöl aus Apulien von einem aus Ligurien zu unterscheiden ... Und jetzt? Schmeckt alles gleich! Spinatravioli oder Mangoldfüllung? Keine Ahnung.« Seine Stimme war immer lauter geworden. Nun brüllte er: »Ich kann weder riechen noch schmecken! Ich bin erledigt!«

»Manchmal kommt der Geruchssinn auch wieder«, sagte meine Mutter. »Im Internet habe ich gelesen, dass ...«

Oh! Es war ein Fehler, das Internet zu erwähnen. Mein Vater hasste das Internet, er misstraute ihm und allem, was man darin finden konnte. Sofort legte er wieder los: »Das glaube ich, dass man da solchen Mist lesen kann ...«

Schnell drehte ich mich um, schloss leise die Wohnungstür hinter mir und rannte die Treppe hinunter. Kein Wunder, dass die beiden so gestresst waren. Erst verlor mein Vater seinen Geruchssinn und nun kam Großtante Simonetta auch noch mit diesem Anwalt und wollte so viel Geld!

Besser, besser, besser!, sagte ich mir bei jeder Stufe. Felicia, du musst besser werden, viel besser!, murmelte ich in Gedanken bei jedem Schritt und flüchtete hinter die Rezeption. Ich würde ab jetzt noch besser mitarbeiten, weniger egoistisch sein und mich verantwortungsvoller benehmen, um meine Eltern zu entlasten. Die *Villa Pa-*

radiso war ihnen doch so wichtig! Und außerdem war sie mein Zuhause.

»Ich schwöre«, sagte ich leise vor mich, »ich schwöre bei ...« Auf was sollte ich schwören? »Bei meinem Leben!« Auf was sonst?

Also los! Anstatt die Wochen zu zählen, würde ich eine Lösung finden, wie man die *Villa Paradiso* vor den Klauen der Tante bewahren konnte, um uns alle irgendwie zu retten. Wie ich das anstellen sollte, wusste ich allerdings noch nicht und in diesem Moment konnte ich mich auch nicht darauf konzentrieren, denn unsere neue Hausdame Lucia kam an die Rezeption. Sie war mittelalt, hatte rot gefärbte dünne Haare und immer zwei steile Falten zwischen den Augen.

»In Zimmer *Marianna* ist der Putz von der Decke gefallen«, nuschelte sie mit toskanischem Akzent. »Was für einen Dreck das immer macht!« Sie knallte das Klemmbrett mit der Zimmerliste auf den Tresen. »In *Concetta* gehen beide Nachttischlampen nicht, der Gast hat mir einen Zettel geschrieben, und in *Livia* ist der Vorhang an der Seite aus der Schiene gerissen. Da komme ich ohne Leiter nicht dran.« Sie klang müde, dabei war sie erst seit zwei Wochen bei uns. Irgendwie hatten wir in letzter Zeit auch mit den Hausdamen Pech, sie blieben nie lange.

»Ich gehe in die Wäschekammer. Zählen, was die Wäscherei gebracht hat.« Lucias Gesicht nach zu urteilen, hatte sie keine Lust dazu.

Ich lächelte sie trotzdem an. Mein Schwur war erhört worden: Hier war meine erste Chance, meinen Eltern zu beweisen, dass sie sich auf mich verlassen konnten: »Ich sage Maurizio wegen des Vorhangs und der anderen Sachen Bescheid.« Ich sah mich um. Der Hausdiener war immer noch nicht zu sehen. Wahrscheinlich saß er irgendwo und spielte auf seinem Handy. »Ach so, und für Suite *Manuela* brauchen wir ein Extra. Können Sie das aus der Küche holen?« Ich siezte die Hausdame, ich kannte sie ja nicht und würde sie in den nächsten sechs Wochen auch kaum kennenlernen.

»Weiß nicht, wo der Sekt für die Extras steht«, knurrte sie. »Dein Vater hat mich äußerst unfreundlich angefahren, als ich neulich in der Küche danach suchte.«

»Ich mache es selber. Kein Problem.« Sie hatte recht, Babbo war seine Küche heilig. Er mochte es nicht, wenn fremde Menschen, und sei es auch nur unsere Hausdame, darin herumliefen. Aber das ist doch schon die nächste Chance für mich, alles besonders gut zu machen, dachte ich, während ich die Handynummer des Hausdieners suchte.

In der nächsten Sekunde hörte ich draußen auf dem Parkplatz den Kies unter Rädern knirschen, kurz darauf das dumpfe Knallen von Türen und einer Kofferraumklappe. Neue Gäste? Alte Gäste? Auf jeden Fall Gäste, um die ich mich richtig gut kümmern würde! Mama sollte endlich mal zufrieden mit mir sein. Ich straffte die Schultern, setzte mein Empfangslächeln auf und strich noch einmal die Bluse glatt, die beim Laufen etwas aus dem Rock gerutscht war … da kam er auch schon hinein …!

Der wahrscheinlich schönste Mann, den ich je in meinem Leben gesehen hatte. Er schleppte zwei Reisetaschen und hatte einen Rucksack auf den Schultern. Kein Problem für ihn – bei diesen Armen, die in dem ärmellosen T-Shirt sichtbar waren. Mein Blick glitt an ihnen auf und ab. Und was für schöne Haut er hatte. Leicht gebräunt, wie Kaffee mit einem Schuss Milch.

Ähm. War das rassistisch, so was zu denken? *O Dio* … Um ihn nicht weiter anzustarren, schaute ich seiner Frau ins Gesicht und lächelte. Sie war nicht besonders groß, trug einen auffällig bunten Turban auf dem Kopf und ihre helle Haut war extrem blass. Sie sah richtig erschöpft aus und hatte nichts in der Hand, nicht einmal eine Handtasche. Sie ist die Krüger, er der Kingston von Krüger-Kingston, ganz bestimmt, dachte ich. Und auch: Mist! Die Hausdame hat Suite *Manuela* noch nicht freigegeben und das Extra fehlt. Das alles sagte ich natürlich nicht, sondern: »*Benvenuti!*« Deutsche mögen es, wenn sie auf Italienisch begrüßt werden.

Der Typ lachte mich von der Seite an. Er war verdammt jung, mein Gott, war ich blöd, der konnte gar nicht ihr Mann sein. Ich nahm meinen ganzen Mut zusammen und warf erneut einen kurzen Blick auf ihn. *Madonna mia!* Ich landete voll in seinen Augen, aber was für Augen! Sie schauten mich direkt an und sahen doch gleichzeitig so entrückt aus, als ob sie tief in mir gerade etwas Nie-Gesehenes, Wunderschönes entdeckten.

»Hi! Für uns müsste ein Zimmer reserviert sein. Auf Marlene Krüger-Kingston. Sie hat das Preisausschreiben bei euch gewonnen. Also gebt ihr bitte was Gutes, okay? Ach so, sorry, sprichst du überhaupt Deutsch?«

»Ja.« Ich lächelte einen Tick zu lange und brachte vor lauter Verlegenheit kein weiteres Wort mehr hervor, sondern kramte schnell nach dem Block mit den Anmeldezetteln und machte zwei Kreuzchen darauf, so wie meine Mutter es mir gezeigt hatte: »Dann bräuchte ich erst einmal einen Pass oder einen Personalausweis und hier tragen Sie bitte Ihre Anschrift und die Stadt ein und da, bei dem zweiten Kreuz, brauche ich noch eine Unterschrift. Haben Sie eine

Kreditkarte? Von der würden dann die Minibar und alle weiteren Serviceleistungen abgebucht werden. Übernachtung und Frühstück wird bei Ihnen ja übernommen.« Ich spulte nervös meine Sprüche herunter, erklärte, wann es Frühstück gab, redete über die Öffnungszeiten des Restaurants und der kleinen Bar, die abends ab sechs Uhr einen *aperitivo* und Getränke für unsere Gäste bereithielt. Ich lachte nervös und beschimpfte mich im Stillen, weil ich mich so künstlich anhörte und ihn einfach nicht anschauen konnte. Stattdessen heftete ich meinen Blick auf das durchscheinende herzförmige Gesicht von Marlene Krüger unter ihrem afrikanisch anmutenden Turban. Endlich war ich fertig mit der Begrüßungsrede, die ich schon so oft von Mama, aber viel schöner von Nonna gehört hatte. »Und herzlichen Glückwunsch noch mal! Ich hoffe, Sie genießen Ihren Aufenthalt bei uns im *Paradiso!*« Ich legte die Hände auf den Rücken, weil ich nicht wusste, wohin sonst mit ihnen.

»Stehst du abends auch manchmal hinter der Bar?«

Er duzte mich schon wieder. Für dich schon!, wollte ich am liebsten antworten, sagte aber: »Eher nicht. Nur, wenn unser Barkeeper mal ausfällt …« Oder er seinen Dienst verschläft. Oder zu betrunken ist, um zur Arbeit zu erscheinen. Ich versuchte, geheimnisvoll zu lächeln. Wahrscheinlich sah es eher verzweifelt aus.

»Jacques!« Die Turbanfrau klang wehleidig.

»Komme ja schon, Mama! Entspann dich, ab jetzt kannst du chillen.« Er schnappte sich wieder die beiden Taschen.

Mama! Natürlich, er war der Sohn! Der hübscheste, lässigste Sohn, der je das *Paradiso* betreten hatte. Ich sah auf den ausgefüllten Anmeldezettel. Sie lebten in Hamburg! Die Stadt, aus der meine Mutter kam. Ich war früher oft mit ihr dort gewesen – meistens im Winter, wenn unsere Villa für Gäste geschlossen war –, um ihre Familie zu besuchen. In Hamburg war es kalt, die Leute schauten einander nicht an und es regnete immer. Aber der Hafen war riesig und schön! Was wollte mir dieser Zufall sagen? Schicksal?

Nun reiß dich mal zusammen! Hast du nicht etwas vergessen? Auch wenn Mama nicht in ihrem Kämmerchen saß, hörte ich ihre Kommentare.

»Ach, Entschuldigung, hier!« Ich nahm den Schlüssel mit dem massiven Metallanhänger aus dem Fach. »Sie wohnen bei uns in der Suite *Manuela*. Die liegt im Nebengebäude. Durch die Tür da vorne in den Garten und dann den kleinen Weg mit den Steinplatten entlang. Soll ich unseren Hausdiener Maurizio für das Gepäck holen?«

»Nö, danke. Nicht nötig.« Er nahm den Schlüssel und grinste mich an. Schnell schaute ich weg, auf seine Hände. Sie waren groß, natürlich auch so braun wie der Rest von ihm und hatten gepflegte helle Nägel.

Jetzt warf er den Schlüssel hoch: *»Manuela*. Gott, was für ein Name für ein Zimmer!«

»Jacques!« Diesmal ermahnend.

»Meine Oma hat sie so benannt«, beeilte ich mich zu sagen. »Das ist unsere schönste Suite, sie hat sogar eine kleine Terrasse.« Ich wollte, dass er blieb, ich wollte, dass er die *Villa Paradiso* toll fand – und, ja, mich sollte er auch toll finden.

Ich sah den beiden hinterher, bis mir das fehlende Extra einfiel. *O Dio*. Und was, wenn *Manuela* noch gar nicht fertig war? Warum hatte ich die Krüger-Kingstons nicht aufgefordert, noch zehn Minuten in den gemütlichen Sofas der Lobby zu warten, und in der Zeit die Suite gecheckt? Ich würde das sofort in Ordnung bringen, bevor Mama etwas merkte. Und sie würde es merken, so viel war sicher.

Ich rannte durch die Lobby und die Stufen hinab in die Restaurantküche, die bei uns halb im Keller lag. Die Sonne fiel durch eine Reihe schmaler Oberlichter und es roch lecker nach Zitronen, einem Hauch Knoblauch und Essigreiniger. Niemand war zu sehen. Der Frühstücksservice war für heute fertig, die Abendschicht hatte noch nicht angefangen. Ich holte eine kleine Honigmelone, Bananen, Erdbeeren und ein paar reife Aprikosen aus dem Kühlhaus und arrangierte alles in einem weißen Porzellankorb. Für Jacques! Zwei Teller, Obstmesser, kleine Gabeln und zwei Stoffservietten dazu. Früher hatte ich Nonna immer gerne begleitet, wenn sie durch die Zimmer ging, sie auf Sauberkeit prüfte und manchmal für besonders wichtige Gäste eben auch Obstkörbe verteilte. Jetzt noch den Sekt, zwei Gläser und einen silbernen Kühler auf das Tablett. Ich stellte mir vor, wie ich mit Jacques die Gläser aneinanderklingen ließ, während er mir noch mal so tief in die Augen schaute wie eben … und trug alles nach oben.

Im Garten schlug ich den Weg zu dem Gebäude ein, das wir *Casa* nannten, um es von der *Villa* zu unterscheiden. Es war warm. Am Pool waren fast alle Liegen besetzt. Die Gäste lasen oder schliefen unter eckigen Schirmen und ihren Sonnenhüten. Die Arschbomben-Jungs waren verschwunden, vermutlich standen sie bei der Tischtennisplatte, denn von dort hörte man Kinderstimmen und das Klacken eines Balles. Sonst war es still, nur Nonnos Bienen summten im Lavendel und das Wasser schwappte leicht in die Überlaufrinne. Ich wusste genau, wann ich das letzte Mal Zeit gehabt hatte, in diesem Pool zu schwimmen:

vor drei Jahren, als ich noch auf Elba zur Schule ging und zwei Mädchen aus meiner Klasse eingeladen hatte. Eine von beiden hatte ihre kleinen Geschwister mitgebracht und Babbo kam raus und schimpfte, wir wären zu laut und würden die Gäste stören. Er hatte uns weggeschickt.

Keine fremden Personen, wenn Gäste da waren! Kein Lärm. Nicht einmal in meinem Zimmer durfte ich laut Musik hören. Aber er hatte ja recht, wir waren ein Hotel. Ein Hotel war ein Ort, wo andere Leute sich erholen sollten. Ich hatte nie wieder jemanden mitgebracht.

Ich war beim *Casa* angekommen, einem lang gezogenen einstöckigem Gebäude aus Naturstein, das drei Suiten und sechs normale Zimmer beherbergte und sich zwischen Pinien, Oleanderbüschen und Blumenbeeten perfekt in den Garten einfügte. Onkel Federico hatte es entworfen, damals, als er noch auf dem Weingut wohnte. Ich zeichnete die Linien im Geiste nach, als ob ich das Gebäude später aus dem Gedächtnis auf Papier bringen müsste. Ein kleiner Tick von mir.

Jede Suite hatte eine Veranda vor der Eingangstür und nach hinten gab es eine Terrasse. Die Zimmer im ersten Stock waren kleiner, hatten aber alle einen Balkon, auf den am Nachmittag die Sonne schien. Mein Herz fing ganz albern an zu klopfen. Gleich würde ich ihn wiedersehen. Jacques. Was für ein schöner Name … Jacques.

Ich hielt die Luft an und klopfte. Da war er auch schon an der Tür. »Hey. Cool! Mum? Wir bekommen Sekt!«

Seine dunklen Augen machten mich noch nervöser, als ich schon war, also spähte ich an ihm vorbei in die Suite hinein. Alle Zimmer waren bei uns unterschiedlich eingerichtet, doch in *Manuela* waren die Möbel besonders schön. Die

Vorhänge vor dem Fenster und der Terrassentür leuchteten in hellem Blau. Das Doppelbett war schmiedeeisern und mit weißer Wäsche frisch bezogen, die Nachttischchen waren antik, mit grauen Marmorplatten darauf. Seine Mutter war nicht zu sehen.

»Darf ich?« Er griff nach dem Tablett.

»Nein, ich würde gerne …« Beide zogen wir daran und lachten.

»Ich hab's schon vermasselt, das alles sollte längst auf dem Tisch stehen …!«

»Kein Ding. Komm rein! Mum ist im Bad.«

»Grazie!« Ich huschte in den Nebenraum, stellte das Tablett auf dem Tischchen vor dem Sofa ab und dekorierte Kühler, Korb und Teller so, wie Nonna Rosanna es mir gezeigt hatte. Um mich herum lag das Gepäck verstreut. Da Jacques gerade nicht schaute, richtete ich die Vorhänge noch ein wenig und fuhr mit der Spitze meines Zeigefingers heimlich über den goldenen Rahmen des Wandspiegels. Auch das hatte Nonna Rosanna immer gemacht. Nichts. Kein Staub. Ich nickte zufrieden, schnappte das Tablett und ging schnell zur Tür.

»Danke! Muss ich dir jetzt Trinkgeld geben, oder was?« Er stand neben dem Bett, die Hände in den hinteren Hosentaschen, und grinste sehr süß.

Ich schüttelte den Kopf, zu blöd und zu schüchtern, um noch was zu sagen. Keine fünf Sekunden und schon hatte ich mich in diesen Jacques mit der Kaffee-und-Sahne-Haut und den dunklen Dreadlocks verliebt! Vielleicht bedeutete das ja was, dachte ich. Weswegen war er sonst gerade jetzt in der *Villa Paradiso* und in meinem Leben gelandet?

2

Catta

Ich atmete die salzige Luft ein und legte Arme und Kinn auf die Reling, tief unter uns strudelte das Wasser an der Schiffswand der Fähre. Wahnsinn, wie schön, wie *megaschön* dieses Elba da vor uns in der Ferne lag! Es schien nur aus Bergen und hügeligen Wäldern zu bestehen. Die Sonne knallte vom Himmel und das endlose Wasser um uns war sattblau. Erst jetzt merkte ich, dass die monatelange Traurigkeit mein Herz mehrfach und immer wieder umwickelt und verschnürt gehalten hatte wie ein borstiger Strick. Mum war zweimal fast gestorben und konnte immer noch sterben und deswegen hatte ich auf meiner E-Geige in letzter Zeit gar nichts anderes spielen können als melancholische Stücke. Aber nun, bei diesem Ausblick auf die Insel und das Meer, kam plötzlich *Elements* in mir hoch. In der Version von Lindsey Stirling. Es war so kraftvoll und dramatisch und voller Leben und mit einem Mal war ich so glücklich, dass mir die Tränen kamen … Ich wusste, dass diese Insel dort vor mir der Platz sein würde, an dem ich endlich nicht mehr nur für mich und meinen Geigenlehrer spielen würde, sondern vor Publikum! Auf einer Piazza, an jeder Straßenecke. Und Mum würde es besser gehen und sie würde es sehen und stolz auf mich sein …

In diesem Moment zog Émile an meinem kurzen Rock und wollte hochgehoben werden. Er war zu klein, er sah nichts. Eliese machte es ihm auf der anderen Seite sofort nach und nun waren es vier Kinderfäuste, die sich an mich klammerten. Ich wischte mir über die Augen und schaute mich um, wo war Otto? Da kam er schon mit einem Tablett voller Sandwiches und Limonadendosen.

»Guck mal, was Otto da hat!«, sagte ich zu Eliese, während ich Émile hochhob und ihm die weißen Schaumkronen auf dem Wasser zeigte. »Limonade!« Eliese ließ meinen Rock los und rannte auf Otto zu.

Otto war cool. Er war seit sechs Jahren mit meiner Mum zusammen und für mich der beste Ersatzvater, den ich mir vorstellen konnte.

»… und weißes Brot und gar nichts Gesundes!«, hörten wir von Eliese.

»Catta, Catta, ich will auch Limo und nichts Gesundes!« Émile strampelte mit den Beinen, ich ließ ihn herunter. Gut, dass wir beim Hip-Hop auch immer Liegestütze machen, mit seinen fünf Jahren war er echt schon ziemlich schwer. Immer wenn Mama sich ein bisschen besser fühlte, war ich wieder zum Training gegangen. Aber nur dann. Es ist dir einfach nicht nach gut gelauntem Herumspringen, wenn deine Mutter schlechte Nachrichten bekommen hat und zitternd auf die Ergebnisse der nächsten Untersuchung wartet. Du willst dann einfach nur noch bei ihr sein. Du hast keine Zeit mehr für deine Freundinnen, deinen Sport, für Sachen wie den Führerschein oder Jungs. Und es ist dir auch egal.

Langsam drehte ich mich um und schlenderte auf die Bank zu, auf der Otto unsere kleine Vor-Elba-Mahlzeit aufgebaut hatte. Seit drei Tagen waren wir mit dem alten VW Bulli, der unter uns im Bauch der Fähre mitfuhr, unterwegs. Als Mama noch gesund war und die Zwillinge noch echt klein, waren wir damit nach Südfrankreich gefahren. Jacques und ich hatten oben im Dach geschlafen, das man hochklappen konnte. Es war dort drin so gemütlich, ich liebte unseren Bulli.

»Ich bin so gespannt auf das Hotel«, sagte ich. »Jacques meinte ja, es sei toll und Mama sei es in den vergangenen zwei Tagen schon viel besser gegangen!«

»Obwohl sie bis jetzt nur geschlafen hat! Und noch nicht mal im Pool gewesen ist.« Émile biss herzhaft in eine der dreieckigen Toastbrotscheiben, eine dünne Scheibe Ei fiel dabei auf die Bank. »Darf ich das noch essen oder sind da jetzt *Baktaterien* dran?«

»Nein, da sind keine Bakterien dran«, sagte Otto. »Und Mum schläft sich einfach gesund!«

Émile klatschte das Ei glücklich wieder auf seinen Toast. Ich versuchte immer, Mamas Krankheit so wenig schlimm wie möglich erscheinen zu lassen. Otto half mir dabei.

»Wie heißt das ungesunde Brot? Das schmeckt lecker.« Fünfjährige fragen den ganzen Tag. Auch wenn sie den Mund total voll haben.

»Das nennt man *tramezzini.*«

»Gut, dass wenigstens du Italienisch kannst, Catta«, sagte Otto und klopfte mir leicht auf die Schulter. »Dadurch ist alles einfacher.«

Otto war der leibliche Vater von Émile und Eliese und er sah einfach nur … nett aus, ich wüsste nicht, wie ich ihn sonst beschreiben sollte. Er war nicht besonders groß, aber auch nicht klein, eher so mittel, er hatte dunkelbraune Haare, aber davon auch nicht besonders viele. Es war nichts Auffälliges an ihm, nur ein kleiner tätowierter Drache unter dem rechten Arm, den man bei ihm echt nicht erwartete, den man normalerweise aber auch nicht sah. Er sagte nicht viel, schrieb dafür viele Bücher über Politik und die allgemeinen Zustände, manchmal sogar über vergiftetes Essen oder ob Schule dumm macht, und hielt Vorträge darüber. Auch in Amerika. Trotzdem sah er immer, was jeder von uns brauchte. Vor allen Dingen Mum. Wo sie doch so lange so krank war.

»Ich will später auch auf die Italienische Schule gehen. Wie Catta«, sagte Eliese.

»Da musst du aber auch auf Italienisch rechnen lernen«, erinnerte ich sie. »Da musst du *alles* auf Italienisch machen.« In der Grundschule war ich unzertrennlich gewesen mit meiner Freundin Viviana, die aus den Dolomiten kam und natürlich nach der Vierten auf die Italienische Schule geschickt wurde. Ich wollte unbedingt mit, aber ich wollte auch auf den Musikzweig von Jacques' Gymnasium. Mein richtiger Vater war Musiker gewesen und Mum hatte ihn sehr geliebt. Klar, dass auch ihre Kinder Musik machen sollten! Sie meldete mich für die Aufnahmeprüfung an, aber ich war zu nervös und schaffte es nicht. Ich war schon damals nicht in der Lage, vor fremden Leuten zu spielen. Also ging ich mit Viviana auf die *Italienische Gesamtschule Francesco Petrarca.* Was okay war. Viviana war noch heute meine beste Freundin.

»Egal.« Eliese hielt mir ihre Tomatenscheibe hin, obwohl sie wusste, dass ich rohe Tomaten hasste. »Dann kaufe *ich* uns ganz alleine die Tickets für die Fähre und dann sage *ich* dem Mann auf dem Campingplatz, dass wir nicht kalt duschen wollen!«

»Dürfen wir im Hotel auch in den Pool, Dad?« Auch Émile hielt mir seine Tomatenscheibe hin. Manchmal fühlte man sich mit den beiden echt wie der letzte Müllschlucker.

»Nein. Na ja, vielleicht. Ich weiß nicht, wie die das da handhaben. Marlene muss sich immer noch ausruhen, aber wir gehen zum Baden ans Meer und machen ganz viele schöne Sachen!«

»Wir sind ja nicht im Hotel wie Mum und Otto«, sagte ich und bedeckte die Tomatenscheibe mit meiner Serviette, um sie nicht sehen zu müssen. »Wir sind auf dem Campingplatz.«

»Mit Jacques!«, riefen die Zwillinge im Chor. Jacques war ihr absoluter Liebling, vor allen Dingen weil er jetzt nicht mehr so oft zu Hause war, seitdem er in Amsterdam Musik studierte. Ich kümmerte mich jeden Tag um die beiden, brachte sie noch vor der Schule in den Kindergarten oder abends ins Bett, wenn Otto unterwegs war und es Mum wieder schlechter ging. Mich nahmen sie als ganz normal hin und waren manchmal echt zickig oder schlecht gelaunt. Aber wenn Jacques da war, war alles toll, was er machte, und sie hörten viel besser auf ihn als auf mich. Falls er ihnen mal was verbot …

Otto öffnete die Getränkedosen und goss vier Becher voll, auf denen ein blauer Wal abgebildet war.

»So viele Dosen und so viel Plastik!«, sagte Eliese kopfschüttelnd.

»Plastik ist scheiße, Otto!«, sagte jetzt auch Émile.

Ich grinste. Die Erziehung meiner Mutter war nicht spurlos an den Zwillingen vorbeigegangen.

»Ich weiß, aber Strohhalme hatten sie nicht. Besser gesagt, ich wusste nicht, was Strohhalm auf Italienisch heißt.« Otto war immer ehrlich. Er konnte gar nicht anders.

»Du hättest Catta schicken sollen. Sie weiß alles«, sagte Eliese so vorwurfsvoll, dass Otto und ich lachen mussten. Es ist echt schön, so zu lachen, dachte ich und merkte, wie der Strick um mein Herz sich noch ein bisschen mehr lockerte.

Die Fähre stampfte vor sich hin. Elba kam näher, es roch nach Meer und nach Ruß und auf einem der oberen Decks fütterte jemand die Möwen, indem er seine Hand mit einem Keks darin nach oben hielt. Fasziniert sahen wir dabei zu, wie einer der Vögel immer wieder gegen den Wind versuchte, den Keks aus seiner Hand zu nehmen, während die anderen ziellos um ihn herumflatterten. Irgendwann gelang es dem Tier und es ließ sich zur Seite fallen und vom Wind hinwegtragen. Die Zwillinge klatschten in die Hände und wieder war da die Geigenmusik und ich fühlte, wie eine weitere Welle des Glücks sich in mir ausbreitete. Ich küsste die beiden kurz auf den Kopf und sandte zwei Wunsch-Sätze in den blauen Himmel und an das Universum: *Lass Mama wieder richtig gesund werden und so glücklich sein, wie ich es gerade bin, bitte! Und lass mich die Aufnahmeprüfung in Amsterdam schaffen, damit sie stolz auf mich ist!*

Eine Frauenzeitschrift war schuld, dass wir von diesem Fährschiff mit dem süßen Namen *Moby Baby* hinüber nach Elba getragen wurden. Ein fettes Preisausschreiben in der *Carina,* in der ich im Wartezimmer bei Mamas Ärztin gelesen hatte. Die Seite heimlich herauszureißen, war einfach gewesen, eine Postkarte los- und einen Wunsch hinterherzuschicken auch. Ich hatte die ganze Sache sofort wieder vergessen, und als Monate später der Anruf kam, dachte ich zunächst, die wollten mich verarschen. Aber es stimmte: Ich hatte zwei Wochen in einem tollen Hotel auf Elba gewonnen. Natürlich für Mum. Niemals für mich.

Höchstens noch für Otto, damit er sich mit ihr zusammen erholen konnte, von diesem Scheiß-Krebs, mit dem sie jetzt schon zwei Jahre zu tun hatte. Dieser unnötige Krebs, der ihr erst die schönen kastanienbraunen Haare, dann ihre Kraft, morgens überhaupt aufzustehen, und zu allerletzt die Lust am Malen genommen hatte. Auch wenn sie nach der Chemo total schlapp war und richtig elend aussah – in ihrem Atelier ging es ihr bis vor einem halben Jahr immer noch gut. Sie saß dann in Decken gewickelt in einem Sessel zwischen dem Chaos aus Werkzeug, Farbtuben und Spraydosen auf den Arbeitstischen, starrte die fertigen und unfertigen Bilder an der Wand an und war einigermaßen glücklich. »Ich werde wieder malen!«, sagte sie immer wieder. Sie malte große Bilder mit Tellern und Kopfkissen darauf und mit Graffiti und Sprüchen. Mir gefielen sie. Und den Leuten auch. Sie verkaufte ziemlich gut. *Hatte verkauft*. Denn nun arbeitete sie ja nicht mehr.

Irgendwann nach der zweiten OP und der Bestrahlung wollte sie dann nicht einmal mehr von Otto ins Atelier getragen werden. Das war am schlimmsten. Verdammt, jetzt hat sie wirklich aufgegeben, meinte damals auch Jacques. Als ich in diesem Moment auf der Fähre daran dachte, fing ich schon wieder an zu weinen und ich musste mir heimlich das Gesicht abwischen, ohne dass die Zwillinge etwas davon merkten. Ich war eine Meisterin im Tränen-Verbergen.

Mum war lange in der Reha gewesen. Und dann wieder zu Hause bei uns. Aber so leer im Gesicht. Und das bei meiner Mutter, die immer eine Idee hatte, der immer etwas Verrücktes einfiel …

»Gehen wir gleich ins Bällebad?«, fragte Émile.

»Oh ja, wir gehen in den Käfig!« Eliese stand auf, um

auf Ottos Knien herumzutrommeln, und ich tauchte aus meinen Krebs-Gedanken auf.

Es ist toll, wie leicht Fünfjährige glücklich zu machen sind.

Fünfjährigen wird aber auch leicht mal schlecht. Nachdem Otto mit dem Bulli von der Fähre gerollt und wir eingestiegen waren, ging es weg vom Hafen, raus aus der Hauptstadt Portoferraio und schon bald auf kurvigen Straßen hoch in die Berge, die ich vom Meer aus gesehen hatte. Eine Kurve folgte der anderen, bis wir oben waren und dann, genauso kurvig, hinunterfuhren. Ich kletterte vom Vordersitz nach hinten, holte zwei Plastikschüsseln aus dem Schrank und verteilte sie an die Zwillinge. Otto fuhr langsamer, damit es nicht so sehr schaukelte, aber hinter uns sammelte sich eine lange Autoschlange und irgendwie mussten wir ja weiterkommen. Selbst der wahnsinnig tolle Blick auf das Meer und eine Bucht mit weißem Strand und vielen kleinen Sonnenschirmen, den wir zwischendurch hatten, konnte sie nicht aufmuntern. Als wir an dem Ortsschild von Procchio vorbeigekommen waren, reiherte Eliese los. Reihern. So nannte Jacques das immer. Émile schloss sich an. Bei den beiden bekam man immer alles im Doppelpack. Es stank, wie Erbrochenes nun mal stinkt, und ich atmete durch den Mund, während ich meinen kleinen Geschwistern die Münder mit den Tüchern einer Küchenrolle abputzte, sie beruhigte und selber an eine schöne gerade Straße dachte.

Wir hielten auf einem Parkplatz im Ort. Otto schüttete den Inhalt der Schüsseln ins angrenzende Gebüsch, wofür ich ihm dankbar war, denn sonst hätte ich mich auch übergeben müssen, und als wir die beiden Kleinen endlich wieder im Auto hatten und weiterfahren konnten, merkte ich, dass ich nach Schweiß und Kotze roch, eine Dusche brauchte und überhaupt von der Fahrt ziemlich fertig war.

Weil an jeder Ecke blaue Pfeile mit den Ortsnamen hingen, wusste ich, dass wir Richtung Marina di Campo fuhren. Otto hatte voll den Plan von der Insel, auch ohne Navi. Beinahe wären wir trotzdem an dem Wegweiser *Villa Paradiso* vorbeigefahren. Otto bremste und wir bogen nach rechts in einen Weg. *Al Paradiso* stand auf dem Straßenschild. Zum Paradies.

»Schon wieder Kurven«, stöhnte Émile, als es leicht bergauf in die erste Rechtskurve ging.

»Wir sind gleich da, dann seht ihr Mum wieder«, sagte Otto.

»Und Jacques!«, erinnerte ich noch einmal, doch auch diese Aussicht konnte Émiles Magen nicht besänftigen … diesmal war ich nicht schnell genug, er traf die Schüssel nur halb und fing an zu weinen, als er sein vollgespucktes nacktes Bein betrachtete. Ich griff wieder zur Küchenrolle und wischte an ihm herum.

»Here we are!«, rief Otto Sekunden später. »Alle raus! Jetzt atmen wir erst mal tief ein und dann suchen wir Mum!« Er sprang aus dem Wagen und öffnete uns die Schiebetür. Ich schnallte die Zwillinge ab, die wie kleine Gummibälle aus der Tür fielen, und taumelte hinter ihnen hinaus. Sofort vergaß ich allen Stress, sogar meine Dauertraurigkeit. Wenigstens für die nächsten Sekunden. Es war *bellissima!* Ich drehte mich einmal um mich selbst. *Meravigliosa!* Wenn man wie ich in der Schule jeden Tag Italienisch spricht, ist man auch nach einer Woche Ferien schnell wieder drin und es fallen einem ganz viele Wörter für »wunderschön«,

»einfach zauberhaft« und »wunderbar« ein. Die Grillen zirpten, der warme Wind bewegte die Zweige der hohen Pinien und die Hortensien, die die Einfahrt und den schattigen Parkplatz einfassten, wetteiferten mit dem Oleander, wer die meisten rosa Blüten hatte.

Wir gingen auf den Eingang zu. Die *Villa Paradiso* war in einem leuchtend warmen Ockergelb gestrichen, wie viele Häuser in der Toskana, sie war zwei Stockwerke hoch und vor den Fenstern sah man grüne Gitterbalkone, an denen Geranien hingen. *»Un paradiso davvero«,* murmelte ich. Ein wahres Paradies … und das alles für …

»Wo ist Mum denn?«, rief Eliese weinerlich. … für Mum.

»Wir gehen rein und überraschen sie!«, sagte Otto, und nachdem Eliese versichert hatte, dass ihr nicht mehr schlecht sei, nahm er sie auf die Schulter. »Überraschen« stimmte nicht ganz. Sobald wir von der Fähre runter waren, hatte Otto Jacques angerufen und Bescheid gesagt.

»Sie wohnen im Garten. Wir sollen einfach in den Garten gehen und Suite *Manuela* suchen.«

Die schwere grüne Tür stand offen, wir marschierten hinein. Die Rezeption bestand aus einem alten, ehemals weißen Tresen. In einer silbernen Schale lagen zwei Zimmerschlüssel, daneben eine Klingel zum Draufhauen. Niemand war zu sehen, als ob das ganze Hotel ein spätes Nachmittagsschläfchen hielte.

»Vertrauen haben sie ja hier … keine Frage.« Otto schaute sich um.

»Guckt mal«, rief Eliese oben auf seinen Schultern, »das ist alles so groß und hoch hier, ich habe noch ganz viel Platz!«

Wir schauten zu ihr und an das Deckengewölbe, gingen an einigen leeren Sofas vorbei, einen Kamin und eine Bar gab es auch, und schon standen wir auf der Terrasse im Garten.

»Schau, Émile, hier gibt es kein Plastik!« Otto zeigte auf die schnörkeligen Eisenstühle und Tische, an denen ein paar Hotelgäste saßen. Alle lächelten, als wir an ihnen vorbeigingen. Das kannte ich schon. Émile und Eliese waren echte Knaller, schon als Babys hatten sie jede Menge dieser Oh-wie-süß-sind-*die*-denn!-Blicke abbekommen. Mit ihren hübschen Gesichtern und den langen braunen Haaren dachten viele Leute zunächst, sie wären zwei Mädchen. Émile störte das nicht.

Blicke bekam ich auch, aber aus anderen Gründen. Denn ich sah auch nicht schlecht aus, mit meiner etwas dunkleren Haut und den kurzen schwarzen Zöpfchen. Etwas klein vielleicht, aber 'ne Menge dran, sagte Jacques immer. Ich nahm die Blicke als Kompliment. Als was denn sonst? Aber da ich äußerlich so überhaupt nicht zu Émile und Eliese passte, hielt man mich oft nicht für ihre Halbschwester, sondern für das Au-pair-Mädchen oder so was in der Art, wenn ich alleine mit ihnen unterwegs war.

»Ich sehe schon den Pool, ich will in den Pool!«, rief Eliese von oben.

»Ich auch, weil: Ich rieche immer noch nach Kotze«, kam es von Émile.

»Du sollst nicht Ko…, du sollst Erbrochenes sagen!«, korrigierte Otto.

»Wir suchen Mums Zimmer und duschen dich vorher ab«, sagte ich und tauschte mit meinem Stiefvater einen Blick.

Er nickte. »Ich hole gleich deine Badehose aus dem Auto.«

Wir lotsten Émile am Pool vorbei und fanden Suite *Ma-*

nuela in dem Gebäude am Ende des Weges. Noch bevor wir anklopfen konnten, öffnete Jacques uns die Tür und legte den Finger auf die Lippen. »Sie schläft!« Die Zwillinge kreischten dennoch los und schmissen sich in seine Arme.

»Sind sie da? Wo sind meine Kinder?«, hörten wir hinter ihm und nun gab es kein Halten mehr und wir liefen hinein, warfen uns alle auf Mums Bett und drückten und knuddelten sie und mir kamen schon wieder die Tränen, aber das waren welche vor Glück.

Wie Jacques schon am Telefon gesagt hatte, war es kein Zimmer, sondern eher eine Suite. Mit einem extra Raum für ein Sofa, auf dem er, wie es aussah, seit zwei Tagen schlief, einem Fernseher und einer superschönen Terrasse, von der man weit in den Garten schauen konnte.

Während Otto die Badesachen der Kleinen aus dem Bulli holte und Eliese Mum alles über unsere Fahrt erzählte, zog ich Émile aus und steckte ihn unter die Dusche. In ein Handtuch gewickelt und nach Hotel-Duschgel duftend, setzte ich ihn dann zu Mum aufs Bett. Sie sah gut aus. Sie hatte zwei scharfe rote Flecken auf den Wangen, vermutlich nur, weil sie geschlafen hatte, aber ihre Augen lachten seit Langem wieder und auf ihrem kahlen Kopf begann sich tatsächlich ein erster rotbrauner Haarflaum zu bilden.

»Schafft ihr das denn auch?«, fragte sie immer wieder. Und jedes Mal versicherten Jacques und ich ihr, dass wir es schaffen würden.

»Ich bin immerhin fast zwanzig und Catta ist sechzehn, Mum«, sagte er. »Ich fahre absolut vorsichtig, wenn die beiden im Auto sind, und auf dem Campingplatz lassen wir sie nicht aus den Augen.«

»Na klar. Das wird ein cooles Abenteuer«, beteuerte ich.

Hauptsache, sie machte sich keine Sorgen um uns. Sorgen konnte sie nicht gebrauchen! Wir hatten schließlich den Bulli und das große Zelt, den Gaskocher und das Kochgeschirr. Und ich hatte mit Otto richtig viel Proviant gekauft. Wie auf das Stichwort kam Otto wieder herein: »Ich nehme euch die Zwillinge auch so oft es geht ab. Dann könnt ihr in der Zeit machen, was ihr wollt! Ihr sollt ja auch ein bisschen Urlaub haben.«

Nun war es an Jacques und mir, uns anzuschauen. Er zwinkerte mir heimlich zu, und obwohl ein Schreck durch meinen Magen zuckte, liebte ich ihn dafür. Nicht nur die Zwillinge hatten ihn vermisst!

Jacques wollte keinen Strandurlaub. Er wollte etwas anderes: Straßenmusik mit mir machen. Du gehörst auf die Bühne, Catti, sagte er immer. Du bist eine Kingston! Klar, ich war eine Kingston, wie mein Vater, aber alle Gene hatte ich dann offenbar doch nicht von ihm bekommen, denn ich konnte zwar spielen, ja, ich liebte es, zu spielen und auch zu singen, hatte aber Schiss auf der Bühne. Auch wenn es nur ein Bürgersteig oder ein grüner Rasenhügel im Park war. Ich hatte so großes Lampenfieber, dass ich alles vergaß, vor Angst nicht mehr die Töne traf und meine tiefe volle Stimme schwach wurde und zitterte.

Aber Jacques glaubte an mich. Seine Gitarre, meine Elektro-Geige und die beiden kleinen Verstärker lagen im VW-Bus. Er wollte mit mir in den verschiedenen Orten der Insel auftreten und mir meine Angst nehmen. Du wirst dein Coming-out haben, hatte er mir vorgeschwärmt. Du wirst endlich kapieren, dass du das Zeug hast, in Amsterdam zu studieren. Und ordentlich Geld von den Touristen werden wir außerdem sammeln.

Ich wünschte mir nichts mehr als das, doch wenn ich daran dachte, bekam ich schon Schweißausbrüche vor Angst. Und unsicher war ich auch. Was, wenn es Mum nach dem Sommer immer noch nicht wieder richtig gut ging? Konnte ich dann einfach von zu Hause nach Amsterdam abhauen? Würde sie eher gesund, wenn sie stolz auf mich war oder wenn ich ihr mit den Zwillingen half? Ich wandte mich kurz zu ihr um, während ich Eliese in ihren Badeanzug half, in den sie sich vor lauter Eile verwickelt hatte. Mum umarmte mich. »Ich danke dir für diesen wundervollen Aufenthalt«, flüsterte sie mir ins Ohr. »Nicht auszudenken, wenn du mich nicht überredet hättest …«

Ich drückte sie gleich noch einmal. Wir brauchten nicht viele Worte, wir hatten schon so viel geredet, so viel zusammen geweint, und ich alleine erst … Ich atmete tief ein. Sie war happy. Nur das allein zählte!

Irgendwann kam ich auch dazu, mein verschwitztes T-Shirt auszuziehen. Das Top darunter hatte ich oft zum Hip-Hop getragen, war aber schon monatelang nicht mehr beim Training gewesen. Ich seufzte und machte mich mit den Zwillingen auf zum Pool. Jacques wollte nachkommen, sobald Otto ihm das Geld für den Campingplatz gegeben hatte. Die Luft war immer noch richtig warm, in Hamburg hatte es geregnet, bei fröstеligen siebzehn Grad …

Die Zwillinge fingen vor Freude an zu schreien und zu kreischen, als sie das Wasser sahen. Musste ich sie eincremen? Es war mittlerweile bestimmt schon halb sechs und die Sonne hatte nicht mehr so große Kraft wie auf der Fähre. Außerdem lag die Hälfte des Beckens schon im Schatten, doch fast alle Liegen waren noch belegt. Die Leute schauten auf. Unauffällig betrachtete ich ihre Gesichter. Lächelten sie oder fühlten sie sich gestört? Die meisten lächelten, manche senkten ihre Zeitschriften nur einen Moment, um dann wieder dahinter zu verschwinden. Émile umrundete den Pool erst einmal, während Eliese sich auf den gemauerten Rand setzte und ihre Füße in das türkisblaue Wasser steckte, auf dem ein gelbes Krokodil dümpelte. Das ganze Becken war mit Mosaiksteinchen ausgekleidet und sah schön altmodisch aus, wie aus den Fünfzigerjahren. »Bleib erst mal am Rand! Ich pass auf dich auf«, sagte ich zu Eliese und sah mich nach einer Sitzgelegenheit in der Nähe um. Beide konnten schon schwimmen, aber ich hatte doch immer ein bisschen Angst um sie. Aus den Augenwinkeln sah ich, wie Émile am schmalen Ende des Beckens stehen blieb, die Hände in die Seite stützte und mit einem dicken Mann sprach. Wahrscheinlich wurde er mal wieder für ein Mädchen gehalten. Nun erhob sich der Dicke von seiner Liege und Émile kam angerast. »Kann ich das Krokodil haben?« Er wartete meine Antwort nicht ab, sondern sprang johlend ins aufspritzende Wasser. Ich seufzte wieder und blieb stehen. Sollte ich ihm jetzt einen Vortrag halten, dass er immer erst schauen musste, wie tief das Wasser war, bevor er hineinsprang? Ein anderes Mal. Die beiden hatten vielleicht bald keine Mutter mehr, das war schon schlimm genug, also musste man nicht noch dauernd an ihnen rumerziehen. Oh Gott, Catta, dachte ich. Was für Gedanken sind das denn? Sie wird natürlich wieder gesund! Und zwar richtig!

Ich spürte, wie sich Kopfschmerzen bei mir ankündigten. Gleich würde Jacques mit uns zum Campingplatz fahren, ich würde uns anmelden, natürlich, weil ich es war, die Italienisch sprach, wir würden das Zelt aufbauen, die Matten und Schlafsäcke darin verteilen und dann hatten die Kleinen bestimmt Hunger. Ich überlegte. Wir konnten zwei

Dosen mit Bio-Ravioli auf dem Gaskocher heiß machen, die mochten sie immer, und ganz sicher wollten sie dann noch an den Strand, der irgendwo dort drüben, hinter dem kleinen Flughafen liegen musste. Eigentlich hätte ich mich lieber mit einem Buch in den Bulli gelegt oder mich mit der Geige in ein einsames Stück des Pinienwaldes verzogen, der hinter dem Garten begann. Alleine unter diesen Bäumen zu stehen und zu spielen, musste wunderbar sein. Aber heute nicht, mein Tag mit den Kids war noch lang …

Ich atmete tief ein und genoss den Geruch nach warmen Steinen, Piniennadeln und Lavendel. *Meravigliosa!* In einigem Abstand kniete ich mich neben das Becken (Schneidersitz ging leider nicht, wegen des Minirocks …), sah Émile und Eliese zu und ließ die Melodie von *Elements* wieder in meinem Kopf auferstehen. Ich sah die Noten vor mir, meine Finger glitten in Gedanken über den Geigenhals und die Saiten, als ich hinter mir ein paar hektische Absätze hörte. Tack! Tack! Tack! Vorbei war es mit *Elements,* automatisch wandte ich mich um. Eine junge Frau, na ja, eher noch ein Mädchen ungefähr in meinem Alter, kam direkt auf mich zu. Anscheinend so eine Angestellte vom Hotel. Freiwillig würde sie diesen engen lila Rock und die weiße Bluse doch wohl kaum tragen. *»Excuse me!«,* rief sie schon von Weitem. Hinter ihr der Dicke von der Liege, mit triumphierendem Gesicht.

Was war das jetzt? Ich antwortete nicht, sondern stand ruhig auf und schaute ihr nur mit diesem kleinen Lächeln entgegen, das manche Leute so cool an mir fanden, manche aber auch zur Weißglut trieb. Eine Catta Kingston ließ sich nicht so schnell aus der Ruhe bringen.

»Parla italiano? Inglese?«

Mann, was war mit der denn los? Sie war so schmal und

blass wie das Fräulein Carla aus *Heidi,* nur nicht so brav, und sie saß auch nicht im Rollstuhl. Sie sah ziemlich zickig aus und klang wahnsinnig ungeduldig.

»Si«, sagte ich schulterzuckend. Italienisch. Englisch. Was immer das Fräulein Carla wollte. Aber sie hatte mich nicht gehört.

»Der Junge da! Den meinte ich!« Der Dicke zeigte auf Émile, dessen lange Haare ihm nass in die Augen hingen und der sich gerade mit Eliese um das Krokodil kabbelte. »Übersetzen Sie ihr das, was er mir gesagt hat!«

»*Was* hat er Ihnen gesagt?«, fragte ich ihn und machte mich ganz gerade und lang. Leider war ich immer noch einen Kopf kleiner als die Hoteltussi.

»Ach, Sie sprechen Deutsch?«

»Ja. Sieht so aus.«

»Er hat gesagt, er hätte gekotzt, entschuldigen Sie die Wortwahl, aber genauso drückte er es aus, und müsste jetzt ins Wasser! Das geht doch nicht! Ich bitte Sie!«

»Ja, natürlich nicht, aber ...« Ich wollte noch mehr erwidern, doch die blonde Carla legte schon los: »Das geht wirklich nicht!« Sie zuppelte an ihrem Rock herum und guckte sich zweimal um, als ob sie verfolgt würde. Und richtig, hinten an dem Aufgang zur Terrasse stand eine Frau, die zu uns herüberschaute, ihre Arme verschränkte und genauso aussah wie sie. Ganz offenbar ihre Mutter.

»Sind Sie denn überhaupt Gast bei uns?«

»Nein. Also, ich meine, nicht ganz!« Plötzlich wünschte ich mir inbrünstig, auch so eine Mutter zu haben. Eine, die kerngesund war, die für mich sorgte und nicht ich für sie. Eine, die mich meinetwegen auch kontrollierte ... egal. Nur Sorgen wollte ich mir nicht mehr machen müssen, aber ich wusste, ich würde die Angst um Mum nicht los.

Sie klebte an mir wie das hartnäckigste Harz der Pinien, nach dem es hier so lecker roch.

»Wohnen Sie nun bei uns oder nicht?« Das Mädchen riss mich aus meinen Gedanken. »Wie sind Sie überhaupt hineingekommen?«

»Durch die Tür?« Langsam wurde ich sauer.

»Die Kinder müssen bitte sofort den Pool verlassen.«

»Émile ist ein kleines Missgeschick im Auto passiert, aber ich habe ihn vorher gründlich abgeduscht, bevor er …«

»Wenn Sie nicht hier wohnen, müssen die Kinder bitte sofort den Pool verlassen.« Alter, war die unsympathisch! Wie oft wollte sie es denn noch sagen? Was hatte die? Verhielt sich wie 'ne wütende Oma.

»Meine Mutter wohnt hier und wir …«

»Mag sein, aber Sie ja offenbar nicht!« Die Blonde kopierte ihre Mutter und verschränkte ihre Arme.

Ich stieß die Luft aus. Das hier hatte keinen Zweck. »Warum sind Sie nicht erst mal zu mir gekommen, bevor Sie petzen gehen?«, fragte ich den Mann.

»Ich dachte, Sie sind vielleicht nur das Au-pair-Mädchen und sprechen gar kein Deutsch.«

Aha. Au-pair-Mädchen, da war es wieder … »Sie hätten es ja wenigstens probieren können.« Ich wandte mich »den Kindern« zu. »Émile und Eliese, kommt jetzt mal raus, wir fahren zum Campingplatz!«

»Och nööö!«, kam es aus dem Wasser.

»Tss, Campingplatz …« Signorina Carla schüttelte den Kopf. Ich musterte sie. Wollte sie etwa Wache halten, ob wir wirklich gingen? Oder war sie vielleicht neidisch auf meine Körbchengröße? Denn da starrte sie schon minutenlang hin. Meinte die, ich merkte das nicht?

»Is' ja ein superfreundlicher Laden hier«, sagte ich, um

sie noch mal schön zu ärgern. »Sollte mit den Kids echt öfter vorbeikommen!«

Ich drehte mich um. Erstaunlicherweise kletterten die Zwillinge nun doch einer nach dem andern aus dem Becken und liefen wie zwei gehorsame tropfnasse Hündchen den Steinplattenweg zurück, Richtung Mums Zimmer. Ich ging ihnen hinterher, im Rücken fühlte ich die bohrenden Blicke von Signorina Superzicke. Jacques stand vor der Tür.

»Jacques, Jacques, du hast versprochen, mit ins Becken zu kommen!« Sie sprangen an ihm hoch. Er aber strubbelte nur kurz über ihre Köpfe und lachte mir dann mit ausgebreiteten Armen entgegen. »Komm mal her, hab dich bei all dem Trubel noch gar nicht begrüßt!« Er packte mich, hob mich hoch und drehte sich mit mir. Ich umarmte ihn fest und ließ meinen Kopf gegen seine Schulter fallen. Jacques rettete mich manchmal vor mir selbst, vor dieser verdammten Traurigkeit, vor den ewigen Gedanken, wer Schuld hatte an dem Unfall von unserem Daddy, als wir Kinder waren, und an dem ganzen anderen Scheiß, der uns in letzter Zeit passiert war. Gedanken, die ich nur in seiner Gegenwart manchmal vergessen konnte. Und nun wollte er mich auch noch fit für die Aufnahmeprüfung in Amsterdam machen … Dafür liebte ich ihn echt. Wer hatte schon so einen genialen Bruder? Ich spürte, wie er mir einen Kuss in mein Haargewusel drückte. »Ich habe von Otto ein paar Scheinchen bekommen. Es wird für zehn Tage reichen und zwischendurch können wir auch mal fett Pizza essen gehen.« Er ließ mich wieder hinunter.

»Okay, aber wir haben im Bulli genug Sachen dabei!«

»Oh, Mann. Da ist sie wieder, die vernünftige Catti, nun verdirb doch nicht wieder alles … Émile, Eliese! Wie wär's mit einer echten Elba-Pizza heute Abend?«

Ich roch immer noch nach Schweiß, als wir endlich mit den Zwillingen im Bulli saßen und losfuhren. Die Pizza hatte für zwei Sekunden gezündet, war aber schon wieder vergessen, und nun weinten sie. Sie wollten nicht weg von Mum, von Otto und schon gar nicht vom Pool.

Jacques lenkte den Wagen vom Parkplatz, als sie noch lauter aufheulten. »Wenn wir weiterfahren, muss ich wieder kotzen«, drohte Émile, und Eliese machte täuschend echte Würgegeräusche.

»Okay, wir bleiben hier!« Jacques fuhr nicht den Hügel hinunter, sondern ein Stück den Waldweg entlang, der sich seitlich am Berg entlangschlängelte.

»Juchuuu! Jacques ist der Liebste!« Sofort hörten beide auf mit ihrer Show.

»Was machst du? Wo fährst du hin?«, fragte ich, nicht wirklich beunruhigt. Jacques hatte immer gute Ideen.

Er hielt an und drehte sich zu uns um. »Jetzt hört zu, ihr beiden! Das hier ist der Garten und der Wald vom Hotel.« Er zeigte zwischen die Pinienbäume. »Wir kommen noch ganz oft zurück, um Mum abzuholen. Und Otto.«

»Aber wir dürfen nicht in den Pool, sagt die blöde Frau!«

Ich nickte. Die »blöde Frau« hatte echt keine Ruhe gegeben, bis ich ihr versprach, mit den Kindern in einer Viertelstunde an ihrer Rezeption vorbeizukommen und die Villa zu verlassen.

Als ich sie Jacques beim Hinausgehen zeigen wollte, war sie nicht einmal an ihrem Platz und die Rezeption so leer wie vorher. Jacques hatte meine Hand genommen und damit herumgeschlenkert und sie dann sogar abgeknutscht. So verrücktes Zeug machte er manchmal. »Die muss vielleicht mal bisschen chillen oder was rauchen oder so«, war sein Vorschlag gewesen. Typisch mein Bruder.

»Wir sind gleich auf unserem obercoolen Campingplatz und dann müsst ihr mir helfen, das Zelt aufzubauen! Macht ihr das?«

Na klar, die Zwillinge zogen in vollendeter Gleichzeitigkeit die Nasen hoch und diskutierten, wer von ihnen Jacques am besten, am allerbesten und am super-aller-besten helfen würde.

»Verdammt, ich kann hier nicht wenden«, hörte ich ihn murmeln.

Wir fuhren immer weiter in den Wald hinein.

»Da war eben ein Schild, *Privatbesitz!*«

»Dann sollen die die Kette nicht auflassen, wenn man hier nicht langfahren soll.« Jacques wischte sich mit der Hand über die Stirn. Es war warm im Wagen, und obwohl wir alle Fenster hinuntergekurbelt hatten, roch es immer noch säuerlich … wahrscheinlich war auch etwas auf die Polster gekommen. Vermutlich an der Stelle, auf der *ich* gerade saß. Toll. Ich würde das Polster heute Abend noch irgendwie einseifen und abschrubben müssen. Aber mit was? Hatte Otto die Tube Handwaschzeug eingepackt? Oder ging vielleicht auch Geschirrspülmittel?

»Ich fahr zurück, sobald ich kann.«

»Rückwärtsgang?«

»Krieg ich bei dem Ding immer so schlecht rein.«

Ich warf mich zwischen die Kindersitze von Eliese und Émile zurück und presste meinen Rücken an das Polster. Ich hatte mit dem Führerschein noch nicht angefangen. Durch Mums Krankheit war ich einfach nicht auf den Gedanken gekommen, denn ich hatte sowieso so wenig Zeit, und mit dem Geld sah es auch nicht so toll aus, seitdem sie nicht mehr so viele Bilder verkaufte.

»Ein Häuschen!«, rief Eliese. »Das Haus einer guten Fee!«

Hoffentlich, dachte ich. Wir brauchen gute Feen! Die Sorgen machten sich schon wieder in mir breit. Mums rote Flecken auf den Wangen hatten sich als Fieber herausgestellt. Fieber war verdammt scheiße, wenn man Lymphdrüsenkrebs gehabt hatte.

Das von wildem Wein fast überwucherte Haus vor uns hatte zahlreiche Anbauten und Veranden und sah wirklich sehr verwunschen aus. Davor war ein runder Platz, der normalerweise wohl von einem zwei Meter hohen Holztor versperrt war, das aber sperrangelweit offen stand. »Okay, hier kann ich wenden.«

Vermoderte Balken lagen herum, ein alter hellblauer Motorroller lehnte an der Wand eines Schuppens und vor einer rostigen Hollywoodschaukel stand eine Zinkbadewanne, in der tatsächlich Seerosen blühten.

»Guckt euch das an, Leute! Cool«, sagte Jacques. Langsam lenkte er den Bulli um den Platz. Wir starrten aus den Fenstern. War das eine Hippiekommune? Der Wagen machte komische Geräusche und es roch plötzlich nach heißem Gummi. Nach *verbranntem* Gummi.

»Da ist eine Badewanne. Wie lustig, die haben draußen eine Wanne!«, rief Émile. Der Motor erstarb, wir rollten, wurden langsamer.

»Warum hältst du an?«

»Keine Ahnung. Das Ding ist einfach ausgegangen.« Jacques rüttelte an dem Schaltknüppel und drehte die Zündung um. Nichts.

»Fuck!«

»Sagt man nicht!«, kam es wie aus einem Mund von den Zwillingen.

»Otto anrufen?« Ich hielt mein Handy hoch.

»Hast du hier Empfang?«

Ich schaute auf das Display. Anscheinend nicht. »Mist, und wir stehen mitten auf diesem Hof!«

»Ja, sorry. Konnte doch nicht wissen, dass das Teil hier den Geist aufgibt! Spring an!« Wieder nichts. Zündung und Motor waren komplett tot. »Scheint die Elektrik zu sein.«

»Dann laufe ich schnell rüber und hole Otto.«

»Nee, lass den mal. Der soll sich um Mums Fieber kümmern. Vielleicht bekomme ich das alleine wieder hin.«

Du hast zwar Ahnung von Musik, aber keine von Autos, dachte ich und sah zu, wie er ausstieg.

»Und wenn jetzt die Fee kommt?« Eliese schaute mich mit den knallblauen Augen an, die Mum den Zwillingen vererbt hatte.

»Dann haben wir drei Wünsche frei!«

»Mir ist wieder schlecht«, sagte Émile in diesem Augenblick, also schnallte ich ihn so schnell wie möglich ab und riss die Schiebetür auf. Er ließ sich auf allen vieren auf die weichen Piniennadeln fallen. Ich landete mit einem Satz neben ihm. »Ich glaube, du musst nicht brechen, Süßer! Atme mal tief ein!« Doch er würgte sehr überzeugend.

»Na super!«, stöhnte Jacques vorne an der Motorhaube.

»Wenn ich Émile brechen höre, muss ich auch immer brechen«, sagte Eliese und stieg aus dem Auto. »Und die Fee ist gar keine Fee. Guck mal!«

Ich sah auf. Vor dem Häuschen stand ein alter Mann mit einer karierten Schiebermütze, einem blauen Hemd und weiten Hosen. Er trug Turnschuhe. Ich mochte alte Männer in Turnschuhen.

»Buona sera«, beeilte ich mich zu sagen. *»Abbiamo*

una …« Was hieß Panne auf Italienisch? »Unser Auto ist kaputtgegangen«, fiel mir ein, während ich Émiles Haare zu einem Zopf zusammenhielt. »Und entschuldigen Sie, dass wir überhaupt hier hingefahren sind. Mein Bruder …« Ich zuckte mit den Schultern und zeigte mit meiner freien Hand auf Jacques, der jetzt hinter seiner Motorhaube hervorkam.

»*Ciao!* Sie sind der Gärtner!« Er begrüßte ihn mit Handschlag. »Er hängt immer im Garten der Villa rum«, sagte er zu mir. »Hab ihn vorhin dort gesehen.«

Ich übersetzte Jacques' Worte und war erleichtert, als der Alte lächelnd fragte: »Und wer sind diese jungen Damen und Herren?«

Eliese warf sich von hinten auf meinen Rücken, versteckte ihr Gesicht und schniefte. Émile hockte neben mir auf den Knien und klopfte die großen Piniennadeln ab, die sich in seine Handflächen gebohrt hatten.

Ich stellte sie vor. »Sie sind nur etwas müde. Wir sind gleich wieder weg«, sagte ich auf Italienisch, während ich versuchte, Eliese von meinem Rücken zu klauben.

»Gibt es in Italien so etwas wie den ADAC?«, fragte Jacques. »Ich glaube, den brauchen wir jetzt.«

»Ich will nicht auf den Campingplatz. Ich will zu Mum!«

»Ich will keine Kurven mehr fahren.«

Und ich? Ich wollte mich am liebsten dem alten Mann in die Arme schmeißen und heulen. Oder schlafen. Einfach nur noch schlafen.

3

Felicia

Nein. Nein. Denk nicht an ihn! Er ist vergeben. Natürlich ist er vergeben. Wer würde so einen Typen auch alleine herumlaufen lassen? Ich warf mich auf mein Bett und weinte ein bisschen. Wenn ich mich schon mal verliebte, dann natürlich nur in unerreichbare Schauspieler oder Jungs mit einer Freundin. Klar. Wie die sich da vor der Suite in seine Arme geworfen hatte. Und er sich liebevoll mit ihr gedreht und sie dann auf den Kopf geküsst hatte, bis dahin hatte ich es ausgehalten, ohne wegzugucken … doch das Schlimmste kam ja noch. Hand in Hand spazierten sie wenig später an der Rezeption vorbei und er küsste dabei ihre Hand. Ich hatte es genau gesehen und gehört! Und mich gerade noch an die Wand neben dem Durchgang pressen können.

Dabei hatte er in den Tagen zuvor mit mir geflirtet. Zweimal war er an den Empfang gekommen und hatte mir zugelächelt … und einmal sogar was gesagt. Moment, wie war das noch? Ich drehte mich auf den Rücken, starrte an die Decke und ließ ihn vor meinem Auge an der Rezeption auftauchen. »Hallo?«… und dann: »Wo ist hier denn abends was los?« Und ich: »Na ja, kommt drauf an, was du machen willst.« Und dabei hatte ich es sogar geschafft, nicht wegzuschauen. Und er: »Keine Ahnung. Was essen. Live-Musik hören. Vielleicht später tanzen.« Ich hatte unseren Dialog schon tausendmal vor mich hin gesprochen und sogar Tamara auf WhatsApp geschickt. Und ich dann: »Also ich bin oft in Marina di Campo.« Obwohl das in letzter Zeit ja gar nicht stimmte. Und er: »Nimmst du mich mal mit?«

Das war doch wohl ein Zeichen, oder? Und ich: »…« *Cavolo!* – mein Pager piepte. Ich zog ihn von meinem Rock und schaute darauf. Mama. Okay, ich hatte geschworen, mich anzustrengen und mehr für das Hotel zu tun, aber das nervte jetzt echt! Und nun klingelte auch noch mein Handy. Babbo. Mein Vater. Im Ernst? Keine freie Sekunde hatte man hier …

Ich streifte den engen Rock ab, tauschte die Bluse gegen irgendein Sommerkleid aus meinem Schrank, schlüpfte in meine Flip-Flops und ging wieder hinunter.

Wie sich herausstellte, hatte ich einige Abreisen nicht richtig in den Computer eingegeben, sodass die Zimmerbelegung für morgen plötzlich nicht mehr stimmte. War ich das wirklich gewesen, hatte *sie* die nicht …? Ich konnte mich nicht an die Namen erinnern und ich erinnerte mich eigentlich immer an Namen, aber zu protestieren brachte nichts. Meine Mutter trommelte mit ihren Fingern auf dem Schreibtisch herum und hatte wieder ihren quengelnden Ton drauf. »Da muss ich mich auf dich verlassen können, Fé! Konzentrier dich doch bitte demnächst!« Schon kam Babbo von unten aus der Küche und verdonnerte mich zum Küchendienst. Ich hatte totalen Liebeskummer und die beiden Menschen, die mir eigentlich am nächsten stehen sollten, merkten nichts! Die sahen mich gar nicht, kapierten überhaupt nicht, was mit mir los war. Wie lange war ich abends schon nicht mehr aus gewesen? Wann hatte ich das letzte Mal meine Schulfreunde aus der Achten gesehen? Bevor ich nach Bern gegangen war, hatte ich massig Freunde gehabt. Doch seit ich in den Ferien dauernd helfen musste, war ich jeden Abend zu fertig, um mich zu verabreden.

»Aber ich kann nicht, weil …«

»Warum nicht?«, fuhr er sofort dazwischen. »Ich brauche dich hier, du hast deinen Geruchssinn ja noch und kannst wenigstens die Soßen abschmecken.«

»Können Ciccio oder Antonio das nicht machen?« Wofür waren die beiden Köche sonst da?

Babbo schloss die Augen und verzog das Gesicht, als ob er gerade unheimliche Schmerzen erleiden müsste, und schüttelte den Kopf. »Ist das denn so schwer zu verstehen? Wenn die das wissen, bin ich geliefert!«

Ich schaute ihn an. Wie lange willst du das der Welt denn noch vorspielen?, fragte ich in Gedanken, doch das sagte ich natürlich nicht laut. Ich würde nicht nur Soßen abschmecken, sondern auch wieder Salat waschen, Kartoffeln schälen, Knoblauchzehen schälen oder Zwiebeln schälen. Schälen, schälen, schälen. In einer Restaurantküche steht niemand untätig herum. Bei Nonno hatte ich immer gern zugeschaut und war stolz, ihm helfen zu dürfen.

»Okay.« Vielleicht war es besser, in der Küche zu arbeiten, als auf dem Bett zu liegen und um Jacques zu heulen. Jacques, Jacques, Jacques. »Wann brauchst du mich?«

»In einer Stunde gibt's Essen für Küche und Service.« Er rang sich sogar so etwas wie ein Lächeln ab und Mama sagte, das wäre doch noch schön viel Zeit und ich solle mich bis dahin oben etwas ausruhen. Schon waren sie besser gelaunt. Alle beide.

»Nee, ist schon gut.«

Ich ging durch die Terrassentür nach draußen in den Garten. In den letzten zwei Tagen hatte ich immer unauffällig Ausschau nach Jacques gehalten, um ihm endlich die Gelegenheit zu geben, sich mit mir zu verabreden, und in meinem Magen hatte es gekribbelt wie wild, aber das konnte ich nun ein für alle Mal vergessen! Er war mit dem dicken Mädchen zusammen. Klar, gleiche Haut, gleiche Wurzeln. Vermutlich würden sie auf Jamaika heiraten oder wo immer sie auch herkamen. Und es war mir scheißegal, ob das jetzt wieder ein rassistischer Gedanke war …

Ich lief am Pool vorbei. Niemand lag mehr auf den Sonnenliegen. Am ersten Morgen hatte er hier von seinem Buch hochgeschaut und mich angelächelt, mit diesen wahnsinnig schönen Augen und den weißen Zähnen, aber das war es für diesen Tag dann auch schon gewesen. Ich hasste diese dicke kleine Kuh und ihre vorstehenden Brüste, die sie offenbar jedem zeigen musste.

Ihr könnt mich mal, dachte ich, während ich mich auf den Weg zu Giancarlo machte. Ihr könnt mich mal, alle! Vergessen war mein Besser-werden-Schwur von vorgestern. Natürlich meinte ich nicht Jacques, sondern meine Eltern. Und die dicke Kuh, die sowieso. Ich wollte zu Nonno, ich *brauchte* ihn jetzt. Nur bei ihm kam ich zur Ruhe, wenn ich mich über meine Eltern aufgeregt hatte. Und heute war alles noch schlimmer. Viel Zeit hatte ich nicht, aber ich sehnte mich ja auch nur nach dem leichten Wiegen der Hollywoodschaukel und ein paar Minuten Ruhe, um alles zu vergessen. Vor allen Dingen das Bild der beiden, als er sie an diesem Nachmittag hochhob, und später seinen Kuss auf ihre kindliche Patschehand. Meine Hände ließen sich bestimmt viel besser küssen!

Auf Nonno konnte ich mich verlassen. Er war großartig, er fragte nicht viel, wenn ich zu ihm kam, sondern brachte mir meistens erst mal ein Glas frisch gepressten Orangensaft, das ich trank, während ich von der Hollywoodschaukel in die hohe Krone von Onkel Pinie, *Zio Pino,* schaute.

Nonna Rosanna fiel mir ein und ihre vielen Geschichten, die ich nie mehr von ihr hören würde. Über die Sagen und uralten Mythen der Insel, über die Steine am Strand von Le Ghiaie und dass die Leute behaupteten, dass der Baum älter war, als Napoleon heute wäre, und man ihn nicht ärgern dürfe! Wer würde es schon wagen, unseren *Zio Pino* zu ärgern?, hatte ich als Kind gedacht und dann seinen Stamm umarmt. Ganz herum kam ich natürlich nicht mit meinen Armen, er war viel zu dick dazu.

Das Licht änderte sich. Ich schaute nach oben. Zog ein Gewitter auf? Zwischen den hohen Stämmen der Pinien wurde es bedrohlich dunkel, als ich den Waldweg entlangeilte. Jeder andere hätte vielleicht Angst bekommen, aber ich kannte jeden Baum, jeden Busch. Früher war ich mit meinem Cousin Raffaele nachmittagelang durch die Gegend gestrolcht. Eigentlich war er ein Cousin zweiten Grades, aber dafür gab es im Italienischen kein Wort. Hier im Wald und auch auf dem Weingut waren wir herumgelaufen, auf dem nun nur noch Großtante Simonetta (die mit dem Anwalt und dem Brief) ihre Angestellten und Traubenpflücker schikanierte. Wie es dort wohl inzwischen aussah? Ich war jahrelang schon nicht mehr drüben gewesen.

Doch im Moment war mir das mehr als egal. Nonno würde mir ein paar eingelegte Artischockenböden servieren oder eines seiner köstlichen *Sugo-di-pomodori*-Gläser öffnen, von ihm eingekochte Tomatensoße, und über schnell gekochte Spaghetti kippen. Ein kleiner Teller wäre okay. Ich hatte den ganzen Tag nur ein halbes Croissant und einen Apfel gegessen. Ich würde mich in die Hollywoodschaukel werfen, in Ruhe ein bisschen was essen, ohne dass Mama mir was vom Dickwerden erzählen konnte, oder nur etwas trinken, den Grillen zuhören und versuchen, diesen dahergelaufenen Jungen aus Hamburg zu vergessen. Aber … was …? Was stand da vor Nonnos Haus? Etwas Rotes schimmerte durch die Baumstämme. Als ich näher kam, sah ich, dass es ein Auto war. Ein Campingbus, direkt und unverschämt dicht unter dem *Zio Pino* geparkt. Was hatte der hier verloren? Diese Touristen werden auch immer schlimmer, dachte ich. Sie latschen überall rein, sie trampeln überall durch, sie fahren in jeden Weg, egal wie viele *Betreten-verboten*-Schilder sie dabei umnieten müssen.

Langsam ging ich näher und blieb mit einem Ruck stehen: Ich hörte Kinderstimmen … und da konnte ich sie auch schon sehen. Nicht zu fassen! Es waren die kleinen Monster, die heute im Pool herumgesprungen waren, und da vorne stand auch die dicke Kuh!

Nein! Sie hatte mir schon Jacques weggeschnappt, jetzt nicht auch noch Nonno. Das war *mein* Opa, die sollte ihn in Ruhe lassen! Na warte, der würde ich was erzählen!

Obwohl es mit den Flip-Flops auf dem weichen Waldboden schwierig war, beschleunigte ich meinen Schritt.

Doch sie hatte mich offenbar schon gesehen, denn sie erwartete mich mit den Kindern in einem hämischen Dreiergrüppchen … Wo war der, an den ich nicht mehr denken wollte? Wo war der hübsche Jacques?

»Catta! Da ist die blöde Frau wieder!«, rief eines der beiden Kinder und zeigte mit dem Finger auf mich.

»Aber du kannst uns nicht wegschicken, wir dürfen hierbleiben, wir bauen vielleicht sogar das Zelt auf!« Sie verzogen ihre Gesichter und grinsten frech. Dass sie mir nicht noch die Zunge rausstreckten, war alles.

Wie? Hierbleiben? Ich starrte die kleine Dicke böse an. Sie war ungefähr so alt wie ich. Ihre unzähligen geflochtenen Zöpfe kringelten sich oben auf dem Kopf zusammen wie schwarze Würmer, um die man ein Gummiband geschlungen hatte. Sie fand das bestimmt »megageil« und sexy. Und er auch, denn er war mit ihr zusammen. In diesem Moment strich sie den beiden Monstern über die verfilzten langen Haare und grinste arrogant: »Reg dich nicht auf! Wir haben eine Panne. Sonst wären wir schon längst weg.«

Ich funkelte sie nur an. Was machten die sich hier breit? Und was waren das eigentlich für Kinder? Wenn *Catta* – was war das überhaupt für ein Name! –, wenn Catta nicht deren Au-pair war, was war sie dann? Doch nicht ihre Mutter? Und Jacques? War niemals der Vater, also bitte, das kam mit der Farbe nicht hin und außerdem hätten sie dann ja mit zwölf anfangen müssen ... Wo waren die Eltern von den Kindern?

Da kam Giancarlo endlich aus dem Haus. *»Gioia!«* Immer nannte er mich »Freude« oder manchmal auch *amore*, ich mochte das. Beinahe hätte ich mich vor lauter Stress und Wut in seine Arme geworfen und geweint, ich war zwar mittlerweile größer als er, doch er konnte mich immer noch so herrlich festhalten wie früher. Aber nicht vor diesen Kindern und der Kuh hier, niemals!

»Komm zu uns! Diese kleine Familie aus Deutschland ist hier vor meinem Haus zufällig gestrandet und braucht ein bisschen Hilfe. Wir machen ein Feuer und grillen was.«

Familie? Also gehörten die doch irgendwie zusammen?

»Ich habe wirklich keine Zeit, Nonno«, sagte ich und drehte mich schon wieder halb weg von ihm. Immerhin konnten uns die dicke Catta und die Monster nicht verstehen. »Wollte nur schauen, ob es dir gut geht.« Meine Stimme hörte sich leider ziemlich weinerlich an. Feuer machen! Grillen. Und das alles mit *ihm!* Eine heiße Welle der Eifersucht stieg von meinem Magen bis hoch in die Brust. Und da war er auch schon: Gut aussehend und wie in Zeitlupe kam Jacques hinter dem Bus hervor und betrat die Szene. Okay, das mit der Zeitlupe ist ziemlich klischeehaft, aber es kam mir in dem Moment so vor. Jacques! Mein Herz machte einen komischen Sprung und dann noch einen und meine Beine wurden vor Schreck und Freude, ihn wiederzusehen, ganz kraftlos. Er zog die Augenbrauen hoch und lächelte mich an und machte sogar einen Schritt auf mich zu, als ob alles doch noch irgendwie gut werden könnte, vielleicht sogar einen ganzen Sommer lang … da drehte die kleine Dicke sich um und war im Nu bei ihm. Sie legte beide Hände an seine Brust, so richtig theatralisch, und hielt ihn davon ab, weiter auf mich zuzugehen. Sie stellte sich auf die Zehenspitzen, flüsterte ihm was ins Ohr und zeigte mit dem Kopf auf mich. Auch von hinten erkenne ich sofort, wenn über mich gesprochen wird, und wusste, auch ohne es zu hören, dass sie so etwas wie »das da ist die fiese Tussi aus dem Hotel; *die* hat uns aus dem Pool geworfen« oder so ähnlich sagte. Denn nun guckte er ganz anders, zuckte mit den Schultern und grinste ein letztes Mal halbherzig herüber, dann pfiff er nach den Kindern und verschwand mit ihnen an Nonno vorbei ins Haus. Unglaublich! Ins Haus! So weit war sie also schon vorgedrungen, die kleine Familie …

Ich hoffte, Nonno merkte, wie wütend ich war und wie sehr er mich enttäuschte, und dass er diese Assi-Familie schleunigst aus unserem Wald verbannen würde! Ich hatte echt Ärger bekommen, weil die Gören heute Nachmittag im Pool rumgetobt waren. Nicht nur von dem dicken Stuttgarter aus Zimmer *Ninetta* und von Mama, auch Babbo hatte die Szene aus der Villa vom zweiten Stock aus beobachtet und mich dafür angemeckert, obwohl er überhaupt nicht wusste, worum es gegangen war. Und nun bekam die Kuh, die mit ihm zusammen sein durfte, sogar noch eine Nacht Abenteuerurlaub und Nonnos geniale Fenchelwürstchen hinterhergeworfen? Gratis? Obwohl mir das so wehtat?

Na und!, sagte eine Stimme in mir. Morgen sind sie wieder weg. Aber du bist hier zu Hause und kannst *immer* zu Nonno gehen! Es gehört alles dir! Alles!

Ja, aber sie hat Jacques!, antwortete ich in Gedanken.

Laut rief ich: *»Ciao Nonno!«*, und machte mich auf den Rückweg. Die Piniennadeln pikten an den Sohlen der Flip-Flops vorbei in meine Fußsohlen. Es gehört alles dir! Das Hotel, der Garten, der Wald, *Zio Pino*. Alles, wiederholte die Stimme. Aber was hatte ich davon? Wann verliebte ich mich schon mal? Es war einfach ungerecht, so ungerecht! Wieder hörte ich ein Donnergrummeln in der Ferne. Es zog wirklich ein Gewitter auf, der leichte Wind hatte sich gelegt und die Luft stand schwer und düster zwischen den Baumstämmen. Ich schaute nach oben, der Himmel war dunkelgrau, nichts regte sich, kein Ast, keine einzige Piniennadel. Die ganze Welt schien stillzustehen, außer mir, und es war gespenstisch ruhig. Da flatterte auf einmal ein Schwarm Vögel aus dem *Zio Pino* empor, sie zwitscherten hysterisch und zeichneten einen Kreis in den Himmel, bevor sie über den Wipfeln des Waldes verschwanden. Der Baum! Das gab es doch nicht! Seine Äste bogen sich lautlos hin und her, obwohl es doch komplett windstill war und keiner seiner Nachbarbäume sich regte! Ein kalter Schauer lief mir über den Rücken, gleichzeitig britzelte meine Haut und die blonden Härchen auf meinen Armen richteten sich auf, so viel Energie lag in der Luft. *Dio*, was war hier los?

Ich warf einen kurzen Blick nach hinten. Nonno und das Mädchen guckten nach oben, erstarrt wie die Nachbarbäume, aber auch sie merkten offenbar, dass der *Zio Pino* sich so seltsam bewegte. Ich schaute wieder nach oben. Doch nun rührte sich dort nichts mehr. Hatte ich mich vertan? Aber ich hatte doch etwas gespürt, ich strich über den blonden Flaum auf meinen Armen. Auch das unverschämte Mädchen glotzte nun wieder nur mich an. Und wennschon! Ich ging weiter, ich musste sowieso ins Hotel zurück.

Nach ein paar Schritten knallte plötzlich etwas an meine Schulter. *Aie!* Aua. Ich drehte mich um. Ein dicker Pinienzapfen hatte mich getroffen und lag jetzt am Boden. *Cavolo!*, ich rieb die Stelle mit meiner Hand, das hatte echt wehgetan. Ich schaute mich um. Die höchstens ein Meter sechzig kurze Queen Latifah war aus ihrer Versteinerung erwacht und suchte gerade ganz unauffällig etwas im Auto. Hatte die ihn etwa hinter mir hergeworfen? Ohne zu zögern, hob ich den Zapfen auf. Er war ungewöhnlich groß und lag schön schwer in der Hand. Obwohl ich eigentlich zu weit weg war, zielte ich auf ihren runden Hintern, der unter dem kurzen Stück Stoff aus dem Campingbus herausragte, schleuderte ihn los und … traf auch noch. Nun kam auch endlich richtiger Wind auf und wirbelte mir irgendwas ins Gesicht und in die Augen.

»Ey!«, hörte ich sie schreien und dann konnte ich auch wieder sehen. Sie fasste sich an ihren dicken *culo,* kam mit dem Oberkörper aus dem Auto hervor und starrte mich mit offenem Mund an. Also, richtig intelligent sah das nicht aus.

»Sag mal, was geht hier eigentlich ab? Erst wedelt der Baum rum, als ob jeden Moment der Blitz einschlägt, und nun spinnst du total, oder was?«, schimpfte sie los und warf den Pinienzapfen mit voller Wucht zurück. Er flog knapp an meiner Hüfte vorbei. Wow, sie war richtig wütend und hatte endlich nicht mehr ihr überlegenes Grinselächeln im Gesicht. Das freute mich.

»Frag dich selber, *stupida!*« Was Besseres fiel mir nicht ein. Ich duckte mich, denn sie hatte sich wieder gebückt, um etwas aufzuheben, und schon flog ein weiterer Zapfen in meine Richtung. Auch dieser verfehlte sein Ziel, aber der nächste traf mich am Bein. Der Wind hatte sich wieder gelegt, doch die Äste von *Zio Pino* bewegten sich trotzdem wie von Geisterhand. Das war doch nicht möglich! Aber ich konnte mich nicht länger darüber wundern, denn nun prasselten große und kleine Zapfen auf uns herab, knallten auf das Autodach und sprangen davon. Dann war es wieder still.

»Bitch!«, rief sie.

Na klar, solche Mädchen sagten dauernd *»Bitch!«*. Ich fing nun auch an, mit beiden Händen kleinere Pinienzapfen vom Boden zusammenzuklauben, und feuerte zurück.

»Stronza!« So. Das war im Italienischen mindestens genau so übel wie *»Bitch!«*. Ich wich keinen Zentimeter zurück, im Gegenteil, um besser zu treffen, kamen wir uns immer näher.

»Ragazze! Mädchen!« Nonno stand neben uns, außer Reichweite des Zapfenhagels natürlich. »Das ist nicht recht! Das mag er nicht!«, rief er auf Italienisch. Ich hielt inne. *Zio Pino* mochte es nicht, wenn …? Da flog ein Zapfen direkt auf mein Gesicht zu und prallte mit einem trockenen »Pock!« von meiner Stirn ab. Was für eine Frechheit! Ich warf die drei Geschosse, die ich noch in der Hand

hielt, als Antwort zurück. Leider verfehlten sie alle ihr Ziel und landeten stattdessen auf dem Heck des Wagens.

»*Basta! Basta!*«, rief Nonno.

Warum sagte er *mir* das? Wer hatte denn angefangen? Diese *stronza* doch. Ich drehte mich um und ging erhobenen Kopfes davon.

4

Catta

Es klopfte und jemand riss gleichzeitig die Tür auf, ich erschrak bis in die Zehenspitzen und zuckte unter der Decke zusammen. Wer machte denn morgens so einen Scheiß-Lärm, wir hatten doch Ferien! Ich stellte mich tot und versuchte, wieder in meinen Traum zu flüchten.

»Sag mal, ich wundere mich, warum du noch nicht längst unten bist, die Gäste wollen abreisen und stehen Schlange, dabei liegst du hier dick und bräsig im Bett!«

Dick? Bräsig? *What the F…?*

Wieder ein grässlicher Lärm. Wer war das? Ich kannte die Stimme nicht. Das Licht stach in meine Augen. Hallo?! Können wir das hier mal ganz schnell wieder schön dunkel machen? Was zum …?

Kein Traum, das war kein Traum! Dafür fühlte es sich zu echt an. Das Laken und die dünne Decke, die weiche Matratze unter mir und dieses verdammte Licht …

Halluzinationen! Das mussten Halluzinationen sein. Jacques hatte mir davon erzählt. Ein Kumpel von ihm hatte irgend so ein Zeug genommen und war von dem Trip nicht mehr runtergekommen. Seitdem konnte man ihn in der geschlossenen Abteilung in Ochsenzoll besuchen. Ziemlich bekannt in Hamburg. Aber als mein Bruder mich gestern Abend zu einem kleinen Joint überreden wollte, hatte ich doch gar nicht mitgeraucht. Ich vertrug das nicht besonders gut und wegen der Zwillinge fand ich es auch nicht in Ordnung, wenn wir uns *beide* die Birne zudröhnen würden. Die Zwillinge, der kaputte Bulli, der nette alte Giancarlo, unser kleines Lagerfeuer … ich konnte mich genau erinnern, wie ich mich Würstchen-satt und vom Feuer leicht geräuchert mit Émile und Eliese auf die große Liegefläche im Wagen unter die dünnen Schlafsäcke gekuschelt hatte. Aber warum zum Teufel lag ich dann in einem Bett mit einem Laken und einer Wolldecke über mir?

Langsam setzte ich mich auf und erkannte, wo ich war.

Geschlossene Abteilung.

Ganz eindeutig.

Alles war so weiß und kahl wie in einem Krankenhaus und die blonde dünne Frau da am Fenster, die die Läden aufgestoßen hatte, war bestimmt die Ärztin. Fuck. Was hatte ich genommen?

»Fé! Eins steht fest: *So* bist du uns keine Hilfe!« Sie klang vorwurfsvoll und ein bisschen schrill. Irgendwo hatte ich sie schon mal gesehen.

Ich schüttelte den Kopf und nickte gleichzeitig. Äh … Nein. Ich war nicht Fé und deswegen wirklich keine Hilfe. Apropos Hilfe: Wie es Mum wohl ging? Hoffentlich hatte sie kein Fieber mehr. Bevor ich mir weiter Sorgen machen konnte, wurde ich unterbrochen: »Hier, zieh dich schnell an!« Die Ärztin ging zu einem Kleiderschrank, der an der Wand des kleinen Zimmers stand, riss ihn auf und fetzte die Bügel aneinander. »Der Rock von gestern geht noch und die weiße Bluse hier ist ja wenigstens gebügelt. Jetzt aber zack, zack, Beeilung! Ich muss wieder runter.«

Zack, zack, Beeilung. Ich musste fast grinsen und schüttelte wieder den Kopf. Was für ein komischer Film lief denn hier ab? Echter ging es nicht. Was immer ich genommen hatte: Es musste starkes Zeug gewesen sein.

»Und, na ja, ich sag es ja ungern, aber dein Rock sitzt in letzter Zeit ein bisschen s-tramm, wie man bei uns in Hamburg sacht.«

Hamburg, bei uns in Hamburg! Wenigstens meine Heimatstadt und der Dialekt kamen in diesen Wahnvorstellungen vor.

»Vielleicht solltest du in der Küche nicht so viel *mousse au chocolat* naschen.« Mit diesen Worten verschwand die blonde Frau und machte sogar die Tür hinter sich zu.

»Nee, watt'n Schietkroam«, murmelte ich in breitester Hamburger Aussprache und setzte mich auf. Mein Kopf war also noch in Ordnung, er funktionierte, doch dann fiel mir auf, dass er sich auf der Kopfhaut komisch leicht anfühlte, und hinten am Rücken war es ganz warm. Dort hingen nämlich Haare! Ich tastete danach und zog sie nach vorne, vor meine Augen. Lange! Blonde! Haare!

Beinahe hätte ich aufgeschrien. Was zum …?! Krass! Und meine Hand war weiß, meine Haut am Arm … das war nicht mein Arm, das war definitiv alles nicht *ich!* Denn ich war plötzlich weiß und hatte keinen Busen mehr, ich schleppte dort mindestens ein Kilo weniger mit mir rum, denn es war mehr als flach unter dem komischen hellrosa T-Shirt, das ich trug.

Jacques, ich muss dir was erzählen, Jacques! Hilfe! Was, wenn ich nie wieder aus diesem Horror aufwache?

Ich sprang aus dem Bett und hätte mir fast die spitzen Knie ins Gesicht gerammt. Ich war es gewohnt, ein bisschen Schwung nehmen zu müssen, doch irgendwie hatte ich es gerade übertrieben.

Ich tappte über den Steinboden und fühlte mich komisch »leicht« dabei. Und diese schmalen weißen Füße mit den ultralangen Zehen, wie seltsam sahen die denn aus? Ich brauchte einen Spiegel, gab es in dieser Anstalt einen Spiegel? Dort, an der schmalen Seite des Kleiderschranks hing einer. Ich holte tief Luft und stellte mich davor.

Nein!

Ich krümmte mich zusammen, bückte mich weg und stöhnte auf. Nein!!

Das könnt ihr nicht machen! Ihr habt mich … das ist doch … Langsam drehte ich mich wieder um und sah eine weibliche Person mit blauen, weit aufgerissenen Augen, die beide Hände vor den Mund hielt. Ich bewegte die rechte Hand – die blonde Tussi im Spiegelbild machte genau die gleichen Bewegungen, die blonde Tussi … war die aus dem Hotel, die blöde Frau, wie Émile und Eliese sie nannten!

Ich sah mich an, sah *sie* an, ich sah mich mit ihren blauen Augen, dabei waren es doch *meine* Augen, *mein* Gehirn, mit dem ich mich immer noch anschaute! Aber es war eindeutig nicht mein Körper! Wir schüttelten den Kopf. Ihre weiße Haut! Ihre langen blonden Haare, okay, die waren ganz schön und weich, viel weicher als meine. Meine? Wenn ich in *ihr* steckte, was war dann mit meinem wunderbar kurvigen, vom Hip-Hop gut trainierten Körper? Lag der etwa im Bulli? Mit *ihr* drin, bei meinen süßen Geschwister-Zwillingen? Wieder sah ich in den Spiegel und ging ganz nah heran. Unmöglich, unmöglich. Ich, also mein Gehirn mit all seinen Gedanken, war in ihr. In ihrer Haut, in ihrem Körper ohne Brust und Arsch. Wie konnte man nur so dünn sein?! Hallo?! Diese Hüftknochen da an den Seiten, wie eckig fühlten die sich denn an? Keine Muskeln, kein Fleisch, nichts Rundes … dafür aber ein flacher Bauch. Wow. Auch die Oberschenkel waren ultradünn. Ich tastete alles mit den langen Fingern ab. Konnte kaum atmen. Ich guckte die Gestalt im Spiegel fragend an. Sie guckte fragend zurück. Dann böse. Sie guckte böse zurück. Nun verzog ich den Mund probehalber zu einem Lächeln. Zum Vorschein kamen ihre Zähne, schöne Zähne. Gott sei Dank. Zwar nicht ganz so groß und weiß wie meine, aber immerhin.

»Ach du Scheiße!«, sagte ich und räusperte mich sofort. Die Stimme war einfach zu leise und ebenfalls dünn. »Okay, Fé!«, sagte ich lauter. Dass sie so hieß, wusste ich ja jetzt. »Ziehen wir uns an und dann … verdammt … ich weiß nicht, was ich dann mit dir mache«, murmelte ich, während ich nach Unterwäsche suchte. Ich konnte ja schlecht nackt unter diesem lila Rock durch das Hotel geistern. Denn im Hotel waren wir, das hatte ich nach einem Blick aus dem Fenster schnell festgestellt. Die Kronen der Pinien und die gestreifte Markise der Terrasse waren von hier oben zu sehen. Dahinten war der Pool und – etwas weiter weg – das lang gestreckte Haus, in dem Mums Suite lag. Mum! Mum musste mir helfen. Und Otto! Otto wusste meistens, was zu tun war.

Aber, oh Gott, ich konnte ihnen doch so nicht gegenübertreten! Mum würde zusammenbrechen. Ich konnte *niemandem* so begegnen. Niemand würde mir glauben! Außer …?

Sie!

Sie! Diese komische Zicke, die gestern so gestört drauf war und mich aus dem Nichts heraus mit Pinienzapfen beworfen hatte.

Und der ich in diesem Moment leider wahnsinnig ähnlich sah. Mein Gott, wo bewahrte sie ihre Unterhosen denn auf, wenn nicht in einer der Schubladen dieser alten Kommode hier?

Im Schrank, okay. Ich suchte mir einen Slip aus, der einigermaßen groß erschien, aber Moment, ich griff kurz an mein Hinterteil. Mein Gott, auch der winzigste Slip würde passen. Ich hatte nur noch einen Mini-Po unter dem langen T-Shirt und … Augenblick mal … rasiert war ich auch nicht. Oje. Blonde Schamhaare? Ich war zu feige, um das jetzt genauer zu untersuchen, und irgendwie erschien es mir auch zu privat. Schnell schlüpfte ich in die Klamotten, die die Ärztin … besser wohl die nervige Mutter von Fé … über den Stuhl gelegt hatte. Wie sie sie angemotzt hatte. »So bist du uns keine Hilfe!« Und das am frühen Morgen! Kein Wunder, dass Fé so mies drauf war. Und was noch? Sie sollte *noch* dünner werden? Pff, wie das denn bitte? Die tickte doch nicht mehr richtig, die Alte.

Im Bad – immerhin, sie hatte ein eigenes Bad – checkte ich ihre Kosmetika kurz ab und kämmte die hellblonden Haare durch, die nicht mir gehörten. Wie einfach das ging. So glatt. Und 'ne schöne Farbe. Waren wohl auch nicht gefärbt und hatten keinen Spliss in den Spitzen. Bravo, Felicia. Sowieso schien die ganze Felicia ziemlich brav zu sein. Ich konnte keinen knalligen Lippenstift entdecken, nur *nude* und matt und *nature* …

Zähne putzen? Ihh, sollte ich etwa ihre Zahnbürste nehmen?

In diesem Mund war sie ja schon gewesen, aber jetzt war ja mein Gehirn dahinter. War es jetzt mein oder ihr Mund? War es überhaupt mein Gehirn? *Oh Fuck!*

Eins stand fest: Ich musste da schnellstens wieder raus!

Meine Hände zitterten, als ich die Türklinke herunterdrückte und in den spießigen Lackschuhen, die mir ausgezeichnet passten, die ich aber natürlich niemals angezogen hätte, oben an der Treppe stand. Ich wollte zu unserem Campingbus. Und am besten ungesehen! Denn was sollte ich hier im Hotel erzählen? Ich bin nicht die, für die ihr mich haltet …?

Oder: Tut mir leid, ich kenne Sie nicht, ich stecke nur im Körper Ihrer Tochter fest und habe keine Ahnung, wie das passiert ist …?

Die würden mich doch sofort einweisen. Und zu Recht! Ich zog die Schuhe wieder aus und schlich barfuß die Treppe hinunter. Vielleicht gelang es mir, ungesehen an der Rezeption vorbei und in den Garten zu kommen. Von da aus wäre es nicht schwie…

»Feli-tscha? Da bist du ja endlich! Aber warum hast du keine Schuhe an?«

Shit. Die blonde Frau kam die Treppe hoch, sie sah Felicia übrigens verdammt ähnlich, und nun wusste ich auch, woher ich sie kannte. Sie hatte uns gestern am Pool beobachtet. Die gesunde Mutter ohne Krebs … Sie war Felicia in erwachsen – dünn und mit massig vielen Enttäuschungen im Gesicht. Sie sah immer noch auf die Schuhe in meiner Hand.

»Sorry, die drücken irgendwie.« Gut gelöst , Catta!

»Du kannst doch nicht barfuß vor den Gästen … nun mach fix, dass du an den Empfang kommst. Wir haben eine Schweizer Reisegruppe, die gleich nach dem Frühstück ausgecheckt werden muss. Ich befürchte, die wollen alle eine Einzelrechnung …«

»Ja. Schrecklich. Immer diese Einzelrechnungen.« Ich grinste, lachte schon fast. Plötzlich war ich davon überzeugt, dass es sich doch nur um einen Traum handeln konnte. Alles andere war einfach zu bekloppt. Oder ich lag gerade mit Halluzinationen in der geschlossenen Abteilung. Na dann … konnte ich doch noch ein bisschen das Hotel aufmischen, wo ich gerade schon dabei war, den Computer durcheinanderbringen oder so was. Ich konnte tun, was ich wollte! War ja *mein* Traum, was machte ich mir darüber überhaupt Gedanken? Wer weiß, vielleicht konnte ich ja sogar fliegen, schließlich war in meiner Fantasie alles möglich! Ich machte einen großen Satz von den letzten zwei Stufen und landete weich auf meinen nackten Füßen in der Lobby, aber na ja, Fliegen sah anders aus.

»Felicia! Du hast ja immer noch nicht deine Schuhe an! Jetzt reicht's aber!«

Okay, du hast es nicht anders gewollt. Ich zog die Schuhe an, ging vor ihr her an die Rezeption und stellte mich hinter den weißen Tisch. Und nun? Die Schale für die Schlüssel war leer. Ich verschränkte die Arme vor meinem lächerlichen rosa Push-up-Bra, der unter meiner Bluse schlummerte und kaum was zu pushen hatte, und sah mir den Computer an, der auf einem kleinen Tisch in der Ecke stand. Die blonde Frau, Felicias Mutter, hatte sich in das Zimmer verzogen und tippte hastig irgendetwas auf der Tastatur. Was war mit Frühstück? Mein Magen knurrte ganz gewaltig und ich fühlte mich schwach.

»Gruezi!« Oh, da war ja schon die Reisegruppe. Mit tausend Rollkoffern kamen sie von der Treppe auf der anderen Seite der Halle heruntergepoltert und bauten sich vor mir auf. »Wir hätten gern die Räch-nung!« Sie waren alle braun gebrannt, weißhaarig und uralt.

»Für jedes Zimmer eine, bitte!«

Oje, sie waren mindestens zu zehnt.

»Aber Fräulein! Die Minibar zahlen wir ni-cht!« Der Typ sprach es aus wie »Nacht«. Allein beim Zuhören bekam ich Halskratzen und eine unbändige Lust, ihn nachzumachen.

»Warum ni-cht?« Ich erhob meine Stimme am Ende des Satzes und klang fast wie er.

Da kam die nervige Mutter auch schon aus ihrem Büro geschossen und gab mir *den* Blick! Mein Gott, konnte die gucken. Mit übertrieben süßer Stimme fragte sie, ob sie helfen könne.

In den Minibarfläschchen wäre Wasser statt Gin »g'wäsn« und auch der Wodka sei wohl ausgetauscht worden, beschwerte sich der Wortführer der Schweizer.

Die Mutter seufzte kurz auf und entschuldigte sich bei den Omas und Opas. »Dann lass die Rechnungen ohne die Minibar raus, Felicia«, sagte sie zu mir. »Bei allen Zimmern.«

Die Schweizer Rentner freuten sich und laberten wild durcheinander.

»Jetzt trinken die auch schon beim Zimmerputzen«, murmelte die genervte Frau Hoteldirektorin oder was immer sie hier darstellte, und schüttelte den Kopf. Wieder blitzten ihre Augen mich an: Wird's bald mit den Rechnungen!, sollte das wohl heißen.

»Geht nicht«, stammelte ich. »Habe Durchfall, ganz schlimm.« Ich drückte mich durch die Gruppe, die mir unwillig Platz machte, und lief in die Lobby. Obwohl ich wusste, dass Felicias Mutter mir nachstarrte, rannte ich weiter und durch die Terrassentür. Raus. Ich wollte nur raus. Außerdem hatte ich ja auch keine Ahnung, wo die Toiletten überhaupt waren. Ich legte einen Zahn zu, rannte am Pool vorbei und hoffte, dass das Gelände nicht eingezäunt und der Weg zu dem kleinen Haus des netten alten Mannes nicht versperrt war …

Ich atmete, ich japste nach Luft, ich bekam Seitenstiche. Mein Gott, dieser Körper hatte keine Kondition, er war völlig untrainiert und schlapp. Außerdem hatte er noch nichts zu essen bekommen.

Endlich kam das herrliche Rot unseres Campingbusses in Sicht. Er war noch da! Sie waren alle noch da! Jacques!, wollte ich schon rufen, doch dazu fehlte mir der Atem. Scheiße. So langsam fing ich an, daran zu zweifeln, dass das alles ein Traum war. Konnte man da echtes Seitenstechen haben?

Ich durfte erst mal nur mit der falschen Catta sprechen, ich musste sie wecken und unbedingt wieder in meinen Körper kommen. Alles andere wäre eine Katastrophe!

5

Felicia

Ich erwachte, weil mir fürchterlich heiß war und etwas auf mir drauflag. Etwas Lebendes. Ich lag auf dem Rücken, ich schlafe immer auf dem Rücken, und spürte warme Haut an meinem rechten Bein und auf der anderen Seite drückte sich etwas Haariges unter meinen Arm. Ich schlug die Augen auf und starrte auf eine graue Fläche, dicht über mir. Rechts und links nahm ich gestreifte Vorhänge und einen kleinen Schlitz wahr, durch den graues Tageslicht ins Dunkel fiel.

Ein Wohnwagen? Ein Auto? Aber warum sollte ich in einem Auto liegen?, fragte ich mich, bevor ich mich dem zuwandte, das dicht an mir klebte. Kinder! Gleich zwei und ich wusste auch, wer sie waren. Die langhaarigen Gören vom Pool. Schnell setzte ich mich auf und schüttelte sie dabei ab. Sie wachten nicht auf, sondern knurrten nur ein bisschen. Das links von mir schmatzte leicht. Hatte es mich etwa angesabbert? Ich schaute an mir herunter. Was waren das denn für zwei Dinger unter dem dünnen schwarzen Top? Über Nacht schienen meine Brüste sich verdreifacht zu haben. Ich tastete verstohlen daran herum. Okay. Sie waren … groß und standen vor. Und was war mit meinen Armen passiert? Im dämmrigen Licht sahen sie ganz braun gebrannt aus und auch irgendwie prall. Ich tastete sie ab. Ich hatte Muskeln, richtig stramm, wenn ich sie anspannte. An den kurzen Fingernägeln entdeckte ich bei der Gelegenheit türkisfarbenen Nagellack. Ich würde nie türkisfarbenen ... Plötzlich regte sich etwas vor mir. Von der Decke baumelten ein paar große Füße und braune Beine, dann schoben sie sich weiter runter, um auf dem Ende meiner Liegefläche zu landen. Dort oben schien eine Koje zu sein, in der jemand geschlafen hatte. Er trug nur Boxershorts und war ansonsten nackt. Seine Schultern waren breit und seine schwarzen Haare wippten, als er auf den Boden sprang. Das ganze Auto wurde davon erschüttert, jetzt öffnete er die Schiebetür und ich konnte für den Bruchteil einer Sekunde sein Gesicht sehen, doch ich wusste längst, wer er war. Beinahe hätte ich aufgeschrien.

Ich vergaß meinen veränderten Körperbau, vergaß einfach alles und verkroch mich blitzschnell unter die Decke zwischen die schlafenden Kinder. Der Typ in den Boxershorts war Jacques! Mein Jacques! Er sah so super ... äh, ja, schon ziemlich heiß aus und ich befand mich in dem roten Campingbus mit ihm.

Warum? Was war passiert? Warum war ich plötzlich in diesem Bus und wo war ...?

Schon kam er wieder rein, wieder wackelte der Wagen leicht unter seinem Gewicht. »Catta!«, flüsterte er. »Catta, schläfst du noch? Es ist so geil da draußen, *com'on little sista,* steh auf, du musst dir die Morgendämmerung anschauen!«

Und in diesem Moment dämmerte es nicht nur draußen, sondern endlich auch mir! Meine Güte, wie begriffsstutzig musste man sein? Warum war mir das denn nicht früher aufgefallen?

Das unverschämte Mädchen mit den Zwillingen sah doch genauso aus wie er! Dieselbe milchkaffeebraune Haut, dieselben schwarzen Haare. Sie hatte Zöpfchen, er *dreadlocks*. Sie waren Bruder und Schwester!

Ich schaute unter dem Laken wieder auf meine Brüste, was nicht schwer war, sie begannen direkt unter meinem Kinn. Das gehörte mir alles nicht. Und doch fühlte ich, wie alles an mir bebte, und konnte das viele pralle Fleisch an meinen Hüften und am Bauch spüren. Ich kniff beherzt hinein. *Aie!* Das war kein Traum! Ich befand mich im Körper des Mädchens, dessen Name sich wie eine Maschinengewehrsalve anhörte.

»Catta!« Wieder rief er mich leise. *O Dio!* Für ihn *war* ich seine Schwester!

»Mmmh. Äh, nein!« Ich setzte mich auf. Guck mich an!, wollte ich am liebsten rufen. Merkst du es denn nicht? Ich bin's. Fé. Felicia! Oh Gott, und du hast tatsächlich ein Sixpack und ich bin in dich verknallt, aber so richtig … Doch er grinste nur und machte mich nach: »Mmmh. Äh, doch!« Dabei rieb er sich mit einer Faust den Schlaf aus den Augen. »Hier. Zieh den an!« Er warf mir einen grauen Kapuzenpullover entgegen. »Wir trinken was Warmes und glotzen bisschen in den Himmel, bevor die Kleinen aufwachen.«

Bevor die Kleinen aufwachen? *Dio mio,* jetzt war ich ihm so nahe, wie ich es mir noch gestern erträumt hatte. Ich saß sogar in einem Bett und er stand dicht vor mir. Doch weil irgendwer mich bestrafen wollte, sah ich aus wie seine dicke Schwester und er behandelte mich auch so! Wo war ich da reingeraten? Und was konnte ich tun? Ihm die Wahrheit erzählen? Er würde mir doch niemals glauben. Nie, nie, nie. Ich rutschte an den Kindern vorbei über die Matratze, ich konnte keinen klaren Gedanken fassen, nur immer wieder an diesem prallen Körper herabschauen, in dem ich gefangen war. Über dem winzigen Spülbecken entdeckte ich einen Spiegel, ich stand auf und schaute hinein. Das war sie. *Dio,* das war sie wirklich. Dunkle Augen und dieser breite Mund mit den noch breiteren Lippen. Wie er! Er hatte auch diesen Mund. Bei ihm war er wunderschön. Ich griff mir auf den Kopf, seltsam … doch die kurzen Zöpfchen fühlten sich weicher an, als ich gedacht hatte. Körpertausch, wir hatten die Körper getauscht. Oder war sie auch noch hier drin? Hallo?, fragte ich in Gedanken. Eine Gänsehaut überlief mich. Keine Antwort. Ich schien allein in ihrem Körper zu sein. Hätte mir jemand geantwortet, wäre ich auch auf der Stelle tot umgefallen.

»Jaja, is' gut jetzt. Du siehst fantastisch aus!« Jacques pikste mich lachend in die Seite, sodass ich zusammenzuckte. Ich spürte eine richtige Kurve unter meiner Hand, da, wo bei mir sonst alles gerade war. Na toll! Ich hatte mich in eine zusammengedrückte hellbraune Eieruhr verwandelt.

»Gib mir mal die H-Milch und einen Topf und bring gleich auch den Gaskocher nach draußen! Ich mach uns heißen Kakao. Mit 'nem Schuss Amaretto vielleicht. Haben wir Amaretto?«

Wo? Was? Ich wandte mich um. In diesem Bus war wirklich kaum Platz, er stand zu dicht hinter mir. Viel zu dicht. Sein Oberkörper war immer noch nackt und er roch lecker nach männlichem Schweiß und Waschmittel und einfach köstlich.

»Ich habe keine Ahnung, ob wir Amaretto haben.« Meine Stimme war viel lauter und tiefer, als ich dachte. »Und auch nicht, wo die Milch ist«, flüsterte ich. Eine Tasse Kakao hatte sechzig Kalorien.

»Du hast doch gesagt, du hast mit Otto groß eingekauft und alles verstaut …« Nun schnappte er sich endlich auch einen Pullover und zog ihn sich über den Kopf. Gut so, irgendwie musste ich mich ja auch konzentrieren.

»Ja … aber.« Wer war Otto? »Ich muss mal!« Das musste ich wirklich.

»Ey, hilf mir doch erst mal!«

»Wie viel Uhr ist es überhaupt?«

»Früh. Die Sonne geht gleich auf!«

»Echt? Gleich?« Oh, wie tiefsinnig, Felicia!, beschimpfte ich mich. Hoffentlich hatte ich keinen Mundgeruch, er stand so dicht hinter mir. Ich versuchte, an ihm vorbeizukommen, und berührte ihn dabei mit der Hüfte und donnerte mit diesem ungewohnten Vorbau an seinen Oberarm. *Dio,* wie peinlich! Doch er drehte sich nicht mal um. Ich sprang aus dem Wagen, schaute einen Moment hoch in die Krone von *Zio Pino,* rannte dann auf nackten Füßen aus dem offenen Tor in den Wald und hinter das nächste Gebüsch. Die Piniennadeln und Äste pikten und die großen Dinger unter dem Pullover sprangen dabei auf und ab. Mein Gott, wie das alles wackelte, und weh tat es auch. Verdammt! Warum ausgerechnet sie? Dieses arrogante Mädchen mit dem abschätzigen Blick? Warum? Ich streckte die Arme aus und betrachtete im grauen Morgenlicht noch einmal die Gestalt, in der ich gefangen war. Auch an den Füßen gab es türkisen Nagellack, so schlampig abgeblättert wie an den Fingern. Ich schaute mich um. Niemand zu sehen. Langsam setzte ich mich in die Hocke und streifte die kurze Turnhose herunter, in der Catta geschlafen hatte. Körperliche Bedürfnisse hatte ich nun mal, egal in welchem Körper ich steckte. Und denken musste ich! Logisch denken! Wenn ich in ihrem Körper war, war sie in meinem. Und wo war sie mit ihm in diesem Moment? Im Hotel … Und was tat sie gerade damit?

Ich zog die Hose hoch und kam langsam hinter dem Gebüsch hervor. Stand sie etwa schon in meinen Klamotten als Felicia an der Rezeption, hatte Mama getroffen oder meinen Vater? Aber nein, es war ja noch nicht mal sechs, der Himmel färbte sich gerade mal von Grau auf Rosa. Auch wenn ich jetzt hinüber ins Hotel laufen würde, um sie abzufangen, was sollte das bringen? Alle Eingangs- und Hintertüren waren verschlossen und es würde schwierig werden, mich an Nachtportier Enzo vorbeizuschmuggeln und ungesehen in mein eigenes Zimmer zu kommen. Eine bessere Idee war es vielleicht, Nonno zu wecken und um Hilfe zu bitten. Wenn einer mir glauben würde, dann er.

Doch anstatt ihn zu wecken, beobachtete ich, wie Jacques neben dem Gaskocher auf dem Boden hockte und in einem Topf rührte. Selbst in Jogginghose und Pulli sah er so was von sexy aus! Aber was, wenn er mich etwas fragte, was nicht mit Kakao und Gaskochern zu tun hatte? Ich wusste nichts über dieses unverschämte Catta-Mädchen, nichts über die Familie, und würde mich gleich im nächsten Satz blamieren. Mist! Er hatte mich gesehen und nickte ganz süß mit seinem Kopf. Komm, sollte das wohl heißen. In meinem Gehirn war alles durcheinander, ich brachte nichts anderes fertig, als zu lächeln und auf ihn zuzugehen.

Er goss den Kakao in zwei angeschlagene Blechtassen und reichte mir eine davon. Sechzig Kalorien, dachte ich wieder, aber der Kakao dampfte und mein Magen sehnte sich danach, und außerdem war es ja nicht mein Körper, der sich auf diesen Zucker stürzen und ihn direkt in die Fettdepots transportieren würde. »Prost, kleine Katze!« Mein Herz hatte anscheinend noch weniger kapiert als mein Kopf, denn es drehte durch und klopfte immer schneller. »Von der alten Bank da vorne am Waldweg kann man bestimmt die Sonne aufgehen sehen«, sagte Jacques und ging voraus. Ich musste wirklich schwer verwirrt sein, denn anstatt loszugehen und Nonno zu wecken und ihm alles so gut wie möglich zu erklären, folgte ich Jacques einfach. Nur noch diesen Moment mit ihm genießen!, sagte ich mir. Und dann kümmerst du dich um diesen verrückten Albtraum, in dem du gerade steckst.

»Hey.«

»Hey.«

O Dio, ich hatte mich extra ein bisschen weiter weggesetzt, doch er rutschte näher, ganz nah. Würde er mich jetzt etwa umarmen? Hatte er gestern ja mit seiner Schwester gemacht. Sie sogar auf den Kopf geküsst und die Hand! Aber nein, er schlug mir nur auf das braune, stramme Bein. Es war zwar nicht meins, aber es klatschte ziemlich und brannte ein bisschen. Auch so was machten Brüder. Das wusste ich von Tamara aus dem Internat. Die hatte gleich zwei von der Sorte.

»Cool hier, oder?« Er lehnte sich mit der Schulter an mich, blickte in den Himmel, der sich vor uns auftat, und trank seinen Kakao. Von der Seite sah sein Gesicht fast noch schöner aus.

Ich räusperte mich nervös und versuchte, so zu reden, wie diese Catta vielleicht redete: »Sehr cool.«

»Finde ich geil, dass du mit aufgestanden bist. Sonst verpennst du ja gerne mal die besten Sachen.«

»Echt?« Wie unabsichtlich rutschte ich ein bisschen von ihm weg. Nicht, weil ich es nicht mochte. Es war nur leider kaum zum Aushalten, seine Schultern und seine Beine so dicht an mir zu spüren. Ich, eine Langschläferin? Ach nein, er meinte natürlich Catta.

»Na ja. Ist wohl so. Wie gefällt dir das Hotel?«, fragte ich. Hoffentlich sagte er jetzt nichts Falsches. Vor Fremden war ich so stolz auf unsere Villa, und obwohl es mir vor Mama egal gewesen war, was die Gäste bei You-Travel schrieben, konnte ich es nicht ertragen, wenn jemand das Hotel kritisierte. Und das hier neben mir war kein Fremder, es war Jacques!

»Cool.«

Aha. Das schien sein höchstes Lob zu sein.

»Wie cool denn?«

»Bisschen abgewrackter Charme überall, aber das gefällt mir gerade gut daran. Zu fein finde ich auch eher nervig. Nur am Service, da könnten die noch arbeiten …«

Abgewrackt? Am Service arbeiten? »Wie meinst du das?«

»Ach … na ja, die wollten uns aus dem Zimmer zwingen, obwohl es Mum an dem Tag so schlecht ging. Da habe ich die Zimmermädchen erst mal angemacht. Sollten uns doch echt in Ruhe lassen! Die waren schlecht gelaunt. So Sachen eben …«

»Wirklich?«

»Aber komm, müssen wir da jetzt drüber reden? *No way*. Guck dir lieber diesen Himmel an!« Er nahm einen tiefen Schluck und seufzte. »Wow.«

Ich hätte am liebsten auch nur geseufzt. Ich saß hier dicht neben ihm, verliebte mich gerade immer mehr und er hatte mir auch noch heißen Kakao gemacht … Mir? Wohl kaum! Nur seiner dummen dicken Schwester.

»Ist der nicht Wahnsinn?«

Wer? Ach so. Der Himmel. Klar. Wenn ich in der Frühe nicht mehr schlafen konnte oder einfach aufwachte, weil ich vergessen hatte, die Fensterläden zu schließen, hatte ich mir den Sonnenaufgang über den Bergen von Lacona schon oft angesehen. Er war immer wieder wunderschön, so pur und rein. Als ob die Insel jeden Morgen von Neuem geboren wurde. Ich liebte auch das frühe Zwitschern der Vögel, das sich morgens so ganz anders anhörte als für den Rest des Tages. »Hörst du die Vögel?«, fragte ich, um mich von ihm und seinem Körper abzulenken.

»Ja. Verdammt laut.«

Ich nickte.

»Da, jetzt kommt sie langsam!«, sagte Jacques. Das Rot des Himmels wich dem typischen Gold, es wurde heller und kräftiger.

»Da ist sie!« Er stand auf, als ob er applaudieren wollte. »Geile Berge, geiler Wald, geile Insel.« Er lachte laut und ich konnte den Blick nicht von seinem breiten Mund und den weißen Zähnen losreißen.

»Ja, oder?« Obwohl ich auf das Internat nach Bern geflohen war, liebte ich die »geile Insel« über alles. Ich war eigentlich nur aus einem Grund weggegangen. »Wenn du auf Elba etwas werden willst, musst du ein paar Jahre weggehen«, hatte Nonna oft gesagt und dabei immer meine Hand gedrückt: »Mach das, mein Mädchen! Mach das! Versprich es mir. Erst dann hast du die Freiheit zu entscheiden, wo du leben willst!« Nach ihrem Tod, nach diesem furchtbar traurigen Frühjahr und dem stressigen Sommer, in dem Mama und Babbo anfingen zu streiten und das Hotel von seinem grünen Zweig herunterrutschte, hatte ich ihren Wunsch erfüllt. Nonna begleitete mich in meinem Kopf und mit ihrem Geld für mich bezahlten wir seitdem die Schule.

»Elba ist wunderschön! Und erst im Winter!«

Er lachte wieder und setzte sich dabei. »Weißt du doch gar nicht!«

»Äh. Steht in jedem Reiseführer.«

»Als ob du Reiseführer lesen würdest, Catti!« Kleine Katze, Catti, was für Namen hatte er noch für seine Schwester und wie hieß sie eigentlich richtig, ohne all diese Abkürzungen? Ich senkte den Kopf. Ich spürte, dass meine Hände ihn unbedingt anfassen wollten, und weil sie sich das nicht trauten, würde ich mich gleich mit etwas ganz Blödem verraten, doch er hatte anscheinend etwas anderes im Sinn. »Also: Wann fangen wir an? Und vor allen Dingen: Wo? Es gibt so ’n paar größere Orte. In Marina die Dingsbums war ich gestern Vormittag.«

»Marina di Campo.« Mist. Warum musste ich immer alle korrigieren, statt einfach mal den Mund zu halten? Ich pustete in meinen Kakao. »Hab ich aus dem Reiseführer.«

»Meinetwegen. Da ist jedenfalls ordentlich was los, abends. Und es gibt ein paar gute Plätze. Da müsste was zusammenkommen.«

»Okay?« Ich nickte, obwohl ich nicht verstand, was er meinte. Was hatte er vor?

»Hab jetzt mal keinen Schiss! Ich bin mir sicher, dass du das bringst!« Er stieß mich leicht an. »Wir fangen erst mal ganz einfach an. Hauptsache, du lässt dir nichts anmerken. Den ganzen Stress mit Mum und so, den musst du echt mal vergessen. Sonst bist du nicht locker. Deine Hände nicht, deine Finger nicht, dein Kopf nicht.«

»Klar.« Sie hatte also auch Stress mit ihrer Mutter.

»Da sind auch andere unterwegs, hab gestern schon welche gesehen. Vielleicht muss man da ab und zu den Standort wechseln. Auf Polizei habe ich kein’ Bock.«

Hä? Ich schaute ihn an. War er ein Taschendieb? Darum die lockeren Finger? Wollte er mit seiner Schwester in Marina di Campo etwa auf Klau-Tour gehen? Das konnte ich mir bei dieser Catta schon vorstellen, aber bei ihm …?

»Ja, nein«, sagte ich. »Ich auch nicht.«

»Aber du hast alles eingepackt, was ich dir hingestellt habe?«

»Ja.« Von was sprach er?

»Auch die Kabel, die auf dem Stuhl lagen?«

»Die Kabel?«

»Mann, Catta! Wir brauchen doch die Klinkenkabel für die Verstärker.«

»Doch klar, die *Klinkenkabel* habe ich dabei.« *Grazie a Dio,* sie wollten Musik machen, nicht klauen. Ich stieß die Luft aus. Ich konnte kein einziges Instrument spielen und Singen außerhalb der Dusche war schon mal völlig unmöglich. Das war alles zu viel für mich und mit einem Mal hätte ich am liebsten losgeschrien oder geheult und ihm alles erzählt. Doch ich blieb einfach sitzen.

»Na, so richtig wach bist du noch nicht, sagst ja gar nichts …«, meinte Jacques nach ein paar Minuten und hielt mir die Hand hin, um mich hochzuziehen. »Lass uns noch 'ne Runde pennen gehen. Die Kleinen wachen sowieso bald auf, dann ist es vorbei mit dem Chillen.«

Ich nahm seine Hand. Sie fühlte sich wunderbar trocken, fest und gleichzeitig weich an. Wie sehr hatte ich Catta darum gestern noch beneidet … Ich sah verlegen zur Sonne, die sich in den letzten Minuten schon halb über den Berg gearbeitet hatte. Es war höchstens sechs und hier ging ich Hand in Hand mit meinem »Bruder« Jacques.

»Kann ich oben schlafen? Die …« Die *Monster,* hätte ich fast gesagt. »Die *Kleinen* liegen immer so dicht bei mir.«

Ich war pervers. Anstatt Nonno zu wecken und mich um meinen vertauschten Körper zu kümmern, wollte ich mit Jacques in den Bus steigen, an seinem Schlafsack schnuppern und mich darin einwickeln.

»Okay, meinetwegen.« Er drückte meine Hand und ließ

sie dann los. »Aber wenn ich keinen Platz habe, komme ich auch hoch. Du schlägst wenigstens nicht so um dich wie Eliese.«

Ich schaute auf meine braunen kurzen Beine und die türkisblauen Zehennägel und betete: Bloß nicht! Aber eine kleine Stimme in mir flüsterte auch: Ja bitte …

6

Catta

Immer noch Seitenstechen … und zittrige Beine. Also echt, Mädchen, du hast ja überhaupt keine Kraft, mach doch mal Sport!, dachte ich und ging durch das Holztor. Der Bulli stand offen, leise schlich ich mich an. Da lagen meine beiden Süßen und schliefen vor sich hin. Émile zusammengerollt wie ein Fötus, Eliese mit abgespreizten Beinen und Armen wie ein X. Ich lächelte. Immer machte sie sich so breit … man hatte kaum Platz neben ihr, aber wir waren gestern zu müde gewesen, um das Zelt aufzubauen. Dazwischen lag Jacques, die Arme wie so oft über dem Gesicht gekreuzt, als ob die Sonne ihn blenden würde. Aber wo war *sie?* Wo war die Feindin mit meinem Körper hin?

Ich schaute nach oben auf den Schlafplatz unter dem ausgefahrenen Dach. Braune Füße lugten unter dem dünnen Schlafsack hervor. *Meine* Füße! Ich ging näher. Es war absolut gruselig, die eigenen Füße zu sehen und sie nicht zu spüren, denn nun zog ich daran und musste zusehen, wie die Person, die so aussah wie ich, sich aufsetzte. Hilfe! Ich war nicht mehr ich, sondern nur noch eine Hülle! In der meine übelste Gegnerin steckte! Diese dünne gemeine Zicke, deren Körper ich nun leider bewohnen musste. Eine Gänsehaut nach der anderen lief über meinen Rücken, ein Horrorfilm war nichts dagegen. Sie war sofort hellwach und wusste schon Bescheid. Wir schauten uns in die Augen. Ungläubig auch ihre.

»*Fuck!*«, sagte ich.

»Genau.«

»Catta! Die blöde Frau ist bei uns im Bus!« Émile war aufgewacht. Oh *shit*, warum gerade jetzt?

»Das ist nicht schlimm«, beruhigte ich ihn. »Sondern völlig okay.« Boah, ich hatte immer noch dieses dünne Stimmchen.

»Doch, das ist schlimm! Denn du bist *nicht* nett!« Oh Mann. Mein eigener kleiner Bruder bewarf mich mit verächtlichen Blicken, als ob ich gerade versucht hätte, ihm den miesesten Hustensaft seines Lebens einzuflößen. Klar, er sah ja auch nur sie!

Eliese knurrte im Schlaf, das macht sie immer, und auch Jacques drehte sich um und zog sich die dünne Schlafsackdecke, unter der sie alle lagen, über den Kopf. Ich gab der Hoteltussi in meinem Körper ein Zeichen mit den Augen: Sag was zu ihm!

Sie nickte und machte Anstalten, vom Bett zu klettern, und ich sprang auf ihren abartig dünnen Grätenbeinchen aus dem Bus, um ihr Platz zu machen.

»Ähm, nein, ist völlig okay … Wir müssen was Wichtiges besprechen.« Die Kinderhasserin klang natürlich auch so wie ich und schaffte es sogar, Émile dünn anzulächeln.

Was »Wichtiges«. In der Tat! Ich wartete draußen auf dem Vorplatz auf sie. Wir entfernten uns ein paar Schritte vom Campingbus, umrundeten uns und schauten uns immer wieder von oben bis unten an. Sie schüttelte den Kopf und meine Zöpfchen bewegten sich dabei. Außerdem war ich größer als sie. Ey, das war der krasseste Film, in dem ich jemals gesessen habe.

»Du bist ich, du bist ich«, stammelte sie immer wieder, sobald wir außer Hörweite waren. Nein! Ich bin garantiert nicht du! Sonst würde ich mir sofort die Kugel geben …

»Hat dich jemand gesehen? Wie bist du rausgekommen?«

Ich schaute sie nur an. *»Fuck.«* Ich verstand es nicht, es war echt *spooky*. Ich sah mich, wie andere mich immer sahen. Ich hatte ja gar nicht solche Pausbacken, wie ich manchmal in schlechten Momenten vor dem Spiegel dachte. Und meine Haare sahen wirklich extrem cool aus.

»Und nun? Was sollen wir machen? Wir müssen sofort was machen!« Mein Spiegelbild fuchtelte mit den Armen herum, meinen durchtrainierten Armen, mit diesem wunderschön samtigen Braun und den drei bunten Stoffbändchen am rechten Handgelenk.

»Ja natürlich! Meinst du, ich hab Lust, länger als nötig in diesem Klappergerüst hier zu stecken?« Ich machte eine Handbewegung, die alles mit einschloss: das Blüschen, den Rock, die dünnen Beine.

Sie schnaubte nur und schaute an sich herunter, als ob mein Busen ein widerlicher Auswuchs unbekannter Herkunft wäre. Klar, das war Miss Flachbrett nicht gewöhnt.

»Warum passiert so etwas?«, beschwerte sie sich jetzt bei mir. »Sag! Was hast du gemacht?«

»Gemacht?« Die tickte doch nicht richtig! Als ob ich an irgendwas Schuld hätte! Da zeterte sie schon weiter: »Wir müssen so schnell wie möglich wieder zurücktauschen! Ich muss ins Hotel, meine Mutter sucht mich bestimmt schon. Also in meinem richtigen Körper natürlich … Hast du etwa schon etwas gegessen?«

Ich zuckte mit den Schultern. Wenn Mutti und Frühstück ihre einzige Sorge waren … »Lass sie suchen! Ich bin gerade einfach von der Rezeption abgehauen. Wir müssen hier erst mal was erledigen, oder? Viel mehr Sorgen mache ich mir um Émile und Eliese. Die dürfen nichts merken. Sei bloß furchtbar lieb zu denen, wenn sie dich ansprechen!« Beide schauten wir zum Bus hinüber.

»Und auch zu meiner Mutter. Sie ist krank!«

»Echt? Ach so …«, sagte Felicia mit meinem Gesicht, auf dem sich eine Art Erkenntnis ausbreitete. Völlig krass, mir dabei zuzusehen.

»Ich verstehe es nicht. Das kann doch nicht sein? Das gibt's doch nur in Büchern oder in verrückten Filmen!«, sagte die andere zu mir, die nicht *ich* war.

»Ist aber passiert! Oder wie willst du dir das sonst erklären?«, antwortete ich und warf die langen blonden Haare zurück, die mir dauernd nervig ins Gesicht fielen.

»Ja, aber wann genau? Und warum?« Sie hielt sich die Hände vor den Mund und schaute mich mit meinen eigenen schwarz glänzenden Augen an.

»Wer will uns damit bestrafen?«, fragte ich zurück. Denn dass dies eine Strafaktion war, stand außer Frage.

»Logisch denken«, wisperte sie vor sich hin, »alles noch mal durchgehen …« Und dann schaute sie lange hoch in die Krone des großen Baumes, der alles überspannte und von dem sicher auch das dicke Polster aus Kiefernnadeln stammte, auf dem wir standen.

»Der Baum hat sich als Einziger bewegt!«, sagte sie gedankenverloren.

Hä? Ich schaute hoch. Natürlich, so ein Baum bewegte sich immer ein bisschen.

Felicias Blick ging zu der Eingangstür des seltsamen Häuschens, in dem der nette Alte lebte. Er hatte das Feuer für uns gemacht und uns sogar in sein Badezimmer gelassen.

»Deinem Nonno hat das irgendwie gar nicht gefallen,

als wir uns mit den Dingern von dem megagroßen Baum beworfen haben«, sagte ich. *»Basta, basta!,* hat er dauernd gerufen.«

»Der *megagroße* Baum heißt *Zio Pino*. Und als Kind hat mir meine Oma erzählt, man dürfe ihn nicht ärgern.«

Ich verdrehte die Augen. Mein Gott, wenn sie alles besser wusste, sollte sie uns doch aus dieser furchtbaren Sache einfach wieder rausholen! »Und? Wir haben ihn doch nicht geärgert, oder?«

»Wir müssen meinen Großvater fragen. Vielleicht weiß er ja was ... Oh Gott, *du* musst ihn fragen. *Nonno,* musst du sagen ... *ma perché ...?* Ach, Mist. Du kannst ja kein Italienisch.«

»Wer sagt das?«

»Kannst du?«

»Ma certo!« Hatte ich ihr gestern am Pool schon gesagt, aber sie hörte offenbar nie zu.

»Oh, woher kannst du das denn?« Ihre Augen leuchteten auf. »So richtig?« Nun sah sie echt hübsch aus. *Ich* sah echt hübsch aus! »Na egal ... frag ihn, was es mit *Zio Pino* wirklich auf sich hat.«

»Aber dann müssen wir ihm die Wahrheit sagen! Und er wird uns für völlig durchgeknallt halten.«

»Nonno ist anders. Wenn uns einer versteht, dann er!« Krass, wie eingebildet sie schauen konnte. Mit meinem Gesicht!

»Echt? Meinst du, er ist schon wach?«

»Wir wecken ihn!«

»Na gut. Musst du wissen. Ist ja schließlich *dein* Opa!« Hauptsache, ich komme so schnell wie möglich aus diesen bescheuerten Sachen und deinem knochigen Körper heraus, dachte ich.

»Ja. Aber du gehst vor!«

Sie hatte etwas echt Herrisches an sich, das mich nervte, doch ich ging vor und klopfte an die Haustür, von der die Farbe schon ordentlich abblätterte.

»Also! Du sagst erst mal ›*Buongiorno, Giancarlo, come va?*‹«, flüsterte sie. »Und dann küsst du ihn rechts und links auf die Wange.«

»Ich weiß, wie ich jemanden begrüße!«, fuhr ich sie an. »Außerdem waren wir gestern hier schon drin. Zähne putzen und so.«

Schon öffnete sich die Tür und der alte Mann vom vorherigen Abend stand vor uns. Wieder trug er die Turnschuhe. Er sah aus, als sei er schon lange wach. Ich grinste ihn an, dann spürte ich einen kleinen Schubs von hinten, sagte meinen Spruch und bückte mich, um ihn zu küssen. Seine Wange kratzte etwas und auch ihn überragte ich um mehr als eine Kopflänge. Ein komisches Gefühl. Außer den fünfjährigen Zwillingen überragte ich sonst niemanden.

»Ragazze!«, sagte er betont munter auf Italienisch. »Ihr Mädchen! So früh schon auf? Wollt ihr einen *caffè?«*

»Si, volentieri!«, antwortete mein falsches Ich neben mir.

»Und wenn's geht, auch viel Milch dazu und ein Brot?«, sagte ich verlegen. Sorry, sonst wäre ich nicht so unverschämt gewesen, aber mein Magen hing auf halb acht, er war so hungrig, ich spürte gar nichts anderes mehr …

»Aber ja. Brot, Milch, Kaffee. Kein Problem. Gestern Abend habe ich erfahren, dass die kleine Deutsche, die gar nicht so deutsch aussieht, Italienisch spricht!«, sagte er zu mir und schaute mir in die Augen. »Wusstest du das, Felicia?«

»Ja, wusste ich«, antwortete ich. So, jetzt wurde es kompliziert …

»Allora, nonno. Wir müssen dir was erzählen«, begann ich zögernd.

»Oder eher: dich was fragen!« Mann, die Besserwisserin neben mir konnte es wohl überhaupt nicht abwarten! Doch auch ich zitterte voller Ungeduld. Dieser komische Zauberspuk musste aufhören! Sofort! Mir war schon ganz wirr im Kopf.

»Also, es ist etwas passiert ... das ... Wie soll ich dir das erklären?«

Seine kleinen Altmänneraugen funkelten mich an. Sah ich da Angst? Überraschung?

»O Dio! Nonno! Es ist etwas Fürchterliches geschehen!«, brach es jetzt aus Magersucht-Felicia hervor, die leider in meinem Körper steckte.

»Oh oh! È sucesso. Oh oh!« Er schüttelte den Kopf und ging vor uns her, am Bad vorbei in einen erstaunlich großen Raum, den man dem kleinen Häuschen von außen gar nicht ansah. Zwei Sofas und mehrere Sessel standen darin, auf dem Boden lag ein bunter Teppich, auch einen alten eisernen Ofen konnte ich sehen und einige Ölgemälde an der Wand. Dicht vor einem der vielen kleinen Fenster stand ein Tisch mit einem Schachspiel, draußen begann direkt der Wald.

Was hatte er mit *»è sucesso«* gemeint? »Was ist passiert?«, fragten wir beide wie aus einem Mund auf Italienisch.

Er seufzte und ließ sich in einen der großen Sessel sinken. Setzt euch!, bedeutete er uns mit den Händen. »Es ist *wieder* geschehen.«

Wir schauten uns an und setzten uns auf das Sofa. Lass ihn weiterreden!, versuchte ich der ungeduldigen Felicia mit Blicken zu sagen. Sonst kriegt er gleich einen Herzinfarkt und wir bekommen nie heraus, was er meint.

»Nonno …«, fing Felicia neben mir an, aber aus meinem Mund klang das komisch.

»Un momento.« Er verschwand in die Küche und kam nach wenigen Minuten mit einem Tablett wieder heraus und stellte Tassen und Teller vor uns hin.

»Also deine Oma, Nonna Rosanna, die … die hat mir mal was erzählt.« Er schüttelte den Kopf und schaute erst mir in die Augen, dann der falschen Catta.

»Sag!«, riefen wir beide auf Italienisch.

»Zio Pino ist schon sehr alt, er gehört zu der Gattung der Pinien. *Pinus pinea.* Nicht zu verwechseln mit der *Pinus halepensis,* der sogenannten Aleppo-Kiefer. Vor hundert Jahren sagte man unserem *Zio Pino* magische Kräfte nach, aber im Laufe der Zeit tat man alles dafür, diese Legende in Vergessenheit geraten zu lassen.«

»Warum?«, unterbrach ich ihn, nahm einen Schluck Milchkaffee und griff nach einer Scheibe Weißbrot, dick mit Butter bestrichen. Felicia funkelte mich böse an.

Er winkte nur ab. »Früher kamen die Menschen und sammelten seine Zapfen, sie verzehrten die Pinienkerne daraus wie Medizin und manche kletterten sogar an ihm hoch und schnitten die ersten jungen Triebe der Nadeln im Frühjahr ab, um einen Tee daraus zu kochen.«

Wir schauten uns an. Wusstest du das?, wollte ich Felicia fragen, doch ihr Gesichtsausdruck war schon verstört genug, also ließ ich sie in Ruhe.

»Sie wurden aber ganz schnell eines Besseren belehrt. Denn Onkel Pinie hilft nur mit dem, was er freiwillig gibt … Sie wurden krank von dem Sud und hatten tagelang Bauchschmerzen.«

Oha. Und das alles von einem Baum!

»Stimmt! Nonna hat mir immer nur gesagt, man solle

nett zu ihm sein. Und nun haben wir ihn geärgert!« Felicia griff sich an den Kopf. »Wir haben seine Magie aufgeweckt. Seine schwarze Magie! *La magia nera!«*

Seine schwarze Magie? Sie hatte definitiv zu viel *Harry Potter* gelesen. »Nee.«

»Ma sì!«, sagte sie auf Italienisch. »Doch, doch! Gestern war alles windstill, total ruhig, nur der *Zio Pino* hat sich bewegt, wie von Geisterhand! Die anderen Bäume nicht!«

»Ja, das war allerdings krass, das habe ich auch gesehen, fast wie die peitschende Weide bei *Harry Potter,* oder?«

»Peitschende Weide?« Sie schnalzte abwertend mit der Zunge und fuhr fort: »Wir haben seine Zapfen genommen und uns damit beworfen, das ist anscheinend selbst *dir* im Gedächtnis geblieben.«

Tatsache, du Zicke … »Aber … Meinst du, das hat ihn beleidigt?« Ich schüttelte den Kopf, dass die blonden Haare nur so flogen. »Außerdem hast du angefangen.« Endlich biss ich in die Weißbrotschnitte.

»Io?!« Sie sprang auf. Sie hatte Jacques' Kapuzenpullover an und meine kurzen Trainingshorts, mit denen ich immer schlafen ging.

»Ich doch nicht. *Du* hast den dicken Zapfen als Erste an meine Schulter geworfen!«

»Ich habe keinen Zapfen geworfen, Felicia!«, sagte ich mit meiner ruhigsten, strengsten Stimme, die sogar bei Émile und Eliese ab und zu wirkte. Leider war sie zu hoch.

»Nicht? Ach, wer denn sonst?«

Der Großvater hob beschwichtigend die Hände. Ich biss die Zähne zusammen. Sie war bestimmt ein Einzelkind. Die mussten immer recht haben! »Alter! Der ist vielleicht einfach mal auf dich heruntergefallen? So wie Bäume das eben manchmal machen, die sich bewegen? Und du dachtest, das wäre ich gewesen, und hast …«

»*Zio Pino* macht nichts einfach mal eben so.« Sie sah mich an, plötzlich ganz ohne Wut. Ich hatte bisher nicht gewusst, dass meine Augen so ängstlich schauen konnten, und dachte nach. Ich wollte zurück in meinen Körper, Märchen oder *magia nera* hin oder her. Ich wollte zu Mum, ich musste doch nachsehen, wie es ihr heute ging! Ich wollte zu meinen Geschwistern. Ich wollte mich endlich trauen, mit Jacques Musik zu machen; einfach ganz normale Sachen machen! Plötzlich kam mir ein Gedanke: Es war alles *ihre* Schuld! »Wenn du gewusst hast, wie gefährlich dieser Baum-Onkel ist, warum hast du dann überhaupt einen seiner heiligen Zapfen geworfen?«

Der alte Nonno war nun auch aufgestanden. Er wanderte im Zimmer umher und rieb sich dabei mit der flachen Hand über den Kopf, der ohne Mütze schon ziemlich kahl war.

»Ich hatte ja wohl allen Grund, sauer auf dich zu sein!«

Pff. Was soll *ich* denn sagen?, fragte ich mich und fand sie ziemlich unverschämt. Dass sie im Moment aussah wie ich, nervte mich umso mehr. »Ach ja? Und warum? Bist du 'ne Kinderhasserin, oder was?«

»Ich hatte gedacht, dass du … Ach, vergiss es!«

Danke. Genau das hatte ich vor. Ganz schnell wollte ich diese komisch zickige Felicia vergessen. Aber so? Ich sah an mir herunter. *Fuck.* Immer noch *fuck.*

»Wenn die in Filmen oder Büchern so was rückgängig machen wollen, dann machen sie immer das Gleiche, was beim Tausch passiert ist«, schlug ich vor. Dieses Mädchen war zwar saublöd, aber irgendwie mussten wir ja weiterkommen.

»Also noch mal Zapfen schmeißen oder wie denkst du dir das?« Felicia schaute mich anklagend an. Eindeutig Einzelkind. Konnte ich irgendwas für diesen doofen, peitschenden Baum?

»Was meinst du, Nonno?«, fragte sie.

»Ragazze, ragazze«, sagte er nur und rannte weiter im Kreis herum. Es klang nicht gerade zuversichtlich.

»Probieren wir es, los!« Ich stand auf und wischte mir den Mund ab. Obwohl der Milchkaffee echt lecker war und meinen Magen wärmte und noch ein köstlich duftendes Brot auf dem Teller lag, konnte ich hier nicht mehr tatenlos rumsitzen. Hoffentlich war Émile wieder eingeschlafen.

»Na gut«, sagte Felicia gnädig. *Felicia* … Auf Italienisch hieß das »glücklich«. Ziemlich daneben, dieser Name für sie. Auch der Nonno folgte mir nach draußen.

Leise schlichen wir am Bus vorbei, ich schaute hinein. Alles ruhig darin. Wir suchten den Boden hinter dem Bus ab.

»Wo sind die alle hin? Kein einziger Pinienzapfen liegt mehr unter dem Baum!«

Wieder dieser vorwurfsvolle Blick. Mann, ging die mir auf die Nerven! Und irgendwie war es auch entsetzlich, von außen auf meine doch etwas kleine Gestalt herunterzugucken. »Oh, *fuck.«*

»Kannst du mal das mit dem *›fuck‹* sein lassen?«, zischte sie mir zu. »Das sagt in Italien keiner. Und für deine Geschwister bist du damit auch kein glorreiches Vorbild!«

Booah, nee, oder? Meine Geschwister?! Die sollte Miss Einzelkind mal schön aus dem Spiel lassen! Dabei konnte sie nun wirklich nicht mitreden, die blöde Zicke! Ich wollte gerade einen ordentlichen Spruch loslassen, als mir siedend heiß etwas einfiel: »Mist. Ich befürchte, Émile und Eliese haben die Zapfen gestern fürs Feuer gesammelt. Richtig gut gesammelt, wie man sieht.«

»Ihr habt sie verbrannt? Seid ihr denn wahnsinnig?« Sie sank auf die Knie. »Jetzt sind wir auf Jahre verdammt!« Oh Gott, jetzt machte sie auch noch einen auf theatralisch.

»Der Baum hat sie freiwillig gegeben, Felicia!«, mischte sich der Nonno ein und schlurfte über den Waldboden. »Und schau, da ist doch noch einer.« Er hob einen kleinen verkrüppelten Zapfen auf und gab ihn ihr.

»Einer!«, rief sie und verdrehte die Augen.

»Psst! Sei nicht so laut! Wenn die Kleinen aufwachen, wäre das richtig blöd.«

»Ich hör immer nur ›die Kleinen‹! Haben wir nicht gerade ein wichtigeres Problem?«

»Pff. Was dagegen?«

»Ragazze! Vi prego!« Der Alte hob besänftigend die Arme.

»Also gut. Vielleicht reicht auch ein symbolisches Bewerfen«, gab Oberzicke zu.

»Hier ist noch einer.« Wie ein stolzer Pilzsammler präsentierte der kleine Mann einen weiteren Zapfen und drückte ihn mir in die Hand.

»Na also, dann kann's ja losgehen!« Ich wog den Zapfen. Er war winzig und leicht. Der sollte jetzt die Rettung sein? Irgendwie lächerlich. Doch was sollten wir sonst tun? Wir stellten uns gegenüber, ich warf meinen Minizapfen symbolisch auf sie und verfehlte sie prompt. Nun warf Felicia. Sie traf mich an ihrem eigenen dünnen Bein. »Hey, Treffer!«, rief ich.

»Nicht dass meine Dienstkleidung dreckig wird!«

Dienstkleidung! Andere Sorgen hatte sie wohl nicht …

Wir hoben die Zapfen auf und versuchten es gleich noch einmal. Mein Blick ging zum Bus. Alles friedlich. Wenn uns mein Bruder so sähe … der würde sich kaputtlachen.

Stumm warfen wir unsere armseligen Wurfgeschosse hin und her. Doch es passierte nichts.

»Vielleicht ist es irgendwie wichtig, dass wir auch gute Gedanken dabei haben«, sagte ich schließlich. »Könnte doch sein, dass wir so etwas wie eine Schuld auf uns geladen haben.«

»Schuld?«

»Na ja. Keine Ahnung. Weil wir die andere …«

»Ja, was?«

Sie wollte es also unbedingt hören: »Na ja … nicht leiden können, oder so?«

»Aha, du kannst mich also nicht leiden.«

»Pff«, machte ich nur. »Du mich ja wohl auch nicht!«

»Si«, sagte der Nonno. »Neid. Hass. Missgunst. Das scheint mir logisch!«

Ich schloss die Augen und konzentrierte mich.

»Konzentrier dich!«, rief sie von drüben.

Fuck! »Das würde ich gerne, wenn du mal still sein könntest!«

Sie ist nett, sie ist hübsch, ich mag sie, sie ist *molto simpatica,* sagte ich mir vor und umklammerte dabei den Pinienzapfen. Na klar, der Baum verstand wahrscheinlich nur Italienisch. Ich strengte mich wirklich an, Felicia nett zu finden, es tat fast schon weh, so sehr.

»Uno, due, tre!« Der Nonno gab das Zeichen, ich öffnete die Augen und warf. Beide trafen wir diesmal. Die Zapfen fielen auf den weichen Boden. Nichts.

»Vielleicht müssen wir wieder eine Nacht darüber schlafen.«

Oh nein, das würde ich nicht aushalten. Wie sollte ich in dieser Verkleidung, groß, dünn und mit weißer Haut, mit Mum sprechen?

»*Avanti*, noch einmal!« Ich hob den Pinienzapfen auf. »Eins, zwei, drei!« Wir warfen.

»Was macht ihr da? Wir wollen auch!« Émile und Eliese kamen barfuß und in ihren Sommerschlafanzügen auf uns zugestürmt. Sie hatten in jeder Hand eine der silbernen Bocciakugeln, die ich für den Strand eingepackt hatte. Wo war Jacques, dieser Penner? Warum passte er nicht auf sie auf? Wahrscheinlich hatten sie das Chaos im Bus noch mehr durcheinandergebracht, während er vor sich hin schnarchte. Die beiden lachten und schleuderten die Kugeln auf Felicia und mich, trafen aber zum Glück nicht. Die Dinger waren einfach zu schwer. Sie liefen auf Felicia zu, die in ihren Augen ihre geliebte Halbschwester Catta war, umklammerten sie an der Hüfte und riefen: »Was ist das für ein Spiel?«

Hilfe!, funkten ihre Augen zu mir herüber, als ob sie von zwei schleimigen Kraken angefallen worden war und nicht von meinen Geschwistern.

»Das ist das geilste Spiel der Welt«, sagte ich. »Das Freundschaftsspiel!«

7

Felicia

Frühstück machen!«, riefen die beiden, während das Mädchen mit klebrigen Fingern meine Hand fasste und der Junge, der genauso aussah wie das Mädchen, nur etwas Grünes statt etwas Gelbes trug, die Bocciakugeln durch die Piniennadeln mit seinen nackten Füßen vor sich her kickte.

Es half nichts, zum »Frühstückmachen« musste ich zu ihnen in den Bus. Ich würde nahe bei Jacques sein, viel zu nah für meinen Geschmack, denn er verwandelte mein Gehirn in eine unbrauchbare Masse und ich durfte mir ja nichts anmerken lassen. Im Gegenteil, ich musste mich ganz normal und gleichgültig wie seine Schwester benehmen. Noch dazu durfte ich die schrecklichen Kinder auch noch überreden, meinen Nonno weiter zu belagern, um nahe bei der arroganten Catta und unserer *Villa Paradiso* bleiben zu können, bis wir beide wieder im richtigen Körper steckten und sie endlich auf den Campingplatz abzogen.

»Frühstück machen? Na, das könnt ihr doch schon selber«, sagte ich und merkte, wie genervt meine Stimme klang. »Ihr seid doch schon groß!«

Catta kam auf mich zu. Wie schön mein blondes Haar in der Sonne glänzt und mitschwingt, dachte ich kurz. Doch wie soll ich dieser Rastabraut, die sich immer noch so unheimlich obercool fühlt, nur die Arbeit in der großen *Villa Paradiso* in fünf Minuten erklären?

Natürlich würde sie hinüber ins Hotel gehen müssen.

Meine Mutter hatte bestimmt schon einen nervösen Zusammenbruch, weil Catta in meinem Körper einfach weggelaufen war, und Babbo würde herumfluchen.

»Sei bloß nett zu ihnen und gib ihnen nicht zu viel Süßkram!«, raunte sie nun auch noch in mein Ohr. »Jacques ist das egal, bei ihm dürfen sie alles, aber ich möchte, dass du …«

»Sie werden es überleben!«, zischte ich zurück. »Frag mich nur, wie *du* diesen einen Tag überstehen willst, ohne alles falsch zu machen.«

»Ihr flüstert! Seid ihr jetzt aller-allerbeste Freundinnen?«, fragte das Mädchen an meiner Hand und schaute mit seinen erstaunlich blauen Augen zu mir hoch.

»Ja!«, sagten wir beide und ich biss meine Zähne so fest zusammen, dass mein Kiefer knackte.

»Das ging aber schnell. Gestern fanden wir sie doch noch doof, Catta.« Das Mädchen lächelte mich an und der Junge rannte wie wild im Kreis um mich herum und rief: »Ja, ganz schön doof fanden wir die, oder?«

»Die hat uns aus dem Pool geschickt!« Meine Güte. Waren alle Kinder so fürchterlich nachtragend?

»Ich hab das nicht so gemeint und mich vertan«, sagte Catta und stemmte ihre Hände in die Hüften. Meine Taille und mein Oberkörper sahen erfreulich schmal aus. »Denn ihr seid ja ganz wichtige Gäste, auch wenn nur eure Mum und euer Vater bei uns wohnen! Wenn ihr wieder mal im Pool baden möchtet, kommt einfach rüber! Wann ihr wollt.« Die Kinder jubelten.

Was fiel der ein …? Die benahm sich ja, als ob sie alles bestimmen konnte. Konnte sie ja auch. *Cavolo!* Ich versuchte, ihr mit den Augen zu drohen: Das reicht!

Sie zuckte nur mit den Schultern und zeigte auf den Bus.

»Frühstück? Ich wette, eure Schwester hat die gesunden Flakes mit den weißen Schokostückchen eingepackt und Milch gibt es auch.« Die beiden rannten vor. Catta sah mich an. »Die Flakes stehen unten im Schrank und die Plastikschalen sind oben über der Spüle im Hängeregal«, flüsterte sie. »Sie sollen aber nicht im Bulli essen, verschüttete Milch stinkt immer so.«

Ich schnaubte vor mich hin. Sonst noch was? Sollte ich ab jetzt nur noch die Kindergärtnerin spielen oder wie dachte sie sich das? Außerdem, seit wann waren Flakes mit Schokostückchen gesund? Die hatten mindestens zweihundertsiebzig Kalorien pro hundert Gramm und einen Zuckeranteil von ... Ich konnte nicht weiter darüber nachdenken, denn die Zwillinge riefen viel zu laut: »Jacques, Jacques, wach auf!« Am liebsten hätte ich mir die Ohren zugehalten. »Wir wollen Flakes mit Stückchen und Catta und die blöde Frau sind Freundinnen und wir dürfen doch wieder in den Pool zum Schwimmen!«

Ich blieb vor der geöffneten Tür des Bullis stehen, während Catta sich ohne Scheu hineinlehnte und dabei an die schmutzig staubige Tür kam. Meine weiße Bluse! Konnte sie nicht aufpassen?

»Hallo!«, sagte sie. »Ich bin ... Felicia! Ich hörte, ihr habt eine Panne?«

Ich spürte, wie ich rot wurde. Niemals hätte ich so direkt mit ihm geredet! Ich sah, wie er sich aufsetzte. »Stimmt«, sagte er lässig und gähnte, »du bist Felicia und ich habe dich gefragt, ob wir mal zusammen rausgehen.« Er grinste sie an. Meine Güte, auch von weiter weg war deutlich erkennbar, süß grinsen konnte er! Sofort spürte ich wieder das vertraute Ziehen und Kribbeln in meinem Magen. »'ne richtige Antwort hast du mir aber nicht gegeben ...«

Er meinte mich! Also, meinen Körper jedenfalls! Vielleicht hatte ich ja doch Chancen bei ihm, später, nachdem wir hoffentlich ganz schnell wieder zurückgetauscht worden waren …

»Ach, echt?«, sagte sie jetzt. »Das habe ich wohl glatt vergessen.«

Was? Hey! Nie hätte ich so etwas Unfreundliches zu ihm gesagt! Aber gerade das schien ihm zu gefallen: »Dann erinnere ich dich jetzt daran!«

»Können wir hierbleiben, Jacques? Mach doch, dass wir hierbleiben!« *Dio.* Dass Kinder immer so laut schreien mussten.

»Bis unser Auto fertig ist, bleibt uns wohl nichts anderes übrig. Verdammt, Catta muss die Werkstatt anrufen … gestern war da ja keiner mehr.« Er ließ sich auf das Bett zurückfallen.

»Ich glaube, mein Opa hat gar nichts dagegen, wenn ihr noch etwas bleibt. Der braucht Gesellschaft.«

Ich nickte. So nervig ich diese Catta auch fand, das war schlau von ihr. »Oh, wirklich? Das wäre ja … nett«, sagte ich lahm. »Kannst du ihn mal fragen?«

Natürlich sagte Nonno zu. Die kleine *famiglia* könne ihn so lange beehren, wie sie wolle. »Ich denke ja, dass es nur bei diesem einen Tag bleibt«, hatte er gemurmelt und sein Blick war zwischen uns hin und her gesprungen. »Und morgen früh seid ihr erlöst!«

Doch ich kannte ihn. In seinem Gesicht stand der Zweifel so dicht und struppig wie seine grauen Bartstoppeln, die ihm jedes Mal über Nacht wuchsen, auch wenn er sich abends noch so gründlich rasierte.

Jacques hatte sich erbarmt und die beiden Schreihälse

mit ihren Flakes-Schüsseln auf die Bank gesetzt, unsere Bank!, von der wir den Sonnenaufgang gesehen hatten. Es schien Stunden her zu sein. Aber nun war keine Zeit für Sentimentalitäten, denn ich war in Cattas fürchterlich ausgetretene Tennisschuhe geschlüpft, sie hatte bestimmt Fußpilz … hatte mich und alles, was neuerdings zu mir gehörte, in einen riesig großen BH verpackt, das war ein C-Cup, tief wie eine Suppenschüssel … hatte ein langes T-Shirt mit einem einigermaßen kleinen Ausschnitt, aber einem albernen Aufdruck *(my favorite colour is shining!)* übergestreift und begleitete meine »neue Freundin Felicia« nun hinüber ins Hotel.

Auf dem Weg versuchte ich, ihr den Hotelbetrieb in Stichworten zu erklären: »Also. Für jeden Tag gibt es einen Belegungsplan, da siehst du die Abreisen, Anreisen, Bleiben. Diesen Plan bekommt die Hausdame auch jeden Morgen, sie heißt übrigens Lucia Pisacane. Ich sieze sie, alle anderen duze ich. Signora Pisacane teilt die Zimmermädchen ein. Die Zimmermädchen heißen – keine Ahnung, wie die dieses Jahr heißen … die wechseln dauernd. Der Frühstücksservice bekommt mittags die Zahlen der Gäste für den nächsten Tag, damit sie wissen, wie viele Personen frühstücken werden. Da gibt es Brigitta, aber – ach nein, die ist dieses Jahr auch nicht mehr da. Die eine heißt Valeria, die anderen Neuen im Frühstücksservice kenne ich noch gar nicht. Wir haben achtzehn Zimmer und sechsunddreißig Betten. Neun in der Villa, drei Suiten in der *Casa*, da wo deine Mutter wohnt, und sechs weitere Zimmer im ersten Stock der *Casa*. Manchmal wird ein Doppel auch zu einem Triple, auch die Suiten können wir aufbetten … Es können beim Frühstück also bis zu vierzig Personen sein. Hast du das so weit verstanden?«

»Ja«, sagte sie einfach nur, aber ich glaubte ihr nicht.

»Sollen wir nicht lieber sagen, du bist krank, und du legst dich ins Bett?«, schlug ich vor. »Du kannst dir doch unmöglich alles und alle Namen merken!«

»Beruhig dich mal! Ich bin eine ganz gute Schauspielerin.«

Aha! Na, da war ich aber sehr neugierig, wie sie klarkommen wollte, ohne zu wissen, wer bei uns wer war. Sie kannte die Zimmermädchen nicht, Hausdiener und Hausdame nicht, die Sous-Köche und den Tellerwäscher nicht, geschweige denn den Typ von der Wäscherei, den Nachtportier, weder die Kellner noch die Kellnerinnen, die Küchenhilfen … den Getränkelieferanten …

»Also weiter, pass auf: Wir haben einen netten Nachtportier, Enzo, der kommt abends um acht, und einen stinkfaulen Hausdiener, der heißt Maurizio. Warum kündigt *der* eigentlich nicht?«, fragte ich mich leise.

»Kündigen viele bei euch?«

»Na ja. Normal eben.« Die Schwierigkeiten des Hotels gingen Catta gar nichts an!

»Ich muss mich gleich unbedingt noch bei meiner Mum sehen lassen. Einfach schauen, wie es ihr geht«, sagte sie jetzt.

»Kann das heute nicht mal ausfallen?«

»Nee, auf keinen Fall!« Sie blieb abrupt stehen.

»Und ich soll jetzt etwa …?«

»Bei ihr vorbeigehen. Na sicher!«

»Warum das denn? Du bist eben den ganzen Tag mit deinen Geschwistern beschäftigt!« Ein Job, den ich jetzt machen darf!, dachte ich, schon wieder sauer auf sie, und zog an den bunten Armbändern, die mein Handgelenk umspannten.

»Ey, kannst du vorsichtig mit denen sein? Die habe ich von einem Festival!« Sie verschränkte die Arme. »Du gehst als Catta zu meiner Mum. Und ich komme mit! Ich muss sie sehen.« Sie schaute mich fordernd an.

»Warum sollte ich?«

»Sie ist krank! Schon vergessen?«

Ach ja, der Turban fiel mir ein. Wahrscheinlich …

»Krebs. Lymphdrüse, zweimal operiert, zweimal rezidiert und eigentlich sah es gut aus, sie war in der Reha und ist nur zur Erholung hier, aber gestern hat sie Fieber bekommen, das ist immer scheiße.« Sie war ganz außer Atem und sah aus, als ob sie gleich anfangen wollte zu weinen.

»Oh.« Ich mochte sie nicht, aber eine kranke Mutter wünschte man ja nun keinem. »Das habe ich nicht gewusst.«

Sie winkte ab und schniefte mit erstickter Stimme. »Otto kümmert sich um sie … Otto ist der Vater von den Zwillingen.«

»Aber nicht dein Vater.«

»Nein.« Sie verzog das Gesicht. »Du scheinst die kompliziertesten Zusammenhänge ja ausgesprochen schnell zu kapieren. Mein Vater ist bei einem Unfall gestorben. Er war ein ziemlich bekannter Musiker aus Jamaika. Jacques war sieben, ich fünf.« Sie schwieg eine Weile und auch ich wusste nichts zu sagen, während wir auf dem Waldweg zur Villa liefen.

»So«, sagte sie irgendwann. »Und was ist mit deinen Eltern? Was muss ich da wissen?«

Ich rollte mit den Augen. Als ob ich ihr das eben mal erklären könnte … »Na ja. Mein Vater kocht in unserem Restaurant. Hat aber seit einiger Zeit keinen Geruchssinn mehr, kann also nichts schmecken. Vergiss das bloß nicht!

Aber sag es auch niemand anderem. Er will das geheim halten.«

»Okay? Wie nennst du ihn?«

»Babbo.«

»Babbo«, wiederholte sie. »Ist er nett?«

»Mmmh, ja.« Mein Vater war ziemlich jähzornig und ungerecht. Doch das wollte ich vor ihr natürlich nicht zugeben.

Ich blieb stehen. »Willst du dich nicht doch lieber ins Bett legen?« Ich wusste allerdings selber nicht, ob das so eine gute Idee war. Mama würde sie nicht in Ruhe lassen, sie mit Fragen löchern und darauf bestehen, Fieber zu messen. »Du darfst da im Hotel auf keinen Fall alles durcheinanderbringen!«

Catta schaute mich an. Ich schaute sie an ... Meine Haare schimmerten, doch mein Körper war ganz schön bleich, fiel mir auf.

»Chill mal, Felicia!«, sagte sie und lächelte mit verächtlich nach unten gezogenem Mund. »Hoffen wir, dass wir diesen verdammt unnötigen Tag irgendwie überstehen und morgen früh wieder in unserer eigenen Haut aufwachen. Denn das hier ...« Sie schaute an sich herunter. »Das ist verdammt krass und verdammt gewöhnungsbedürftig.«

»Pff. Na ja, wenn man *so* etwas gewöhnt ist ...« Ich zeigte auf den C-Cup-Vorbau, den ich seit dem Morgen mit mir herumschleppen musste. Wir starrten uns feindselig an. Jede mit den Augen der anderen zwar, doch wir wussten, was wir voneinander hielten: nichts.

»Hoffentlich ist dein Vater netter als deine Mutter. Die hat mich heute aus dem Bett geschmissen. ›Dick und bräsig‹ hat sie mich genannt und dann auch noch rumgemotzt, ich sollte nicht so viel Tiramisu oder so was essen.«

»Mousse au chocolat.«

»Ey. Die spinnt doch.« Catta hakte ihre Daumen in den Rock und zog daran herum. »Das hier ist echt zu dünn, weißt du das?«

»Das überlass mal mir!« Ich konnte über meine Mutter schimpfen, aber wenn ein anderer das tat, verteidigte ich sie sofort. »Und wehe, du futterst dich voll!«

»Wehe, du bist nicht lieb zu meinen kleinen Geschwistern. Sonst haue ich mir heute drei Portionen Mousse rein, bevor ich in deinem Bettchen schlafen gehe! Und meine großen Geschwister, die solltest du in Ruhe lassen.«

»Meines Wissens hast du nur *einen* großen Bruder, oder?«

»Jacques labert und lacht viel, aber der ist nichts für dich!«

Ich schaute weg. Natürlich hatte sie gemerkt, dass er eben ein bisschen geflirtet hatte, weil er annahm, dass *ich* in dieser Hülle steckte. Wenn doch bloß schon morgen wäre und wir wieder zurückgetauscht in unseren eigenen Körpern steckten! »Ach, du musst dir auch den Pager anstecken, wenn du an die Rezeption gehst.«

»Was ist ein *Pager?* Etwa die Dinger, die die immer in den amerikanischen Krankenhaus-Serien haben?«

Statt einer Antwort schnaubte ich nur verächtlich. Wir waren am Garten der Villa angekommen und gingen durch das kleine Törchen, am Pool vorbei über die Terrasse und durch die Lobby.

»Da bist du ja!«

Meine Mutter kam hinter dem Tresen hervor und stürzte auf Catta zu. »Da rennst du einfach weg und ich habe zehn Abreisen! Wo hast du dich rumgetrieben?«

»Drüben. Ich hatte Durchfall, ganz schlimm, schon vergessen?« Sie verzog das Gesicht, als ob sie fast daran gestorben wäre. »Und dann war ich bei meinen … Ähm, beim Bus. Also bei …«

Bei Nonno!, versuchte ich, ihr ins Hirn zu telepathieren. Bei Nonno!

»Bei welchem Bus?«

»Bei unserem!« Ich stellte mich neben die falsche Felicia und lächelte. »Campingbus.«

Mama maß mich mit einem ihrer schnellen Blicke ab und lächelte zurück. Sie hielt mich für einen Gast und wollte nett sein, aber wer sollte ihr diese bemühte Grimasse abnehmen?

»Wunderbar. Jetzt allerdings haben wir viel zu tun!« Sie wollte mich loswerden, verscheuchen.

»Ähm. Ich würde gerne mal schauen, was man an der Rezeption so macht. Ich überlege nämlich, ob ich nächstes Jahr eine Ausbildung zur Hotelfachfrau anfangen soll.«

Catta drehte sich zu mir um und schaute mich überrascht und vielleicht auch ein kleines bisschen bewundernd an.

»Ach, echt?«, sagte sie. »Da … da zeige ich dir gerne was. Ist das okay, Mum?«

Mum? Ich sagte niemals Mum!

»Ach Feli-tscha! Ausgerechnet heute?«

So bist du mir keine Hilfe, würde jetzt gleich kommen.

»So bist du mir keine Hilfe!«

»Ich weiß. Hast du heute Morgen schon zu mir gesagt.« Sie grinste frech. Viel zu frech.

»Also gut. Zeig ihr ein bisschen was. Aber nicht in der Kartei, du weißt schon.« Meine Mutter wandte sich mir zu und lächelte wieder angestrengt. »Unsere Gäste mögen es nicht, wenn …«

»Datenschutz. Natürlich.« Ich nickte verständig.

»Und gleich gehe ich mit Catta auch noch mal rüber, weil ihre Mum, also die … die wollen wir besuchen.«

»Feli-tscha. Ich muss mich auf dich verlassen können! Du solltest schon längst die Spät-Anreisen von gestern eingegeben haben. Und ich muss mich gleich um die Handwerker kümmern, die sich die nasse Wand im Restaurant anschauen. Diese Villa raubt mir den letzten Nerv! Du kannst hier jetzt nicht weg.«

»Ey, ich könnte auch mal ’nen Tag freinehmen, oder? Was, wenn heute der Tag wäre?« Während sie sprach, nahm Catta einen der Pager vom Tisch und schaute ihn an, als ob sie so etwas noch nie gesehen hätte. Nun sprach sie hinein wie in ein Funkgerät …

Nein! So doch nicht! Ich versuchte, ihr hinter dem Rücken meiner Mutter Zeichen zu machen.

»Bitte?«

»Ich *muss* mit Catta gehen! Dauert auch nicht lange!« Sie legte den Pager wieder zurück, hakte langsam beide Daumen in den Rockbund wie ein Cowboy beim Duell.

»Steh ordentlich, Fé!«, sagte meine Mutter sofort. Das sagte sie immer, wenn ich irgendwie rumhampelte. »Du willst uns doch unterstützen!«

»Ja, aber ich muss auch Catta unterstützen. Mit ihrer Mum. Die würde ich gerne kennenlernen, die ist nämlich Malerin. Wusstest du das, dass wir eine ganz berühmte Malerin aus Deutschland dahaben?«

»Welches Zimmer?«

»Na, das hinten im Garten!«

»Suite *Manuela*«, sagte ich schnell. *Cavolo!*, sie redete sich um Kopf und Kragen. »Krüger-Kingston. Gewinnerin des Preisausschreibens. Also … meine Mutter.«

»Ach, natürlich. Was malt sie denn?«, fragte Mama zerstreut.

Na super. Jetzt hatten wir den Salat. Was sollte ich antworten? »Ziemlich große Bilder. Also, ja … Man kann was darauf erkennen.« Himmel, ich hatte doch keine Ahnung von Kunst.

»Aha!« Meine Mutter fasste mich, die Kleine mit der dunkleren Haut und den schwarzen Zöpfchenhaaren, genauer ins Auge. »Aber Sie? Sic wohnen ja nicht bei uns?«

»Nein, aber jetzt hinten bei Nonno im Wald. Also bei Felicias Nonno. Wir hatten eine Panne. Der ist so nett!«

Mama schüttelte den Kopf. Das war ihr alles verdächtig, aber sie konnte sich in diesem Moment auch nicht darum kümmern. »Gut. Feli-tscha, du weißt, was ich von dir erwarte.«

»Klaro!«

Mama hetzte davon.

»*Klaro?* Ich sage nie klaro. Und ich nenne meine Mutter auch nicht Mum! Merk dir das mal!« Schnell begab ich mich hinter den Tresen und setzte mich an den Computer an dem kleinen Tisch. Meine Güte … wie breit war Cattas Hintern denn? Ich blieb damit fast zwischen den Armlehnen des Bürostuhls stecken.

»Also, hier ist der Belegungsplan für heute.« Ich zeigte auf den Bildschirm. »Den bekommt die Hausdame.«

»Lucia Pisacane.«

Oh. Sie hatte sich den Namen gemerkt. »Richtig.«

»Ein *Triple* ist ein Zimmer mit drei Betten?«

»Ja, genau.«

Sie tat so, als ob sie tatsächlich verstanden hätte, was ich ihr in aller Eile auf dem Waldweg erklärt hatte. »Die Rechnungen, die du den Gästen bei der Abreise aushändigst, in welcher Datei finde ich die?«

Ich wollte es ihr gerade zeigen, da klingelte das Telefon. Ich ging ran. *»Villa Paradiso, buongiorno.«*

Jemand aus Deutschland wollte wissen, ob unsere Parkplätze etwas kosten. »Nein, die sind umsonst … ja, wir haben auch *twin rooms*. Nein. Ja … Sie können auch unsere Website besuchen, da steht alles drauf.« Ich klimperte genervt mit den Augenlidern, als er sich nach der Entfernung zum Meer erkundigte und ob das Restaurant auch eine vegetarische Karte habe. Ich beantwortete alles recht schnell. Mama mochte es nicht, wenn ich so lange telefonierte, ich sollte lieber auf unsere Website verweisen. Ich legte auf. »Fragen. Fragen. Fragen. Die fragen dir Löcher in den Bauch. Vor allem die Deutschen. Und die Italiener auch. Die beschweren sich nachher aber auch am ehesten.«

»Was sind *twin rooms*? Zwillingszimmer?«

»Das sind Doppelzimmer, in denen die Betten einzeln stehen. Kein Doppelbett oder auch *matrimoniale,* sondern zwei Betten und auseinandergeschoben«, erklärte ich Catta. Und dann zeigte ich ihr, wo sie die Rechnungen fand. »Du buchst die Extraleistungen wie Abendessen, Minibar etc. dazu. Viele Gäste lassen auch an der Bar anschreiben. Unser Barkeeper soll es zwar auf die Zimmer buchen, aber er schreibt es meistens nur auf ein paar Zettel, die man dann suchen muss.«

»Wie heißt er?«

»Nicólo!«

»Nicólo. Barkeeper«, wiederholte sie leise. »Wie viele Leute arbeiten hier?«

»Keine Ahnung. Alle zusammen? Fünfzehn vielleicht.«

»Bedienen die, die morgens das Frühstück machen, auch abends im Restaurant?«

»Ja. Teilweise. Wie es dieses Jahr aussieht, weiß ich gar nicht genau.« Ich hatte die Kellner und Kellnerinnen zwar in den letzten zwei Tagen beim Personalessen getroffen, Babbo hatte sie mir vorgestellt, aber gesprochen hatten sie nicht mit mir. Und ich nicht mit ihnen. Als Tochter vom Chef war ich immer etwas Besonderes. Eine Person, der man nicht trauen konnte, weil sie auf der Gegenseite stand.

»Wohnen die dann hier? Das lohnt sich ja gar nicht, nach Hause zu gehen, oder?«

»Ja, wir haben auch ein paar Zimmer für die *camerieri* und so.«

»Wo?«

»Das sind die *appartamenti*. Ein Stück den Weg runter.«

»Was würdest du jetzt machen, wenn ich nicht da wäre?«

Dio, wenn du nicht da wärst, hätte ich meine Ruhe, dachte ich. »Jetzt? Die Anreisen eintragen …«

Aber wir wurden unterbrochen. Das Ehepaar Hammermann kam mit dem Zimmerschlüssel und beschwerte sich bei Catta über die Klimaanlage. Natürlich dachten sie, sie hätten *mich* vor sich. Catta zuckte freundlich mit den Schultern. »Da übergebe ich mal eben an meine Praktikantin, wenn es Ihnen recht ist. Was würdest du da jetzt machen?« Zu den Hammermanns gewandt, sagte sie: »Ich habe ihr das gestern alles gezeigt und erklärt.«

Ich nickte. Gute Ideen hatte sie ja. »Haben Sie den rechten Knopf auch auf *minus* gestellt? Sonst funktioniert das nicht.«

Die Hammermanns diskutierten, ob sie den rechten Knopf auf *minus* gestellt hätten oder nicht. Sie war dafür, er dagegen. »Wir können auch gleich mal vom Hausservice nachschauen lassen«, schlug Catta lächelnd vor. Manche ihrer Ideen waren aber auch völlig unbrauchbar! Wir hatten keinen Hausservice. Endlich zogen sie ab.

»Und die Glühlampe im Bad ist gerade eben explodiert, als wir hinauswollten!«, riefen sie, als sie schon fast draußen waren. »Wir haben die Scherben einfach liegen lassen ...«

»Mann!«, entfuhr es mir. »Das gibt es doch nicht!«

»Was? Dass 'ne Glühlampe kaputtgeht?«

»Es macht alles kaputt. Es macht sich selbst kaputt ... seit Nonna nicht mehr da ist.«

»Das Hotel? Du meinst, es hat ein Eigenleben?« Catta sah mich neugierig an.

»Na ja. Irgendwie schon.«

»Wie der Baum ...« Sie kicherte. Sie glaubte mir nicht. Und wennschon ... Ich zuckte mit meinen braunen Schultern, die nicht mir gehörten und die ich dringend, aber wirklich dringend, wieder loswerden musste!

8

Catta

Was hast du eigentlich für Probleme, Mädchen?, dachte ich. Kaputte Glühlampen und die falsche Abrechnung der Minibar? Der ganze Hotelkram ist doch nicht so wichtig. Ich habe ganz andere Sorgen, *wirklich* krasse Sorgen. »Können wir jetzt endlich zu meiner Mum in die Suite gehen?« Ich knöpfte die Bluse einen Knopf weiter auf. Voll die hässliche Empfangsuniform hatten die hier, die einem auch noch die Luft abschnürte. »Und dann musst du auch mal wieder rüber. Weiß nicht, ob Jacques unbedingt Lust hat, sich den ganzen Tag allein mit Émile und Eliese zu beschäftigen.«

Felicia schien nicht begeistert über meinen Vorschlag. Sie schaute sich um, als ob sie sich am liebsten irgendwo verstecken wollte, und quengelte: »Aber wir dürfen hier nicht einfach weggehen!«

»Wieso? Ist doch gerade keiner da. Die Gäste können ihre Schlüssel abgeben, und wenn sie 'ne Frage haben, kommen sie eben später wieder. So ist das nun mal in 'nem kleinen Hotel, oder?« Ich zupfte an meiner Uniform und schlug die Hände an die Seitennähte des Rockes, wie ein strammstehender Soldat. Fräulein von der Rezeption angetreten!

»Warst du überhaupt jemals in einem Hotel?«, fragte sie.

Boah, konnten meine Augen verächtlich gucken, das hatte ich ja gar nicht gewusst.

»In mehr als du jedenfalls!« Nur weil sie in einem aufgewachsen war, musste sie ja noch keine Ahnung haben, wie es woanders aussah, oder? Eine Expertin benahm sich anders und richtig rund schien es hier ja nicht zu laufen. Stichwort Eigenleben und so … »Wo ist dieser Hausdiener?«

»Warum?«

»Weil der uns helfen muss!« In diesem Moment kam ein dicklicher Mann in schwarzen Hosen, weißem Hemd und einer lila Weste durch den Haupteingang und lief an uns vorbei, ohne uns überhaupt anzuschauen. Das musste er sein! Ich fragte Felicia mit einem schnellen Blick. Sie nickte. Das war er!

»*Oé!* Massimo!« Vom Schulhof wusste ich, wie die Italiener, besonders die Jungs, sich gegenseitig riefen.

Er stoppte und schaute mich entgeistert an.

»Maurizio!«, flüsterte Felicia viel zu spät.

»Maurizio!«, wiederholte ich und fuhr auf Italienisch fort: »Ja, siehst du mal, ich habe dich so lange nicht hier an der Rezeption gesehen, da habe ich glatt deinen Namen vergessen!« Ich presste die Lippen zusammen, doch dann musste ich lachen. Ich weiß nicht, woran es lag. Es war nicht nur der zwischen Erstaunen und Entsetzen eingefrorene Blick, mit dem er mich anglotzte. Es war auch die krasse Lage, in der Felicia und ich uns befanden, der völlig irre Körpertausch, die Angst, erwischt zu werden, noch dazu die monatelange Sorge um Mama, mein wahnsinniges Lampenfieber, wenn ich irgendwo auf der Bühne spielen wollte, das komplette Paket, das mich runterzog und in diesem verrückten Moment einfach explodierte: Ich platzte heraus und konnte nicht mehr aufhören! Ich lachte und lachte, ging in die Knie, hielt mir die mageren Hüftknochen unter dem Rock fest und japste zwischendurch nach Luft. *»Scusa«*, wimmerte ich, *»scusa«*, aber ich musste immer nur weiterlachen. Zunächst wehrte der Hausdiener sich, doch dann kam er langsam in Fahrt, wie ein Traktor, der nicht anspringen wollte, und lachte mit. Er kniff die Augen zusammen, bog sich nach hinten und grölte an die hohe Decke der Eingangshalle.

»Tu! Tu …« Er versuchte, mir etwas zu sagen.

»Massimo!«, schrie ich und wir heulten beide vor Lachen auf, als ob wir gleich durchdrehen würden, und nun entschloss sich endlich auch Felicia, ihren verspießerten Gesichtsausdruck auf meinem Gesicht einen Moment zu vernachlässigen, und brach in ein tiefes Kichern aus. Maurizio-Massimo schien das Beben, das mein/ihr Busen unter meinem coolen Shirt auslöste, zu irritieren. Er starrte einen Moment lang darauf, fing sich dann aber und schaute wieder mich an.

»Signorina Felicia«, keuchte er, »was ist passiert? Du redest! Du redest mit *mir!«* Er schüttelte sich unter den letzten Ausläufern des Lachanfalls, nahm dann aber Haltung an.

»Mas… Maurizio! Wie lange arbeitest du schon in der Villa?« Ich wischte mir die Lachtränen aus dem Gesicht und grinste ihn an, während ich hörte, wie Felicia sich auf den Schreibtischstuhl fallen ließ, der hinter dem Computer stand.

»Vier Jahre, Signorina Felicia.« Unter seinen vorstehenden Augen zeichneten sich tiefe Ringe ab. »Deine Nonna hat mich eingestellt.«

»Dann kennst du dich ja bestens aus. Ich muss weg! Ich habe eine wichtige Mission, nur eine Viertelstunde lang, aber ich denke, du bist der richtige Mann, um die Stellung halten zu können! Meinst du, du schaffst das?«

»Aber natürlich, Signorina Felicia! Jetzt sofort?«

»Jetzt sofort!« Ich streckte meine Hand aus, er nahm sie und schüttelte sie ernsthaft, als ob ich ihm gerade einen Orden verliehen hätte, als ein Mann in einer schwarzen Kochjacke um die Ecke bog. Ich hatte ihn noch nie gesehen, er war mir aber sofort unsympathisch. Seine dunklen Augen bohrten sich in meine, als er auf mich zugeschossen kam, und er rief: *»Basta! Non posso lavorare così!«*

Ich ließ Maurizios Hand sofort los, Felicia sprang wie eine erschreckte Katze aus dem Schreibtischstuhl und zischte mir leise das Stichwort zu: »Babbo!«

»Babbo!«, wiederholte ich und fuhr auf Italienisch fort: »Was ist passiert? Warum kannst du *so* nicht arbeiten?«

»Was ist hier los? Wer hat hier gelacht und warum? Hä? Was sollen die Gäste denken?«, gab er statt einer Antwort zurück.

»Vielleicht sollen sie denken, dass wir Spaß haben?«, schlug ich vor, aber er hörte mich nicht, denn er schimpfte schon weiter: »Was macht das Mädchen da hinter dem Empfang?«

Dabei hatte sich Felicia schon hinter dem Tresen weggeschlichen und stand jetzt neben der Eingangstür wie ein bemüht unbeteiligter Gast.

»Niente. È solo una amica!« Nichts. Nur eine Freundin.

»Straniera? Spricht sie Italienisch?«

Ich nickte. Ja. Sie war eine Fremde. Und was für eine …

»Wie oft habe ich schon gesagt, alle, die keine Gäste sind, haben in der Villa nichts zu suchen!«

Wow. Der Mann hatte krass schlechte Laune. Und eine ganz schlechte Energie, würde Mum sagen.

»Ach, es ist doch nicht zu glauben!« Er war noch nicht fertig. »Ich würde am liebsten den ganzen Frühstücksdienst rausschmeißen. Die Käseplatten, die Tabletts mit dem Schinken, alles machen sie mittags schon fertig, stellen das Kühlhaus voll und ich habe keinen Überblick mehr über meine Vorräte und Bestellungen!«

Käseplatten? Warum kam er mit seinem Käseplattenproblem an die Rezeption?

»Wo ist deine Mutter?«, tobte er los. »Und warum steht Maurizio hier rum, hä?«

»Er hilft mir!« Der Vater von Felicia war zwar sauwütend über irgendwas, doch das machte mir keine Angst. »Alles in Ordnung, Babbo. Wir kommen hier schon ohne dich klar.« Eine ziemlich freche Bemerkung, die er nicht einmal registrierte. »Massi… äh, Maurizio und ich sind ein gutes Team!« Wieder wollte ich loslachen, doch ich presste die Lippen zusammen und schaute den Hausdiener vorsichtshalber nicht an.

»*Dio cane!* Was mache ich, wenn diese zwei Spinner heute nicht zum Dienst kommen? Die behaupten, sie hätten noch keinen Vertrag, als ob in der Küche nicht auch ein Wort gilt! Das Wort eines Mannes …« Schimpfend drehte er sich um. Wir drei schauten ihm nach, wie er durch die Lobby rannte und über ein paar Treppenstufen nach unten verschwand.

»Was war das denn! Und wo geht er hin?«, fragte ich auf Deutsch. Der gute Maurizio musste ja nicht alles mitbekommen.

»Da unten liegt die Küche«, erklärte Felicia, die wie gelähmt an der Tür ausgeharrt hatte. »Und anscheinend hat er wieder Probleme mit seinen Köchen.«

»Jedenfalls kann er 'ne Bombenstimmung verbreiten.« Nun sprach ich wieder Italienisch.

»Oh ja.« Maurizio nickte langsam. »Das kann der Chef.«

»Lass uns zu meiner Mum gehen!« Ich wechselte ins Deutsche. Felicia verdrehte die Augen. Es machte mich wütend, mein Gesicht so abweisend zu sehen, wenn es um meine Mutter ging.

»Na los!« Ich zeigte Maurizio den nach oben gerichteten Daumen. »Ich verlass mich auf dich!« Er grinste und erwiderte die Geste.

Wir gingen hinaus auf die Terrasse, durch die großen Scheiben des Seitenflügels sah man schon die ersten Gäste beim Frühstück sitzen. Was wollten die alle so verdammt früh hier? Ich würde als Hotelgast doch ausschlafen! Ich ging näher und spähte hinein. Gelbe Tischdecken, schönes Geschirr, gepolsterte Stühle und überall große Vasen mit weißen Blumen. Es sah hell und irgendwie edel aus. Als ob man in einen adligen Palast hineinsah.

»Komm da weg!«, sagte Felicia. »Die Tochter des Hauses presst ihre Nase nicht an Fensterscheiben! Was sollen die Gäste denken?«

Huhuuu! Ich winkte den Gästen als Tochter des Hauses zu. Abartigerweise machte mir diese perverse Verwechslung gerade Spaß, und wenn es die richtige Felicia ärgerte, umso besser! »Hast du da auch schon mal gearbeitet?«

»Im Frühstücksservice? Sicher.«

»Was ist das Schlimmste daran?«

»Das frühe Aufstehen. Na ja, aber dann hat man frei. Normalerweise. Nein, schlimm ist eigentlich nur, wenn die Küche nicht vorbereitet ist und alle Gäste auf einmal kommen, alles liegen lassen und sich dauernd neue Teller nehmen.«

»Okay«, sagte ich nur. Die Gäste schienen hier nicht wirklich beliebt zu sein, sondern jeden ein bisschen zu nerven.

»Was soll ich denn zu deiner Mutter sagen?«, fragte Felicia, als wir durch den Garten zu dem Gebäude liefen. Niemand lag am Pool. Zu früh.

»Hauptsache, du nennst sie nicht Mama, sondern Mum! Und du musst gar nicht viel sagen. Nur, dass es uns da drüben im Bulli ganz toll geht, dass Émile und Eliese gut drauf sind und Jacques das mit der Panne hinbekommt. Und umarme sie ganz lang und fest! Damit sie sich keine Sorgen macht!«

»Umarmen? Muss das sein?«

»Ja, was denkst du denn? Das machen wir eigentlich ziemlich oft.«

»Diesen Otto etwa auch?«

»Dieser Otto ist mein Stiefvater. Und echt lieb!«

Felicia sagte nichts.

»Sag bloß, ihr macht das nicht? Italiener küssen sich doch dauernd, rechts links rechts …«

»Ich wüsste nicht, was dich das angeht.« Sie schüttelte den Kopf und schnaubte. »Mit meinen Eltern mache ich das jedenfalls nicht.«

»Na super, dann fällt das für mich ja schon mal weg. Cool. Aber *du«,* ich zeigte auf sie, »du musst dich heute echt so benehmen wie ich! Und frag sie, ob das Fieber runtergegangen ist.«

»Was kommandierst du hier eigentlich rum?«

Was? Wer kommandierte hier wen? »Ich fordere nur das von dir, was du auch von mir verlangst: diesen Tag zu überstehen, sodass niemand etwas mitbekommt. Habe ich deinen Babbo etwa nicht überzeugt?«

Sie seufzte. »Okay. Und was sage ich über dich?«

»Na, dass wir Freundinnen geworden sind und dass ich megacool bin … Die Wahrheit eben!«

Wir klopften. Otto war schon angezogen und sagte, er wolle gerade hinübergehen, um für Mum das Frühstück ans Bett zu holen. Er sah frisch und ausgeschlafen aus. Seine Haare waren noch nass, er trug Bermudashorts und sein Hemd war wieder eins dieser kurzärmeligen karierten Teile, die er so liebte. Na ja. Es gab Schlimmeres.

Aber es war Horror, dabei zu zusehen, wie Felicia im Zimmer herumstand, mich als das Mädchen von der Rezeption vorstellte und dann von der Tür aus winkte, als ob sie eine Touristin sei, die die Einheimischen in ihren Behausungen betrachtete. Sie versucht es gar nicht erst!, dachte ich wütend. Aber da kannte sie Mum schlecht! »Komm her, meine Süße!«, rief sie vom Bett und breitete die Arme aus. »Wie geht es dir? Ich hab dich vermisst!«

Ich musste grinsen. Wir hatten uns vor zehn Stunden das letzte Mal gesehen. Aber so war sie nun mal. Und es schien ihr besser zu gehen. Warum fragte Felicia sie nicht, ob das Fieber runtergegangen war? Ich selbst konnte es ja schlecht tun, dabei sehnte ich mich nach einer Umarmung von Mum.

»Alles gut bei euch da drüben? Wie geht es Em und Eli? Habt ihr die Werkstatt telefonisch erreicht? Schläft Jacques noch?«

Ich schubste Felicia sanft in den Raum. Ihr ganzer Körper, also mein von ihr bewohnter Körper, sah steif aus, als sie sich zum Bett niederbeugte und meine Mum umarmte. »Jaja. Alles gut. Alles bestens.«

Oh nee, sie benahm sich wie ein störrisches Pferd!

»Mein Großvater sagt, sie können heute noch bleiben und in aller Ruhe auf den Wagen von der Werkstatt warten«, mischte ich mich ein. »Und morgen früh …«

»Und morgen früh«, wiederholte Felicia und befreite

sich aus den Armen meiner Mutter, »ist alles wieder, wie es sein sollte!«

»Wie meinst du das?« Oh, ich hätte Felicia warnen sollen, Mum hörte genau hin und nahm immer alles ernst, was man sagte.

»Nein. Nichts!« Felicia lächelte und wand sich unbehaglich in meinem Körper.

»Ach, meine Süße, reichst du mir mal bitte den Beutel mit meinen Tabletten? Steht auf dem Sideboard.«

Es standen drei Waschbeutel da. Ein blauer, ein schwarzer, ein gelber. Im schwarzen war ihre Medizin, all die Sachen, die sie täglich einnehmen musste. Gelb war der von Otto und blau auch, denn der war für sein Schuhputzzeug. Mit seinen fein gelöcherten teuren Lederschuhen war er eigen.

Nero, signalisierte ich ihr, indem ich das Wort mit den Lippen bildete. Mist, Mum schaute mir in diesem Moment mitten ins Gesicht. Ich lächelte sie an, den Mund immer noch zu *neeero* verzogen. Felicia griff nach dem gelben! Mum lachte. »Wenn's nur Ottos Nasendusche wäre, die ich benutzen müsste …«

Felicia griff nach … nein, natürlich wieder falsch, sie reichte ihr den blauen Beutel. »Schatz, nicht das Schuhputzzeug, den schwarzen bitte! Mit der bösen Medizin und deswegen tabu für die Kleinen. Schon immer.«

»Ach, klar! Bin mit den Gedanken echt woanders. Und siehst du«, jetzt lachte Felicia Mum tatsächlich an, »das wird morgen früh aufhören! Versprochen!«

9

Felicia

War es schon wieder Morgen? Musste ich aufwachen? Nein, ich wollte nicht aufwachen. Noch nicht. Erst einmal die Augen geschlossen lassen und fragen: Liege ich in meinem Bett? In meinem Zimmer? Aber das Atemanhalten und das ganze Theater konnte ich mir schenken, denn da waren sie wieder: die schwitzigen Füße von Émile, die sich gegen meine Beine stemmten. Auf der anderen Seite Eliese, die ihre langen Haare wie Tentakel über meine Schultern ausgebreitet hatte und mit der Stirn an meinem Oberarm klebte. Und dieser Oberarm war kräftig und milchkaffeebraun.

Neeeeiiin! Es hatte nicht funktioniert! So eine … Das war doch nicht möglich! Ich steckte immer noch in Cattas gedrungenem, kurvigen Körper, mit diesen unordentlichen Minizöpfen, die man noch nicht mal durchkämmen konnte. Ich lag im selben Bulli wie gestern, der muffig roch und in dem ein grässliches Durcheinander herrschte! Nichts hatte ich finden können, ich hatte den Nachmittag mit Suchen verbracht. Wo war die nasse Badehose von Émile, die er unbedingt zum Trocknen über einen Ast hängen wollte, die Haarbürste, die Socken, als es abends kalt wurde? Und wo waren die restlichen Kuscheltiere, es musste eine ganze Tasche davon geben, behaupteten die beiden, denn sie wollten damit spielen. Sowieso wollten sie alle paar Minuten etwas Neues. Aber die Tasche war auch weg. Es war zum Verzweifeln! Alles war irgendwie in die Schränke, zwischen die Sitze und in den Stauraum darunter gestopft worden. Ich war noch ein paarmal hinübergelaufen, um Catta nach allem möglichen Kleinkram zu fragen. Sie schüttelte den Kopf. Als sie in Hamburg losgefahren seien, sei alles noch an seinem Platz gewesen. Aber nach drei Tagen Fahrt hätten die Sachen sich selbstständig gemacht. Wir tauschten dann noch unsere Handynummern aus und die Handyschoner. Zufällig besaßen wir beide das gleiche Modell. Nun sah meins jetzt grün, gelb und schwarz aus, das sollte wohl die Flagge von Jamaika sein, und ihres war in schlichtes, elegantes Weiß gehüllt.

Sie antwortete auf meine Fragen meistens nur mit einem erhobenen Daumen. Na großartig – Hauptsache, ihr ging es gut … Sie hatte sich einen Spaß an der Rezeption gemacht und ausgiebig mit allen Gästen geplaudert. Sie hatte Glück, meine Mutter war mit den Handwerkern beschäftigt und wir hatten nur »Bleiben«, keine An- und Abreisen. Ich dagegen war nur mit Aufräumen, Münder-Abwischen und Suchen beschäftigt. »Was regst du dich denn so auf? Du hast den Bulli doch gepackt«, sagte Jacques mehrmals.

Ach, Jacques, wenn ich es dir doch bloß alles sagen könnte!, hatte ich wohl zum tausendsten Mal gedacht, dann aber nur genickt und Automechaniker Gerardo von der Werkstatt hinter der Tankstelle angerufen. Er war am Nachmittag heraufgekommen und hatte sich über den Motor gehängt. Wir hatten stundenlang herumgestanden und ich hatte für Otto und Jacques übersetzt. Die Zwillinge verwandelten unterdessen die rostige Hollywoodschaukel in ein Piratenboot und versuchten, die Seerosen aus der Zinkbadewanne zu befreien. Als ich mit ihnen schimpfte, schauten sie mich an wie ein Auto. Wurde denen denn nie etwas verboten?

Schließlich wischte sich Gerardo seine schwarz verschmierten Hände an einem Lappen ab und gab bekannt, dass die Lichtmaschine kaputt sei. Was auch immer das war, sie musste wichtig sein. Eine neue zu bestellen, dauerte ein paar Tage. Sie musste vom Festland kommen. Aus Livorno.

»Nicht so schlimm, wir haben ja noch den Leihwagen vom Flughafen in Pisa, mit dem Jacques und Marlene gekommen sind.« Diesen Otto konnte man wirklich selten aus der Ruhe bringen. Er hatte die Zwillinge dann mit dem nagelneuen Fiat Panda abgeholt, zu spät allerdings, um baden zu gehen. Ich hatte tunlichst den Mund gehalten und so getan, als ob ich nicht wüsste, wo es die beste Pizzeria gibt, und mich mit angeblichen Kopfschmerzen in den Bulli verzogen. Jacques war Gott sei Dank mitgefahren, doch auch Nonno war irgendwo mit seinem Roller unterwegs. Allein zurückgeblieben, war ich vor lauter Nervosität zwischen dem Hotel und Nonnos Häuschen hin und her gelaufen und hatte Selbstgespräche geführt. Es muss morgen vorbei sein, es muss einfach … Irgendwie waren die Stunden verstrichen, und als die Familie zurückkam, stellte ich mich schlafend.

Doch nun war der ersehnte Morgen gekommen … und alles war so wie gestern! Das durfte nicht wahr sein! Ich setzte mich auf. Jacques schlief noch. Ich hörte zumindest nichts von oben aus seiner Koje.

Die Zähne vor Ungeduld und Enttäuschung zusammengebissen, starrte ich auf die zerzausten Kinderköpfe auf ihren Kissen, während es in meinem eigenen Kopf rotierte. Wie sollten Catta und ich nur wieder in unsere eigenen Körper gelangen?

Wie war das mit dem *Zio Pino?* Hatte Nonna vielleicht etwas Wichtiges über ihn erzählt, was ich damals als Kind noch nicht verstanden hatte? Das konnte nur Nonno wissen! Warum hatten wir ihn gestern nicht sofort danach ausgefragt?

Ich zog mir wieder Jacques' Pullover über und öffnete so leise wie möglich die Schiebetür. Die Sonne war schon aufgegangen, aber es war noch kühl. Sieben Uhr schätzte ich. Vor dem Bulli waren unsere Schuhe ordentlich auf dem Waldboden aufgereiht. Darauf hatte ich bestanden, denn die Luft in dem engen Bus war schlimm genug. Ich hörte Schritte, da kam sie auch schon in meinem schlanken Körper angerannt: Catta.

»*Fuck!* Es hat nicht funktioniert!«, hechelte sie mir noch im Laufen zu und stoppte, ganz außer Atem. Ja, das hatte ich auch schon gemerkt. »Machst du eigentlich jemals Sport?«

Ich ignorierte die Frage. »Wir gehen zu Nonno.« Bevor sie wieder völlig fasziniert in den Anblick ihrer Geschwister versinken konnte, packte ich sie an der Schulter und ging mit ihr auf Nonnos Haustür zu.

»Wir müssen das beenden!« Sie schaute mich aus verzweifelten Augen an.

»Wem sagst du das?«, knurrte ich. »Irgendein dämliches Geheimnis muss es da doch geben!«

»Es ist wieder geschehen!« Catta zeigte mit dem Finger auf mich.

»Bitte?«

»Es ist *wieder* geschehen, hat dein Nonno gestern gesagt! Das ist mir heute Morgen im Bett eingefallen. Was meinte er damit?«

»Was meintest du damit, Nonno?«, fragte ich, als wir im Wohnzimmer saßen. Wieder hatten wir Tassen mit Milchkaffee vor uns und ich merkte, dass meine Verwirrung von gestern gerade dabei war, sich in Panik zu verwandeln. Ich wollte raus! Raus aus diesem fremden Körper mit dem dicken Po und den dicken …

»Warum *wieder*? Ist so etwas schon einmal vorgekommen? Was weißt du noch von dem Baum?«, fragte nun auch Catta. Sie hatte meine Haare mit einem Stirnband umschlungen, das verdächtig danach aussah, als ob sie es aus einer meiner schwarzen Nylonstrumpfhosen angefertigt hätte. Ich will meine Haare zurück! Ich will *mich* zurück!, schrie es in mir auf.

»Nun ja, Rosanna hat immer ein Geheimnis um diesen Baum gemacht und viele Geschichten von ihm erzählt, die man manchmal gar nicht glauben konnte. Du weißt ja, wie sie war …« Er schüttelte den Kopf und schaute irritiert zwischen uns hin und her, immer noch verwirrt über unsere vertauschten Rollen. Da war er nicht der Einzige!

»Und eine dieser Geschichten handelte vom Körpertausch?«, platzte es aus Catta heraus.

»Ja.«

»Nonno, erzähl!«

»Tja, wenn ich das noch richtig wüsste. Also, da könnte mal was zwischen ihr und der Simonetta gewesen sein!«

»Simonetta ist ihre Schwester«, erklärte ich Catta, die heute nicht Rock und Bluse trug, sondern sich eins meiner kürzesten Sommerkleider aus dem Schrank gesucht hatte, bevor sie vor meiner Mutter geflohen war. »Mit der hat sie sich nie gut verstanden.«

»Die Schwestern Simonetta und Rosanna stammten aus einer der reichsten Familien von Elba. Ihr Vater erbte das

Weingut und das Haus darauf und auch die prächtige *Villa Paradiso* aus dem Jahr 1920. Er vergrößerte seinen Besitz, spezialisierte sich auf Rotwein und den berühmten *Aleatico*. Er machte Gewinne. Während der Kriegsjahre waren die Zeiten schwierig, aber danach wurden die Töchter geboren, wuchsen heran, sie wurden verlobt, und zwar mit den beiden anständigsten jungen Männern, die man sich vorstellen kann: Rosanna mit mir und Simonetta, die ja die Ältere war, mit meinem besten Freund Umberto Giacomelli. Rosanna bekam die Villa als Mitgift, Simonetta blieb auf dem Weingut. Es war perfekt! Wir waren glücklich, alle vier! Glaubte ich jedenfalls.«

Er hatte sich zu Catta gebeugt und streifte mich nur ab und zu mal mit einem Seitenblick. Sollte uns jemand beobachten, sähe es aus, als würde er seiner Enkelin noch einmal die Familiengeschichte erzählen.

»Später, als wir schon längst verheiratet waren, verriet Rosanna mir, dass sie sich mit ihrer Schwester häufig um alles Mögliche gestritten habe. Immer wollte die eine das, was die andere gerade hatte. Um den Ball, der Rosanna gehörte, und den Kreisel von Simonetta. Um das rote Kleid und den grünen Rock. Wer das Weingut bekäme und wer die Villa. Sie hätten alle paar Tage ihre Meinung geändert. Um uns Männer habe es übrigens auch Streit gegeben, sagte sie. ›Um eure Verlobten? Aber das hätte ich doch merken müssen‹, habe ich gesagt. Sie hat nur gelächelt und geantwortet: ›Wir waren vielleicht etwas verwöhnt, du kennst doch das Sprichwort, das Gras des Nachbarn ist immer grüner …‹«

Ich warf einen Blick auf Catta, die schmal und blond in ihrem Sessel saß und meinem Großvater gebannt lauschte, der jetzt fortfuhr: »›Aber ihr wart doch Schwestern‹, gab ich zu bedenken. ›Habt ihr euch nicht geliebt?‹ – ›Doch, manchmal schon‹, war ihre Antwort, ›aber irgendwann haben wir uns ganz fürchterlich unter dem Zio Pino gezankt.‹« Seine Stimme wurde leiser. Wir beugten uns beide vor, um ihn besser zu verstehen.

»›… und am nächsten Morgen hatte uns der Baum vertauscht.‹« Nonno richtete sich auf. »Vertauscht … ja wirklich, ich erinnere mich, *vertauscht* hat sie gesagt. Ich habe das nie glauben können, ich dachte, sie macht Witze. Sie war doch manchmal so lustig und hatte immer ein bisschen viel Fantasie …«

«… und kannte so viele Mythen von der Insel! Und Geschichten. Und Sagen.« Ich seufzte und drehte an den fremden schwarzen Zöpfchen auf meinem Kopf.

»Ja, richtig super war das mit den Geschichten! Aber dann? Wie wurden sie wieder zurückgetauscht?«, rief Catta dazwischen, doch Nonno hörte sie anscheinend nicht.

»Sie hat uns manchmal vor dem Baum gewarnt, aber dabei auch immer gelacht. Weißt du noch, Felicia?«

»Ja«, sagte ich. »›Sei lieber nett zu *Zio Pino!*‹ Oder: ›Zu dem muss man lieb sein, dann erfüllt er auch die Wünsche.‹«

Niemand sagte etwas. Nur die Vögel in den Pinien waren zu hören. Und von Ferne die Sieben-Uhr-Propellermaschine, die gerade im taumelnden Landeanflug auf den Flugplatz war.

»Okay. Das war ’ne schöne kleine Andachtsminute für die vielen Mythen und Insel-Storys!«, sagte Catta schließlich und trommelte mit dem Fuß auf den Boden. »Aber nun mal weiter im Text: Sie hat also dauernd mit ihrer Schwester gestritten und wurde vertauscht. Wie wir. Lebt die Schwester vielleicht zufällig noch?«

Ich schnaubte verächtlich. Catta verstand rein gar nichts von unserer Familiengeschichte. »Die Simonetta? Natürlich! Gleich nebenan. Sie wird Babbo verklagen, weil sie das Hotel will!«

»Aha. Und dein Freund von damals, der …?«

»Umberto?«, antwortete Nonno. »Nein, der ist leider lange vor meiner Rosanna von uns gegangen. Schon vor zehn Jahren. Ich mochte ihn sehr. Ab da ging es dann auch mit dem Wein weiter abwärts. Keine Investitionen mehr … und eine seltene Wurzelkrankheit an den Rebstöcken …«

»Dann nix wie hin! Denn diese Simonetta müsste doch auch wissen, wie sie wieder zurückgetauscht wurde …«, rief Catta. Sie hob meine schmalen blassen Hände und starrte sie wie zwei fremde Gegenstände an. Das waren sie ja auch.

»Sie ist nicht gerade sympathisch! Hat sich's mit fast allen verdorben. Auch mit ihren Arbeitern«, warnte Nonno und stellte seine Kaffeetasse beiseite.

»Na und? Trotzdem werden wir das jetzt herausfinden. Was sollen wir sonst machen? Das ist unsere einzige Chance!« Catta klang ungeduldig. Ihre Stimme, also meine Stimme, hörte sich ein bisschen fremd an, so wie auf meiner Mailbox, doch ich konnte auch ein angsterfülltes Zittern darin hören.

Nonno nickte langsam: »Ich fürchte auch.«

»Kommst du nicht mit?«, fragte ich.

»Nein, *ragazze,* wenn es sich vermeiden lässt, würde ich lieber hierbleiben.«

Dio! Nonna war genau das Gleiche wie mir, wie uns, passiert! Erst langsam begriff ich, was Nonno da gerade erzählt hatte.

»Hat er Angst vor ihr?«, flüsterte Catta mir zu, als wir hinaustraten.

»Nonno hat vor niemandem Angst!« Ich führte sie hinter das Haus auf den kleinen Pfad, auf dem man zum Weingut gelangte.

»Wie waren die Schwestern so?«, fragte Catta. »Sahen sie sich ähnlich?«

Ich lachte auf, um zu überspielen, dass es in meinem Bauch vor Angst und Aufregung rumorte. Beruhig dich, sagte ich mir, bald werden wir wissen, was wir tun müssen. »Nein. *Zia* Simonetta ist groß und mager und stolz und meine Nonna war … sie war klein, rund und irgendwie gemütlich.«

»Aha. Merkst du was?«

Ich schaute zu ihr hinauf. Mit meiner Körpergröße von eins zweiundsiebzig war ich zwar nicht riesig, aber ich steckte ja neuerdings in einer nur hundertfünfundfünfzig Zentimeter kurzen Vollkörper-Zwangsjacke und fühlte mich wie ein Zwerg. »Tja. *Zio Pino* scheint eine Vorliebe für so ein Duo wie uns zu haben.«

Wir kamen an das Törchen, das in der hohen, schmutzig gelb verputzten Mauer eingelassen war, und ich hielt den Atem an. Tausend Erinnerungen aus meiner Kindheit überschlugen sich in meinem Kopf. Würde es noch offen sein, so wie damals? Es war fast völlig zugewachsen, doch ich rüttelte an der Klinke, ohne auf die Kratzer zu achten, die die Brombeerranken mir zufügten.

»Schade. Abgeschlossen«, sagte ich zu Catta. »Hier bin ich früher immer mit Raffaele durch. Wäre eine Abkürzung, aber jetzt müssen wir wohl durch das Haupttor.«

»Raffaele?«

»Mein Cousin. Na ja, eigentlich Cousin zweiten Grades. Sohn von Simonettas Sohn Federico. Die wohnen aber nicht mehr hier, sondern in Rom. Meine Großtante hat sie mit ihrer *warmherzigen* Art vertrieben.«

»Wann hat der Körpertausch der beiden wohl stattgefunden?«, überlegte Catta laut und ließ ihre Hand an der Mauer entlangstreifen.

»Na ja, Nonno sagte doch, jede von ihnen wollte das, was die andere hatte. Selbst den Verlobten. Muss also in der Verlobungszeit gewesen sein.«

Sie schaute mich fragend an. »Könnte es nicht …?«

»Vergiss es!«, rief ich mit der donnernden tiefen Stimme, an die ich mich noch immer nicht gewöhnt hatte. »Das kann es nicht sein! Ich will partout nichts, was du hast!«

»Alter! Das kann ich so was von zurückgeben …«

Wir gingen bergab an der Mauer entlang.

»Und was dahinterliegt, gehört alles denen?«, fragte Catta nach einigen Minuten.

»Wart's ab, bis du die Weinfelder siehst!«

»Warum will sie dann noch euer Hotel?«

»Keine Ahnung!«

Endlich erreichten wir das große schmiedeeiserne Tor, das die Welt draußen hielt. Ich sah mich um, keine Klingel zu sehen. Nichts. Früher hatte das Tor immer weit offen gestanden.

»Azienda Agricola Paradiso – seit 1797«, las Catta vor. »Ich muss zugeben: Paradiso ist einfach ein cooler Name. Auch für einen Bauernhof oder wie übersetzt man das?«

»Bauernhof? Tss. Das ist ein landwirtschaftlicher Betrieb, ein Weingut, und hieß schon immer *Paradiso.* Keine der Schwestern hat den Familiennamen je abgelegt.«

Wir sahen durch die gebogenen Eisenranken. Der asphaltierte Weg dahinter hatte große Schlaglöcher und führte zwischen Weinreben auf das Hauptgebäude zu.

»Wie kommen die Leute denn rein? Die Arbeiter und die, die den Wein abholen? Oder gibt es keinen Wein mehr?«

»Sieht fast so aus. Bin lange nicht mehr hier gewesen.«

Nur zum Spaß drückte ich den Griff hinunter. Überraschenderweise war das Tor unverschlossen. Wir schlüpften hindurch. Rechts und links des Weges sah man Weinfelder, in geraden Reihen standen die grünen Reben, aber früher hatte es anders ausgesehen. Sehr viel aufgeräumter. Nicht so viel Grünzeug zwischen den einzelnen Weinstöcken.

Wir gingen auf das Gutshaus zu.

»Fast wie die Villa«, sagte Catta. »Dasselbe Gelb und so. Aber alles sieht viel praktischer und mehr nach Arbeit aus. Und verlassener.«

Sie hatte recht. Der gleiche Anstrich, nur verblichener, grüne Fensterläden vor kleinen Fenstern, aber keine Balkons. Dafür gab es eine Treppe, die rechts und links in einem geschwungenen Bogen auf den Vorplatz führte. Ihr Geländer bestand aus dicht stehenden weißen Stäben. Rechts und links von ihr gab es große Blumenbeete, ein wildes, buntes Durcheinander von Blüten und Ranken.

Catta schaute sich um. »Irgendwie unheimlich hier. So ruhig. Sitzt sie allein dadrin? In dem Riesenkasten?«

»Wahrscheinlich.« Ich flüsterte.

»Aber die Blumen sind geil!«

»Vergiss die Blumen! Erst einmal ist es *deine* Aufgabe, sie zu überzeugen, uns überhaupt zu empfangen! Und dann müssen wir einfach mit der Wahrheit herausrücken. Wenn es wirklich geschehen ist, wird sie wissen, wovon wir sprechen. Wenn nicht, wird sie uns für durchgedreht halten.«

»Das kann uns dann ja auch egal sein«, murmelte Catta.

Die Haustür öffnete sich, jemand schlüpfte mit dem Rücken zu uns hinaus, hastig und verstohlen, als ob er nicht gesehen werden wollte. Erst auf der Treppe drehte er sich um und ich erkannte ihn. »Raffaele!«, rief ich, ohne nachzudenken. Er schaute erschrocken auf und entdeckte uns. *Cavolo!,* ich steckte ja immer noch in Cattas braun getönter Haut und war klein und pummelig. Schnell zeigte ich auf Catta in meinem Felicia-Körper, als ob sie ihn gerufen hätte: Die da war's!

Sie lächelte ihn nur an, mit Augen, die ganz weit wurden und gar nicht mehr wieder weggucken wollten. Hallo!, dachte ich. Das ist nur mein Cousin, könntest du bitte aufhören, so unnötig zu grinsen?

»Fe-he-he-li-ce! Bella cicatrice!« Er sang unseren alten Spruch aus Kinderzeiten und schaute sie erwartungsvoll an. Denn diese Beleidigung, schön wie eine Narbe zu sein, musste sie nun eigentlich singend beantworten: *»Raf-fa-ha-e-le, torsolo di mele!«* Damit hatte ich ihn manchmal geärgert, denn der Apfelbutzen galt in der Toskana als ausgesprochen dumm. Aber das konnte sie natürlich alles nicht wissen. Vielleicht kannte sie auch die Übersetzung für Narbe, *cicatrice,* nicht, sie himmelte ihn jedenfalls nur weiter mit debilem Lächeln an.

»Hey, weißt du nicht mehr? *Raf-fa-ha-e-le, tor-so-…?«*

»Was?« Sie schaute verwirrt zu mir herüber.

»War so ein Witz zwischen uns …«, presste ich auf Deutsch zwischen den Zähnen hervor, während ich unbeteiligt lächelte.

Sie schüttelte den Kopf. »Oh *fuck,* Raffaele, das weiß ich echt nicht mehr …«

Er sah sie misstrauisch an. »Was ist los? Im Internat hast

du offenbar auch völlig anderes Italienisch gelernt. Na ja, egal!« Mit seinen langen Beinen kam er jetzt die Treppe heruntergesprungen. »*Ciao, piccola!* Was machst du denn hier? Das ist ja echt 'ne Überraschung.« Er redete wie ein Römer. Kein Wunder, er hatte die letzten acht Jahre ja auch in Rom verbracht. Er war immer zwei Jahre älter als ich, also schon achtzehn. Als er sie umarmte und auf die Wangen küsste, schien sie ihn gar nicht mehr loslassen zu wollen, so vehement warf sie sich an seinen Hals. »*Ciao* Raffaele!«, stammelte sie glücklich und gleich noch mal: »Raffaele.«

»... torsolo di mele!«, ergänzte er. »So was vergisst man doch nicht!«

»Ja, nee, eigentlich nicht! So einen schönen Spruch!«

Ich schloss kurz die Augen. Schöner Spruch ... Mit den Sätzen hatten wir uns gegenseitig ziemlich geärgert. Doch mein Cousin fragte nur noch einmal, was wir hier machten, und schielte dabei neugierig zu mir herüber. Er war dünner als früher, das stand ihm gut, hatte aber immer noch sein offenes Jungensgesicht. Dunkle, lockige Haare, breiter Mund, ziemlich viel Augenbrauen über den hellbraunen Augen und unrasiert – oder sollte das fusselige Zeug auf seinen Wangen ein Bart werden?

»Ah, scusa«, entschuldigte Catta sich und zog vor Verlegenheit die Träger des Sommerkleidchens zurecht. »Das ist eine Freundin, Catta aus Hamburg.« Sie ruderte mit den Händen in der Luft herum, so nervös war sie. Raffaele gab mir die Hand und versuchte, nicht auf den Busen zu starren, der sich selbst unter dem Kapuzenpullover nicht vollständig verstecken ließ. Es gelang ihm, indem er mir in die Augen schaute. Na ja. Fast.

»Was macht ihr hier so früh?«

»Wir müssen die … die Tante sprechen. Die Simonetta!«, sagte Catta.

»Oh …« Er riss seinen Blick von mir los. »Die? Ach ja? Worum geht's denn?«

Sie zuckte mit den Schultern, eine Pause entstand. »Na ja. Also … Um Wein.«

Großartig, Catta. Viel mieser hätte ich auch nicht lügen können. »Sie«, sie zeigte auf mich, »sie ist … sie interessiert sich sehr dafür!«

»Und da kommst du zur Großtante? Hier ist doch nichts mehr los, siehst du ja selber. Und sie auf bessere Tage und den *Elba Rosso* anzusprechen … Weiß nicht, ob das so eine gute Idee ist.« Er sagte es zu ihr, lächelte aber mich dabei an. Der findet mich gut!, schoss mir durch den Kopf. Also, die kleine dicke Catta natürlich, die er vor sich sieht. Ich wusste, wie Jungs lächeln, wenn sie Mädchen gut finden! Meistens lächelten sie allerdings die Falschen an …

»Und du?« Ich hob fragend das Kinn, ohne eine Miene zu verziehen. Ich hasste ihn plötzlich! Mein bester Freund von früher, mein Kumpel Raffa. Warum machte er das? Warum lästerten Jungs über dicke Mädchen, standen aber heimlich doch immer auf Kurven? »Willst du gerade weg?« War er allein hier? Oder etwa die ganze Familie? Seit ein paar Jahren war sein Vater mit Simonetta verkracht, sie sprachen nicht mehr miteinander, kamen nicht mal zu Weihnachten mehr nach Hause, zur *Mamma!* Das sagte ja alles. Was hatte er hier also zu suchen?

»Oh, sie spricht ja Italienisch!«

»Ja, sie geht in Hamburg auf eine italienische Schule.«

Aha? Catta ging auf eine italienische Schule? Das hatte ich bis jetzt noch nicht gewusst. War mir aber auch egal.

Ich nickte. *»Si. Esatto.«*

»Tja dann. Wir sehen uns.« Er machte sich auf den Weg. »Geht einfach rein. Sie sitzt im *salotto piccolo.«*

»Klar. Wir sehen uns!«, rief Catta. »Komm doch ... komm doch mal im Hotel vorbei!«

No, no, no! Was sollte das denn jetzt? Ausgerechnet! Er würde bestimmt keine Friedensmission starten, um unsere Familien wieder zusammenzubringen... Doch da lachte er schon verlegen zu mir rüber, immer nur ganz kurz, und erklärte mir – also der, die er für mich hielt –, dass er keine Zeit habe. Er würde nach Portoferraio fahren, sehen, wo man ihn gebrauchen könnte.

»Als was?«

»Ey, Felicia, na du bist lustig!«

»Ja, oder?« Sie warf mir einen Blick zu. Hilf mir doch!

»Ich mach ja immer noch das *liceo* in Rom und wollte in den Ferien wieder dort im *Melangolo* arbeiten. Das ist toll, ich verdiene da zwar nichts, aber das ist normal. Uns Schüler nutzen sie eben aus. Aber in den letzten beiden Jahren habe ich da immer unheimlich viel bei meinem Sous-Chef gelernt. Nun ist der gegangen und mich nehmen sie deswegen auch nicht mehr. Da wollte ich schauen, ob ich hier auf der Insel was finde ...« Er zuckte mit den Schultern. Catta auch. Sie lächelte. Bestimmt wusste sie nicht, dass ein Sous-Chef der stellvertretende Küchenchef ist.

»Na ja«, fuhr Raffaele fort. »Du weißt ja, wie seltsam meine Oma tickt, aber bei der kann ich wenigstens wohnen.«

Mir blieb der Mund offen stehen. Raffaele hatte in ganz Rom keinen Ferienjob gefunden? Seltsam. Und nun wollte er auf Elba arbeiten?

»Drei Jahre mache ich das *liceo* jetzt schon.«

»Immer noch ...?« Wie geschickt von ihr. Wusste nichts. Tat aber so.

»*Liceo Alberghiero,* um Koch zu werden, na klar.«

»Ja sicher!« Sie schlug sich spielerisch an die Stirn.

»Hab auch meine Klamotten dabei und meine Messer.« Er klopfte auf eine Tasche, die an seiner Seite baumelte. »Nur für den Fall, dass jemand mich gleich probekochen lassen würde.«

»Wieso fragst du nicht drüben bei … meinem Vater? Los, mach das doch! Denn brauchen kann er dich auf jeden Fall. Er schmeckt nämlich nichts mehr!«

Ich hüstelte.

»Was denn?«, fragte sie mich auf Deutsch. »Reg dich nicht auf! So bleibt das Geheimnis wenigstens in der Familie!«

»Du hast doch keine Ahnung von unserer Familie! Und brauchst dir deswegen auch keine Gedanken um unsere Geheimnisse zu machen!« Ich stemmte die Arme in die Taille meiner gewöhnungsbedürftigen Eieruhr-Figur.

»Na ja, irgendwie schon!« Sie zeigte genervt an sich herunter. Immerhin bin ich jetzt du, sollte das wohl heißen. Raffaele sah zwischen uns hin und her. »Kleine Differenzen unter Freundinnen, unnötiger Kram …«, sagte Catta auf Italienisch und grinste ihn sofort wieder an. »Und was meinen Dad angeht, also, äh, Babbo … Trau dich, frag ihn! Mehr als Nein sagen kann er nicht, oder?« Sie stieg die erste Stufe hinauf. »Komm, wir überraschen Tante Simonetta!«, rief sie mir zu.

Raffaele bekam keinen Blick mehr von mir, als ich ihr folgte. Eigentlich hielt ich mich nicht für obergemein, aber: *Scusate,* diesem Mädchen gönnte ich selbst den Miniflirt mit meinem Cousin nicht.

10

Catta

Wow. Was war das denn eben gewesen? Was für ein süßer Typ! Er war überhaupt nicht wie Jacques und gerade das gefiel mir! Voll krass, wie er eben da zwischen den Blumen die Treppe heruntergekommen war. Ich guckte bei Typen nicht nur nach Gesicht und Körper und ob sie gute Zähne haben und ehrliche Augen. Mir war auch immer wichtig, wie sie sich bewegen. Und dieser hier bewegte sich cool. Obwohl ich in seinem Gesicht auch lesen konnte, dass er über unser »Wiedersehen« echt erschrocken war.

»*Das* war also dein Cousin Raffaele.« Wenn man jemanden toll findet, will man immer über ihn reden und seinen Namen aussprechen.

»Zweiten Grades.«

»Nur zweiten Grades? Den könntest du also theoretisch heiraten, oder?« Ich kicherte, aber Felicia zischte nur: »Ja, ganz tolle Idee. Konzentrier dich jetzt bitte!«

Er hatte sie ein paarmal zu oft angeschaut. Also mich! Es hatte ihn interessiert, was er da sah. Ich fühlte mich einen Moment lang wunderschön, obwohl Felicia meine schwarzen Zöpfchenhaare zu einem einzigen langweiligen Zopf zusammengebunden hatte und bisschen krumm dastand, als ob ihr meine Oberweite peinlich wäre … Egal, ich war schön und ein Junge namens Raffaele hatte es gemerkt. Für ein paar Sekunden vergaß ich sogar, was in den letzten Monaten und Jahren passiert war. In der Schule war die Auswahl an interessanten Jungs begrenzt. Mit manchen war ich befreundet und zwei aus unserer Klasse waren auch mit jemandem zusammen. Aber sonst? Lief da nicht viel. Und ehrlich: Wenn man einen Bruder hat wie Jacques, ist es schwierig, etwas ähnlich Cooles zu finden. Nicht dass ich irgendwie in Jacques verliebt wäre, aber an ihm mussten sich alle messen lassen, und bisher war kaum jemand in meinem Leben aufgetaucht, dem das gelungen wäre. Außerdem, und das war vielleicht das Hauptproblem: Seitdem Mum so krank war, hatte ich auch keinen Kopf mehr dafür, mich zu verlieben. Meine Gedanken kreisten ständig um sie, um näher bei ihr zu sein. Dann waren da noch die Zwillinge, der Unterricht, Hausaufgaben, die ich meistens auf die letzte Minute erledigte, und meine Geige … Aber hier? Fühlte ich mich komischerweise nah dran am Verlieben, obwohl zu meinen alten Sorgen ja noch ein »kleines« Problem hinzugekommen war: Ich steckte in Felicias langgrätigem Körper und würde gleich ihrer Horror-Großtante gegenüberstehen, um das wieder rückgängig zu machen. Erst dann könnte ich mit ihm reden! Ich ballte die Fäuste, *si!* Je eher, desto besser!

»Gibt es noch irgendwelche Spielchen und Sprüche zwischen euch, von denen ich wissen sollte?«

»Äh. Nein. Wie peinlich, dass du ihm nicht antworten konntest. Aber ich konnte ja nicht ahnen, dass wir den hier treffen.«

»Er hat nur dich angeschaut. Also mich!«

Sie rollte nur mit den Augen.

Wir durchquerten eine Halle voller Ölgemälde an den Wänden (Schiffe, Sonnenuntergänge, raues Meer) und ließen die herrschaftliche Treppe links liegen. »Da oben war

Onkel Federicos Arbeitszimmer«, sagte Felicia ehrfürchtig. »Da durften wir nicht rein. Haben wir aber trotzdem gemacht …« Sie lächelte und ich sah, wie mein schöner breiter Mund noch breiter wurde. »Da gab es diese Zeichnungen und die ganzen Lineale auf den Tischen und Modelle aus dünnem Karton und Styropor auf den Regalen, die sahen so toll aus, durften wir aber nicht anfassen.«

»Ist ja hochinteressant. Bist du fertig?«

»Ich sag ja nur …« Sie schaute noch einmal nach oben, dann betraten wir ein riesiges, sehr leeres Wohnzimmer. Ein paar Anrichten und ein hässliches Sofa mit Goldschnörkeln standen an der Wand. Wenn das der kleine *salotto* war, wie groß war dann der große *salotto?*

Die Tante saß in einem einzelnen braunen Sessel am Fenster und hatte eine Decke um ihre Beine gewickelt. Auf dem Tischchen neben ihr standen ein altmodisches Radio, ein Schachspiel und zwei Espressotassen. Es war kalt und ungemütlich, aber der schwarz-weiß geflieste Boden von der Größe einer mittelgroßen Tanzfläche, den wir jetzt überquerten, glänzte wie frisch aufgewischt. Sie drehte sich um und schaute uns entgegen. Ihr weißes Haar war kurz geschnitten und in ihrem Gesicht waren viele kurze tiefe Falten, als ob jemand ein Stück Holz mit einem scharfen Beil bearbeitet hätte. Zwischen den Augen hatte dieser Jemand sich besonders viel Mühe gegeben und ein perfektes V hinbekommen. Zusammen mit den schräg stehenden Augen, der langen Nase und dem missmutig nach unten gezogenen Mund war sie die Mensch gewordene schlechte Laune.

»Würdest du sie zur Begrüßung küssen?«, flüsterte ich Felicia zu, als wir weiter auf die stumm starrende Tante zugingen.

»Eh, weiß nicht.«

Ich beschloss, sie nicht zu küssen, dafür aber besonders freundlich und nett zu sein. »*Ciao,* Tante Simonetta«, sagte ich mit so viel Wärme, wie ich in diesem Eispalast nur zusammenkratzen konnte.

»Was ist los mit euch? Kommt ihr jetzt alle? Glaubt ihr, ich kratze ab und es gibt noch mehr zu erben als das, was ich bereits meinem Sohn gegeben habe, oder was?«

Ich schluckte, sprach dann aber mit meiner strengsten Émile-und-Eliese-Stimme. »Nein. Wir wollten dich nur etwas fragen.«

»Und wer ist die? Eine Ausländerin? Ich brauche niemanden, der hier putzt. Das kann ich selber, hier ist alles bestens geregelt, schaut euch nur um! Ich wische jeden Tag durch, ich weiß genau, was in meinen Schränken ist, ich schreibe das auf! Jedes Teil ist an seinem Platz. Nein, diese Ordnung gebe ich nicht auf, die klauen doch alle. Die Rumäninnen auch!«

Simonetta war nicht nur äußerst unfreundlich, sie war auch eine verdammte Rassistin! »Das ist Catta, eine sehr gute Freundin von mir, und ich habe keine Lust auf weitere dumme Sprüche über sie!«

Simonetta schaute aus dem Fenster. »Bin eben alleine«, sagte sie. Als ob das irgendetwas erklären würde. Weil ich keine Minute länger als nötig in diesem unterkühlten Gemäuer bleiben wollte, fragte ich direkt: »Als deine Schwester noch lebte, da seid ihr doch eines Tages vertauscht worden. Wie habt ihr es geschafft, wieder in eure eigenen Körper zu kommen?«

Sie warf mir einen misstrauischen Blick zu. »In den eigenen Körper zu kommen? Was sind denn das für Fragen? Wer will das wissen?«

»Na, wir!«

»Es ist uns auch passiert, wie euch!« Endlich sagte Felicia auch etwas. »Genauso ist es, Tante Simonetta. Ich bin Felicia, deine Großnichte, und in meinem Körper, den du kennst, steckt Catta. Der *Zio Pino* hat uns verwandelt, wie euch damals. Das sagt Nonno jedenfalls. Na ja, Nonna Rosanna hat es ihm zumindest erzählt und nun …«

»Stopp mal!« Sie hob gebieterisch die Hand. »Ihr kommt hier nach all den Jahren, nach über vierzig Jahren, reingestolpert und interessiert euch auf einmal für mich?«

Ich schaute zu Felicia, die mich ebenfalls anstarrte. Nach über *vierzig* Jahren? War sie denn schon dement? Verwechselte sie uns mit jemandem von früher?

»Wie meinst du das? Was ist denn damals …?«

»Damals? Damals? Also ich sage dazu kein Wort«, knarzte ihre Stimme. »Und jetzt raus hier! Ich kann euch nicht helfen!«

»Aber *Zia!*«

»Keiner hat sich jemals um mich gekümmert. Keiner wollte wissen, was ich zu sagen hatte. Ich habe kein Geheimrezept. Ich bin müde! Kann nachts nicht schlafen, deswegen putze ich. Vierzig Jahre und immer alleine mit alldem. Also lasst mich auch jetzt in Ruhe!«

»Aber … Eine Minute nur, Zia, ja?« Felicia gab nicht auf, vorsichtig näherte sie sich ihrer Großtante wie einem böse knurrenden Hund. Sie streckte die Hand aus. Vermutlich hatte sie vergessen, dass sie in meiner Haut steckte, denn die Tante guckte nur noch grimmiger.

»Ihr wurdet verwandelt und wie habt ihr es dann geschafft, wieder …?«

»Geh weg! Nein! Nein und nochmals nein!« Simonetta griff nach einem der Espressotässchen auf dem Tisch und warf es nach Felicia. Sie zielte aber schlecht, denn es flog direkt auf mich zu und zerschellte einen Meter vor mir auf den Fliesen. Die warf nach mir! Dabei hatte ich die Frage doch gar nicht gestellt!

»Kommt hier mit einer *straniera* herein, una *forestiera!«*

Wie viele Worte hat sie denn noch für Ausländerin?, dachte ich und konnte die Wut in meinem Hals spüren. »Komm, lass uns gehen«, sagte ich auf Deutsch zu Felicia, aber die schüttelte den Kopf: »Sie ist echt widerlich. Aber sie ist unsere einzige Chance!«

»Fuck. Ja. Aber sie sagt nix!«

»Zia Simonetta? Du musst uns verstehen und vielleicht hast du ja auch einen kleinen Funken Mitleid …?«

»Mitleid? Verschwindet!«

»Hat sie nicht! Du hörst es. Komm! So einen *bullshit* müssen wir uns nicht geben!« Ich ging den weiten Weg bis zur Tür zurück.

»Warte!« Felicia folgte mir. »Die Frau ist noch verbitterter als früher!«, sagte sie, als wir draußen waren.

»Verbittert? Rassistisch ist die!«

»O Dio, ja. Und tollwütig.« Felicia nickte.

»Aber sie wusste, wovon wir sprachen. Der Satz mit den vierzig Jahren hat sie verraten!« Mein Herz klopfte. In was für einer abgedrehten Geschichte steckten wir da?

»Bei der kommen wir nicht weiter. Also müssen wir den Baum untersuchen«, sagte Felicia vor sich hin. »Vielleicht haben die verlobten Mädchen vor dem Tausch etwas in *Zio Pinos* Rinde eingeritzt, zwei Herzen oder so, und das hat er ihnen übel genommen! Wir müssen logisch denken und alles noch mal sorgfältig durchgehen.«

Ich zuckte mit den Schultern. Schweigend gingen wir den Weg zurück, durch das Tor, hinüber durch den Wald, bis wir das Dach von Nonnos Häuschen durch die Baumstämme sehen konnten.

Felicia untersuchte sofort den Stamm von *Zio Pino,* fand aber nichts. »*Cavolo!* Das war ja nicht sehr erfolgreich!« Sie warf einen Blick in die gewaltige Krone über uns. »Aber irgendwas wusste die alte Hexe.«

»Sag ich doch! Und rückt nicht damit raus! Vielleicht hätten wir ihr drohen sollen!«

»Wie das denn? Bist du etwa eine von diesen Schlägerinnen, die sich in der Schule prügeln, oder was?« Sie schaute mich entsetzt an, während wir über den Vorplatz auf das Häuschen zugingen.

»Nein! Wie kommst du denn darauf?« Oh Mann, sie verstand mich einfach nicht!

»Jetzt reg dich nicht auf!«

»Ich reg mich auf, wann ich will!«

Felicia seufzte und stupste eine Seerose an, die seelenruhig vor ihr auf der Wasseroberfläche der Badewanne trieb. »Vielleicht weiß Nonno doch noch mehr darüber. Aber die eigentliche Frage ist doch: Wann macht der *Zio Pino* so was? Und warum hat er es auch bei uns gemacht?«

Ich runzelte die Stirn. »Keine Ahnung. Wen von uns er wohl für die Liebliche, Freundliche hält?«

»Na, dich wahrscheinlich«, sagte sie. »Aber eins sage ich dir! Mir ist das egal. Ich will einfach nur wieder zurück in mein Leben! Weißt du, was das sonst bedeutet? Weißt du das?« Sie ließ von der Seerose ab und krallte sich stattdessen in mein dünnes Ärmchen, als ob sie es sich zurückholen wollte.

Ich pflückte ihre Hand vom Arm und zischte sie an, damit man uns im Bulli nicht hören konnte: »Ich kann mir zufällig vorstellen, was das bedeutet! Aber ich raste nicht aus, oder meinst du, das hilft uns weiter?«

»Und wenn wir nun niemals wieder tauschen können?« Sie sah mich mit weit aufgerissenen Augen an.

»Nun spinn nicht rum!« Obwohl ich am liebsten auch losschreien wollte, versuchte ich, ruhig zu bleiben. »Worum geht es diesem komischen Baum?« Auch ich warf einen Blick hoch zu *Zio Pino*. »Ja, sorry, Alter!«

»Er ist böse, weil wir die Zapfen geworfen haben. Sage ich doch!«

»Nein! Vermutlich haben wir irgendeine Schuld auf uns geladen, wie die beiden Schwestern. Neid oder so was, das wir wiedergutmachen müssen!«

»Schuld? Neid? Jetzt mal im Ernst, Catta. Und sei diesmal bitte ehrlich! Hast du dir *irgendwas* von dem gewünscht, was ich habe?« Irgendwas an ihrer Stimme (also meiner Stimme) machte mich misstrauisch. Aha! Täuschte ich mich oder wurde ihre Haut (also meine) in diesem Augenblick bei ihren eigenen Worten rot? Und wie, aber hallo! An wen dachte sie wohl in diesem Moment? Was hatte sie sich von mir gewünscht? Jacques? Hundertprozentig! Aber natürlich nicht als Bruder!

»Ob ich mir was gewünscht habe, was du hast?«, fragte ich. »Nee, sorry, wirklich nicht!« Aber das stimmte nicht! Denn hatte ich Felicia nicht um ihre gesunde Mutter beneidet? Und obwohl ich immer behauptet hatte, eine gute Schauspielerin zu sein, konnte ich selber hören, wie unecht meine Stimme in diesem Moment klang.

11

Felicia

Am Bulli stand die Tür offen. Zweistimmig hörte man es daraus rufen: »Catta! Komm doch mal!« Mir wurde ganz flau im Magen. Meinten die mich? Musste ich da wirklich wieder rein? Gab es keine andere Lösung? »Wie geht es jetzt weiter?«

Catta sah an sich herunter. »Keine Ahnung! Ich habe auch keine Lust mehr auf deine dünnen Knochen und deine Sommerkleider, obwohl das hier schon mal besser als die Uniform ist. Und auf deine Mum auch nicht, das kannst du mir glauben! Und dein Dad erst …«

Dio! Wann würde sie lernen, dass ich meine Eltern »Mama« und »Babbo« nannte? »Wieso, was war gestern Abend denn? Hast du in der Küche geholfen?«

»Musste ich ja wohl. Könnte eigentlich ganz cool sein da unten, wenn dein Vater nicht dauernd so gestresst rumbrüllen würde.«

»Cattaaaa!«

Auch der Nonno trat hinter uns aus der Tür und winkte uns zu sich. Wohin also zuerst? Zum Bulli oder zu Nonno?

»Geh kurz zu ihnen, die geben sonst keine Ruhe. Ich kenn sie«, sagte Catta. »Und sei bloß lieb zu ihnen!«

Sei bloß lieb zu ihnen! Sonst noch was? Aber was konnte ich schon tun, außer böse zu schauen. Aus dem Bulli rief es immer lauter: »Cattaaaaaa!«

»Ich geh schon mal vor zu deinem Nonno, okay?«

»Cattaaaaaa!« Was wollten diese Nervensägen von mir? Und was wollte Jacques eigentlich von mir? Also – von der richtigen Felicia? Ich ging hinüber und mein Herz fing an zu klopfen, als ich in den Campingbus stieg.

»Hey, Catt! *Buen-día, buongiorno* oder wie das heißt. Wo warst du?« Jacques beugte sich nach vorne zu den Fahrersitzen und wühlte dort herum. Er suchte irgendetwas, na klar, das war in diesem Gefährt eine beliebte Beschäftigung. Um ihm nicht weiter von hinten auf seine, zugegeben, ziemlich gut trainierten nackten Beine und … die Boxershorts zu gucken, drehte ich mich schnell zu dem zerwühlten Schlaflager.

»Catti! Cattaaa!« Die beiden Kinder saßen aufrecht zwischen Kissen, Schlafsäcken und Decken und strahlten mich an, die Haare wirr im Gesicht. *Dio!*, erst gestern hatte ich dieses verfilzte Kraut mühsam durchgebürstet.

»Wir haben hier was für dich! Unter der Decke.«

Ich seufzte. Oh, wie spannend. Was konnte das wohl sein? Ein verklebter Lutscher? Hemmi, Bemmi oder ein anderes ihrer Kuscheltiere? Jacques hatte sie nun offenbar doch aus den Tiefen des Bullis ausgegraben, denn ein paar von den Viechern lagen vor dem Bett auf dem Boden.

»Du musst gucken kommen!« Ich quälte mir ein Grinsen ab, hob die Tiere auf und spielte ihr albernes Spiel mit, indem ich auf den Knien zu ihnen krabbelte. »Hahhaaaa!«, riefen sie und ich spürte, wie sich ein großer starker Körper von hinten über mich warf und unter sich begrub. Jacques! Ich lag halb unter Jacques! Die Kinder kreischten vor Freude und begannen, mich von rechts und links mit ihren kleinen Fingern zu kitzeln. Sie kniffen mich seitlich in die Taille, piksten in den Po, sie gruben sich unter Bauch und Busen und grabbelten dort weiter! »Nein!«, schrie ich in die Kissen, besser gesagt, ich lachte, weil ich plötzlich verdammt kitzelig war! »Nein, bitte nicht!« Ich strampelte mit den Beinen und krümmte mich, doch sie waren überall und auch Jacques drückte und kniff an mir herum! Ich schlug um mich, allerdings ohne Erfolg. Jacques war schwer. Gegen ihn hatte ich keine Chance. Ich schrie wieder: »Nein! Hilfe! Stopp! Das könnt ihr nicht …« Vor Lachen bekam ich keine Luft mehr.

»Lasst sie mal! Sie braucht 'ne Pause!« Jacques war dicht über mir. Er ließ mir Zeit, den Kopf zu heben und ein paar Mal durchzuatmen, ging aber nicht von meinem Rücken herunter. Ich konnte seinen warmen Atem in meinem Nacken spüren und seinen harten Brustkorb auf mir. Ich hatte noch nie so hilflos unter einem Jungen gelegen! Ich hatte überhaupt noch nie unter einem Jungen gelegen …

»Kriegst du genug Luft da unten?«, fragte Eliese und kam mir liebevoll besorgt mit ihrem Gesicht ganz nah. Ich sah ihre kleinen Milchzähne und ihre blauen Augen hinter den langen Wimpern leuchten.

»Dürfen wir wieder?«, hörte ich Émile von der anderen Seite. *»Yes!«*, gab Jacques das Kommando und dann ging es wieder los! Ich schrie und lachte, bis ich Tränen in den Augen hatte und Jacques sich endlich von mir herunterwälzte. Ich setzte mich auf. »Seid ihr wahnsinnig?«, keuchte ich lachend und wischte mir die Nässe aus dem Gesicht und vom Hals. Eliese hatte wie ein Hund daran herumgeleckt und dann noch versucht, mir einen Knutschfleck zu verpassen! Woher wusste so ein kleines Mädchen, wie man Knutschflecke macht?

»Wieso?«, fragte sie treuherzig. »Wir verkloppen uns. Das magst du doch!«

»Nein! Na ja, doch … aber …« Ich war völlig verwirrt,

gleichzeitig fühlte ich mich aber auch herrlich durchgewalkt und wach wie nie zuvor. »Ich muss noch mal weg. Zu Felicia und ihrem Großvater.«

»Ich will mit!«, rief Eliese.

»Ich auch! Und was machen wir heute?«, fragte Émile.

»Gehen wir auf den Campingplatz? Ich will ins Zelt.« Eliese umarmte mich stürmisch von hinten und erwürgte mich dabei fast. Diese Kinder waren wie anhängliche Hündchen. Schade, dass sie noch niemand genau wie solche erzogen hatte.

»Wir können hier heute nicht weg, Elli, das Auto ist doch noch kaputt«, sagte Jacques.

»Die Lichtmaschine kommt erst morgen oder übermorgen«, bestätigte ich und befreite mich. »Aber wir können das Zelt ja trotzdem aufbauen und eure Sachen da reinlegen.« So würden wir endlich mal ein bisschen Ordnung in dieses Durcheinander bringen.

»Giancarlo hat eine Dusche draußen am Haus, habt ihr die schon gesehen?«, fragte Jacques. »Kommt, sucht eure Handtücher, wir gehen duschen, hier riecht es ja schon ganz furchtbar nach kleinen Stinktieren.« Die beiden kicherten los.

»Und dann gehen wir zum Frühstücken ins Hotel! Die blöde Frau, die jetzt die nette Frau ist, hat uns das gestern erlaubt.«

»Echt? Hat sie das?« Diese Catta! Das war doch nicht zu fassen. Dann stimmten die Frühstückszahlen ja nicht mehr … »Ich weiß nicht, wir sind doch keine Gäste …«

»Ach komm, ist doch obercool, wenn sie das für uns arrangiert. Und du magst sie doch auch!« Jacques schlang seine Arme um mich und schleuderte mich auf der breiten Matratze herum, sodass ich irgendwie quer auf seinen

Beinen zu sitzen kam und er mich wie ein kleines Kind im Arm hielt. »Ihr steckt doch nur noch zusammen.« Sein Mund war ganz nah an meiner Wange, sein Atem roch lecker – wie ein Obstsalat mit Minze.

»Und du? Wie findest du sie?«, fragte ich und brachte so schnell wie möglich einen Sicherheitsabstand zwischen uns, indem ich aufstand.

»Die? Ach, ziemlich süß, irgendwie. Bisschen schüchtern und zurückhaltend vielleicht, aber ich mag nun mal diese Art Mädchen, wie du weißt. Und dumm ist sie auch nicht.«

Aha. Schüchtern. Süß. Nicht dumm. Danke für die Komplimente. Ich schaute auf den Boden. Oh Gott, es war so furchtbar, hier mit ihm in diesem engen Bulli zu sein, und gleichzeitig flatterte alles in mir und schrie: Er ist so nah und so wunderschön und er findet mich süß und mag mich und ich finde ihn sooo toll und das ist schrecklich und …

»Wenn Otto heute Abend mit den Kleinen hierbleibt, können wir das Leihauto nehmen und mal auschecken, wo wir uns am besten für unseren Auftritt hinstellen. Was meinst du?«

Madonna mia, die Straßenmusik hatte ich ganz vergessen. »Cool. Ich bin gleich wieder da!« Ich sprang aus dem Bulli und lief zu Nonnos Haus.

Sie saßen im Wohnzimmer. Catta hatte eine Schachtel mit alten Fotos vor sich und blätterte sie durch. Nonnos Gesicht war besorgt.

»Hier: War das vor der Verlobung?« Catta drehte ein Schwarz-Weiß-Foto in ihren Händen. »Steht kein Datum drauf.«

»Ja, ich denke schon.« Nonno nahm das Bild. »Das muss

1970 gewesen sein. Kurz danach haben wir geheiratet. Eine Doppelhochzeit. Die Schwestern wollten es so.« Wir schauten uns an. Wann war dieser verdammte Tausch gewesen?

Er seufzte. »Und ab da war ich mit meiner Rosanna zusammen! Über vierzig Jahre.«

»Das ist bei der Hochzeit!« Catta legte ein weiteres Bild auf den Tisch. Es war ein Gruppenfoto mit zwei Bräuten und einer Menge schwarzer Anzüge drum herum. Eine Braut war klein und rundlich, die andere etwas größer, dünner. Hochgeschlossene Kleider aus den Sechzigern, viel Schleier und lachende Gesichter, die Augen wegen der Sonne zusammengekniffen. »Gibt es keine Fotos von euch als Paar? Wart ihr nicht bei einem Fotografen oder so?«

»Oh doch. Natürlich. Wir haben auch ein Hochzeitsalbum. Aber wo ist das nur?«

»Hier. Hab schon was gefunden. Umberto und Simonetta … Giancarlo und Rosanna.« Catta runzelte die Stirn.

»Zeig her!«

Wir beugten uns über die Fotos. Beide Paare hatte man jeweils neben dieselbe Vase mit Blumen gestellt. Nun erkannte man auch die hochtoupierten Frisuren der Bräute unter ihren Schleiern. Simonettas schmales Gesicht war noch ganz glatt und früher wirklich mal schön gewesen. Sie lächelte, doch ihre Augen lächelten nicht mit, sondern guckten wie ein hypnotisiertes Kaninchen in die Kamera. Catta hielt den etwas quadratischen Kopf von Rosanna direkt daneben. Die kleine Schwester strahlte über beide Wangen. »So kenne ich sie!«, flüsterte ich. Eine Zeit lang studierten wir schweigend die Gesichter.

»Irgendwas stimmt da nicht«, sagte Catta. »Die eine ist glücklich, die andere nicht! Wenn sie vertauscht waren, dann müssten eigentlich beide panisch gucken, oder?«

»Vielleicht waren sie tatsächlich vertauscht, aber die eine hat bekommen, was sie wollte …«, warf ich ein.

»… die andere dagegen nicht«, ergänzte Catta. »Wir müssen noch mal hin! Zu Simonetta!«

»Wann, jetzt?«

»Sofort!«

»Aber sie hat eine Tasse nach mir geschmissen.«

»Vielleicht können wir ihr irgendwas versprechen, was sie von uns bekommt. Kannst du Schach spielen?«

»Nein.« Ich zuckte mit den Schultern.

»Aber ich!«

»Das würdest du tun?« Obwohl sie eine ziemliche Angeberin war, lächelte ich sie kurz an. Schach spielen mit Tante Simonetta. Das war ein Opfer. Wahrhaftig.

Sie saß immer noch im Sessel und schien nicht überrascht, uns nach so kurzer Zeit wiederzusehen. Außer Putzen hatte sie wohl den ganzen Tag nicht viel zu tun.

»Ich habe das schöne Schachspiel gesehen, Tante Simonetta«, Cattas Stimme war die Liebenswürdigkeit selbst. »Ist das aus Rosenholz?« Sie konnte wirklich schauspielern. Na, jedenfalls ein bisschen.

»Jaja, und nun hört schon auf, mir Honig ums Maul zu schmieren!« Ich sah, wie Catta zusammenzuckte. Doch diesmal schafften wir es etwas besser, ihr zu erklären, was wir getan hatten und was mit uns geschehen war, und dann appellierte Catta tatsächlich noch einmal an ihr Mitgefühl: »Du bist die Einzige, die uns helfen kann, und du weißt das! Bitte!«

Der Satz verhallte zwischen den Wänden des großen Raumes. Es war ganz still, nur die goldene Uhr unter dem Glassturz auf der Anrichte tickte laut. Die Sekunden verstrichen.

»Ha! Sie ist also in dir?«, sagte Simonetta nach einer Weile zu mir. »Du, Felicia Paradiso, musst in deren Haut stecken? *Bloccata in una forestiera?*« Sie zeigte mit dem Finger auf meine gedrungene Figur und fing an zu lachen. Ich sah, dass Catta innerlich kochte, und da platzte es auch schon aus ihr heraus: »Feststecken in einer Ausländerin?«, sagte sie auf Deutsch. »Warum nennt die alte Beilhexe mich nicht gleich Negerin?« Sie stemmte die Arme in meine schmalen Seiten und baute sich vor meiner Tante auf: »Mein Vater stammt aus der Karibik, und darauf bin ich sehr stolz. Ich bin zufällig in Deutschland geboren, das macht mich aber nicht zu einem wertvolleren Menschen.«

Simonetta lachte immer noch. Ein hämisches Knarzen. Triumphierend. »Warum soll euch das nicht auch mal passieren«, wandte sie sich an mich. »Euch, die ihr ja immer Glück habt und andere Leute bestehlt und ihnen die Sachen wegnehmt? Tss. Tss. *Una straniera!*«

»Tante Simonetta!«, sagte ich besänftigend. »Ich glaube nicht, dass Babbo oder ich oder unsere Familie dich bestohlen haben. Aber das ist auch im Moment nicht wichtig, denn wir sind echt ratlos! Wir müssen wissen, wie das war, als der Baum euch vertauscht hatte. Habt ihr euch davor auch mit Pinienzapfen beworfen?«

»Zapfen geworfen? Schnickschnack!« Sie brummte vor sich hin und schob einen Bauern auf dem Schachbrett ein winziges Stück vor und dann wieder zurück.

»Na, wenigstens streitet sie es nicht ab!«, raunte Catta.

»Die prasselten plötzlich auf uns runter. Einfach so. Verdammter Wind war das damals, verdammter.«

Wir schauten uns an. »Sie hat es zugegeben!«, flüsterte ich auf Deutsch.

»Ja! Wir müssen also vielleicht nur auf Wind warten, um

zurückgetauscht zu werden!«, erwiderte Catta genauso leise. »Wir müssen sie fragen!«

»Sie wollte immer alles haben, was ich hatte«, brabbelte Simonetta weiter, ohne uns zu beachten.

»Wer? Rosanna?«

»Rosanna! Ach, Rosanna! Ja, wer ist diese Rosanna eigentlich? Soll ich jetzt etwa sagen, Gott habe sie selig? Das kann ich nicht! Weil es nicht stimmt! *Sie! Sie* war neidisch auf alles. Auf meine Position in der Familie, mein Aussehen, meine liebliche Wesensart …«

»*What the f…,* liebliche Wesensart?« Nun war es Catta, die auflachte. »Ihr Ernst?«, raunte sie mir zu. »Wie kann man sich nur selber so krass falsch einschätzen wie diese Frau da?«

Ich nickte, konnte aber den Blick nicht von den schmalen, eingekerbten Lippen meiner Tante abwenden.

»Betrogen hat sie mich! Und seitdem hat sie meine Familie auf ihre Seite gezogen und ich … ich bekam nur noch den Abfall, das, was für mich übrig blieb!«

Wir schwiegen einen Moment lang. »Abfall? Was meint sie?«, fragte ich Catta.

»Erzähl uns mehr von der *Rosanna* von früher!«

»Oh nein. Oh, das möchte ich nicht …« Simonetta schaute auf die Decke auf ihren Beinen und zupfte daran herum.

»Siehst du, wie ihr Gesicht sich ändert, wenn der Name Rosanna fällt?« Catta flüsterte nur noch. »*Sie* hat sie gesagt, damit aber Simonetta gemeint. ›*Sie! Sie* war neidisch auf alles. Auf meine Position in der Familie, mein Aussehen, meine liebliche Wesensart …‹ Die sie damals vermutlich noch hatte.« Catta schüttelte den Kopf. »Jetzt wird mir alles klar. Das da vor uns ist Rosanna! Sie ist Rosanna im Körper von Simonetta. Ich glaube, sie sind vertauscht – aber nie mehr zurückgetauscht worden!«

»Hinaus mit euch!«, knurrte Tante Simonetta. »Sonst fange ich an zu schreien und höre nie mehr auf!«

Wir sahen zu, dass wir aus dem Haus kamen. Aber meine Gedanken rasten. Das konnte doch nicht sein! Das würde ja bedeuten … dass in meiner Nonna Rosanna eigentlich schon immer die böse Simonetta gesteckt hatte und andersherum. Aber Rosanna war doch so ausgeglichen und freundlich gewesen! *Buono come il pane,* wie man auf Italienisch sagte. Gut wie Brot.

Das alles erklärte ich Catta auf dem Rückweg, aber sie hielt an ihrer Version fest: »Natürlich war sie ausgeglichen und zufrieden. Sie hatte ja bekommen, was sie wollte, und man behandelte sie ja auch ganz anders. Stell dir vor, alle sind plötzlich freundlich zu dir, da kannst du doch gar nicht anders, als auch freundlich zu sein! Und die arme *richtige* Rosanna im Körper von Simonetta wurde immer unglücklicher und gemeiner, weil sie nicht zurückkonnte, und vielleicht auch, weil sie als die Launische, nicht so Nette galt. Ihr liebliches Wesen fand sich auf einmal im Körper der anderen wieder und ging daran in den nächsten vierzig Jahren zugrunde.«

Ich erstarrte. Dann hatte ich also die ganze Zeit die echte Simonetta für meine Oma gehalten? Was sie ja irgendwie auch war … *O Dio,* mein Gehirn ratterte, als stände es knapp vor einem Kurzschluss. Es fühlte sich zumindest so an.

»Simonetta, also die echte Simonetta, hat einfach nicht mehr zurückgetauscht! Hat sich gar nicht bemüht, denn sie war ja sehr zufrieden mit Rosannas Leben! Ich wette, sie ist bei Sturm nie auch nur in die Nähe von *Zio Pino* gegangen.«

»Das stimmt!«, rief ich aus, plötzlich ganz aufgeregt. »Sie hatte immer Angst, dass ihr was auf den Kopf fällt, daran erinnere ich mich noch!«

»Na klar! Vor allen Dingen Pinienzapfen und ganz besonders, wenn ihre Schwester neben ihr stand …!«

Wir waren wieder vor Nonnos Häuschen angekommen.

»Wir erzählen ihm aber noch nichts von unserem Verdacht!«, beschwor ich Catta.

»Nicht?«

»Was würdest du sagen, wenn man dir erzählt, dass du über vierzig Jahre mit der falschen Frau verbracht hast? Wir sollten noch mal die Fotos vergleichen.«

»Gib mir ein Adjektiv!«, raunte Catta eine Minute später, als wir bei Nonno saßen, und tippte auf Simonettas Gesicht auf dem Hochzeitsfoto.

»Erstarrt?«, sagte ich.

»Ungläubig«, bestätigte Catta. »Und Rosanna?«

»Glücklich!«

»Triumphierend.« Wir nickten. Damit hatten wir den Beweis. »Simonetta hat sich also Giancarlo geschnappt, ohne den Tausch jemals aufzuklären. Wie konnte sie damit durchkommen?«, wisperte Catta auf Deutsch, damit Nonno Giancarlo uns bloß nicht verstand.

»Vielleicht hat Rosanna zunächst in Simonettas Körper ausgeharrt, allerdings schnell festgestellt, dass sie nicht glücklich mit dem anderen Mann war.«

»So könnte es gewesen sein«, sagte Catta. »Sie hat Simonetta gebeten, wieder zurückzutauschen, aber die hat sich geweigert!«

»Also musste Rosanna den falschen Mann heiraten. Und das alles, weil der Baum ihnen eine Lektion erteilen wollte und Zapfen auf sie regnen ließ.« Ich schüttelte den Kopf. »Wenn ich darüber nachdenke … Meine Nonna hat immer so respektvoll über *Zio Pino* gesprochen. Und dass er alle Wünsche erfüllt. Dabei war sie Simonetta und hatte nur Angst vor ihm!«

»Unglaublich! Aber warum hat sich die tatsächliche Rosanna denn überhaupt diesen Umberto gewünscht?«, fragte Catta leise.

»Vielleicht allein aus Neid? Die Schwestern wollten immer das, was die andere hatte, hat Nonno doch erzählt …« Wir schauten meinem Großvater hinterher, der wieder seine Kreise durch das Wohnzimmer zog und immer noch über den Verbleib des Fotoalbums grübelte. *»Ragazze, ragazze!* Ich weiß, wir hatten es irgendwo. Was war denn nun mit Simonetta? Hat sie euch wieder mit Geschirr beworfen? Sie war ja oft so jähzornig. Ganz anders als meine Rosanna …«

Wir schauten uns an. Nein, lieber Nonno. Ganz so war das nicht …

»Mach dir keine Sorgen, Nonno!«, sagte ich. »Sie hat wieder nicht viel, aber diesmal genug erzählt. Wir wissen jetzt, wie die Magie des Baumes wirkt. Wenn es windig ist und er seine Zapfen abwirft, dann müssen wir einfach nur drunterstehen. Dann wird alles wieder gut!«

Catta bedachte mich mit einem skeptischen Blick und schnaubte dazu: »Hoffentlich!«

Ich konnte das Waschmittel riechen, mit dem meine Mutter das Sommerkleid gewaschen hatte, das sie trug. Sie steckte in meiner Haut und konnte nichts dafür, aber deswegen musste ich sie ja noch lange nicht mögen.

12

Catta

Der Arme. Er ahnt nichts. Sollen wir es ihm nicht doch sagen?«, fragte ich Felicia, als wir das Häuschen verließen.

»Würde ihn das nicht nur völlig verwirren? Immerhin war er über vierzig Jahre glücklich mit ihr.«

»Und hat es nicht gemerkt.«

Wir seufzten synchron.

»Was machen wir jetzt?« Ich schlug mit den Händen an die langen dünnen Oberschenkel, die unter Felicias Sommerkleid hervorragten.

»Wir warten auf die Magie des Baumes.«

Ich blies die Wangen auf und ließ die Luft wieder ab: »Du meinst, wir warten auf Wind!«

»Wie soll es funktionieren, wenn du nicht daran glaubst?«

»Okay. Ich glaube dran! Und in der Zwischenzeit ...?«, fragte ich.

»Behalten wir den Wetterbericht im Auge und versuchen, nicht aufzufliegen«, sagte sie auf ihre herablassende Art, die mich wütend machte.

»Oje, das kann ja dauern!« Ich legte den Kopf zurück. Der Himmel war blau. Keine Wolke zu sehen.

»Na ja, soo lange auch nicht«, widersprach Felicia. Sie widersprach übrigens andauernd. »Hier auf Elba gibt's immer mal Wind, wir sind schließlich von Meer umgeben. Aber jetzt musst du unbedingt rüber, meine Mutter ist bestimmt schon wieder völlig nervös.«

»Hey, es ist gerade mal acht!« Ich griff mir an die Stirn. »Du hast Ferien! Vergessen deine Eltern das komplett, oder was?«

Felicia zuckte mit den Schultern. »Das Hotel ist immer wichtiger als man selbst. Ich bin so aufgewachsen … Na ja, für Nonna war es ja kein Opfer. Sie hat es geliebt.«

»Und nun wissen wir auch, wieso«, sagte ich. »Sie hatte das bekommen, was gar nicht für sie bestimmt war.« Ich schaute zum Bulli rüber, wo ich Émile und Eliese spielen hörte. Ich vermisste meine Geschwister! Was hätte ich darum gegeben, mich jetzt zu ihnen auf die Liegefläche zu schmeißen und stundenlang den Geschichten von Hemmi und Bemmi zuzuhören und natürlich selbst mitzuspielen.

Felicia folgte meinem Blick. »Jacques will mit mir heute Abend Musik machen gehen. Soll ich da etwa singen? Das kann ich nicht.«

»Geige spielen würde schon reichen.«

»Sehr witzig. Kann ich aber auch nicht.«

»Tja, das ist traurig, habe ich mir aber fast gedacht. Dann bleibt uns wohl nur eins: Wir müssen dir die Hand brechen.«

»Was?!«

»Na ja, oder verstauchen. Ein dicker Verband, irgendwas muss her, damit er das versteht.«

»Und wenn ich einfach sage, dass ich …«

»Nein!« Ich nahm sie an den Schultern. An meinen schönen strammen, muskulösen Schultern. *»Einfach* ist da gar nichts! Ich habe so darum gebettelt, dass er mich coacht und mit mir auftritt, da kannst du – also ich – nicht mit irgendeiner schwachen Ausrede kommen! Ich möchte unbedingt wie er auf die Uni in Amsterdam und da studieren.«

»Bist du nicht ein bisschen jung für die Uni? Du bist doch auch erst sechzehn, so wie ich. In welcher Klasse bist du denn?«

»Komme jetzt nach dem Sommer in die Elf. Aber vielleicht breche ich ab und bewerbe mich schon in diesem Herbst. Realschulabschluss reicht denen, wenn man Talent hat. Ich weiß, dass sie mich nehmen würden, wenn ich nicht so ein Scheiß-Lampenfieber hätte. Also muss ich das mit Jacques' Hilfe überwinden. Ich muss!«

»Und ich *muss* hinter die Rezeption!« Sie streckte die Hand aus, Richtung Hotel. »Also du!«

»Booah, das ist Erpressung!«, sagte ich.

»Eine Hand wäscht die andere.«

Mann, was für ein blöder Spruch! Ich bereute schon, dass ich ihr die Sache mit dem Lampenfieber überhaupt erzählt hatte. »Im Auto ist ein Verbandskasten, komm damit heute Nachmittag ins Hotel, dann verbinde ich dich. Und jetzt muss ich noch ganz schnell nach meinen Geschwistern schauen!« Felicia zockelte langsam hinter mir her. Ich seufzte. Sie war so verdammt anders als ich. Ich lief nie langsam! Ich meine, ich hetzte auch nicht durch mein Leben, aber ich hatte immer so viel Energie ... in einer großen Familie musst du Energie haben. Vor allem, wenn deine Mutter keine mehr hat.

»Guten Morgen!« Ich lächelte durch die offene Schiebetür zu Émile und Eliese hinein. Es war ein furchtbares Gefühl, sie dort mit ihren Cornflakes-Schalen sitzen zu sehen, ohne dass ich sie umarmen konnte. Sie waren so süß! Und aßen natürlich im Bett ... Typisch Jacques. Um Flakes in den Schlafsäcken und verschüttete Milch auf dem Laken würde er sich garantiert nicht kümmern.

»Und? Was macht ihr heute noch?«

Jacques saß auf dem Fahrersitz und drehte sich um. »Hey hey«, sagte er. »Da ist ja das nette Mädchen von der Rezeption. Bist du wegen mir hier? Finde ich super, dass sich die Gästebetreuung im *Paradiso* bis in den hintersten Waldwinkel erstreckt!«

Oh nee. Er flirtete mit Felicia. Dass er auf so dünne Tussis ohne nennenswerte Oberweite stand ... Unglaublich. Ich gab ihm keine Antwort. Jacques ärgerte es tierisch, wenn er keine Antwort bekam.

»Wir gehen heute mit *unserem* Jacques und *unserem* Dad und *unserer* Catta und an den Strand!«, sagte Eliese zu mir.

»Wie toll! Mit *eurer* Catta ...« Ich lachte sie an. Wenigstens das konnte ich.

»Du könntest auch ein bisschen Sonne gebrauchen.« Jacques gab nicht auf. Er stieg aus und kam um den Bulli herum. »Komm doch mit! Du weißt ja bestimmt, wo es hier schön ist.«

Tss. Der alte Anmach-Trick. »Elba ist überall schön.«

»Nee, im Ernst. Wohin sollen wir fahren? Wo ist der Sand besonders fein und wo geht es flach ins Wasser?«

Fuck. Weiß ich doch nicht, hätte ich am liebsten gesagt. Ich vermied es, Felicia in ihrem Catta-Körper anzuschauen.

»In meinem Reiseführer wird der Strand von Marina di Campo empfohlen oder auch der von Cavoli oder Fetovaia oder Biodola«, meldete sie sich prompt zu Wort und kreuzte die Arme über meiner Brust, mit der sie sich offensichtlich immer noch nicht angefreundet hatte. »Überall dort soll toller weißer Sand sein und es ist angeblich ideal zum Baden mit kleinen Kindern. Stimmt das?«

»Oh echt, Catta, seit wann hast du's so mit Reiseführern?« Jacques blinzelte mir zu. Sollte das etwa verführerisch sein?

»Nein. Sie hat recht. Alles richtig. Cavoli und so …«

Ich biss an meinen Nägeln herum, weil ich wusste, wie sehr Jacques diese Angewohnheit bei Frauen hasste. Hatte er doch neulich erst erzählt. »Da denkst du, du hast eine megatolle Frau vor dir, und dann knabbert sie los und sieht nur noch wie ein verschrecktes Kaninchen aus. Nee, Alter, da ist dann bei mir alles vorbei!«

Gut so. »Ich muss rüber«, sagte ich, warf einen letzten Blick auf Émile und Eliese, drehte mich um und ging. Felicia folgte mir.

»Ich weiß, für dich ist das nur dein Bruder, aber könntest du ein bisschen netter zu ihm sein? Du siehst immerhin aus wie ich.«

»Wieso? Vergiss ihn, ja? Geh lieber ans Meer und pass auf die Kleinen gut auf! Und creme sie richtig ein! Und dich auch! Auch diese wunderschöne Haut kann einen Sonnenbrand bekommen.«

Sie war verletzt. Das konnte ich an ihren Augen sehen, war mir aber egal. »Nun sei nicht gleich beleidigt!«, sagte ich. »Sei froh! Du gehst schwimmen und ich schufte für dich im *Paradiso.*« Ich verdrehte die Augen und verzog den Mund. Niemals hätte ich vor ihr zugegeben, dass ich die Arbeit in der Villa eigentlich ganz interessant fand. Besonders in der Küche. Außerdem konnte ich ab und zu schauen, was Mum so machte.

»Du willst doch nur sehen, ob sich Raffaele tatsächlich bei uns bewirbt!«, blaffte Felicia zurück. »Aber das kannst du vergessen. Bei meinem Vater hat er keine Chance.«

»Cool bleiben! Vielleicht kann ich deinen Babbo-Papa ja

überreden.« Ich winkte, schon auf dem Waldweg Richtung Hotel.

»Das würde ich nicht tun!«, rief sie. »Und überhaupt: Misch dich nicht ein in Sachen, die du nicht verstehst!«

»Ich hab dich auch lieb!«, rief ich und zeigte ihr dabei den Mittelfinger. *Bitch!*

Die Sonne schien, die Pinien verströmten ihren köstlichen Geruch nach Harz und Rinde. Dort vorne war der nierenförmige Pool mit den kleinen blauen Mosaiksteinchen, den altertümlichen Holzliegen und den weißen Sonnenschirmen. Ich wollte mich bewegen, wäre am liebsten sofort hineingesprungen und hätte mich beim Schwimmen der kurzen Bahnen ausgetobt, doch das war wohl nicht der richtige Moment, also ging ich weiter in den Garten hinein. Wow, das war ja eher ein Park! Ich entdeckte eine Steinbank, die von den Wurzeln der Bäume etwas in die Höhe gehoben wurde, und ein uraltes Karussellkreuz mit vier Sitzen aus Eisen. Dahinter sah ich eine Wippe und weiter weg begegnete mir eine Tischtennisplatte aus Stein, auf der ein paar braune Piniennadeln lagen. Ich wischte sie herunter. Dort vorne hingen tatsächlich zwei Hängematten zwischen den Stämmen. Wie geil war das denn? Kurz überlegte ich, mich in eine hineinzulegen, sie war breit und bot genug Platz für zwei. Doch dann stupste ich sie nur an und ging weiter.

Der Weg führte mich an einigen verschnörkelten Eisenstühlen und einem dazugehörigen Tischchen vorbei. Hier konnte man sich in den Schatten der Bäume setzen, ein verwunschener Platz, genau richtig, um Tagebuch zu schreiben. Wie lange hatte ich das nicht mehr getan? Aber in Hamburg konnte ich schon froh sein, wenn ich Zeit hatte, meine Hausaufgaben zu machen.

Ich kam zu dem Nebengebäude, in dem Mum mit Otto wohnte. Jedes Zimmer hatte seinen eigenen Eingang und über den Türen hingen alte Lampen, als ob die Zeit mal eben gute fünfzig Jahre stehen geblieben wäre. Nichts rührte sich. Auch in der Suite *Manuela* waren die Vorhänge noch zugezogen. Neben blühenden Lavendelbüschen versteckten sich Steinskulpturen, ein dicker Frosch, eine Ente, eine Schildkröte. Émile und Eliese würden begeistert sein, wenn sie sie entdeckten. Ein Schild mit einer Rutsche wies auf den Spielplatz hin. *Ping-Pong,* hatte jemand danebengeschrieben. Wie süß! Dieses Hotel war total *retro,* aber gerade das war das Coole daran.

Als ich auf die Villa zuging, sah ich nach oben auf die gelbe Fassade. Die meisten der hölzernen Fensterläden waren noch geschlossen. Richtig so, dachte ich. Pennt euch aus! Dies war kein Platz für Leute, die am nächsten Morgen schnell irgendwohin wollten. Nein, hier im Vintage-*Paradiso* sollte man sich unter den Bäumen schaukeln lassen, man sollte wippen, schwimmen, schlafen, lesen, im prächtigen Saal der Villa gut essen, eine Runde durch den Wald joggen oder einfach nur chillen und dabei den dicken Hummeln im Lavendel zuschauen!

Dieser Urlaub hätte echt cool werden können. Aber so? Betete ich einen gruseligen Baum um Wind und Pinienzapfen an und darum, endlich wieder aus diesem viel zu dünnen Körper herauszudürfen …

»Feli-tscha! Was wird das, wenn es fertig ist?«

Felicias Mutter stand mit trommelnden Fingern an der Rezeption und schaute mir entgegen, als ich vom Garten durch die Lobby kam. Ihr dünner weißer Hals hatte rote Flecken, aber nicht vom Fieber, wie bei Mum, sondern vor Ärger.

»Wenn *was* fertig ist?« Nun bloß keinen Fehler machen, um uns nicht zu verraten!

»Ich beobachte dich!«

»Wie? Im Garten, echt? Gibt es da draußen etwa Überwachungskameras?«

»Nein! Das weißt du doch! Ich habe dich von der Terrasse aus beobachtet. Zeit genug hatte ich ja. Du hast sieben Minuten, ich wiederhole: *sieben* Minuten am Pool gestanden und einfach nur reingestarrt. Ich habe auf die Uhr geguckt! Und dieser Schneckengang! Bist du in Trance verfallen? Tut dir das Internat in der Schweiz nicht gut? Es tut dir nicht gut, das sehe ich doch! Nehmt ihr da Drogen, oder was? Vom Haschischrauchen wird man langsam und antriebslos!«

Oh nee. Die schnauzte echt ganz schön oft rum. »Warum bist du nicht zu mir gekommen?«, fragte ich. »Es ist so friedlich und wunderschön da draußen unter den Bäumen und die Vögel singen so geil laut!«

»Du weißt, dass ich das Wort ›geil‹ nicht mag. Und während du dir in aller Ruhe die Beine vertrittst, kommen hier die ersten Gäste und fragen mir Löcher in den Bauch, da muss ich die Reservierungen erledigen, da ruft mich der Frühstücksservice an, weil der Heißwasserboiler in der Küche plötzlich kaputt ist …«

Ich schaute sie nur an und wollte bloß noch weg. Wie furchtbar war *die* denn? Fast konnte man Mitleid mit Felicia bekommen. »Sorry!«, sagte ich, als sie irgendwann eine Redepause machte. »Aber wie läuft das? Soll ich jeden Tag von morgens sieben bis abends elf arbeiten?«

»Feli-tscha!« Sie sog scharf die Luft ein und vergaß, sie wieder auszuatmen.

»Heute Abend möchte ich mit meinen Freunden ausgehen. Wir wollen nach Marina di Campo.« Wie sollte ich sonst je hier wegkommen?

»Was sind denn das neuerdings für Töne? Ausgehen? Mitten in der Saison? Seit Nonna Rosanna tot ist, müssen wir eben alle ein bisschen mehr mit anpacken. Nun sieh zu, dass du an den Empfang kommst! Ich habe gerade ein Auto gehört.«

»Tja, Nonna Rosanna. Die war hier richtig in ihrem Element, oder? Immer fröhlich, immer gut drauf.« Die hatte ihren Wunsch erfüllt bekommen – und jemanden dafür ganz schwer hängen lassen, dachte ich, doch Felicias Mutter hörte nicht zu, das sah ich an ihren Augen.

»Nun schau nicht so griesgrämig, Feli-tscha! Du hast überhaupt keinen Grund!« Oh doch, dachte ich nur.

»Das mit heute Abend besprich mit deinem Vater. Der wird dir schon die richtige Antwort geben!«

»Okay.« Mann! Ich durfte keinen Fehler machen, deswegen hielt ich lieber den Mund. Aber es war echt schlimm, so eine Mutter zu haben! Ich lächelte sie übertrieben freundlich an und begab mich hinter den Tresen der Rezeption. Wie sollte ich das überleben, wenn es in den nächsten Tagen keinen Wind gab? Von draußen hörte man Schritte über den Kies knirschen.

»Äh, war Raffaele vielleicht schon hier?«

»Welcher Raffaele?« Sie blieb im Türrahmen stehen. »Doch nicht etwa der Sohn von Federico?«

Ich nickte.

»Wie kommst du denn auf *den*? Der ist doch schon ewig in Rom und jetzt ...«

»… ist er wieder da! Raffaele!«, rief ich, denn ich sah, wie er in diesem Moment durch die offen stehende Glastür kam und vorsichtig um die Ecke lugte.

»Das hat aber lange gedauert, bist wohl auf den Knien hergekrochen, oder was?« Ich grinste ihn an. Er gefiel mir immer noch. Aber so was von. Und da ich in Felicias Haut steckte und er das nicht wusste, gelang es mir auch, richtig cool mit ihm umzugehen.

»Ciao, Tante Antje«, sagte er und küsste die dünne blonde Mutter von Felicia, die ihn sofort mit Fragen bombardierte: was er hier mache, wo die Eltern seien, wie es in Rom laufe, ob er bei Simonetta wohne, was sie so alleine da drüben treibe und so weiter. Typische Mütterfragen eben. Außerdem schien sie ein bisschen nervös, wahrscheinlich wegen dem jähzornigen Roberto.

»Ach, na ja,«, antwortete Raffaele, »Papa arbeitet viel, hat tausend Bauprojekte, wie immer. Mama hat ihren Feinkostladen und ich bin raus aus dem *Melangolo,* dem *ristorante,* wo ich bis jetzt in den Sommerferien gearbeitet habe. Der Sous-Chef war super, bei dem durfte ich mir unheimlich viel abgucken, er ist aber gegangen. Ich will unbedingt mehr lernen, auf die Bezahlung kommt es mir gar nicht so an …«

»Und da kommst du ausgerechnet zu Roberto?«

»Ich weiß.« Er warf mir einen Seitenblick zu: *Siehst du, ich hab's dir ja gesagt …* »Papa und er sind in den letzten Jahren nicht so gut miteinander ausgekommen. Aber jetzt, wo ich mit meinem Vater so 'nen Krach habe, müsste das Zio Roberto doch freuen …«

»Diese Familie bringt mich noch um«, murmelte Felicias Mutter.

»Wo ist der Onkel? Ist er schon auf?«

»Natürlich. Sitzt unten in der Küche und kontrolliert den Frühstücksservice.«

»Ich bring dich hin!« Bevor sie wieder ihr »Feli-tscha!« schreien konnte, war ich mit Raffaele schon in der Lobby und auf dem Weg nach unten. Er schaute mich mehrmals von der Seite an. »Und? Zufrieden?«

»Ja! Total!«

Er grinste. Ein tolles Grinsen. »Wie geht's?«

»Fantastisch!« Ich musste lachen. »Sorry. Manchmal bin ich vielleicht ein bisschen komisch oder erinnere mich nicht mehr an alles. Es hat sich ziemlich viel geändert in meinem Leben ...«

»Siehst auch irgendwie anders aus. Gut, meine ich.«

»Ich fänd's wirklich cool, wenn du hier arbeiten könntest. Ich brauch Unterstützung gegen meine Eltern ...«

»Wow. Solche Worte von dir?«

»Wieso?«

»Na ja, früher hast du sie immer verteidigt. Wir haben uns gestritten deswegen, weißt du doch!«

»Tja. Auch *ich* krieg irgendwann mit, was hier so läuft ...«

Komischerweise begann mir dieser Horror-Tausch gerade ein bisschen Spaß zu machen. Ich konnte alles tun. Mich danebenbenehmen, mich vorbildlich benehmen, meinen »Cousin« beschimpfen oder mich mit ihm verbünden ... Ich stieß ihm in die Seite und genoss es, ihn so unschuldig, freundschaftlich berühren zu können. Hatte Felicia nicht erzählt, dass sie als Kinder im Wald gespielt hatten? »Schau ihn dir an!«

Felicias Vater stand mit gekreuzten Armen und heruntergezogenen Mundwinkeln vor der Kaffeemaschine und beobachtete die beiden Frauen, die gerade silberne Tabletts mit Käsescheiben und Schinken belegten.

»Unter so einer Bewachung lässt es sich super arbeiten, oder?«, flüsterte ich. »Babbo!« Ich nahm Raffaele am Arm. Wie geil war das denn? Ich konnte ihn als Cousine Felicia unbefangen anfassen und als Catta heimlich bewundern.

»Na, schau an!« Felicias Vater kam auf uns zu und küsste Raffaele auf die Wangen. Immerhin. »Was führt dich her? Hat dich das Schlitzohr geschickt?«

»Nein. Meine Eltern wissen nicht, dass ich hier bin. Wir hatten 'nen ziemlich heftigen Streit.«

»Umso besser! Dein Vater, mein feiner Cousin, hat mir nämlich einen Anwalt auf den Hals gehetzt ... der will uns ...«

»Babbo. Raffaele wollte etwas fragen!«

Echt jetzt, Leute, dieser »Babbo-Boss« war ein Schauspieler. Er tobte, er rang die Hände, er klagte und verdrehte die Augen. Mein Gott, der Mann war echt krass. Fast war es schon lustig, ihm dabei zu zuschauen.

»Also, du versuchst es mit ihm, oder wie?«, fragte ich, als mir sein Rumgetobe nur noch auf die Nerven ging. Die Mädchen vom Frühstücksservice hielten die Köpfe gesenkt und machten einen großen Bogen um die Kaffeemaschine, vor der wir drei immer noch standen. Wenn das so weiterging, würde es oben im Saal bald einen Kaffee-Engpass geben.

»Felicia? Felicia! Jetzt fällst du mir auch noch in den Rücken!«

»Felicia! Felicia! Ich kann es nicht mehr hören!« Es war wirklich grässlich, ausgerechnet *seine* Tochter sein zu müssen. »Deine Köche sind gestern nicht gekommen und werden es auch nie mehr! Ich habe gestern Abend bis elf Uhr hier mit Daniele klar Schiff gemacht und dabei ist der nur Spüler. Und vorher habe ich versucht, mit dem armen Luigi die Bestellungen abzuarbeiten.«

»Und wusstest nicht mal mehr die einfachsten Dinge!«

»Kommt vor«, gab ich zurück. Peinlich, ich hatte gestern die Tür zum Kühlhaus nicht gefunden und die Warmhalteplatten für die Teller auch nicht ... und hatte getan, als ob ich Witze machte. »Abschmecken konnte ich immerhin noch für dich! Brauchst gar nicht so zu gucken. Er weiß es schon!«

Ich sah, wie Felicias Vater verspätet nach Luft schnappte.

»Und wenn du Raffaele nicht einstellst, werde ich auch nicht mehr einspringen. So. Basta.«

Raffaele wedelte beschwichtigend mit den Armen: »Nein, schon gut, Zio Roberto. Nonna Simonetta würde mich umbringen, wenn sie hört, dass ich hier ...«

»Die freut sich doch! Da hat sie endlich einen kleinen Spion hier im Laden!«

»Nonna ist einsam. Um sich das nicht eingestehen zu müssen, konzentriert sie sich auf ihr Geld. Aber ich interessiere mich schon immer für diese Küche, seit ich damals hier bei dir den Nudelteig machen durfte. Weißt du noch? Ich wollte so sein wie du!«

Nun grinste Roberto geschmeichelt, doch seine Laune schlug bei Raffaeles nächster Frage gleich wieder um: »Darf ich mal in das Kühlhaus schauen?«

»Warum? Was willst du da?«

»Am Kühlhaus erkennt man den Koch!«

»Was? Muss das sein? Meinetwegen.« Die Nasenflügel von Felicias Vater bebten, als er sich mir zuwandte: »Was bildet der sich ein? Macht hier einen auf Inspektor, oder was?«

»Oh Mann, Babbo! Kapier es endlich! Du brauchst einen

Koch. Im Restaurant sind fünfzehn Tische und sieben davon sind für heute Abend schon reserviert. Sieben Tische, drei Vierer, vier Zweier. Macht zwanzig Personen. Also mit Vorspeisen und Dessert vierzig Essen mindestens.«

»Woher weißt du das?«

»Ich habe heute Morgen im Reservierungsbuch nachgeschaut. Dafür *hat* man vermutlich ein Reservierungsbuch.«

Er starrte mich an und schnauzte dann los: »Wie redest du mit mir! Was ist denn in dich gefahren!«

Tja, wenn ich dir das erzählen würde.

Ich musste mich zusammenreißen, um nicht mit der abartigen Wahrheit herauszuplatzen, da kam Raffaele wieder und lenkte ihn ab.

»Und? Alles in Ordnung, *Signor Ispettore?«* Felicias Vater schaute den Neffen abschätzig von oben bis unten an.

»Na ja.« Raffaele nahm seine Tasche. »Lebensmittel nicht abgedeckt, offene Eimer, abgelaufene Ware. Mein Chef hätte mir dafür eine gehauen. Und zwar zu Recht. Außerdem gibt es rostige Stellen an den Regalen. Das mag das Gesundheitsamt gar nicht. Auch nicht so 'n tropfendes Rohr in der Ecke ...«

»Nein! Das ist nicht möglich! Wovon sprichst du?« Nun war Roberto wirklich beleidigt. Er zerrte Raffaele zurück ins Kühlhaus. Ich hörte ihn von draußen weiterschimpfen. Nach ein paar Minuten tauchte Felicias Cousin wieder auf: »Danke für deine Hilfe, Fé. Ist aber nicht nötig, ich möchte hier keinesfalls schlechte Stimmung machen!«

»Dafür sorgt deine Familie schon seit Jahren, keine Angst!« Roberto kam hinter ihm her.

»Stopp«, sagte ich. Eigentlich hätte ich den Mund halten sollen, denn alles, was ich sagte, konnte mich irgendwie verraten. Aber mein Gerechtigkeitssinn gab keine Ruhe: »*Seine* Familie? Was kann Raffaele für euren Streit? Er hilft dir! Er ist hier! Und ich auch! Aber nicht mehr lange, wenn du so weitermachst!«

»Mein Kühlhaus!«, tobte Roberto weiter. »Mein Kühlhaus ist in Ordnung!« Er stampfte eine Runde durch die Küche, doch kaum hatte er uns den Rücken zugewandt, liefen wir hinaus.

»Okay«, sagte ich oben in der Lobby. »Wie wird das Wetter? Wird es windig?«

»Äh? Keine Ahnung. Ich glaube, Sonne ist angesagt. Wieso?«

Mist. Dann gab es heute also keine Verwandlung mehr. »Heute Abend lassen wir ihn hängen. Das wird eine Katastrophe. Luigi ist ein ungelernter Koch, er hat seinen Gemüse-Posten, mit allem anderen ist er aber überfordert. Morgen wird Roberto dich einstellen.«

»Ich will dich nicht beleidigen, Fé. Aber was ich in der Kürze von der Küche gesehen habe, ist eine Katastrophe! Und außerdem bin ich unsicher, warum ich überhaupt rübergekommen bin ... Simonetta bringt mich um, wenn sie erfährt, dass ich hier bei euch bin.«

»Das sagtest du bereits.« Ich grinste ihn an. Mein Gott, war er hübsch! »Hat sie schon Tassen nach dir geworfen?«

»Nee. Aber ... aber Zio Roberto ist kein angenehmer Chef. Den Ruf hat er nun mal.«

»Davon hörte ich ...« Ich lächelte. Was für eine genial gerade Nase er hatte! »Er wird sich ändern. Alles ändert sich hier gerade. Du wirst sehen!«

Er zog die Augenbrauen hoch. *Als ob ...*, dachte er ganz offenbar.

»Und außerdem könntest du Catta kennenlernen. Das Mädchen von heute Vormittag! Sie ist total nett! Und ich glaube, sie fand dich auch ganz …«

»Ganz was?«

»Na ja. Ich will nicht zu viel sagen, aber … schon ganz cool.«

13

Felicia

Ich hasse es hier, dachte ich, während ich die Decken zusammenlegte und die Stofftiere unter den Kissen hervorklaubte. Kinder! Alles drehte sich um die Kinder. Sie bestimmten, wann gegessen wurde, sie hatten dauernd Durst, sie tranken zu schnell und bekleckerten sich die ganze Zeit. Warum bekam man eigentlich Kinder? Die waren einfach nur anstrengend. Diese hier durften alles und hörten nicht auf das, was man ihnen sagte. »Kann schon sein«, hatte Catta nur gemeint, »aber seit Mum krank ist, nehmen wir alles nicht mehr so genau. Das Leben ist hart genug, weißt du?«

Hart genug? Ja. Das sah man ja an diesem völlig unnötigen, schrecklichen Körpertausch, aber deswegen würde mir hier doch niemand auf der Nase herumtanzen! Ich nahm das Bettlaken, hielt es aus der Tür und schüttelte es aus. Die Krümel flogen auf den Waldboden und würden eine Horde Spatzen ernähren. Was für eine Unordnung! Ich beschloss, den Bulli auszuräumen. Alles musste erst einmal raus, um zu sehen, was überhaupt da war.

»Hallo, ihr beiden!«, rief ich Émile und Eliese zu. »Jetzt helft ihr mir mal aufzuräumen! Und zwar zack, zack!«

Die beiden Nervensägen bedachten mich nur mit einem erstaunten Blick.

Ich verengte meine Augen auf Schlitzgröße und knurrte sie an.

»Woaaah! Der böse Hund ist da!«, kreischte Émile und rannte mit Eliese schreiend um den Bulli herum.

Oh bitte! »Geht das auch leiser?« Ich fasste mir an den Kopf, aber sie hörten mich nicht. Okay. Eine andere Taktik musste her.

Wortlos räumte ich einen Haufen Zeug aus dem Stauraum unter der Liegefläche, bis ich den Sack mit dem Zelt fand und hinaus auf den Waldboden schmiss.

Während Jacques sich auf die Verstärker stürzte, die ich dabei zutage förderte, quengelten die Kinder, ob sie mir helfen könnten, das Zelt aufzubauen. »Auf keinen Fall«, sagte ich. »Das könnt ihr noch nicht.«

»Lass das doch mit dem Rumgekrame«, stöhnte Jacques. »Pack lieber die Geige aus!«

»Nein, ich habe jetzt gerade keine Zeit zu spielen!«

»Danach?«

»Muss sie mit *uns* spielen!«, rief Émile.

»Nein, danach auch nicht …«

Jacques guckte ziemlich sauer, aber was konnte ich anderes tun? In einem günstigen Moment würde ich mich wegschleichen müssen, um mir von Catta die Hand »verstauchen« zu lassen. Die Mullbinden aus dem Erste-Hilfe-Kasten steckten schon in meiner Hosentasche.

»Wir würden gerne mitmachen.« Unbemerkt hatten Eliese und Émile sich neben mich gestellt, die Hände hinter dem Rücken verschränkt, die Augen zu Boden gerichtet. »Wir haben auch ein Geschenk für dich!« Auf Elieses Handfläche lag ein kleines Paket. Na toll. Ein grünes Blatt, umwickelt mit einem langen Grashalm. Ich bemühte mich, überrascht zu gucken, und wickelte es aus. Es war ein Holzstück. Ganz großartig. Musste ich sie jetzt dafür etwa auch noch loben? Ich drehte das seltsam gebogene Stück eines Astes in den Fingern.

»Aha.«

»Es ist ein C. Wie dein Name anfängt.«

Oh ja, jetzt erkannte ich es auch. Plötzlich musste ich lachen und ein seltsames Gefühl stieg warm und freudig in mir hoch. Wann hatte mir jemand zum letzten Mal etwas derart Unbrauchbares, aber Hübsches geschenkt? »Also gut«, sagte ich zu ihnen. »Wir probieren das. Wer eine gute Idee hat, sagt es!«

Sie nickten ernst. Zu dritt breiteten wir alles aus, diskutierten eine Weile und steckten dann das Aluminiumgestänge ineinander. Jacques saß in der Bullitür, stimmte seine Gitarre und sah uns nur zu. Er gab keine Kommentare, keine Ratschläge, wie Jungs das ja sonst immer tun. Er ließ uns machen. Ich mochte ihn dafür umso mehr.

Im Handumdrehen stand der Iglu neben dem Bus. Die Kinder zerrten die Schlafsäcke aus dem Bulli, rollten die Isomatten aus und krabbelten lachend hinein und wieder heraus.

»Und nun eure Klamotten. Wer darf mir helfen?« Ich tat, als ob ich lange überlegen müsste, wem diese Ehre zuteilwerden durfte.

Gemeinsam sortierten wir im Zelt den Berg ihrer Anziehsachen auseinander. Ich zeigte ihnen, wie man T-Shirts und kurze Hosen faltete und zu zwei sauber getrennten Stapeln auftürmte. Sie arbeiteten zwar langsam, aber sehr gewissenhaft.

»Das ist ja ein cooles Beschäftigungsprogramm, lohnt sich aber nicht«, bemerkte Jacques, als er uns Wasser ins Zelt brachte.

»Oh, doch!«, korrigierte ich ihn. »Und wenn wir auch

nur noch zwei Tage hierbleiben, zwei Stunden reine Suchzeit haben wir da schon mal gespart.«

»Oh, doch!«, wiederholte Eliese.

»Oh, doch!«, sagte auch Émile. Sie wollten sich ausschütten vor Lachen.

Ich schaute auf die Uhr. Gerade mal zehn. Was machte man den ganzen Tag mit Kindern an den Hacken? Doch dann schnappten die beiden sich jeweils ein Bilderbuch, kletterten umständlich in die Hollywoodschaukel und »lasen«. Die Seerosen in der Badewanne drehten sich leicht und mit einem Mal war es ganz still. Ich setzte mich neben sie und tat nichts. Catta hätte sich das Aufräumen bestimmt von Anfang an geschenkt, dachte ich und stieß die Schaukel von Zeit zu Zeit an. Jacques spielte *Stairway to Heaven* und sang leise dazu. Er sang richtig schön, nur für sich und ganz natürlich, sodass es einem nicht peinlich war. Nonno kam aus dem Haus. Die Kinder nahmen die Gläser mit Saft entgegen, die er auf einem Tablett trug, und knabberten an den gerösteten Brotscheiben mit Feigenmarmelade, ohne ihre Bücher aus den Augen zu lassen. Auch ich griff zu. Wie viele Kalorien hatte Feigenmarmelade? Vergiss es!, hörte ich den fremden Körper ganz deutlich sagen. Und das tat ich. Es war so herrlich, keinen einzigen Gedanken an Nährwerte, Kilos und Kalorien-Tagesverbrauch zu verschwenden. Es war Cattas Eieruhren-Körper, der brauchte einfach was zu essen.

»Der Wetterbericht sagt in den nächsten Tagen Sonne voraus. Kein Gewitter. Kein Wind«, sagte Nonno und setzte sich mit einem kleinen Ächzen zu uns. Die Schaukel ächzte auch.

»Oh, verdammt«, konnte ich nur hervorbringen. Er streichelte meine Hand.

»Bist du jetzt der Opa für uns alle?«, fragte Eliese ihn auf Deutsch.

»Ja«, sagte ich. »Er ist unser Ferien-Opa. Der Nonno. Sagt mal *grazie nonno!*«

Die beiden wiederholten die Worte gehorsam. Na also. Erziehung war doch gar nicht so schwer.

»Komm, nimm die Geige, Catta, und leg los!«, rief Jacques. »Ich habe sie schon angeschlossen.«

Mist. Ich starrte auf das Stromkabel, das sich an uns vorbei ins Haus schlängelte. Langsam stand ich auf und ging auf das Instrument zu, das in einem schmalen Koffer in der offenen Tür des Bullis lag. Es sah total seltsam aus, denn es bestand nur aus einem Geigensteg und diesem Ding, wo man das Kinn reinlegt, und hatte da Löcher, wo eigentlich Holz sein sollte. »Das ist ja eine Elektrogeige …«

»Oh Mann, auch schon gemerkt? Die spielst du ja auch erst, seitdem du zehn bist!«

»Catta is' komisch! Catta is' komisch!« Die Zwillinge tanzten plötzlich um mich herum. »Spiel was, los, spiel was!«

Niemals! Ich durfte sie noch nicht mal anfassen. Allein daran würde Jacques erkennen, dass ich nicht spielen konnte, dass irgendwas mit mir nicht in Ordnung war. »Spiel was, los, spiel was!«

»Jetzt hört mal auf!«, brüllte ich genervt. Die Kinder blieben stehen und starrten mich mit offenen Mündern an.

»Sag mal, tickst du nicht ganz richtig, Catta?« Jacques klang angewidert.

»*Scusate!*« Ich sah Nonno Hilfe suchend an, doch der konnte mich auch nicht zurückverwandeln.

»Warum bist du so böse?«, fragte Eliese und ihre Unterlippe zitterte.

»Ich weiß auch nicht, was in mich gefahren ist«, sagte ich. Dabei wusste ich es ganz genau. »Ich bin eben doof!« Ich schlug mir wie ein Clown an die Stirn, um sie zum Lachen zu bringen. Klappte nicht wirklich gut. Aber wenigstens weinte niemand. Ich sah mich verlegen um, immer noch lagen alle Blicke auf mir. »Ach nee, ich habe ja Mum versprochen, um kurz nach zehn rüberzukommen. Bin gleich wieder da!« Ich war eine grauenhafte Schauspielerin.

»Vielleicht bringe ich sie und Otto mit! Dann sehen sie mal, wie schön wir es hier haben!«

»Ja, vor allen Dingen, wie ordentlich! Sie werden denken, sie hätten fremde Kinder vor sich!« *Grazie a Dio,* Jacques lachte wieder und schlug einen neuen Akkord an. Ja, das könnten sie tatsächlich denken ...

»Und chill mal, *sista!* Bist ein bisschen gereizt, scheint mir.«

Ich nickte nur und rannte los. Die Klänge der Musik wurden leiser. Mist, das wäre beinahe schiefgegangen. Ich musste mich zusammenreißen! Musste mehr Geduld haben mit diesen kleinen Nervensägen. Und als ob das allein nicht schon schwierig genug wäre, natürlich musste ich ihn gleichzeitig auch noch unglaublich süß finden! Das machte alles noch komplizierter.

Catta saß hinter dem Computer und tippte eifrig etwas ein. Sie winkte mich mit dem Kopf heran. »Keine Angst, sie ist gerade nicht da.« Mit Schwung rollte sie den Stuhl zurück. »Mann, dieser Computer«, stöhnte sie. »Das Ding ist total langsam, weil es voll mit unnötigem Quatsch ist. Und warum habt ihr keine Excel-Tabellen? Das wäre soo viel einfacher.«

»Wenn du eine Praktikantin wärst, würde ich sagen:

Bring meiner Mutter den Kram doch bei«, zischte ich. »Doch gerade ist alles … schwierig.«

»Du meinst, die Kacke ist am Dampfen?«

»Das hätte ich nie so gesagt!«

»Ich weiß.« Dann bemerkte sie die Mullbinde in meiner Hand.

»Ah! Jacques hat die Geige ausgepackt.«

Ich nickte. Sie maß mich mit einem kritischen Blick. Ich glotzte zurück. *Dio!* Erst jetzt sah ich, was sie mit meinen Haaren gemacht hatte. Zwei tief angesetzte Zöpfe, die unten dann auch noch geflochten waren! Ich sah aus wie ein Bauernmädchen vom Markt. »Muss das sein? Das macht die Haare kaputt!«

»Nee, damit siehst du normal aus und nicht immer wie das abgehobene Prinzesschen auf der Erbse mit güldenem Wallehaar! Okay. Wo sind wir ungestört?«

Pff. Ich stieß die Luft aus. Prinzesschen auf der Erbse? Doch ich schluckte meine Wut hinunter. Geige spielen wollte ich auf keinen Fall! »Na, in meinem Zimmer natürlich.«

Ein dicker Verband schmückte meine linke Hand, als wir wenig später durch die Lobby liefen. Mit dieser Klumphand konnte ich nun wirklich gar nichts mehr machen und erst recht nicht die Saiten einer Geige virtuos bearbeiten …

Jemand lief uns in den Weg: »Ich habe die Kofferkammer sauber gemacht und den Vorplatz geharkt! Ist noch etwas zu tun, Signorina Felicia?«

»Oh, Maurizio! *Fantastico!«* Catta blieb stehen, berührte den Hausdiener am Arm und ließ ihre Hand sogar mehr als drei Sekunden dort liegen. »Aber erzähl erst mal! Wie ist es gestern gelaufen? Was hat deine Frau gesagt?«

Maurizio hatte eine Frau? Doch da fing er schon an,

übers ganze Gesicht zu strahlen: »Sie hat sich darüber gefreut und wir reden wieder miteinander! Ein guter Trick!«

Catta nickte. »Ich kenne ein Ehepaar, die haben das immer so gemacht, wenn sie sich gestritten haben! Und die sind seit Jahren happy.«

Maurizio schüttelte versonnen den Kopf: »Und nur dank ’nem kleinen Zettel auf dem Kopfkissen.«

»Ja, komisch, nicht?«, sagte die Felicia, in der Eheberaterin Catta sich gerade austobte. *Dio!*, hatte sie nichts Wichtigeres zu tun? »Oh, und wenn du Zeit hast, könntest du mir einen riesigen Gefallen tun!«, säuselte sie jetzt. »Wenn du zu den Kellnerinnen und den anderen in die *appartamenti* unten am Weg gehst und dir sagen lässt, was dort alles kaputt ist. Ich habe irgendwie gehört, die haben seit einer Woche kein warmes Wasser.«

»Mache ich, Signorina Felicia, mache ich. Ich nehme Zettel und Stift mit und schreib alles auf.«

»Cool, danke! Und frag sie gleich noch, was sonst so beim Arbeiten nicht stimmt. Dir sagen sie bestimmt mehr als mir!« Sie lachte und schaute ihm hinterher, als er beflissen aus der Halle eilte.

Ich schnaubte laut. »Cool« würde ich nie sagen. Und Maurizio mit den Glupschaugen nie anfassen. Aber anscheinend hatte Catta Erfolg damit. Langsam gingen wir ihm hinterher, bis wir auf dem frisch geharkten Vorplatz der Villa standen. »Was willst du damit erreichen? Sollen dich jetzt alle ganz toll finden, oder was?«

»Toll finden? Mich? Nö!« Sie grinste mich an und drehte an einem der langen Zöpfe. Die sahen doch irgendwie ganz gut an mir aus … das hätte ich aber niemals vor ihr zugegeben.

»Ich habe da nur eine Theorie, die ich gerade beweisen will.«

»Hast du sonst nichts zu tun?«

»Doch! Nicht auffliegen. Aber ganz nebenbei: Eure Angestellten würden viel besser arbeiten, wenn sie merken, dass ihr zufrieden mit ihnen seid, dass sie 'ne coole Arbeit machen.«

»Ja, dazu müssten sie aber tatsächlich erst mal *'ne coole Arbeit machen,* wie du das so schön nennst!«

»Aber das eine bedingt doch das andere. Wenn du die Botschaft ›Du bist faul und du bescheißt mich bestimmt‹ sendest, dann bekommst du das auch! Sagt Mum. Das ist eine Frage der Frequenz. Du bekommst sowieso immer das, was du aussendest.«

Ich schlug mir an die Stirn. »Aha. Willst du mir jetzt das Hotelbusiness mit den Frequenzen deiner esoterischen Mum erklären?«

»Nö. Ich nehme nur etwas wahr. Und zwar eine große Unzufriedenheit unter den Angestellten. Und darum beklauen sie euch und arbeiten schlecht!«

»Ach ja?«

»Ja. Die Zimmermädchen. Die Köche. Der Barmann sowieso. Die einen füllen die Fläschchen aus der Minibar mit Wasser auf, die anderen klauen Filetsteaks aus dem Kühlhaus oder gleich ganze Flaschen aus der Bar.«

»Woher weißt du das?«

»Hast du mal dem Gejammer deiner Mutter zugehört?«

Nein, hatte ich nicht, also nicht richtig.

»Und auch dein Vater hat mir gestern viele Tricks aufgezählt. Es fehlt immer was, hat er gesagt!«

Ich schnaubte leise. War ja klar. Babbo beschwerte sich eben gerne.

»Es geht nur, wenn du die Angestellten auf deiner Seite hast. Weil du gerecht und ab und zu großzügig bist. Weil du ihnen sagst, dass du ihre Arbeit wertschätzt.«

Pah! Das konnte sie bei meinen Eltern vergessen. Vor ihr zugeben, dass mein Vater ein Choleriker war und Mama zu gestresst, wollte ich aber um keinen Preis! Also schüttelte ich den Kopf.

»Ich sag dir nur, was ich sehe, Felicia.« Immer noch grinste sie so überheblich. »Es ist schon zwei Jahre her, dass deine Nonna gestorben ist. Wer immer auch in ihr steckte, ob nun Simonetta oder sie selber, sie hat das Hotel geliebt und anscheinend wunderbar geführt.«

E allora? Was wollte Signorina Extraschlau mir damit sagen?

»Danach war alles anders. Es gab nur einen einzigen Menschen, der nach der ersten Saison ohne deine Oma wiedergekommen ist, um hier in der *Villa Paradiso* zu arbeiten. Und das war Maurizio.«

»Ja und?«

»Das ist kein gutes Zeichen, oder?«

»Pff, und wennschon. Und woher weißt du das überhaupt?«

»Ich habe die Lohnabrechnungen aus den beiden letzten Jahren im Computer mal gegengecheckt. Und die Angestellten aus dem zweiten Jahr sind auch nicht wieder hier. Sind das genug Beweise für dich?«

»Nein! Denn es stimmt nicht! Was ist mit den Köchen?«

»Haben den Vertrag nicht unterschrieben und gestern endgültig abgesagt.«

Madonna mia, das nicht auch noch! Ich rollte mit den Augen.

»Ich glaube jedenfalls, es ist wichtig, dass es den Angestellten bei euch gut geht. Aber egal.« Sie klatschte in die Hände. Meine schmalen Hände. »Heute Abend gehen wir mit Jacques los und machen Musik. Freu dich schon mal drauf!«

»Wie das? Ich hab die Hand verstaucht und Babbo braucht dich in der Küche! Gerade jetzt, wenn die beiden Köche nicht kommen.«

»Ich weiß, aber ich bin heute Abend einfach mal weg. Das wird seine Entscheidung für Raffaele leichter machen, meinst du nicht?«

Ich schüttelte immer noch den Kopf. Sie brachte alles noch mehr durcheinander als nötig und war auch noch so verdammt überzeugt von sich.

»Irgendwas bekommen wir schon hin. Und wenn wir nur ein bisschen singen und das Geld einsammeln.«

»Das kannst du doch nicht machen! Babbo wird … er wird ausrasten … und ich kann nicht singen und was soll das überhaupt?«

»Jetzt gehe ich wieder arbeiten, vielleicht komme ich ja zwischendurch mal dazu, ein paar Bahnen im Pool zu ziehen.«

»Doch nicht vor den Gästen?«

»Na klar. Ich muss mich mal bewegen, ich brauche Sport einfach! Und du machst dir ein paar megageile Stunden am Strand. Wo es am schönsten ist, müsstest du ja am besten wissen. Sag ihnen, der Tipp käme von mir.« Damit ließ sie mich stehen und ging wieder durch die Eingangstür hinein.

Am liebsten hätte ich ihr hinterrücks etwas an den Kopf geworfen, einen hübschen Pinienzapfen von dem Haufen vielleicht, den Maurizio ordentlich zusammengerecht hatte. Aber vermutlich hätte ich nicht getroffen und irgendwie widerstrebte es mir auch, eine Person, die aussah wie ich, mit etwas zu bewerfen.

Ich folgte Catta. Sie stand bereits wieder hinter der Rezeption. Ohne sie eines Blickes zu würdigen, ging ich an ihr vorbei und durch die Lobby. *Dio mio*. Sie würde weiter ungehindert Verwirrung in unserer Hotel-Villa stiften – und ich?! Musste an den Strand! Natürlich kannte ich alle von Elbas Stränden. Ein paar liebte ich besonders. In meiner Kindheit war ich oft mit den Großeltern oder auch Babbo und Mama zum Baden gegangen. Endlose Nachmittage, Wochenenden, ganze Sommer lang, so kam es mir in der Erinnerung vor. Manchmal auch auf unserem Segelboot. Und nun, durch diesen verdammten Tausch, konnte ich mir sogar einen Strand aussuchen. Allerdings mit einer wildfremden Familie und einem Typ, neben dem ich Herzklopfen bekam und der sich nichts ahnend auf mich draufwarf, wenn ihm danach war … Na, wunderbar. Ich atmete tief ein und schaute während des Gehens an meinem ungewohnten Catta-Körper herab. Darauf musste ich mich erst mal mental vorbereiten. Doch ich hatte Pech, Cattas Eltern erwischten mich an der Tischtennisplatte auf dem Weg nach drüben.

»Wie ist das passiert?« Ihre Mutter umarmte mich und sah irgendwie sehr verletzlich aus in dem flatternden Seidenkleid, sie wollte meine nicht umwickelte, »gesunde« Hand gar nicht wieder loslassen.

»Sollen wir nicht doch besser ins Krankenhaus? Der Verband sieht nicht gerade fachmännisch aus.« Ottos Stimme war sehr ruhig, dennoch sprach echte Besorgnis daraus.

»Ich bin umgeknickt und habe mich dann mit der Hand abgestützt.«

»Umgeknickt? Wo denn?«

Oh Mist! Warum hatte ich mir nicht eine richtige Geschichte zurechtgelegt?

»Also ist der Fuß auch verletzt? Komm, lass mal sehen.«

Sie zwangen mich auf einen der vier Sitze des Karussells, mit Cattas Hintern passte ich kaum da rein, und Otto tastete mit geschickten Händen vorsichtig mein Sprunggelenk ab.

»Scheint alles in Ordnung zu sein«, sagte er.

»Catherine!« Ach! So hieß Catta also richtig. Warum hatte sie diesen schönen Namen, den ihre Mutter ganz weich und französisch ohne »e« aussprach, zu diesem knallharten Catta verhunzen lassen? »Catherine, ist sonst alles in Ordnung? Du bist gestern Abend nicht mit in die Pizzeria gegangen und scheinst auch jetzt so abwesend.«

»Ich denke, du machst dir wie immer viele Sorgen um Marlene und willst das besonders hier auf Elba ganz und gar nicht zeigen?« Otto sah mir in die Augen. Seine waren braun-grün und hatten eine Intensität, dass mir ganz anders wurde. »Damit deine Mum sich erholen kann? Das ist wunderbar, aber unterdrück deine Impulse nicht, trag sie nach außen! Frag Marlene einfach, wie es ihr geht, teile deine Sorgen mit uns, schon werden sie weniger Raum in dir einnehmen. Und gib dir die Erlaubnis, auch für dich ein bisschen Spaß zu haben! Gerade du brauchst dringend mal eine Pause von dieser Krise, in die Marlenes Krankheit unsere Familie geworfen hat. Nimm sie dir!« Er klopfte sanft auf mein Schienbein und erhob sich.

Dio mio. Wann hatten *meine* Eltern sich jemals so einfühlsam nach meinem Befinden erkundigt? Das waren hier wirklich andere Frequenzen …

»Ich nehme mir die Pause ja schon«, antwortete ich, merkte aber, wie die Tränen sich in meinem Hals hocharbeiteten.

»Du machst das alles so wunderbar, Catta, mit der Schule

und auch mit den Kleinen!« Cattas Mutter lächelte. »Und nun komme ich heute endlich wieder ans Meer! Wie ich das genießen werde!« Sie drückte mir einen Kuss auf die Stirn und umarmte mich fest. Einundzwanzig, zweiundzwanzig, zählte ich. Erst bei dreißig ließ sie mich wieder los. Puuh. Was würde ich sonst noch überstehen müssen? Na ja, es gab Schlimmeres …

»Los geht's!«, sagte Otto. »Wir fahren mit dem Leihauto rüber, wir haben die Badesachen schon dabei.«

Dio! Dass eine Familie sich so freuen konnte, sich wiederzusehen. Dabei war doch nur eine Nacht vergangen. Ich blieb im Auto sitzen und sah, wie sie vor dem Campingbus aufeinanderprallten. Mutter, Vater, Kinder. Große und Kleine. Umarmungen, Küsschen, Versprechungen, Beteuerungen.

Erst danach stieg ich aus. Eliese kam auf mich zugerannt und zählte mir die italienischen Wörter auf, die der Nonno ihr beigebracht hatte. Émile schleppte ein Brett an und behauptete, daraus würde er mit dem Nonno ein Surfbrett bauen … Es dauerte ein paar Minuten, bis Jacques meine verbundene Hand in dem fröhlichen Trubel entdeckte. »Echt jetzt, Catta?«, fragte er und in seiner Stimme hörte ich ehrliche Betroffenheit. Diese Familie war einander so zugewandt, dass es schon unangenehm war. »Was ist passiert?«

Ich erzählte meine Umknick- und Abstützgeschichte, die ich auf dem Weg noch mit einigen Details ausgeschmückt hatte.

»Oh nee! Tut es sehr weh?« Er kam zu mir und fasste vorsichtig nach der »verletzten« Hand. »Dann können wir ja gar nicht auftreten!«

»Oh! Ihr habt doch nicht etwa die Instrumente und die Verstärker dabei?« Marlene klang kaum überrascht, und statt wie jede normale Mutter von Genehmigungen der Gemeinde und Problemen mit der Polizei zu jammern und zu warnen, schaute sie uns nur an. »Meine Kinder.« Ihre Augen glänzten vor Stolz und Wärme.

»Hat Dad auch mal in Italien gespielt?«, fragte Jacques, und bevor ich ausweichen konnte, schlang er mir seinen Arm um die Schulter und zog mich an sich. In Cattas kompaktem Körper war ich zwei Köpfe kleiner als er, war also auf Höhe seiner Achselhöhle. Aber er fühlte sich stark und warm an und roch verdammt gut. Und er liebte mich! Ja, okay, nur als kleine Schwester.

»Ja, ich war dabei, als Gregory in Bergamo und in Rom aufgetreten ist. Mit den Jungs von der South Crew damals noch …« Marlene seufzte. Jacques nahm sie in seinen anderen Arm und presste mich gleichzeitig an sich. »Ach komm, Catta, scheiß auf die kaputte Hand, wir gehen heute Abend trotzdem los. Du singst, ich spiele Gitarre. Wofür haben wir sonst geprobt?«

»Meinst du wirklich?«

Er funkelte mich an. »Du weißt, wofür«, raunte er in mein Ohr, sodass eine Gänsehaut meinen Rücken hinablief. »Ja klar!« Ich wollte mich schon losmachen, doch dann lehnte ich mich extra noch mal an ihn. Er wusste nicht, wer ich wirklich war, aber das konnte ich ja wohl auch mal ein kleines bisschen ausnutzen, oder? Und morgen würde es hoffentlich schon ordentlichen Wind geben und er würde sich in die richtige *süße, etwas schüchterne, nicht dumme* Felicia verlieben, in der ich dann endlich wieder steckte!

14

Catta

Wind! Wir brauchten Wind! Ich lauschte immer wieder nach draußen. Aber es kam kein Wind. Zumindest nicht solcher, der irgendwelche Pinienzapfen von den Bäumen fallen ließ …

Dafür braute sich in der *Villa Paradiso* ein Unwetter zusammen.

Zunächst heulte sich Felicias Mutter den ganzen Nachmittag bei mir aus. Die Schäden am Hotel. Die viele Arbeit. Ihr Rücken. Ihr stressbedingter Haarausfall. Die anspruchsvollen Gäste. Einen Kommentar schien sie nicht von mir zu erwarten. Umso besser, so konnte ich keine Fehler begehen.

Und weil ich gut zwei Dinge auf einmal tun kann – sorry, aber das lernt man ja wenigstens in der Schule –, checkte ich ganz nebenbei die Bewertungen der *Villa Paradiso* im Internet. Es fing gut an. Die Villa wurde in den höchsten Tönen gelobt, bis auf ein paar Spinner, die sich über Piniennadeln unter den Schuhen oder über den zu schweren Duft des Jasmins beschwerten, der ihnen beim Einschlafen ins Zimmer wehte. Ich lachte auf. Im Ernst jetzt, Leute! Doch dann fand ich schwarz auf weiß, was ich die ganze Zeit schon geahnt hatte: Die Gäste blieben aus, weil sie sich nicht wohlfühlten. Ich las von unfreundlichem Personal, vertauschten Buchungen, unaufmerksamen Kellnern, falschen Abrechnungen, Zimmermädchen, die die Türen offen stehen ließen ... und einem *chef di cucina,* den man schon aus der Ferne in der Küche rumbrüllen hörte. Ich sah mir die Daten genauer an und verglich sie mit der Belegungsstatistik der letzten beiden Jahre. Felicias Mutter hatte zwar etwas gegen Excel-Tabellen, aber Tortendiagramme liebte sie. Seit Nonna Rosannas Tod waren die Zimmerbelegungen im ersten Jahr um fünfzehn Prozent, im zweiten Jahr dann um fünfundzwanzig Prozent zurückgegangen. Das war eine Menge. Mit dem Laden ging es bergab! Eigentlich konnte mir das ja egal sein, aber ich mochte das Hotel irgendwie. Also konnte ich auch ein bisschen was dafür tun, wenn ich schon in Felicias Haut gefangen war und die Zeit herumbringen musste. Doch bevor ich dazu kam, Pläne zu schmieden, war der jähzornige Babbo an der Reihe. Während er das Personalessen für uns zusammenkochte, klagte er über seinen fehlenden Geruchssinn, die Grippe und die Steuern und hielt mir ab und zu den Löffel zum Abschmecken hin.

»Mehr Salz und schwarzer Pfeffer«, sagte ich nur. Was für eine komische Familie, ging es mir durch den Kopf. Wie gut, dass meine anders war! Ein Minute lang durchströmte mich ein wahres Hochgefühl, doch dann kroch die Panik wieder in mir hoch. Was wäre, wenn ... ich es nie mehr zurück in meinen eigenen Körper schaffen würde?

Um mich abzulenken, las ich vor dem Essen Maurizios Mängelliste, die er mir zugesteckt hatte. Er hatte meine Aufforderung ernst genommen und es nicht bei dem fehlenden warmen Wasser, den kleinen Zimmern ohne Klimaanlage und dem verstopften Klo belassen. Dinge, die die Angestellten ihm diktiert hatten. *Scusa, Felicia, das ist nicht unbedingt alles auch meine Meinung,* hatte er mit seiner schrägen Schrift notiert:

– *miese Bezahlung*
– *Trinkgeld muss mit Küche geteilt werden (und verschwindet dort manchmal)*
– *Bonierungssystem schlecht*
– *Kasse uralt, Stornotaste kaputt*
– *Lohnabrechnung zu spät*
– *keine Cola zum Essen*
– *ungerechter Chef*
– *ungerechte Chefin*
– *schlechte Stimmung*

Oh ja, davon gab es wirklich genug. Die meisten der Angestellten waren erst gerade mal vier Wochen da und hatten offenbar schon überhaupt keine Lust mehr.

Personalessen: Ein wackeliger, viel zu niedriger Tisch wurde in einer Ecke der Küche aufgeklappt und jeder zog sich irgendeine Sitzgelegenheit heran. Kisten, Kartons, eine Kühlbox, der kleine Daniele saß auf einem Sack Mehl ... Ich traute meinen Augen kaum, machte aber selbstverständlich mit, um mich nicht zu verraten. Wie im Kindergarten saßen wir in der Runde und versuchten, unsere Beine irgendwo unterzubringen. Als ersten Gang gab es Nudeln mit Kutteln und Tomatensoße. Als Nachtisch stand ein Teller mit leicht angestoßenen Pfirsichen auf dem Tisch. Gemüsekoch Luigi mampfte stumm vor sich hin. Tellerwäscher Daniele hielt die Gabel mit der Faust umklammert, die andere Hand hing unter dem Tisch, fast schon am Boden. Auch er sagte keinen Ton. Hausdiener Maurizio, der vielleicht noch für ein paar Witze hätte sorgen können, aß abends nicht mit, sondern ging vorher nach Hause. Der Glückliche!

Weil ich Hunger hatte, häufte ich mir ordentlich was von den kurzen Nudeln auf den Teller und fing an zu essen. Täuschte ich mich oder schauten die anderen komisch? Felicia, die Gräte, war unter ihnen wahrscheinlich als Nichtesserin bekannt. Die Nudeln waren lauwarm. Ich hatte mein Bestes beim Abschmecken gegeben, in meiner italienischen Schulmensa aber schon wesentlich besser gegessen. Kutteln! Das war Rindermagen … *buon appetito*. Aber mein Magen knurrte nun mal.

Die Kellnerinnen guckten gar nicht auf das, was sie aßen. Sie hießen Marisa und Tita, waren beide ungefähr Anfang zwanzig, beide dunkelhaarig, beide mit müden Gesichtern. Aber wer war wer? Ich lauschte ihrer Unterhaltung, um das herauszubekommen.

»Anfang Juli arbeite ich mittags in Campo in der Gelateria von Walther, weißt du …«

»Ach, hat er dir den Job gegeben?«

»Ja. Abends dann im *Paradiso*.«

»Das hört sich wunderbar an«, sagte ich fröhlich und dankbar, ein Thema gefunden zu haben. Beide schauten erstaunt hoch, als ob ich noch nie mit ihnen geredet hätte. Wahrscheinlich *hatte* Felicia noch nie mit ihnen geredet.

»Wunderbar? Pff, nee, das verdammte Geld reicht sonst einfach nicht.« Die mit dem breiten Mund schüttelte den Kopf.

»Im Winter gibt es ja hier nichts. Und Vito kann mich nicht mehr einstellen«, sagte die andere. »Das macht jetzt seine Frau.«

»In Livorno kannst du auch alles vergessen!« Breiter Mund legte die Gabel hin.

»Im August mache ich dann abends nach dem *Paradiso* noch Crêpes draußen vor dem *Capriccio*.«

»Aber wann schläfst du denn dann?« Es interessierte mich wirklich.

»Ach, fünf Stunden pro Nacht müssen eben reichen.«

»Ja, hör nur zu!« Roberto beugte sich über den Tisch und stellte die flache Schüssel mit einigen braun-grauen Fleischlappen hin. Wie es aussah, hatten sie ordentlich Sehnen, dafür gab es keine Beilagen. »Hier arbeiten die meisten in Doppelschichten. Da siehst du mal, wie gut du es hast, Fé!«

Bitte? Jetzt wollte er mir dieses miese Essen und meine endlosen Arbeitsstunden auch noch als *besonderen Vorteil* verkaufen? Ich zog meine Beine an, streckte sie wieder. Sie waren einfach zu lang für diesen blöden Klapptisch! Ich spießte eine Nudel auf und hörte Luigi beim Kauen zu. Niemand sagte mehr etwas.

»Nee, Leute, mir reicht's!« Ich stand auf. »Ehrlich gesagt, finde ich nicht, dass ich es *gut* habe, und *ihr* auch nicht!« Ich nahm meinen vollen Teller. »Das hier ist doch Kindergarten – und wir sind erwachsene Leute. Ich gehe jetzt hoch und setze mich ins Restaurant. Da sind keine Gäste, da ist Platz. Wer kommt mit?«

»Stopp! Was denkst du, wer du bist? Du bleibst hier!«

Der Babbo lief rot an. Auf seiner Stirn pochte eine Ader.

»Ich denke, ich bin deine Tochter.« Wow, ich fühlte mich wie in einem Schultheaterstück. Mieses Bühnenbild, schlechter Text, aber meine Rolle war super.

»Aha! Siehst du wohl! Meine Tochter! Die in ein paar Jahren auf die beste Hotelfachschule in der Schweiz gehen will? Hä? Dann soll sie sich das verdienen!«

Ich sah nur noch die Hinterköpfe der Angestellten unter mir, denn alle starrten bemüht gleichgültig auf ihr Essen. Okay, dachte ich. Er glaubt, er wäre dein Vater, ist er aber nicht. »Verdienen? Gerne! Ich will was lernen, aber ich will auch ordentlich behandelt werden! Einen weiteren Abend wie gestern tue ich mir nicht mehr an. Das ist doch kein Kochen, was du hier machst. *Eingeschränkt,* wie du zur Zeit bist …« Nun horchten sie am Tisch auf. »Du hättest ja Raffaele für den Sommer einstellen können.« Mit diesen Worten ging ich zur Tür. »Und wenn einer von euch nur ein bisschen Würde hat, kommt er mit mir hoch.« Ich drehte mich wieder um, und obwohl mein Herz ziemlich aufgeregt klopfte, probierte ich, mein ruhiges Catta-Grinsen auf Felicias Gesicht zu übertragen. Es schien mir zu gelingen. Babbo Roberto sah aus, als ob er gleich auf den Küchenfliesen kollabieren würde. »Das Restaurant ist leer, wir helfen Tita und Mita danach wieder beim Eindecken, aber das hier? Das geht gar nicht!«

Ich sah, wie sie sich verstohlen untereinander anschauten.

»Felicia! Wenn du jetzt gehst …!«

»… brauch ich nicht mehr wiederzukommen?« Es machte höllischen Spaß, so frech zu sein, und außerdem tat ich es nur für Felicia und das Hotel und na ja, natürlich auch, weil ich Raffaele wiedersehen wollte … »Werde ich auch nicht, bevor hier nicht ein gelernter Koch steht oder mindestens einer, der die nötige Begeisterung fürs Kochen hat und für dich arbeiten will. *Buona sera!*« Ich ging eilig hinaus.

»No! Aspetta! Warte! Das kannst du nicht machen, nicht mit mir!« Er rannte hinter mir her. Verdammt, ich bekam Angst und fing auch an zu laufen. Ich war noch nie geschlagen worden, aber dieser Roberto hatte ziemlich gut entwickelte Oberarme und sah aus wie ein Boxer, der ordentlich zulangen konnte. Wer weiß, was Felicia sonst noch aushalten musste … Ich sprang mit dem vollen Teller

die steilen Stufen hinauf, immer zwei auf einmal, er war bereits dicht hinter mir. Nein, dachte ich mir, blieb stehen, stellte den Teller mit einem Knall auf der Stufe über mir ab und drehte mich um: »Das machst du nicht mehr!«

»*Ma! Che cosa dici?*«, brüllte er und stoppte. Fast wäre er in mich reingelaufen.

Was ich meinte? Keine Ahnung. Er tat einen weiteren Schritt nach oben, ich hielt zum Schutz die Arme vors Gesicht, blieb aber stehen.

»Glaubst du, ich würde dich schlagen? Meine eigene Tochter? Aber *no!* Das habe ich doch noch nie getan!« Er weinte fast und sank mit den Knien auf die obere Treppenstufe, als ob er beten wollte. Mein Gott, war der Mann theatralisch.

»War nur so ein Reflex.« Ich nahm die Arme runter. »Vom … vom Boxen.«

»Boxen? Lernst du jetzt Boxen im Internat?«

»Jep«, sagte ich nur.

»Was machen die da in der Schweiz mit dir? Ich erkenn dich nicht wieder, wirklich, ich erkenne meine kleine Fé überhaupt nicht wieder.«

»Und ich erkenne die Villa nicht wieder. Hier ist eine Scheiß-Stimmung. Hol dir doch Hilfe, Roberto.«

»Roberto? Seit wann nennst du mich beim Vornamen? Was ist das für ein moderner Quatsch?«

»Stell Raffaele ein und, wenn du kannst, noch einen gelernten Koch. Bring deine Küche in Ordnung und lass dein Personal im Restaurant essen! Das ist doch alles erbärmlich, was du hier abziehst!«

»Ohooo! Erbärmlich? Ach ja? Hat Madame aus der Schweiz jetzt den großen Durchblick?«, pöbelte er los.

»Ach, Roberto. Was willst du hinter deinem Schreien eigentlich verstecken?« Das hatte Otto immer gesagt, wenn Jacques früher, so mit vierzehn, fünfzehn, manchmal ausgeflippt war. Ich fand den Satz ganz passend. Und Felicias Vater wohl auch, denn er sagte plötzlich nichts mehr.

Mit zitternden Händen nahm ich meinen Teller und ging betont langsam hoch ins Restaurant, ohne mich noch mal umzuschauen. Ich setzte mich an einen Tisch und versuchte, regelmäßig zu atmen. Verdammt, keiner von den anderen folgte mir. Die waren alle zu feige, hatten wahrscheinlich Angst, rausgeschmissen zu werden.

Als Felicias Mutter um die Ecke geschossen kam, hatte ich mich schon wieder so weit beruhigt, um eine Gabel mit Nudeln aufzuspießen. Das Zeug war jetzt bestimmt völlig kalt.

»Was war denn wieder los?« Sie starrte auf meinen gehäuften Teller. »Das willst du aber nicht alles aufessen, oder?«

Hatte die keine anderen Sorgen? Ich schob mir in aller Ruhe die Gabel in den Mund. »Ich esse bestimmt nicht zu viel und will ab jetzt keine Kommentare mehr darüber hören«, sagte ich kauend. »Wenn Mädchen magersüchtig werden, haben in neunzig Prozent der Fälle die Mütter Schuld, wusstest du das?«

»Aber …« Nun schaute *sie,* als ob sie gleich anfangen wollte zu weinen. Weinerliche Eltern hatte Felicia da erwischt …

»Mach dir lieber Gedanken um deinen Ehemann, der tickt nämlich aus. Vielleicht sollte der mal Urlaub machen. Aber am besten nicht hier. Hier ist die Stimmung zu schlecht.«

»Feli-tscha! Du bist so … so … Na, jedenfalls so bist du uns …«

»… keine Hilfe. Ich weiß.«

Die Klingel an der Rezeption rettete mich. Felicias Mutter drehte sich um und ging.

So, genug für Felicia getan. Was war jetzt mit mir? Ich ließ die kalten Nudeln stehen, lief nach oben in Felicias Zimmer und versuchte, mir irgendetwas Cooles anzuziehen, fand aber nichts in ihrem makellos sortierten Kleiderschrank, nur ganz hinten an der Wand eine Mappe voller Zeichnungen. Aha, dachte ich neugierig, mal sehen, was wir da haben, wenn sie die schon so versteckt … Ich blätterte sie durch. Aber nichts. Also nichts, was man verheimlichen müsste, wie vielleicht irgendwelche nackten Männer-Models oder so. Nein. Ganz normale Bleistiftzeichnungen von Häusern, Brücken und wieder Häusern. Sie war komisch, ich hatte es ja gleich geahnt. Überhaupt, ihr Zimmer … Kein Wunder, dass ich den Raum zunächst für eine geschlossene Anstalt gehalten hatte. Er war so aufgeräumt, so kahl. Felicia schien weiße Wände zu lieben, aber von Romanen schien sie nichts zu halten. Auf ihrem Schreibtisch lagen ein paar karierte Blätter, jede Menge Bleistifte, ein Geodreieck und ein Buch über die Paläste in Florenz. Das war's. Ach nein, auch eine zerknüllte und wieder glatt gestrichene Anmeldung zu einem Sommerkurs an der Uni Bern fand ich noch. *Technisches Zeichnen in der Architektur.* Wow. Deswegen die Häuser. *Das* interessierte sie? *Anmeldeschluss für den Schnupperkurs: 15. Juni.* Na ja, hatte wohl nicht geklappt.

Schließlich wählte ich eine Jeans, in der meine Beinchen nicht allzu staksig wirkten, ein dünnes Hemdchen, darüber eine schwarze Bluse, deren lange Ärmel ich hochkrempelte, vorne offen ließ und über dem Bauch verknotete. Zusammen mit den wild zerzausten Zöpfen und schwarzen Espadrilles sah meine Version von Felicia einigermaßen verwegen aus. Und was nun?

Wo steckte Felicia mit meiner Familie? Ich schickte ihr eine Nachricht über WhatsApp. Sie gab mir keine Antwort. Mann! Sie war schließlich ich! Warum guckte sie nicht mal auf ihr Handy?

Ich schlich mich die Treppe hinunter, aus der Küche hörte ich laute Stimmen. Ich lief weiter, durch die Lobby in den Garten. Geschafft. Niemand hatte mich gesehen. Wohin jetzt? Zu Fuß? Per Autostopp? Wohl kaum. Und ich wusste ja auch gar nicht, wo sie waren …

Erst als ich ihn durch die Baumstämme sah, erkannte ich, wohin ich wollte. Zu unserem Campingbus! Die einzige Zuflucht, das einzige Stück Heimat, das es in dem Chaos der letzten Tage für mich noch gab.

Nonno Giancarlo saß in der Hollywoodschaukel und winkte mich heran. *»Vieni, vieni!«* Er schüttelte seinen Kopf. »Du siehst verändert aus – in diesen Klamotten kann nun wirklich nicht mehr meine Enkelin stecken!« Ich setzte mich schweigend neben ihn. Wenigstens wusste er Bescheid, der einzige Mensch außer Felicia, dem ich nichts vorspielen musste.

»Du wirkst ein wenig bedrückt. Gar nicht so einfach, Felicia zu sein, oder? Bei *den* Eltern?« Er lächelte verschmitzt. Und weil er nun auch nach meiner Hand griff, fing ich an zu reden: »Die sind schon echt speziell. Doch es geht irgendwie, denn es sind ja nicht meine. Ich kann ihnen viel leichter meine Meinung sagen und *basta*. Aber ich muss so schnell wie möglich zurücktauschen! Denn ich will mit meinem Bruder auftreten. Ich muss!«

»Du musst?«

»Ich muss meine verdammte Angst überwinden, sonst kann ich Amsterdam vergessen! Ich möchte da Musik studieren, wie Jacques. Doch wenn ich an die Aufnahmeprüfung denke, bekomme ich ein flaues Gefühl im Magen und meine Beine werden ganz kraftlos.«

»Lampenfieber?«

»Nennen wir es eher Todesangst …« Ich lachte auf, aber es klang nicht belustigt. »Wir wollten das hier auf Elba in Ruhe ausprobieren und einfach immer wieder üben. So 'ne Art *terapia*. Und Mum würde es sicher auch lieben, wenn wir beide … Sie lässt sich das nicht anmerken, aber …« Plötzlich hatte ich einen dicken Kloß im Hals, der mich am Weiterreden hinderte.

»Erklär es mir!«

Ich räusperte mich. »Unser Vater war Musiker. Gregory Kingston. Ziemlich bekannt damals. Er ist bei einem Autounfall gestorben, als Jacques und ich noch klein waren. Ich glaube, Mum ist furchtbar enttäuscht, dass ich mein Talent nicht unter Beweis stellen kann. So hat sie das zwar nie gesagt, aber ich weiß es einfach.«

»Meinst du nicht eher, dass du tun solltest, was *du* willst?«

»Aber ich will doch genau das!« Ich zuckte mit den Schultern. Was denn sonst?

»Manchmal denkt man nur, dass man etwas will, weil man es muss. Weil man sich nichts anderes vorstellen kann … weil man es sich einfach nicht erlaubt, nach anderen Lösungen für dieses Müssen zu suchen …« Er nickte vor sich hin und sah plötzlich unendlich traurig aus. Ich tätschelte seine Hand. Er wirkte irgendwie noch so jung und hing den ganzen Tag hier in seiner Hütte und im Garten herum. »Warum hast du dich eigentlich aus dem Hotel zurückgezogen?«, fragte ich. »Es läuft nicht mehr gut, das siehst du ja selber, oder? Und Roberto … Sorry, er ist dein Sohn, aber er ist ein Chaot, der immer recht haben will.«

»Die Familie zwingt dich zu manchem … Ich wusste, mein Sohn und ich würden aneinandergeraten, wenn Rosanna nicht mehr da wäre. Da habe ich den Weg frei gemacht.«

»Obwohl du gar nicht wolltest?«

Er atmete tief ein und aus. »Na ja. Vielleicht war es das Beste.«

Ich sprang auf. »Du kannst vielleicht so rumsitzen, aber ich nicht! Ich halte das nicht aus! Es ist schrecklich, nichts tun zu können, in diesem Körper! Schau mich an!«

Nonno nickte bekümmert. »Es ist ein Drama! Ein Drama ist es!«

»*Fuck*, ja! Wenn ich daran denke, dass Felicia jetzt mit *meiner* Familie in diesem Marina di Campo herumrennt und ich noch nicht mal von Weitem dabei zuschauen kann …« Ich blickte in die hohe Krone des Baumes hinauf und wischte unauffällig an meinen Augen herum. Mann, alter Pinien-Onkel, dachte ich. Was soll das alles? Was willst du eigentlich von uns? Kannst du deine Zapfen nicht ganz schnell wieder auf uns fallen lassen, damit der ganze Spuk ein Ende hat? Schon morgen, bitte!

Doch der Baum antwortete nicht, nur der Nonno: »Warum denn von Weitem? Warum nicht von Nahem? Ihr müsst euch gegenseitig helfen. Also fahr los, fahr hin!«

»Wie denn?«

»Na, mit dem da!«

Er zeigte auf den klapprigen Roller, der vor dem Schuppen stand.

»*Madonna!* Meinst du, ich kann das Ding fahren?«

»Felicia hat jedenfalls einen Rollerführerschein. Sie ist doch schon sechzehn!« Okay, das war ich auch. Nonno zeigte mir, wie man die hellblaue Vespa von ihrem Ständer holte, sie antrat und wieder ausmachte. Nach einem Ausflug auf den Hotelparkplatz und wieder zurück fuhr ich noch mehrmals unter dem *Zio Pino* im Kreis herum, bis ich sicherer war.

Nonno setzte mir einen alten Eierschalenhelm auf den Kopf, zurrte die Lederriemen liebevoll unter meinem Kinn fest. Er zeigte mir, wie ich die Sitzbank hochklappen konnte, um den Helm zu verstauen, und beschrieb mir den Weg nach Marina di Campo. »Moment!«, fiel mir ein, bevor ich startete. »Felicia hat zwar den Führerschein, aber was mache ich, wenn jemand danach fragt? Ich habe keine Papiere.«

»Na, du hast sie einfach nicht bei dir. Du bist doch die Enkelin von Paradiso, Giancarlo. Hier kennen dich alle. Das reicht meistens.«

Ich fuhr vorsichtig den Berg hinab, doch als ich nach rechts auf die Straße bog und dort ein paar Hundert Meter entlanggetuckert war, löste sich irgendetwas in meiner Brust und ich ließ einen langen Schrei los. »Yeah! Ich fahre! Juchuuuuu!« Schon wurde ich mutiger und drehte am Gashebel. *Marina di Campo,* nach links. Der Wind war warm und ließ das hohe Schilfrohr leicht hin und her wiegen, das neben der Straße wuchs. Eine kleine Propellermaschine erhob sich neben mir in die Luft. Da lag also der Flughafen der Insel, er schien winzig zu sein. Aber wo war das Meer? Zunächst kam ich an einen Kreisverkehr mit vielen Schildern, aha, dort vorne lang. Die Straße führte in den Ort, schon zeigten die ersten Schilder nach links: *Mare.*

Ich folgte dem nächsten und da war es: das Meer! Blau und glatt. Auch hier kein bisschen Wind. Eine schmale Straße führte am Strand entlang. Er war breit und der Sand weiß. Liegen und Sonnenschirme in verschiedenen Farben wechselten sich ab. Die Sonne war hinter den Häusern verschwunden, die meisten Leute packten zusammen, viele Schirme waren bereits zugeklappt. Ich fuhr in eine Kurve, rechts sah ich Bars und Restaurants, links lagen Boote im Wasser. Die Bucht war zu Ende und auch die Straße hörte auf. Vor mir lag ein kleiner Hafen. Ich stellte den Roller ab und befreite mich von dem Helm. Das Wasser schwappte einen Meter unter mir an die Kaimauer, es roch ein bisschen nach Fisch und Algen und Diesel. Im Außenspiegel des Rollers klaffte ein Riss, doch meine hellblonden Zöpfe sahen darin schön zottelig aus.

»Felicia! *Che sorpresa!*« Ein Mädchen schoss auf mich zu und umarmte mich. »Was für eine Überraschung! Ist ja ewig her! Wie geht's dir?« Sie schnatterte los und wollte gar nicht wieder aufhören. Ich hatte Mühe, ihren verwaschenen toskanischen Akzent zu verstehen.

»Gut. Wie immer.«

»Wie ist das Internat? Bereust du es nicht, weg von Elba zu sein?«

»Doch. Ziemlich«, sagte ich und zwang mich zu einem Lächeln, während ich den Helm unter die Sitzbank legte und wieder zuklappte. Wer zum Teufel war das?

»Hey, und du hast zugenommen! Hast du keine Probleme mehr?«

Ich schaute sie ratlos an. »Nein?«

»Ich meine, mit dem Übergeben und so …«

»Also schwanger bin ich jedenfalls nicht. Falls du das meinst.«

Sie wollte sich ausschütten vor Lachen. »Oh, Fé! Wir waren damals echt komisch drauf! Weißt du noch? Unsere Listen. Und jeden Apfel haben wir bis auf das Gramm ausgewogen. Du warst immer die Härteste!«

»Ganz schön blöd von uns. Nee, mache ich nicht mehr.« So wie sich das anhörte, war Felicia tatsächlich knapp an einer Magersucht vorbeigerutscht. Aber ihre Mutter machte immer weiter mit den fiesen Kommentaren ... Nein, ab heute nicht mehr.

»Guck mal, wer da kommt!«

Allgemeines Gekreische von drei anderen Mädchen, die mich rechts und links küssten und immer wieder die gleichen Fragen stellten. Ich hatte keine Ahnung, wie sie hießen und was wir miteinander erlebt hatten.

»Du siehst so cool aus, Fé! Und deine Klamotten sind ganz anders! Die Schweiz tut dir gut!«

»Ja, oder?«

»Allerdings nicht bei der Sprache.« Sie kicherten. »Du redest echt komisch! Das gibt's doch nicht!«

»Die Schweizer eben. Da spreche ich die ganze Zeit Deutsch.«

»Du musst heute Abend unbedingt in den *Club 64* mitkommen, wir sind alle da.«

»Tanzen? Cool.«

»Hey, früher hättest du gesagt: Was soll ich da?«

»Tja.« Ich machte eine Bodywave und eine coole Hüftdrehung hinterher.

»*Madonna!* Felicia! Was ist passiert?« Die Mädchen stießen sich an und kicherten noch höher. »Gleich erzählst du uns auch noch, dass du einen Freund hast.«

»Könnte sein.« Mann, die waren mir ein bisschen zu arrogant. Trauten die Felicia denn gar nichts zu?

»Er ist hier auf der Insel. Total süßer Typ!« Ich dachte an Raffaele. Aber den kannten sie bestimmt. Um sie sprachlos zu machen, würde ich mit meinem eigenen Bruder flirten müssen.

»*O no!* Du?«

Mein Gott. Felicias Ruf schien ja der einer Nonne zu sein. Einer hungernden Nonne.

»Ich muss los«, sagte ich schließlich. »Vielleicht sehen wir uns hier mal. Ich schreib euch 'ne WhatsApp.« Und ihr könnt eure Münder jetzt wieder zumachen, dachte ich, während ich losschlenderte und an Felicia ein weiteres »Wo seid ihr?« textete.

Endlich schrieb sie zurück! Sie waren angeblich ganz in meiner Nähe, ich musste nur einen kleinen Platz mit einem Brunnen darauf suchen. Die Menschen schoben sich in dichten Massen auf der Hafenpromenade entlang. Familien mit kleinen Kindern im Buggy, Jungs in weißen Hemden und halblangen Hosen, die angesagte Mode in diesem Jahr. Die Sonne färbte den Himmel rot. Da waren sie! Mum, Otto, Jacques und die Zwillinge! Ging es ihnen gut, wie sah Mum aus, war ihr Gesicht von der Anstrengung verzerrt? Quengelten die Zwillinge? Wirkte Jacques gelangweilt?

Nein. Es ging ihnen offenbar blendend. Mum lachte und hakte sich bei Otto ein. Jacques grinste breit und trug Eliese huckepack. Die Kleine war barfuß, trug einen neuen Strohhut und hatte die Waden noch voller Sand. Émile ging neben der, die er für seine Schwester Catta hielt. Am liebsten wollte ich zu ihm hinüberschreien: Merkst du denn nicht, dass da eine völlig Fremde in mir wohnt?! Offenbar nicht. Felicia trug denselben Strohhut wie Eliese, nur etwas größer. Émile gab ihr einen Stein in die Hand. Dann noch einen. Sie schaute belustigt auf ihn herab und textete mit einem Daumen etwas in ihr Telefon. Ich folgte ihnen heimlich.

Felicia schaute meine Mutter minutenlang nicht an. Nur Jacques, den fixierte sie gierig und verstohlen von der Seite. Dennoch schien alles in Ordnung. Niemand von ihnen bemerkte mich und ich fühlte, wie die altbekannte Traurigkeit sich in mir ausbreitete. Ich bin immer da und mache mir um alle Sorgen, achte darauf, dass es allen nur ja gut geht, und wofür? Merkt von denen ja sowieso keiner, dachte ich. Eine Textnachricht ploppte auf mein Handy: *Wir machen heute keine Musik mehr. Jacques hat zu viel Bier getrunken und mir ist auch nicht nach Singen.* Zwinkersmiley. Immerhin.

In meinem Magen fing es an zu brennen: Ich beneidete Felicia um meine Familie, die anscheinend wunderbar ohne mich, die echte Catta, auskam …

15

Felicia

Ich hätte die ganze Zeit schreien können.

Ich.

Steckte.

Fest.

In ihr! In diesem Eieruhr-Körper! Vor jedem Satz, den ich sagte, musste ich überlegen. Bloß keinen Fehler machen! Ich musste mich auch zum Lächeln zwingen. Zum Liebsein. Nett sein. Fröhlich sein. Es machte mich krank, mich zu verstellen. Aber ich musste es tun. Denn in dieser Familie waren alle lieb. Viel zu lieb. Viel zu nett. Viel zu besorgt! Nie hatten sie Eile. Immer war es wichtiger, sich erst einmal zu umarmen, miteinander zu reden, miteinander zu atmen! Ich hätte ausrasten können. Aber was sollte ich tun?

Die Tage vergingen, die Lichtmaschine für den Bulli ließ auf sich warten, der blöde Wind natürlich auch, und wir waren immer noch bei Nonno einquartiert. Doch wurde jemand von ihnen etwa nervös oder ungeduldig? Im Gegenteil!

Otto kümmerte sich um die Reparatur, er lief sogar höchstpersönlich hinunter in die Werkstatt, um sich nach dem Stand der Dinge zu erkundigen. Mit Englisch und Händen und Füßen vermutlich.

Marlene kam mit einem großen Korb voller Lebensmittel aus dem feinsten Laden von Portoferraio für Nonno

Giancarlo herüber, weil er uns seit vier Tagen das Frühstück machte. Sie schaute sich lange seine Bildersammlung im Wohnzimmer an und verwickelte ihn mit ihrem bruchstückhaften Italienisch in ein Gespräch über Kunst, über Gärten und über die Insel.

»Ich glaube, er ist sehr einsam«, sagte sie danach zu mir, als wir auf der Bank saßen und über das Tal bis zu den Bergen von Lacona schauten. Das war auch so ein Ding von ihnen allen: die Familienmitglieder immer und überall an den eigenen Gefühlen oder den vermuteten Gefühlen anderer Menschen teilhaben zu lassen. »Außer dem Garten der Villa hat er keine Aufgabe mehr.«

»Er wird schon wissen, was er tut«, sagte ich, viel schroffer, als ich vorgehabt hatte. *»Jeder* sollte das für sich wissen!«

»Oh ja, Catherine. Ich merke, du grenzt dich ganz anders als früher ab. Wie wichtig ist das gerade für dich?«

»Sehr wichtig!«, rief ich und stand auf, denn schon kamen mir wieder die Tränen. Es war doch nicht zu fassen! Warum waren die alle immer so fürsorglich zueinander?

Und noch etwas machte mich krank: Jacques. Niemals war ich einem Jungen, den ich toll fand, so nahe gewesen. Viel zu nahe!

An manchen Tagen war er Frühaufsteher und Läufer, er rannte morgens gerne durch den Wald, schwamm lange Strecken im Meer und schrieb manchmal Liedtexte in ein Heft, die aber niemand sehen durfte. Er wusste eine Menge Dinge über Musik und Politik und redete oft darüber. Er trank gerne Bier. Er liebte es, seine Geschwister, also auch mich, ab und zu mal ein bisschen zu kneifen, zu boxen, zu kitzeln. Er war leider ziemlich unordentlich. Er hatte seiner Gitarre einen Namen gegeben (Maria!) und behandelte sie liebevoll wie eine Freundin. Hatte er eine Freundin? Das wollte ich unbedingt noch herausfinden.

Es war furchtbar: Ich war in ihn verknallt und musste mich benehmen wie seine Schwester und hatte keine Ahnung, wann dieser Zustand endlich beendet sein würde. Jede Minute betete ich um Wind. In der restlichen Zeit beobachtete ich Jacques und spielte Catta – die kleine stämmige Catta. In den ersten Tagen hatte ich meine Hände unaufhörlich über diesen fremden Körper gleiten lassen, wenn ich mich unbeobachtet fühlte. Erst erschreckt und sogar abgestoßen, dann immer mehr fasziniert von ihrer Haut, die sich so drall anfühlte. Darunter war kein Speck, wie ich erst vermutet hatte, es war einfach Fleisch. Wie das Fruchtfleisch einer genau richtig reifen Mango unter der Schale. Und das Beste war: Dieser Körper war trainiert und ausdauernd. Er konnte mit zwei Sonnenschirmen und einer schweren Strandtasche am Strand entlangstapfen, ohne gleich müde zu werden. Manchmal lief er auch einfach mit Jacques um die Wette oder spielte im Wasser Volleyball mit allen. Er war so beweglich und voller Tatendrang, er wollte unbedingt seine Muskeln benutzen. Ein seltsames Gefühl. Und deswegen musste ich ihn essen lassen! So viel er eben brauchte. Es war ja keine Mama da, die mir strafende Blicke schickte; niemand, der mich davor warnte, dick und bräsig zu werden und dass mein Rock zu eng saß.

Ich knusperte morgens trockene Flakes mit den Zwillingen, aß dann am Strand in der Bar noch ein dick mit *crema di vaniglia* gefülltes Hörnchen zum ersten Cappuccino, kaufte den Zwillingen und mir zwischendurch ein Eis, bestellte Pizza und Tiramisu im Restaurant, wenn wir mit Marlene und Otto unterwegs waren, und trank abends mit Jacques und Nonno ein kaltes Bierchen, direkt aus der Flasche. Kalorien hoch zehn! Ein herrliches Gefühl, sie einfach nicht mehr zu zählen. Aber dieser Körper sehnte sich zwischendurch auch nach Gemüse, nach Obst und wollte viel Wasser trinken.

Ich hoffte nur, Catta futterte in meinem schmalen Körper nicht genauso drauflos wie ich. Doch wenn ich an das Personalessen dachte, das sie täglich in der Villa bekam, und an Mamas Kommentare, beruhigte ich mich.

Mittlerweile gab es so etwas wie einen Tagesablauf bei uns, der gechillten *Peace & Love*-Familie.

»Catta! Wohin fahren wir heute?«, fragten die Zwillinge morgens und schon gab ich vor, die verklebten Seiten des alten Reiseführers aus dem Bus zu studieren. Wenigstens bei dem Thema Elba konnte ich nichts falsch machen. Wollen wir heute mal keinen Sand, sondern Steine haben?, fragte ich sie dann. Oder große, glatte Felsen? Wir fuhren nach Pomonte und sprangen von den steinigen Kanten ins tiefe Wasser. Wollten wir an diesem Nachmittag weißen Sand und Tretboote? Wir fuhren nach La Biodola. Wollten wir einen langen Sandstrand, Kicker und Flipperautomaten und die fruchtigste Erdbeer-*granita,* die es auf Elba gibt? Auf nach Procchio!

An diesem Morgen war ich wieder seufzend aufgewacht. Immer noch der Bulli, immer noch Catta sein, immer noch Krümel im Bett und ein Jacques, der seinen Sixpack dicht an mir vorbeischob. Ganz zu schweigen davon, dass es kaum Wind gab … Schon seit Tagen nur noch Flaute. Der *Zio Pino* rührte sich nicht.

Nach dem Frühstück schlug ich den Kindern etwas Besonderes vor, weil ich auch selber dort hinwollte. »Wollen wir heute eine Million glatte weiße Kiesel, mit denen man herrlich spielen kann?«

»Jaa!«, jubelten sie und wie immer hatten auch Otto und Marlene keinen besseren Vorschlag. Und Jacques schon mal gar nicht, der spielte nur Gitarre, wenn es um Entscheidungen ging. Also bogen wir eine Stunde später kurz vor Portoferraios Stadtzentrum links ab und landeten am Strand Le Ghiaie, der Strand mit den schönsten Erinnerungen für mich.

Marlene bestaunte auch hier das glasklare Wasser, wir bauten die Liege für sie auf, breiteten unsere Matten und Handtücher aus und sammelten die weißen Kiesel pfundweise in einen Sandeimer.

»Die nehmen wir alle mit nach Hamburg!«, forderte Eliese.

»Aber wir bringen dem Nonno auch welche mit.« Émile war zu einem großen Fan von Nonno Giancarlo geworden, nachdem der ihm einmal erlaubt hatte, hinten auf dem Motorroller mit zur Villa hinüberzufahren. »Na klar!«, antwortete ich und schaute Jacques hinterher, der sich seine Schwimmbrille geschnappt hatte und zu seinem täglichen Training aufbrach.

»Jacques? Schwimm bitte nicht wieder raus, sondern quer am Strand entlang!«, rief Marlene.

»Alles klar. Und sorry wegen gestern!«

Jacques war ein netter Sohn. Okay, bei einer krebskranken Mutter blieb ihm auch nichts anderes übrig. Er war auch superlieb zu seinen Geschwistern, wie alle in dieser Familie, andererseits war er aber auch ganz schön bequem. Alles, was mit Verboten für die Zwillinge zu tun hatte, überließ er seinen Eltern oder mir, dem Schwesterchen …

Ich ließ die Zwillinge alleine weitersammeln, streckte mich bäuchlings auf meinem Handtuch aus und schaute mich um. Es war zehn Uhr morgens, die Sonne schien hinter weißen Schäfchenwolken hervor und der Strand füllte sich langsam. Aber ließen sich da vorne, kaum fünf Meter weg von uns, nicht gerade Luciano und Danilo aus meiner alten Klasse nieder? Natürlich waren sie das. Hilfe, die waren ja echt riesig geworden und hatten offenbar die letzten Jahre im Fitnesscenter zugebracht. Sie waren braun gebrannt und verbargen ihre Augen hinter Sonnenbrillen, um in Ruhe den Mädchen nachglotzen zu können. Gerade die beiden hatten mich immer wegen meiner fehlenden Oberweite aufgezogen. Inzwischen war mir das egal. Meine Figur konnte mir gar nicht dürr genug sein. Und dann hatte man eben auch keinen Busen. Na und? Sah ich eben aus wie Kate Moss, die war immer noch ein gefragtes Model! Aber nun setzte ich mich auf und schob meinen, na ja, also eigentlich Cattas Busen in Position.

Egal was ich anhatte, egal wo ich war, die Typen glotzten mir in diesem Catta-Körper hinterher, obwohl ich anfangs noch versucht hatte, ihn ein bisschen dezenter anzuziehen. Aber das war unmöglich, bei den Klamotten, die ich im Bulli vorfand … Alles knallbunt, eng, figurbetont, trotz dem kleinen runden Bauch, den sie vor sich hertrug. Mittlerweile fand ich das nicht mehr schlimm. Im Gegenteil, es fühlte sich gut an, denn ich war ja nicht verantwortlich für diese Kurven. Der Bikini, den ich heute trug, war gar nicht mal das knappste Modell, doch das Neon-Orange trug nicht gerade zur Zurückhaltung bei.

O Dio, nun kamen auch noch Fabiano und Valerio dazu und stolzierten vor den anderen beiden herum, ließen sich fallen, machten plötzlich Liegestütze und kamen immer näher … Wie peinlich, die waren damals schon solche Angeber gewesen. Ich sah ihre sabbernden Gesichter und ihre peinlichen Bemühungen, vor mir eine *bella figura* zu machen. Ich, die ich immer den Blicken ausgewichen war, weil ich mich so unsicher fühlte, schaute nur einmal kurz und leicht verächtlich grinsend hinüber und dachte nur: Tja, Jungs, ihr könnt euch alle Mühe der Welt geben, beachten und bewundern werde ich euch trotzdem nicht!

Eliese kam kreischend und lachend angelaufen, meine Güte, hatten diese Kinder Energie … Sie nahm vorsichtig meine »unverletzte« rechte Hand und zog mich ins Wasser. Otto hatte mir eine elastische Binde in einem hübschen Blau gekauft und wickelte sie jeden Morgen wieder aufs Neue um mein Handgelenk bis zum Ansatz der Finger. Ja, es tat noch weh, nein, blau war es nicht geworden. Ich musste mich höllisch konzentrieren, um meine Verletzung nicht im Laufe des Tages zu vergessen.

Jetzt glotzten die Typen mir auf den *culo*, das wusste ich, störte mich aber überhaupt nicht. Ich hüpfte sogar ein bisschen, damit er schön wackelte. War ja nicht meiner! Es war herrlich, unerkannt zu sein und sich nicht für den eigenen Körper verantwortlich fühlen zu müssen.

Das Wasser war glatt und kühl. Eliese hielt den Kopf angestrengt hoch und kniff den Mund zu, als wir schwammen. Als sie müde wurde, klammerte sie sich mit ihren dünnen Ärmchen an meine Schultern und ich pflügte mit ihr auf dem Rücken durch das Wasser.

Unter den Blicken der Jungs kam ich wieder heraus. Die kleinen Kiesel rutschten auseinander, sie drückten unter den Fußsohlen und machten das Vorwärtskommen schwer.

Ich schüttelte meine schwarzen Zöpfchen wie ein nasser Hund. Warum hatte ich ohne Bauch eigentlich dauernd an mir herumkorrigiert und nun, mit dieser unübersehbaren Rundung unterhalb der Taille, dachte ich gar nicht daran, ihn irgendwie einzuziehen?

Otto setzte sich neben Eliese in die schwachen Wellen, die eine nach der anderen heranrollten, und cremte ihr den Rücken ein. Émile wühlte in der Korbtasche nach etwas Essbarem. Marlene klopfte auf ihre Liege. »Komm, setz dich zu mir!« Sie war noch recht schwach, denn sie hatte gerade zwei Monate Reha hinter sich und ihr Körper war immer noch dünn und zerbrechlich. Ich hielt die Luft an. Das war gefährlich. Marlene war so liebevoll, so aufmerksam, sie stellte immer intensive Fragen, die ich teilweise nicht beantworten konnte, deswegen ging ich ihr aus dem Weg. Doch gerade das schien ihr zu gefallen: »Ich sehe dich relaxt, entspannt, gelöst!«, begann sie auch schon wieder.

»Ach ja?« Unruhig rutschte ich auf der Liege hin und her, die wir für sie mitschleppten, damit sie bequemer lag.

»Finde ich wunderbar, dass du dich endlich mal weniger kümmerst. Denn dafür sind wir ja nun wieder da!«

Ich zuckte mit den Schultern und wollte schon aufstehen, doch sie hielt mich zart am Handgelenk fest. An dem, das nicht umwickelt war. »Ich wusste nicht, dass Elba so fantastisch schön ist! Oder suchst du uns immer nur die besten Stellen aus?«

Ich nickte und bemühte mich, nicht allzu stolz zu gucken. Ja, das war alles Elba. Das Elba meiner Kindheit und endlich, endlich hatte ich mal Zeit, es wiederzuentdecken. Eigentlich sollte ich dem *Zio Pino* dankbar sein …

»Ruh dich mal richtig aus, Catherine!«

Aber ja! Ich gab mir Mühe. Schon bildete sich ein Kloß in meinem Hals. Wann hatte mir das jemand zum letzten Mal gesagt?

»Du hast so viel getan, immer die Kleinen abgeholt, dich mit ihnen beschäftigt, hast eingekauft und versucht, *mir* etwas zu kochen … oh Gott, wo ich doch wochenlang so gar keinen Appetit hatte. Ich sehe immer noch grauenhaft aus. Und deine Schule hattest du ja auch noch und trotz allem ein ordentliches Zeugnis hinbekommen.«

Ich nickte mit zusammengepressten Lippen.

»Was ist eigentlich aus der Sache mit Dottore Bagnardi geworden?«

O Dio! Ich hatte keine Ahnung. »Dottore Bagnardi?«

»Ja! Die Sache mit dem Mathekurs?«

Mir wurde noch wärmer, als mir sowieso schon war, und ich lächelte sie an: »Ach das! Lief eigentlich alles«, sagte ich auf gut Glück. »Haben sich andere Leute drum gekümmert!«

Sie lachte. »Richtig so!« Und ich atmete auf. Wieder eine der täglichen Stolperfallen umgangen.

Als die Sonne immer höher stieg und es gegen eins zu heiß wurde, packten wir unsere Sachen zusammen und ich schleppte den Eimer voller Kiesel aufreizend dicht an dem Vierer-Pack vorbei. Fabiano pfiff durch die Zähne und rief *»Che figa!«*, weil er annehmen konnte, dass ich die Bedeutung der Worte nicht verstand. Er hatte in der Grundschule totale Schwierigkeiten mit dem Rechnen gehabt. Mit dem Schreiben auch. Und seine Angst vor dem Vorlesen war legendär gewesen …

»Was hat der gesagt?«, fragte Jacques, der hinter mir ging. »Soll ich ihm eine reinhauen?«

»Erkläre ich dir später. Moment.« Ich wandte mich den vieren zu. *»What did you say?«*

»Hey, you are a sexy girls …« Sie grinsten und überschlugen sich, um mir irgendein fragwürdiges Kompliment zu machen. Ihr Englisch war falsch, ihre Aussprache völlig daneben …

»Wenn das Englisch sein soll, dann übt lieber noch mal, Jungs«, sagte ich bedauernd auf Italienisch. »Ist kaum zu verstehen.« Und zu Fabiano: »Wie steht's mit dem Rechnen? Vorlesen geht aber mittlerweile, oder?«

Er öffnete den Mund, brachte aber kein Wort heraus. Alle vier glotzten mir nach.

»Figa ist die entsprechende Bedeutung für das berühmte F-Wort im Deutschen, das ich hier nicht weiter erläutern möchte«, erklärte ich Jacques, sobald wir im Auto saßen und Otto die Lüftung auf Hochtouren drehte.

»Was ist denn das berühmte F-Wort?«, wollte Émile wissen, der auf meinem Schoß saß. Der Fiat Panda war wirklich nicht sehr geräumig für sechs Personen.

»Also hätte ich dem Typen doch eine donnern müssen!« Jacques schaute mich wütend an. Ich fand es toll, wie er meine Ehre verteidigen wollte. »Es wird aber auch für ›schönes Mädchen‹ benutzt oder im Sinne von ›wie geil ist die denn‹«, antwortete ich, ohne auf Émiles Frage einzugehen. »Für Männer gibt es das Wort *figo*. Ja, macht keinen Sinn, ich weiß.«

Wir fuhren nach Porto Azzurro und setzten uns an den Hafen in eines der zahlreichen Cafés unter einen Sonnenschirm. »Hallo, Valentina«, sagte ich überrascht, als mir das Mädchen die Karte reichte.

»Hallo!« Ihr Blick war verwirrt. Mist! In der Grundschule war sie einer meiner besten Freundinnen gewesen, aber als Catta konnte ich sie ja nicht kennen. *»Scusami!* Ich habe dich verwechselt!«, behauptete ich.

»Aber ich heiße wirklich Valentina!«

Nein, so ein Zufall aber auch. Ich lächelte sie besonders freundlich an. Verdammt, das war knapp gewesen.

Otto bestellte eiskaltes Bier und Limonade und wir aßen köstliche kleine Dinge aus der Vorspeisenvitrine.

»Catta ist komisch!«, sagte Émile plötzlich.

»Ja, sehr komisch.« Eliese nahm eine Kapernbeere an ihrem Stiel, leckte daran und ließ sie auf ihren Teller fallen. »Sie sagt falsche Worte, die sie sonst nie sagt.«

Es stimmte. Mein Deutsch hatte ich ausschließlich bei meiner Mutter gelernt und in den letzten beiden Jahren in der Schweiz. Seit dem Tausch gab ich mir ganz besonders viel Mühe, aber ich machte Fehler bei den Präpositionen, und wann man »müssen«, »dürfen« oder »sollen« benutzte, wusste ich in manchen Zusammenhängen immer noch nicht.

»Und sie weiß nicht, dass ich keine Erdbeeren essen darf, wegen meiner *Allagie.*«

»Und sie kennt das Ring-dinge-dong-Lied nicht mehr. Dabei hat sie es selbst erfunden.«

»Sie zwingt uns immer, unsere Schlafanzüge zusammenzulegen, wenn wir aufstehen. Das hat sie sonst auch nie gemacht!« Die beiden schauten mich vorwurfsvoll von unten an, während sie an den Hälsen der bauchigen Orangina-Flaschen nuckelten. Ich schluckte und hielt die Luft an. Das waren alles noch keine Beweise …

»Vielleicht haben Aliens unsere Catta entführt und uns stattdessen einen von ihnen gebracht. Sie vergleicht gar nicht mehr die Preise auf der Karte und fragt auch nicht mehr alle zwei Minuten, ob wir uns das leisten können! Willkommen, du Außerirdische!« Jacques schlug mir leicht auf die Schulter.

»Ich bin eben relaxt und gechillt.« Na, wenn das kein wunderschöner Catta-Satz war! »Ich nehme übrigens nur den großen Tomatensalat mit Schafskäse«, sagte ich zu Valentina, die gerade unsere Bestellungen für den Hauptgang aufnahm. Alle schauten mich an, als ob ich Hundefleisch bestellt hätte. »Mir ist so danach.«

»Aber du *hasst* doch Tomaten!«, rief Eliese.

»Du musst brechen, wenn du sie nur siehst.« Émile schaute mich entgeistert an.

»Bist du schwanger?« Jacques grinste.

»Was?« Was sollte das denn? Erst Alien, jetzt schwanger ... »Hab eben meinen Geschmack geändert. Das passiert manchmal.«

»Nun lasst sie in Ruhe, du auch, Jacques!«, mischte Marlene sich ein. »Catherine hat sich eben Sorgen gemacht.«

»Worüber?«, fragte Émile.

»Ja, worüber?«, fragte nun auch Eliese. »Und warum spricht sie dann so komisch und mag auf einmal Tomaten, nur wenn sie sich Sorgen macht?«

»Weil Mama ja jetzt lange keine Bilder gemalt und verkauft hat«, sagte Otto. »Aber ich habe gerade einen satten Vorschuss für mein Buch vom Verlag bekommen. Das ist viel Geld. Alles in Ordnung also, wir können uns sogar noch eine zweite Orangina für euch beide leisten!«

Die Kinder jubelten und Marlene streckte ihre dünnen, sehnigen Arme in die Luft: »Es ist so herrlich hier! Guckt euch die Farben an!« Danke für die Ablenkung von meinen verdächtigen Veränderungen, Marlene! Jacques, Otto und ich grinsten uns hinter ihrem Rücken an und ich verzieh Jacques seine unnötigen Kommentare über Aliens und Schwangerschaft.

»Das sagt sie mindestens dreimal am Tag. Ein gutes Zeichen, vielleicht animiert sie das zum Malen!«, raunte Jacques in mein Ohr. »Hoffentlich!« Catta hatte mir erzählt, dass sie in Hamburg nicht mal mehr in ihr Atelier gegangen war, um ihre halb fertigen Bilder anzuschauen.

Am Nachmittag fuhren wir zurück ins Hotel, damit Marlene sich ausruhen konnte, später brachen wir in Richtung Monte Capanne auf, dem höchsten Berg Elbas. Wir unternahmen eine wackelige Fahrt in den Gitterkäfigen, die die Gondeln darstellten, liefen dann ein Stück unter dem Gipfel mit den Kindern durch den dichten kühlen Wald und die hüfthohen Farnwedel.

Nach einem *aperitivo* im *Baobab* und einem Teller Spaghetti bei *Il Cantuccio* lieferten Marlene und Otto uns gegen neun Uhr abends am Bulli ab. »Schafft ihr das?«

»Na klar!«, beruhigte ich die beiden und führte die todmüden Zwillinge zum Zähneputzen ab. Dankbar atmete ich auf. Es war mir kein weiterer Fehler unterlaufen und das Musikmachen fiel heute aus, denn wir hatten die beiden Kinder an der Backe …

Jacques setzte sich in die geöffnete Tür des Bullis. Frisch geduscht, nur in Boxershorts. Einige Wassertropfen rollten über seine nackte, superglatte Brust hinunter über die Wellen, die seine Bauchmuskeln bildeten.

Schnell kroch ich zu Émile und Eliese, um ihnen wie jeden Abend eine Geschichte zu erzählen. »Oh nein!« Sie hatten tatsächlich den Sandeimer mit ins Zelt geschleppt und alle Kiesel in konzentrischen Kreisen um ihre Kopfkissen herum verteilt. Ich nahm einen von ihnen in die Hand. »Die sammeln wir aber jetzt wieder ein, na los!«

»Nööö. Wir waren doch nur kreativ, Catta. Mum würd' es gefallen.«

Ich seufzte. Damit hatten diese Künstlerkinder wahrscheinlich sogar noch recht. »Na gut. Wenn ihr heute Nacht auf Steinen liegen wollt …«

Die beiden nickten und strahlten mich an. »Warum ist eigentlich auf jedem Stein ein kleiner dunkler Fleck?«, fragte Eliese, die die Kiesel noch einmal umsortierte und mir dabei die verschieden großen Punkte und Flecken zeigte.

»Oh, kennt ihr etwa das große Geheimnis der Flecken nicht?« Sie schüttelten den Kopf. Sie konnten sehr ernst und aufmerksam sein, diese kreativen Fünfjährigen. Und sie bemerkten so vieles, das Erwachsene gar nicht mehr sahen.

»Nein? Na, dann wird das heute Abend unsere Gute-Nacht-Geschichte!«

»Oh cool! Wenn du erzählst, ist das noch viel schöner als Vorlesen.«

»Die Geschichten habe ich alle aus dem Reiseführer.«

Ich sah durch die Zeltöffnung, dass Jacques sich in Position setzte, um mir zuzuhören.

»Es war einmal vor vielen, vielen Jahren …« Ich machte eine Pause. *C'era una volta tanti tanti anni fa …* So hatte Nonna Rosanna ihre Geschichten immer angefangen. Nonna Rosanna, in der vielleicht Simonetta gesteckt hatte … Nein, ich wollte darüber jetzt nicht nachdenken. »… da waren die kleinen, geschliffenen Kieselsteine des Strandes *Le Ghiaie,* auf denen wir heute noch gelegen haben und die sich jetzt fast alle in unserem Zelt befinden …« Die Kinder kicherten. »Da waren die Kiesel alle noch von strahlend reiner, weißer Farbe. Eines Tages kamen die Argonauten auf Elba vorbei.« Ich machte eine Pause und da kam auch schon eine leicht schläfrige Frage: »Wer sind die?«

»Die Argonauten waren eine Gruppe von Griechen, die auf der Suche nach dem Goldenen Vlies waren.«

»Was ist das Goldene Vlies?«

»Das war das Fell von einem Widder, einem Schafsbock, das man den Argonauten gestohlen hatte.«

»Warum war das golden?«

»Wer hatte das geklaut?«

»Keine Ahnung. Das war eben so.« Jetzt hörte ich Jacques vor dem Zelt leise kichern.

»Auf jeden Fall legten die Argonauten mit ihrem großen Schiff, *Argo* hatten sie es genannt, auf Elba an, weil sie dachten, das Goldene Vlies könne vielleicht hier sein. Und weil sie so schwitzten, wischten sie sich den Schweiß mit den Steinchen trocken, welche sie auf dem Strand *Le Ghiaie* fanden.«

»Nein! Wer trocknet sich denn mit *Kieseln* ab!«

Émile setzte sich auf.

»Tja, so erzählt es aber die Geschichte. Seither sind die weißen Steinchen mit graublauen Tupfern gesprenkelt.«

»Oh, wie schön! Ich will da morgen noch mal hin!«, rief Eliese, auch sie plötzlich wieder hellwach. Mist.

»Haben die Astronauten das Vlies denn wiederbekommen?«

»Nein, aber vor sechzig Jahren hat man Schiffswracks vor dem Strand unter Wasser gefunden: Und manche Leute meinen, da hätte der mythische Hafen Argivo gelegen.«

Ich erzählte noch eine Geschichte von dem Hafen und zwei schlauen Kindern, die einem alten Fischer, der aussah wie Nonno, heimlich halfen, bis beide eingeschlafen waren.

»Beinahe wäre ich auch eingepennt«, sagte ich zu Jacques, als ich aus dem Zelt gekrabbelt kam. Catta-Wortschatz. »Ich bin völlig fertig.«

»Aber die Geschichte war genial. Ich muss diesen ollen Reiseführer unbedingt mal lesen!« Er gähnte. »Ich bin auch total müde, aber wenn du nichts dagegen hast, würde ich kurz noch mal rüber ins Hotel gehen. Kleines Bierchen an der Bar trinken. Der Barkeeper ist cool, der vergisst immer zu kassieren ...«

»Echt? Nicólo kassiert nicht?«, entfuhr es mir.

»Woher kennst du den jetzt wieder?« Jacques schaute mich misstrauisch an, während er ein Heineken öffnete.

»Hat mir ... hat mir Felicia erzählt.« Ich kniete mich auf das weiche Gras, das an dieser Stelle den Boden bedeckte, und hoffte, er würde vielleicht etwas Wunderbares über mich sagen, wenn er meinen Namen hörte, doch er tat mir den Gefallen nicht. »Vielleicht ist sie ja auch dort«, versuchte ich es noch mal.

»Nee, ich glaube, die muss den ganzen Abend in der Küche vom Restaurant helfen. Ihre Eltern da drüben, die spinnen echt.«

Ich lachte auf und schaute in die Krone des *Zio Pino* hinauf. Ja, meine Eltern waren wirklich komisch. Immer war ihnen alles zu viel. Was machten sie eigentlich wirklich gerne? Ich hatte keine Ahnung. Täuschte ich mich oder rauschten *Zio Pinos* Zweige dort oben leicht im aufkommenden Wind? Sollte ich hinüberlaufen und Catta Bescheid sagen? Sofort, falls der Wind noch ein bisschen stärker werden sollte! In der Zwischenzeit konnte ich nur im falschen Körper vor dem Campingbus hocken und an Jacques' Bierflasche nippen.

»Wie sind die Mädchen eigentlich in Amsterdam?«

»Die holländischen Meisje? So viele haben wir von denen gar nicht an der Uni. Ist eigentlich sehr gemischt, viele Nationalitäten!«

»Welche gefallen dir am besten?«

»Keine Ahnung. Die, die wissen, was sie wollen. Ich find's besser, wenn Frauen zielstrebig sind und nicht alles fallen lassen, nur weil sie einen Typen wie mich kennenlernen.«

Zielstrebige Frauen also …! »Ach, das tun sie natürlich.«

»Ja. Die meisten schon.« Er lachte. »Das nervt mich. Ich will mich doch auch 'n bisschen anstrengen müssen.« Ich musste grinsen. Genau das hatte Catta für mich getan, als sie in den ersten Tagen so unfreundlich zu ihm war … Er nahm mir die Bierflasche aus der Hand und zog mich hoch. Nun saßen wir nebeneinander in der Öffnung der Schiebetür. »Komm mit nach Amsterdam! Mach diesen Herbst schon die Aufnahmeprüfung, das geht bei Ausnahmetalenten, vergiss das Abi! Dann hast du nach der Zehnten eben nur deinen Realschulabschluss. Mum hat bestimmt nichts dagegen!« Wirklich? Catta wurde nicht verdonnert, Abitur zu machen? Doch dann legte Jacques mir den Arm um die Schultern und aus war es mit dem Denken, ich konnte nur noch den leckeren Duft seines Körpers riechen. Auf einmal blitzte eine Idee in mir auf. Ich war zwar nur einige Hundert Meter entfernt von der *Villa Paradiso,* aber weit genug weg, um etwas zu begreifen, was ich sonst nie so klar erkannt hätte: Ich liebte das Hotel, doch ich wollte nicht mein Leben lang dort arbeiten. Ich war bereit wegzugehen, richtig weg, und das hatte nichts mit Jacques zu tun.

16

Catta

Die Tür schwang auf, Raffaele kam rein. Wow, ich konnte meinen Blick nicht von ihm abwenden, so gut und professionell sah er in seiner weißen Kochjacke aus. Noch dazu mit der weißen langen Schürze und dem gefalteten Küchentuch an der Seite, das man *touchon* nannte und als Topflappen und zum Händeabwischen, zu allem Möglichen eben, benutzte. Die blaue Bandana bedeckte seine dunklen Haare und gab ihm ein bisschen was von einem coolen unrasierten Piraten.

»Wo kommst du her? Du bist sieben Minuten zu spät!« Roberto zeigte mit großer Geste auf seine Armbanduhr und redete weiter: »Pünktlichkeit spielt hier bei uns eine große Rolle!«

»Ich war schon viel früher da und bin nur noch mal zurückgelaufen, um mir eine frische Kochjacke zu holen.«

»Habe ich dir doch gesagt, Babbo! Ich habe ihm aus Versehen die Brühe beim Abgießen daraufgegossen.« Mein Gott, der vergaß aber auch alles, der gute Mann!

»Ich wäre immer noch pünktlich gewesen, aber Nonna Simonetta hat mich aufgehalten, sie wollte mit mir Schach spielen und hat mir fünfzig Euro geboten, wenn ich drüben bei ihr bliebe …« Raffaele rückte sich das Tuch über der Stirn zurecht.

»Fünfzig Euro? *Fuck!* Sie muss echt einsam sein«, sagte ich.

»Da kann ich keine Rücksicht drauf nehmen!«, bollerte Roberto erneut los.

»Das wirst du wohl!«, sagte ich und wandte mich wieder dem Salat zu, der im Spülbecken schwamm.

»Felicia, willst du mich schon wieder erpressen?«

Ich grinste. Seit zwei Tagen hatte ich Roberto ganz gut unter Kontrolle. Das Personal aß mittags nicht mehr in Fußbodenhöhe in der Küche, sondern im Restaurant, es gab Cola zu trinken und wir hatten eine Regelung für die Verteilung des Trinkgelds zwischen Service und Küchenpersonal gefunden, mit der jeder einverstanden war. Raffaele war für das Personalessen zuständig, seitdem schmeckte es allen, und am wichtigsten: Er ließ sich nicht von seinem Onkel einschüchtern.

»Niemand will dich erpressen. Was ist nun? Schaust du bitte mal?« Über die Arbeitsfläche gebeugt, diskutierte er mit seinem Onkel die Tageskarte. Roberto rang zum hundertsten Mal die Hände. Schließlich gab er nach: »Dann mach das, aber eins sage ich dir: Was der Römer mag, muss dem Elbaner noch lange nicht schmecken …!«

Ich verdrehte die Augen. Über die Hälfte unserer Gäste waren Touristen.

»*Cuginetta*, Cousinchen, komm her, ich zeig dir, wie du mir helfen kannst.« Raffaele holte mich vom Spülbecken ab und legte mir einen Arm um die Schulter. Ich kuschelte mich an ihn und lächelte. Das durfte ich als Cousinchen doch wohl!

»Mach du den Salat bitte fertig«, sagte er leise zu Spüler Daniele. »Danke!«

Ich schaute ihn entzückt an. Raffaele war so höflich zu allen und verbreitete dadurch eine völlig andere Stimmung in der Küche als sein Onkel Roberto.

»Wir machen Zucchiniblüten im Teigmantel, füllen sie aber vorher mit einer Ricotta-Mandel-Creme.«

»Und dann noch frittieren?«, blaffte Roberto dazwischen. »Das läuft dir doch alles raus!«

»Wirst sehen, Zio Roberto, es wird fantastisch!«

Die ersten Zucchiniblüten waren tatsächlich ein knuspriger Traum, der einem im Mund zerging. Alle durften wir probieren, einschließlich der Kellnerinnen Marisa und Tita, die das Tagesgericht ja schließlich empfehlen sollten. Sie kauten und lachten und klatschten Raffaele ab. »Wo hast du das gelernt? In Rom? Nicht zu glauben …«

Kurz darauf schmuggelte ich mich aus der Küche, um mich oben in Felicias Zimmer kurz zu waschen und mir ein neues T-Shirt anzuziehen. Auch ich hatte bei meinem ungeschickten Brühe-Abgießen-Versuch etwas abbekommen, außerdem hatte ich das Gefühl, dass ich nach Schweiß roch, und das wollte ich in Raffaeles Nähe nun selbst als Felicia nicht.

»Er ist gut, der Kleine«, hörte ich Marisa sagen, als ich am Restaurant vorbeilief, wo beide mit dem Rücken zu mir an einem Tisch standen und das Besteck polierten. Ich blieb stehen.

»Dabei ist er höchstens achtzehn und noch auf dem *liceo!«*, gab Tita zurück. »Der hat nur in den Ferien in diesem berühmten Restaurant gearbeitet.«

»Aber sich eine Menge abgeschaut!« Marisa arbeitete schnell. Kling, kling! Ein Messer nach dem anderen landete wieder im Besteckkasten.

»Wenn ich es nicht besser wüsste, würde ich denken, da läuft was zwischen Cousin und Cousine.«

Ich presste mich noch enger an den Türrahmen, als ob

ich dadurch unsichtbar würde. Hoffentlich drehten sie sich nicht um …

»Nein! Das wäre ja …«

»Es bliebe in der Familie, ich weiß. Aber so, wie sie ihn anhimmelt?«

Mist, dachte ich, wenn *die* das schon merken, sollte ich mich echt noch viel mehr zurückhalten.

»Immerhin ist sie tough mit ihrem Alten. Was sie da neulich beim Personalessen gebracht hat … alle Achtung!«

»Und auch Raffaele lässt sich vom Chef nicht schikanieren. So ’nen Onkel möchte man nicht haben, oder? …«

»Na, lauschen wir denn auch schön?«, fragte plötzlich jemand auf Deutsch hinter mir.

Ich fuhr herum. Eine Frau, ungefähr so alt wie Felicias Mutter, musterte mich von oben bis unten. Sie lächelte nicht, wirkte aber auch nicht unfreundlich. Musste ich sie als Felicia kennen? Ich hatte mir ein neutrales Lächeln zugelegt und auch der Satz »Mein Gott, ich habe Sie/dich gar nicht erkannt« lag immer parat.

Doch was war mit der hier? Ein Stammgast? Wenn ich wenigstens wüsste, ob sie mich duzte oder siezte. Lauschen wir?, hatte sie gefragt. Sie schien mich zu kennen. »Äh, nein! Ich war nur ganz in Gedanken …« Ich wies auf mein fleckiges T-Shirt: »Muss mich schnell umziehen, sorry!«

»Felicia!« Erwartungsvoller Blick.

»Ja, hallo! Wie geht’s?« Ich lächelte, während die Gedanken durch meinen Kopf rasten. Ogottogott, das läuft hier gerade schief, wer ist sie? Woher kennt Felicia sie, verdammt? Was soll ich bloß sagen?

»Du erkennst mich nicht, oder?« Argwöhnisch bohrten sich ihre Augen in meine.

»Doch …« Ich lächelte stärker. »Na klar …« *Shit,* ich hatte keine Ahnung. Blieb nur die Flucht.

»Bis gleich!« Ich wollte die Treppe hinaufrennen, doch sie hielt mich an der Schulter fest. »Antje!«, rief sie laut. »Dein Verdacht war korrekt! Deine Tochter nimmt Drogen!«

»Hä? Nein! Das ist nicht wahr!«

Doch ihre Hand ließ nicht locker, schon zerrte sie mich zur Rezeption. »Mädchen, ich bin bei der Polizei, ich erkenne so etwas. Dieser glasige Blick! Diese Abwesenheit. Gib es zu: Du weißt nicht, wer ich bin!«

»Hallo? Natürlich weiß ich, wer du bist.«

»Okay. Ich höre …«

»Nein, das ist mir jetzt zu dumm«, protestierte ich. »Ist das ein Verhör, oder was?« Mist, warum war Felicia jetzt nicht hier, um mich zu retten? Aber die drehte sich am Strand wahrscheinlich gerade vom Rücken auf den Bauch und ließ die Sonne auf meinen *culo* scheinen …

Felicias Mutter stand mit verschränkten Armen hinter der Rezeption und erwartete uns. »Ha! Ich wusste es! Was ist es? Haschisch? Speed? Ecstasy?« Sie starrte mich missbilligend an und wandte sich an die Frau neben mir. »In ihrem Zimmer habe ich nichts gefunden.«

»Nicht dein Ernst! Du durchsuchst mein Zimmer?«

»Natürlich! Schon seit Tagen bist du so anders! Aufmüpfig. Frech. Rennst dauernd weg und treibst dich herum. Dein Zimmer ist plötzlich ein einziges Durcheinander und nun erkennst du deine eigene Patentante nicht mehr! Beweise genug.«

»Ja, in manchen Fällen kann es zu Persönlichkeitsveränderungen, zu Gedächtnisverlust bis zur völligen Amnesie kommen.« Die Frau hatte ihren Polizeigriff etwas gelockert.

»Nein, Mama! Das ist doch *bullshit!* Glaub mir!«

»Siehst du, sie spricht auch ganz anders.«

»Dann sag mir meinen Namen!« Der Zeigefinger der Polizei-Grete pikste in meine knochige Schulter. Felicias Schulter.

Mist. »Äh? Vielleicht *Patentante?*« Ich lachte laut auf, tat, als ob ich einen Lachflash hatte, und krümmte mich zusammen. An dem schicken Koffer, der dadurch in mein Blickfeld geriet, baumelte ein Anhänger: *Konstanze Koch. Hamburg.*

Ich kam wieder hoch. »Mensch, Konstanze! Bevor du jetzt sofort einen Drogentest bei mir anordnest … das war doch nur Spaß!«

»Soso. Spaß nennt man das also heutzutage. Ich werde dich weiterhin im Auge behalten, junge Dame! Verlass dich drauf!«

Eine tolle Patentante hatte Felicia. So humorvoll und angenehm …

Oben in Felicias Zimmer grinste ich mich kurz im Spiegel an, doch der Schreck stand mir noch in den Augen. Die Aktion da eben unten in der Halle war saugefährlich gewesen. Felicia und ich mussten uns besser absprechen! Aber wie?

Als ich mit einem sauberen T-Shirt endlich wieder in die Küche kam, summte und brummte es dort bereits. Es war kurz nach achtzehn Uhr, die Vorbereitungen liefen auf Hochtouren. Schälen, schälen, schälen, Kräuter zupfen, Champignons putzen und hauchfein schneiden, Salat waschen und kein einziges Mal durfte man sich hinsetzen … Ich stöhnte und wischte mir die Hände an der bodenlangen Schürze ab. Und das hatte Felicia Abend für

Abend in ihren Ferien gemacht, ohne Geld dafür zu bekommen? Heftig. Sehr heftig …

»Geh davon aus, dass ich alles vergessen habe, was ich bei meinem Nonno gelernt habe«, hatte ich zu Raffaele gesagt. »Erklär es mir ein Mal und ich mache es richtig!«

Am ersten Abend hatte ich so viel wie nie zuvor über die richtige Zubereitung von Nahrungsmitteln gelernt. Die Salatblätter durfte man nur reißen, nicht schneiden, sie wurden mit einem feuchten Geschirrtuch abgedeckt, damit sie frisch blieben. Die Champignons wurden mit einem Küchentuch sauber gewischt, die frischen Kräuter durften vor dem Hacken nicht gewaschen werden, sonst wurden sie matschig. Raffaele hatte seiner Cousine Felicia auch gezeigt, welche *mise en place* sie zu erledigen hatte und wie. *Mise en place* war französisch, klar, und hieß wörtlich übersetzt: an den richtigen Platz gestellt. Für die Küche waren es Vorbereitungen, mit denen das eigentliche Kochen dann schneller ging. Ich hatte auf Vorrat geschnippelt, gezupft, gewaschen und gewürfelt. Ich hatte die Karte auswendig gelernt und wusste nun, zu welchem Gericht ich welche Garnitur, so nannte man die Beilagen, auf die Teller legen musste. Und jeden Tag lernte ich mehr. Ich suchte Raffaele immer wieder mit meinen Augen, es gefiel mir einfach, wie er aussah und mit welcher Ruhe er die Handgriffe ausführte.

Da stand er plötzlich neben mir, kickte mir den Ellenbogen sanft in die Seite und zeigte auf Roberto. »Eine Frage noch: Was hast du bei Zio eigentlich gelernt?« Wir kicherten beide und prusteten dann los, während unsere Augen Roberto folgten. Er irrte in der Küche umher, fasste hier etwas an, rückte dort die Brotkörbe zurecht, lief im Kreis herum.

Nein, er war überhaupt nicht organisiert, das sah selbst ich, die ich bis jetzt nur ein paar Abende in der Küche mitgeholfen hatte. Erst durch Raffaeles Einsatz hielt er sich wieder an die Abläufe und seitdem funktionierte alles viel besser. Denn Kochen war vor allem eine Frage des Timings, vieles musste gut vorbereitet sein, um punktgenau angerichtet zu werden. Das Fleisch durfte noch nicht fertig sein, wenn die Soße und die Beilagen noch nicht bereitstanden. Der Fisch sollte nicht bereits gar gezogen sein, wenn der Wildreis noch kochte.

Zwei Stunden später war die Stimmung in der Küche noch aufgeheizter und die Temperatur auch. Die Kellnerinnen kamen herein und riefen die Bestellungen laut in die Küche hinein: »Einmal die Dorade, zweimal das Menü für Tisch sieben, einmal frittierte Zucchiniblüten.«

Raffaele wiederholte die einzelnen Gänge und rief sie den verschiedenen Posten zu. Die kalten Vorspeisen sollte ich anrichten, die warmen Bestandteile arrangierte Luigi mir auf die Teller, der auch noch für das Gemüse zuständig war. Babbo Roberto war für das Fleisch verantwortlich, die Soßen schmeckte Raffaele unauffällig für ihn ab. Die *primi piatti,* Pasta und Risotto, und das komplizierte Tagesgericht mit den Zucchiniblüten übernahm er selber.

Er arbeitete konzentriert und besonnen, machte keine Bewegung umsonst, hielt die Arbeitsflächen immer sauber. Dasselbe verlangte er von mir und allen anderen, er drängelte, er trieb uns an, doch er brüllte wenigstens nicht rum.

»Felicia!«, rief Roberto. »Mach uns drei Dessertteller für Tisch fünf! Marisa sagt, das sind *tedeschi,* Deutsche, die essen so schnell.«

Raffaele schaute auf. *Ich* mache hier die Ansagen!, sagte sein Blick. Unsere Augen trafen sich.

»Kann sie das?«, fragte er Roberto streng.

Mist. Ich hatte noch nie einen Dessertteller zubereitet.

»Na klar, die macht sie, seitdem sie einen Esslöffel halten kann!« Roberto stemmte die Hände in die Seite und schaute böse.

Ich zuckte mit den Schultern und lächelte. Raffaele wandte sich wieder seinen *Spaghetti alle vongole* zu.

Nach einem heimlichen Blick auf die Dessertkarte wusste ich, was auf die Teller gehörte: weiße und dunkle Mousse au chocolat, Mascarponeschaum und Früchte. Na also. Was konnte daran so schwer sein? Ich nahm drei große Teller mit ins Kühlhaus und machte mich an die Arbeit. Mit einem Esslöffel gab ich jeweils einen Klecks der verschiedenen schaumigen Massen darauf, goss Vanille- und Himbeersoße in kleinen Kreisen drum herum. Drei kleine Seen, die ineinanderliefen … Hastig dekorierte ich den Tellerrand mit frischen Himbeeren, Blaubeeren und abgezupften Minzeblättern.

»Wo bleiben die Teller?«, kam es von draußen.

Ich wischte mir über die Stirn und verstreute noch ein paar Schokoladenröllchen. Ich hatte ein Schlachtfeld kreiert. Aber ein buntes. Fertig.

Raffaele fing mich mit den Tellern ab. »Das meinst du nicht ernst, oder?«, sagte er leise. »Willst du deinen Vater richtig auf die Palme bringen? Er bemüht sich doch. Da musst du ihn jetzt nicht mehr so verärgern!«

»Ich glaube, ich habe alles verlernt!« Wie peinlich.

»Sieh zu, dass du sie verschwinden lässt! Das kann das Personal ja später noch essen, hat unser Sous-Chef aus dem *Melangolo* immer gesagt, wenn ich was vermurkst hatte – oder die Katze. Gibt es eine Katze? Euer Mimmino ist ja sicher längst gestorben, oder?«

Ich hatte keine Ahnung, nickte aber. Schade um den guten alten Mimmino …

»Und bring mir drei frische Teller und ein Glas mit warmem Wasser. Ich mache neue und ich zeig dir, wie!«

Er war großartig. Er ließ seine Cousine nicht hängen. Wie war er erst zu einem Mädchen, in das er verliebt war?

»Raffa? Hast du eigentlich eine Freundin?« Ich sah zu, wie er drei Soßenkreise auf die Teller zauberte und aufpasste, dass sie nicht ineinanderflossen, dann den Löffel in das Wasserglas tauchte, bevor er mit einer eleganten Bewegung gleichmäßige Halbkugeln aus der Mascarponemasse ausstach und auf den jeweiligen Teller gleiten ließ. Ich beugte mich zu ihm, bis ich ihn fast berührte. War ja auch ganz schön kalt im Kühlhaus.

»Nein. In Rom zurzeit nicht. Und hier? Wann denn? Die müsste schon zu mir in die Küche kommen.« Er zog den Löffel durch die Himbeersoße und zeichnete ein Sonnenmuster auf den Teller.

»Stimmt.« Ich biss mir in die dünnen Knöchel meiner bleichen Faust. Ich sehnte mich zwar jeden Tag nach meinem eigenen Körper, nach meiner schönen dunklen Haut und nach meinen kräftigen Händen, die Geige spielen konnten … doch ich wollte damit nichts anderes, als neben ihm in einem Kühlhaus zu stehen und leere Teller anzureichen.

17

Felicia

»Willst du was trinken? Dann hältst du es besser aus, hier allein!«

Jacques reichte mir seine Bierflasche herüber. »Das ist die letzte.« Na danke. Du bist ja ein toller Bruder, lässt mich hier sitzen zum Babysitten und gehst alleine rüber ins Hotel. Du sollst mich mitnehmen! Um mir nichts anmerken zu lassen, nahm ich einen großen Schluck. Immerhin waren meine Lippen jetzt, wo eben noch seine gewesen waren. Meine Lippen? Na ja, vielmehr die von Catta ... Ich dachte noch darüber nach, als zwei Leute durch das offen stehende Tor spaziert kamen. Otto und Marlene. Hand in Hand. Sie sahen so verliebt, so entspannt aus. Gar nicht wie ein Ehepaar. *Meine* Eltern hatte ich jedenfalls nie so gesehen.

»Hey ihr beiden. Hier kommt die Wachablösung. Wir machen heute mal den Babysitter für euch.«

»Cool!«, sagte Jacques und sprang auf. »Es ist schon elf. Wie lange dürfen wir wegbleiben?«

»Ein Stündchen?« Wenn Marlene unter ihrem Turban lächelte, sah sie aus wie eine barmherzige Ausgabe von Madonna.

»Wie großzügig«, murmelte Jacques.

»Wir dachten, wir zwei setzen uns gemütlich in den Bulli und reden. Wie damals, in Saint-Palais-sur-Mer.« Sie kniete sich hin, öffnete das Fliegennetz am Zelteingang und lugte zu den Kindern hinein.

»Wein haben wir auch dabei.« Otto zog eine Flasche Rotwein hinter dem Rücken hervor. »Allerdings italienischen.«

»Und Saft.« Marlene verschloss das Zelt wieder. »Alkohol ist nicht gut für meine Zellen …«

»Wo ist der gute Giancarlo? Vielleicht will er mittrinken? Wo wir hier schon seine Gastfreundschaft strapazieren …« Otto machte eine ausladende Handbewegung hoch bis in die Krone des *Zio Pino*.

»Er ist unterwegs. Mit seinem Roller.«

Seit Nonno nicht mehr im *ristorante* kochte, fuhr er abends durch die Bergdörfer Poggio, Sant'Ilario oder Marciana Alta und setzte sich zu seinen Freunden auf die kleinen Plätze, vor die Bars. Manchmal landete er auch in La Pila oder Campo. Er kannte die halbe Inselbevölkerung und trank mit ihnen. Babbo hatte Nonno schon so manches Mal mit dem Auto abholen müssen, weil er nicht mehr fahren konnte. Am nächsten Tag stand er dennoch im Garten und tat, was getan werden musste. Vermisste er die Arbeit im *ristorante* und die *Villa Paradiso* vielleicht doch mehr, als er zugab?

Jacques und ich liefen den Waldweg entlang und durch den Garten der Villa. Einige Pärchen hatten es sich auf der Terrasse bei einem Glas Wein gemütlich gemacht und genossen die laue Sommernacht. Im Restaurant brannten Kerzen, die Fenster waren weit geöffnet und eine der Kellnerinnen bediente die letzten Gäste. Wir gingen hinein. Mein Herz pumpte los, wie immer, wenn ich Catta in meinem Körper irgendwo erblickte. Sie saß auf einem der Barhocker, ein Glas vor sich. Wieder hatte sie meine blonden Haare zu dieser komischen Zopffrisur verwandelt. War sie denn wahnsinnig? Als Tochter des Hauses durfte sie höchstens hinter der Bar stehen und ausschenken, nicht davorsitzen und trinken, dass hatte Babbo mir in den letzten zwei Jahren immer wieder eingebläut. Und dann noch mit Raffaele! Der anscheinend geduscht hatte. Er trug jedenfalls keine Kochkleidung mehr, sondern ein einfaches weißes T-Shirt, weite, halblange Hosen, teure Sneaker. Seine Augen weiteten sich überrascht, als er mich sah, denn er dachte natürlich, Catta vor sich zu haben. *Idiota,* dachte ich. Mich bekommst du nicht rum, da nützt dir auch dein modisch-römischer Style nichts.

»Wo ist Babbo? Er darf euch hier nicht erwischen«, zischte ich Catta ins Ohr, als wir uns begrüßten.

»Chill mal! Der ist schon längst im Bett. War völlig fertig!« Sie grinste. Hatte ich jemals so gegrinst mit meinem Gesicht? Wohl kaum!

»Ciao, Catta!« Raffaele erhob sich von seinem Hocker und bot mir seinen Platz an. »Wie schön, dich zu sehen! Komm, trink was mit uns! Und das ist ganz offenbar dein Bruder!« Er wandte sich an Jacques. »Sprichst du auch Italienisch?«

»No, niente italiano. I'm sorry. Only English, but I'll learn it soon.« Die beiden gaben sich die Hand. Ich merkte, wie die Enttäuschung sich in mir breitmachte. Ich hatte mit Jacques hier alleine sitzen wollen. Andererseits war es auch faszinierend, wie er sich sofort in Felicias Nähe brachte (also die, die er dafür hielt) und sie nicht aus den Augen ließ, als er sie mit einem charmanten Spruch begrüßte: »Hey, schöne Frau. Für einen stressigen Abend in der Küche siehst du ziemlich fantastisch aus!« Er konnte ja nicht wissen, dass seine eigene Schwester in diesem Körper steckte und nicht ich! Sie sagte ihm knapp »Hallo« und

wandte sich dann Raffaele und Nicólo, dem Barkeeper, zu. Ich presste die Lippen zusammen. Sie sollte bitte schön nett zu Jacques sein und ihn nicht behandeln wie den letzten Idioten!

»Ich finde es so krass, wie du dich verwandelst, sobald du deine Kochklamotten anhast, Raffa!«, sagte Catta in diesem Moment und fasste meinen Cousin mal wieder am Arm. Immer grapschte sie alle an! »Nicó, sag doch auch mal was, er sieht so dermaßen cool aus, oder? Und er hat echt Ahnung, wie so eine Küche zu laufen hat. Ehrlich, du hättest den Roberto, äh … meinen Vater sehen sollen, der war ganz …«

Moment! Ich rüttelte sie an einer ihrer nackten Schultern. Wo hatte sie überhaupt dieses Top her? Meins war das nicht … Oder hatte sie etwa …? Sie hatte die Ärmel von meinem hellblauen Seidenblouson abgeschnitten!

»Fräulein! Wir müssen reden!« Es war mir egal, dass ich die Worte meiner Mutter benutzte, so sauer war ich. Unwillig schob sie sich von ihrem Hocker, entschuldigte sich bei den Jungs noch mit einem breiten Lächeln und folgte mir in die Lobby zwischen die verwaisten Sofas.

»Was ist denn jetzt schon wieder?«

»Ganz zu schweigen davon, dass ich es unmöglich finde, dass du meine Garderobe zerschneidest: Was war heute Abend in der Küche los?«

»Viel. Zehn Tische, vierzig Essen. Wir hatten Zucchiniblüten auf der Tageskarte, aber das Menü lief auch gut.«

Ich rollte mit den Augen, so genau hatte ich das nun auch nicht wissen wollen, aber sie redete unbeirrt weiter: »Raffa hat richtig Gas gegeben. Er hat in den letzten drei Tagen alle Aufgaben neu eingeteilt, das Abrechnungssystem der Kasse erneuert, Daniele gezeigt, wie das Kühlhaus zu putzen ist, Tita und Marisa erklärt, warum es für uns hilfreich ist, wenn sie ihre Bestellungen laut vorlesen und nicht einfach hinknallen.«

Aha. Sie wusste deren Namen. Für mich sahen sie immer noch gleich aus.

»So können wir gleich Rückfragen stellen und entdecken die Besonderheiten nicht erst, wenn wir später die Bons lesen. Weißt du, wenn zum Beispiel ein Gast keinen Knoblauch möchte oder das Menü ohne …«

»Jaja, hab schon verstanden!«, unterbrach ich sie. »Und das alles hat Babbo sich gefallen lassen?«

»Raffa hat gesagt, dass wir Zeit sparen und uns die Lebensmittel nicht so schnell verderben wie sonst. Und wenn Onkel Roberto es weiter so machen wollte wie gehabt, bitte, dann wäre er aber sofort weg!« Sie sah zu der Bar hinüber und ihre Augen wurden ganz weit und verträumt, so himmelte sie meinen Cousin an. »Raffaele ist so toll! Bitte sei nett zu ihm! Ich glaube, er mag …« Sie fasste mich am Arm, bevor ich ihn wegziehen konnte: »… diese Catta!«

»Dann sei du gefälligst auch ein bisschen netter zu Jacques! Denn der findet *mich* gut! Also, jedenfalls das, was er von außen sieht und, äh, na ja … vielleicht auch das, was drinnen steckt.«

»Er ist mein Bruder! Soll ich mich von ihm anmachen lassen?« Catta zwirbelte an einem der blonden Zöpfe.

»Ja!«, platzte es aus mir heraus. »Ein bisschen wenigstens …«

»Oh *fuck*, das geht doch nicht!« Sie schlug sich mehrfach an die Stirn. »Was sagt der Wetterbericht?«, fragte sie leise, als sie sich wieder beruhigt hatte. »Kommt nicht endlich mal ein kleiner Sturm?«

»Hochdruckgebiet. Keine Chance.«

Wir starrten uns an.

»Fuck!«, sagte Catta wieder. »Was mache ich, wenn er mich küssen will. Ich glaube, Jacques knutscht ganz gerne mal drauflos, wenn er was getrunken hat…«

»Echt? Na, das kann mir bei Raffaele nicht passieren. Mein Cousin war immer schon bisschen zurückhaltend.«

»In der Küche ist er das nicht! Du hättest ihn heute sehen sollen!« Wir schwiegen einen Moment.

»Okay«, sagte Catta. »Vielleicht ist *das* der Plan von *Zio Pino*. Der anderen nicht die Wünsche vermiesen … Machen wir also mit, soweit es möglich ist.«

»Gut. Aber küssen geht nicht!«

»Natürlich nicht! Küssen erst wieder nach dem Tausch!«

»Dio«, sagte ich und schaute an das Deckengewölbe in der Halle. »Lass Wind kommen!«

»Und zwar schnell, bevor wir auffliegen! Deine komische Patentante Konstanze kam nämlich zufällig vorbei. Das hättest du mir vielleicht mal sagen sollen, hab sie nämlich nicht erkannt!«

»Oh, nein! Das habe ich total vergessen.«

»Die dachte, ich nehme Drogen. Deine Mutter auch …«

»Und nun?«

»Wird sich Frau Oberkommissarin in den nächsten drei Tagen oben in der Wohnung breitmachen und mich beobachten.«

»Dio! Das fehlte gerade noch. Geh der bloß aus dem Weg. Die ist absolut unlustig, die hat mir früher immer nur so Rechen-Lernspiele geschenkt.«

Wir gingen zurück an die Bar. Jacques schloss mich mit großer Geste in die Arme: »Hey, *sis'!* Ich sag gerade zu Raffaele hier: *Tomorrow we are going to play some music!*

Why aren't you two coming?« Das galt natürlich mir, Felicia.

Ich verstehe, was du meinst, sagte ich Catta mit den Augen und wedelte mit meiner verletzten Hand und den bunten Bändchen daran. Ein bisschen albern, aber das war nun mal meine Entschuldigung.

»Ja, schon kapiert, deine Hand. Die Geige muss natürlich im Bulli bleiben. Aber Tamburin schlagen und den Hut herumgehen lassen, das wirst du ja wohl können!«, verkündete Jacques. »Und singen.«

»Ja, wir kommen vorbei. *Why not?«*, sagte Catta gelassen. Doch ich sah, dass ihre Ruhe nur gespielt war. »Schön, wenn die Familie Musik macht. Klar schaue ich zu. Das muss man doch unterstützen! Die Familie ist ja soooo wichtig!« Und zu Raffaele gewandt, wiederholte sie den Satz auch noch mal auf Italienisch.

»Si!«, beteuerte der. »Ich hätte das nie gedacht, aber ich merke gerade, wie super es sein könnte, wenn Onkel Roberto nicht so ein …«

»… Idiot wäre!«

»Felicia! Das hättest du früher nie gesagt!«

»Ach nein? Familienbande! Auf die Familienbande!« Catta erhob ihr Glas. Sie trank Cola! Pro Glas mehr als achtzig Kalorien! Hoffentlich war es nur Cola light. Man sah es zwar noch nicht, aber ganz sicher hatte sie als Felicia schon zugelegt!

»Und Nicó, mein Guter!«, sagte Catta jetzt.

»Ja?« Der Barkeeper freute sich sichtlich über die gut gelaunte Tochter des Hauses.

»Wenn noch einmal Getränke ohne Bon rausgehen, fliegst du!«

18

Catta

Das musst du doch kennen! Das kennt jeder.« Ich blätterte durch die Liedtexte, die ich Felicia am Computer ausgedruckt hatte. »James Brown. Steely Dan. Hot Chocolate.« Leise summte ich die Melodie von *Turn your love around.*

»Ja klar … aber ich habe dir schon tausendmal gesagt, ich kann nicht singen! Oder zumindest nicht besonders gut!« Felicia wanderte vor dem Bulli auf und ab. Sie trug jetzt einen anderen Lack auf meinen Fußnägeln, nämlich Rosa statt des satten Türkis, das ich noch in Hamburg aufgetragen hatte. Sah nicht so gut aus, aber ordentlicher.

»Nee, was ich da eben gehört habe, ist schon okay!«, bestärkte ich sie. »Du triffst doch die Töne, du musst dich nur viel mehr trauen und es genießen! Einfach mehr Power reinstecken. Und ich komme ja später dazu! Also los, lass uns noch mal üben!«

Ich summte die Tonhöhe und fing dann an: *»You've got the love, you've got the power …* Was ist?«

Sie war stehen geblieben und strich über die Geige, die im geöffneten Kasten in der offenen Tür des Busses lag. »Hat sie auch einen Namen, wie die Gitarre von Jacques?«

»Emily«, sagte ich leise. »Links an deinen Fingerkuppen findest du noch Hornhaut.«

»Tatsächlich!« Sie betrachtete meine Finger. »Schade, ich hätte dich gerne spielen gehört!«

Das klang echt.

»Hast ja gehört, was dabei rauskommt … Mein Kopf weiß, was er spielen will und wie er die Finger bewegen muss, aber sie sind nicht gelenkig oder schnell genug.« Ich warf einen frustrierten Blick auf mein Instrument. »Die Geige ist angeschlossen an den Verstärker, die Finger aber nicht an mein Gehirn.«

»Warum wartest du nicht, bis wir wieder zurückgetauscht sind!«

»Das geht nicht!«

»Ich verstehe nicht, warum. Nur weil du Jacques irgendwann mal zugesagt hast, mit ihm aufzutreten, machen wir den Blödsinn?«

»Das ist wichtig für mich! Er wollte mir helfen, und wenn ich diese Hilfe jetzt nicht annehme …«

»Pff. Nur weil er mich, also dich, gestern so ein bisschen provoziert hat?« Sie ahmte die Stimme meines Bruders nach: »›Catta muss man zu ihrem Glück zwingen. Sie macht viel für andere und vergisst sich selbst darüber …‹«

Es war mir peinlich … Macht viel für andere, denkt nie an sich, das hörte sich an wie Mutter Teresa, oder? So krass wie die war ich ja nun wirklich nicht. »Das hat was mit früher zu tun, ich kann dir das nicht erklären.« Kein guter Zeitpunkt, um jetzt darüber nachzudenken. »Also, noch mal. Fühle, wo deine Stimme sitzt! Stell dich am besten mal hin!« Ich stellte mich hinter sie und zog ihre Schultern mit beiden Händen zurück. »Aufrecht stehen, stütze die Stimme im Bauch, nicht in der Brust! Du hast da viel Power, das ist nämlich *meine* Stimme!«

»Ach ja? Das ist ja mal was ganz Neues!«

»Komm. Bitte! Für mich!«

Felicia seufzte. »Das ist doch alles peinlich. Ich werde mich so blamieren!«

»Nein, wirst du nicht! Und wenn, dann wirst du *mich* blamieren, noch dazu in Jacques' Gegenwart. Du kannst mich endlich schön blöd dastehen lassen.«

»Ich werde den Text nie lernen.«

»Dann lies vom Blatt ab! Hier.« Ich drückte ihr die restlichen Texte in die Hand.

»Aber du würdest doch nie vom Blatt ...?«

»Na ja. Vielleicht schon. Obwohl ich sie auswendig kann, vergesse ich beim Auftritt immer alles. Und wenn ich ›alles‹ sage, meine ich *alles*.«

Felicia ließ das Blatt sinken und sah mich an.

»Coole Hose übrigens«, murmelte ich. »Sieht gut aus mit dem Top. Hätte ich auch für heute Abend angezogen.«

»Danke! Aber nee, warte mal!« Jetzt zogen sich ihre Augenbrauen zusammen. Ich war immer stolz auf diese Augenbrauen, sie bildeten perfekte Bögen, ganz ohne dass ich sie zupfen musste.

»Du bist nervös? *Wie* nervös?«

Ich sah hinunter auf meine Füße, also Felicias lange weiße Füße, die in den Espadrilles mit der Sohle aus Hanf steckten. Okay, irgendwann musste ich es ihr erzählen. Und vielleicht nahm es ihr ja die Angst. »So nervös, dass ich bis jetzt durch alle Musik-Prüfungen gerasselt bin. Ich vermeide Auftritte, nehme nicht an Konzerten teil. Ich kann's einfach nicht. Da ist so ein Schalter, der legt sich vorher um. Und das als Tochter eines Musikers, das ist echt krank! Dabei weiß ich, dass meine Mum das auch megatoll fände!«

Felicia schnaubte. »Jacques ... deine Mum ... noch jemand?«

»Mein Dad, Gregory Kingston ... Der schaut aus dem Himmel zu.«

»Okay, dein Dad da oben. Aber …« Sie schüttelte den Kopf, dass meine Zöpfchen flogen, »… aber dein Körper hat ganz offenbar keine Lust darauf.«

»Mein Körper?«

»Ja.« Felicia guckte triumphierend. »Der will nicht. Oder warum stellt er sich sonst so an und bekommt Panikattacken?« Sie zeigte an sich herunter. Panikattacken? Das hörte sich echt übertrieben an. Ich war Musikerin, das wusste ich. Wollte sie etwa behaupten, dass ich insgeheim gar keine Musik machen wollte? Mir stiegen mit einem Mal Tränen in die Augen. Was sollte das denn? Heulte ich jetzt wegen den paar Worten? Weil sie Dad erwähnt hatte? Am liebsten hätte ich Felicia ordentlich an der Schulter geknufft, doch nun sagte sie: *»Mi dispiace.* Es tut mir leid. Ich werde mich heute Abend wirklich anstrengen.«

Ich zog die Nase hoch und räusperte mich: »Danke!«

»Ist denn überhaupt sicher, dass Raffaele dich weglässt?«

»Ja. Ich darf heute früher gehen und er will nachkommen, sobald er in der Küche fertig ist. Ich glaube, er will Catta sehen.«

»Dumm nur, dass *ich* in deiner Haut stecke! Ich glaube, ich kann mich anstrengen, wie ich will. Ich *kann* euch doch nur enttäuschen … Jacques und dich und Raffa.«

Ich winkte ab. »Jacques erwartet ja meistens erst mal nichts. Das ist eigentlich ganz cool an ihm. Oder?« Ich grinste, obwohl mir nicht nach Grinsen war. Sie war in ihn verknallt. Das hatte ich gleich am Tag unseres Tauschs gemerkt.

»Na ja. Irgendwie schon. Aber er lässt die Zwillinge immer noch machen, was sie wollen, und ich finde das dann eher schwierig … Aber sonst … ist er, na ja. Du weißt schon. Dadurch wird die Sache nicht gerade einfacher.«

Felicia scharrte verlegen mit den Füßen auf dem Waldboden herum.

Ich wusste genau, was sie meinte! Wir wollten beide dringend zurück, wollten wieder wir selbst sein. Dass wir durch diesen verdammten Tausch gleichzeitig auch nicht an Raffaele und Jacques herankamen, machte das Ganze erst recht zu einer Tortur.

»Es ist abartig heiß und schwül«, klagte Felicia weiter. »Selbst hier im Schatten. Vielleicht gibt es ja heute endlich ein Gewitter, mit ordentlichem Wind!«

»Ja, verdammt! Wie lange warten wir da jetzt schon drauf?«

»Genau acht Tage und … na ja, ungefähr acht Stunden«, sagte Felicia.

Wir schauten in die Kronen der Pinienbäume hinauf. »Wenn es so weit ist, rennen wir beide sofort zum *Zio Pino,* egal wo wir gerade sind!« Ich zeigte mit dem Finger auf sie. »Versprich mir das! Nicht dass ich alleine dastehe, während du noch voll korrekt irgendwelchen alten Nonnas über die Straße hilfst oder so …«

»Keine Sorge, du *bitch!*« Sie musste selber über das ungewohnte Wort aus ihrem Mund grinsen: »Ich werde noch vor dir unter dem Baum stehen! Versprochen!«

Ich war die Schnellste. Ich kam extra eine Stunde vor Arbeitsbeginn in die Küche und bereitete in Windeseile meine *mise en place* vor. Champignons putzen, Spinat waschen, frische Vanillesoße kochen, ja, auch das konnte und durfte ich mittlerweile. Draußen hatte es immer noch achtundzwanzig Grad, hier unten in der Küche mindesten vierzig… Es kamen auch nicht viele Gäste und um neun winkte Raffaele mich zu sich. »Na los, geh schon.

Hier ist heute nichts los. Es ist einfach zu heiß zum Essen.«

Ich lächelte ihn an. »*Grazie!*«

»Du bist echt 'ne gute Freundin!«

»Na ja.« Wenn du wüsstest …

»Finde ich toll, dass du sie unterstützen willst. Vielleicht komme ich später nach.«

Hoffentlich nicht, dachte ich, obwohl ich ihn natürlich doch dabeihaben wollte. Aber musste er Catta unbedingt an ihrem ersten, schwächsten Auftrittsabend erleben? »Ich muss los! Ich schreib dir 'ne Nachricht!«

»Die kleine karibische Catta hat bestimmt Rhythmus im Blut!« Ich musste kichern, beim Arbeiten in der Küche siezten wir uns seit Neustem und sprachen in Alliterationen, also alles möglichst nur mit demselben Anfangsbuchstaben. Ein einfaches kleines Spiel. Unser Spiel!

»Worauf du wetten kannst«, antwortete ich, doch er lächelte nur verträumt auf die Pfanne mit den kleinen Muscheln vor sich und streute mit einer sanften Bewegung klein gehackte Petersilie darüber. Wow, so ein Gesicht machte er also, wenn er an mich dachte!

»Giancarlo, darf ich deinen Roller noch mal leihen?« Der Bulli war weg, Mum, Otto und die Kleinen noch unterwegs.

»Jaja, nimm nur. Ich bleibe heute hier. Alles in Ordnung bei euch Mädels?«

»Nein. Ich wäre heute fast aufgeflogen, ich habe diese schreckliche Patentante Konstanze nicht erkannt! Die hockt jetzt oben in der Wohnung oder in der Lobby rum und verfolgt mich mit ihren misstrauischen Blicken. Und Felicia … hat einen harten Abend vor sich. Wir warten eben beide immer noch auf den bescheuerten Wind.« Ich warf einen wütenden Blick hoch in *Zio Pinos* Krone, dann schaute ich Giancarlo genauer an. Sein Gesicht war gebräunt und noch nicht wirklich von Falten zerknittert, aber er wirkte bedrückt. »Wie alt bist du eigentlich, Giancarlo?«

»Ach je. Ach je. Alt genug ... In diesem Sommer mache ich die dreiundsechzig voll.« Er holte den Roller von der Schuppenwand und schob ihn in Richtung Tor.

Dreiundsechzig? Das war alt, aber nicht uralt. »Warum hast du eigentlich das Kochen im *Adamo* aufgegeben? Wir könnten dich gut in der Küche gebrauchen!«

»Mein Sohn hat da seine eigene Art.«

»Eine chaotische Art, ja. Aber die haben wir ihm schon fast ausgetrieben, Nonno!« Manchmal nannte ich ihn Nonno, weil ich merkte, dass ihm das gefiel. Er winkte ab.

»Du kannst es dir wenigstens mal anschauen. Raffaele hat viele neue Regeln eingeführt. Obwohl er ja noch aufs *liceo* geht, macht er das super! Das sagen alle!« Außer deinem Sohn ...

»Jaja, vielleicht. Spätestens bevor du wieder nach Deutschland fährst.«

Ich wollte gerade auf den Roller steigen, hielt aber inne. Nach Deutschland? Danke, dass du mich daran erinnerst, Giancarlo. Mein Magen krampfte sich zusammen und mir wurde übel, wie immer, wenn ich daran dachte. »Wir haben noch fünf Tage, dann sind die zwei Wochen um, die ich für Mum gewonnen habe ... und der Bulli ist auch wieder fahrtüchtig. Was machen wir dann? Oh Mist, Giancarlo, was machen wir bloß, wenn es bis dahin nicht geklappt hat?«

»Du überredest deine Eltern, noch eine Woche dranzuhängen. Äh, Felicia muss das als Catta natürlich machen … auf Kosten des Hauses.«

»Und dann? Wenn nach einer Woche immer noch nichts passiert ist?«

»Es wird schon. Es wird bestimmt«, sagte er. »Nun fahr und lenk dich ein wenig ab!« Er winkte mir hinterher.

Mit Vollgas fuhr ich nach Marina di Campo. Möglicherweise hatte Nonno Giancarlo etwas anderes gemeint, aber Geschwindigkeit war eine geile Ablenkung! Noch nicht mal umgezogen hatte ich mich, doch bei dem Tempo würde sich der Küchengeruch bestimmt allein durch den Fahrtwind aus meinen Klamotten verflüchtigen. Ich hoffte, dass Felicia nicht merken würde, wie kurz ihr Rock geraten war, ich hatte beim Abschneiden wohl etwas zu viel davon erwischt. Aber hallo? Erstens hatte der Rock ganz hinten in ihrem Schrank gelegen, den zog sie garantiert nie mehr an. Zweitens waren ihre Sachen einfach zu spießig. Und drittens: Wenn ich schon mal lange schlanke Beine hatte, wollte ich sie der Welt auch präsentieren!

Als ich die Vespa am Hafen abstellte, sah ich sie schon. Die Verstärker und Mikros waren aufgebaut, der Notenständer mit den angeklipsten Text-Zetteln stand davor, ein Kabel lief über den Boden, bis in eine dunkle Bar hinein, vor der nur ein älterer Mann saß.

»Schau dir all diese Leute an«, jammerte Felicia statt einer Begrüßung. Ja, trotz der Hitze war an diesem Abend viel los. Immer wieder blieben die Menschen erwartungsvoll stehen und kleine Kinder untersuchten den Hut, der schwarz, verbeult und leer auf dem Boden vor dem Mikroständer lag.

»Das sind so viele und ich kenne fast jeden Zweiten hier, das ist furchtbar!«

»Aber die kennen dich nicht, weil sie nur die kleine Catta sehen, also bleib cool!«

»*O Dio*. Das sagst du so. Also wenn dich jemand grüßt, grüß bloß zurück!«

»Klar! Was meinst du, wie viele Handwerker, Stammgäste und Freunde deiner Eltern ich schon gegrüßt habe. Ganz zu schweigen von fiesen Patentanten und den tausend anderen Unbekannten, die meinen Namen wissen, mir seltsame Fragen stellen und mich teilweise sogar abküssen!«, antwortete ich.

Sie lachte, aber es klang flau. »Da stehe ich nun. Stehe in Campo auf der Straße herum und werde singen ...« Die echte Felicia raufte in meinen Zöpfchen herum, die sie heute sogar einmal offen trug. Dann standen sie immer so schön ab. »Warum mache ich das? Warum?«

»Ihr habt die drei Mikros dabei«, sagte ich statt einer Antwort, »gut, dass du Jacques überredet hast! Wir singen zusammen, mach dir ab jetzt keine Sorgen mehr!« Erst tätschelte ich nur ihre Schulter, doch dann umarmte ich sie spontan. Das Häufchen Elend, das sie abgab, war mir schon oft im Spiegel begegnet, wenn ich einen Auftritt geprobt hatte und dann doch beschloss, ihn abzusagen. »Hast du die Songlist? Mit welchem Titel fangt ihr an?«

»Ihr?« Felicia schaute mich an. Meine Augen, die sowieso schon ziemlich rund waren, noch weiter aufgerissen: »Ich denke, du singst mit! Jacques hat auf *Come home* gleich zu Anfang bestanden, aber das kann ich nicht besonders.«

»Du begleitest erst einmal nur mit dem Tamburin. Jacques weiß, wie schwer das für mich ist. Er wird singen, zur Not auch das ganze Lied. Das hat er mir versprochen.«

Damals, als ich noch ich war, fügte ich für mich hinzu. Komischerweise hatte ich keine Angst. Es war mein Auftritt und gleichzeitig hatte ich auch nichts damit zu tun, denn nach außen war ich Felicia, die Hoteliers-Tochter aus dem *Paradiso,* die bis heute niemand hatte singen hören. »Ich komm dann spontan dazu.«

Jacques hockte auf den Pflastersteinen und fummelte an dem zweiten Verstärker herum. »Alles easy?«, fragte ich.

»Hey! Das finde ich toll, dass du vorbeischaust. Guck dir die Leute an, das ist echt voll hier. Gute Konfrontationstherapie für Catta! Ich hoffe, sie schafft's.« Oh ja, da war er nicht alleine mit seinem Hoffen …

»Habe ich dir eigentlich erzählt, dass auch ich ab und zu mal singe?«

Er lachte auf und zeigte mir seine weißen Zähne. »Ach, deswegen hat meine Schwester auf drei Mikros bestanden. Tja also, fühl dich eingeladen. Wir können Verstärkung immer gebrauchen!« Ja, *bro'*. Flirte ruhig. Es geht darum, Felicia vor diesem Auftritt zu retten, aber das kannst du nicht wissen. Ich nickte ihm zu. »Fangt ihr an oder kann ich mir noch einen Drink holen?«

»Geh rein zu dem Typ da und hol dir was! Er heißt Paolo und gibt uns netterweise den Strom. Da sollten wir auch bei ihm trinken.« Er zupfte ein paar Akkorde. »Natürlich auf meine Kosten!«

»Danke!« Einer Felicia gibst du einen aus, dabei schuldest du mir noch Geld!, dachte ich und ging in das dunkle Gewölbe, aus dem es einladend nach Holz, Espresso und Alkohol roch.

Mit einer Cola in der Hand stand ich wenig später seitlich von den beiden im Publikum, das sich versammelt hatte, sobald Jacques seine Gitarre stimmte. Es war schwül und drückend, die Schwalben machten ihrem Ruf Ehre und flogen tief und Scharen von Menschen drängten sich durch die Straßen. Jacques schickte einen Blick zum Himmel. »Fangen wir an, bevor noch Regen runterkommt.«

Felicia grinste tapfer und hielt mit der einen Hand das Tamburin hoch, mit der verbundenen Hand das Mikro, als ob sie beides verlosen wollte. Ich schloss die Augen. Oh Gott, wie sie dastand …

»Allora … Buona sera a tutti!«, sagte sie. »Wir sind das *Kingston-Duo* aus *Hamburgo«*, fuhr sie auf Italienisch fort, »und freuen uns, heute Abend hier zu sein!« Ich öffnete die Augen wieder. Hey, das war gar nicht schlecht, ihre Stimme, also eigentlich meine, kam warm und vibrierend durch den Lautsprecher zu ihren Füßen. »Denn es ist nicht irgendeine Insel, nicht irgendein Städtchen. Nein, es ist Elba, es ist das wunderschöne Marina di Campooo! *Applauso!*« Sie rasselte mit dem Tamburin und die Leute blieben stehen und klatschten. »Wir fühlen uns, als ob wir nach Hause gekommen wären, und so heißt auch unser erstes Lied: *Come home!«* Sie zwinkerte mir zu und steckte das Mikro in den Ständer.

Ich war sprachlos. Sie war plötzlich so cool! Nun schlug sie das Tamburin an die Hüften. Etwas steif zwar, aber wenigstens im Takt … immer schön auf die Zwei und die Vier. Nur unmusikalische Menschen klatschten auf die Eins und die Drei. Jacques zupfte die ersten Akkorde und fing an zu singen. Er hatte wirklich ’ne tolle Stimme. Ganz klar und dabei tief, mein Bruder eben. Er war nicht nur ein echter Hingucker, sondern auch ein Hinhörer. Ich wippte auf den Hacken, ein kleines Mädchen fing an zu tanzen, indem es sich im Kreis drehte, immer mehr Menschen blieben stehen. Jacques spielte, aber nun sank meine Laune wieder, denn Felicia schlug in ihrer Catta-Hülle immer noch nur den Takt. Ein bisschen stärker wiegte sie sich zwar, aber ich sah ihre umherirrenden Augen und ihr Lächeln bestand nur aus zwei nach oben gezogenen Mundwinkeln. Sie tat mir leid! *Fuck.* Was hatte ich da von ihr verlangt?

Jetzt kam der Refrain: *Come home!* Warum sang sie nicht? Sie sollte laut singen und aller Welt zeigen, dass es mega war, am Leben zu sein, das war doch der Sinn von allem! Ich merkte, wie es mich von meinem sicheren Platz inmitten der Zuschauer zog, ich musste ihr helfen, wegen mir steckte sie doch in dieser blöden Situation. Doch ich blieb in der Menge stehen und schaute mich – die kleine Figur dort vorne – nur an. Verdammt. Ihr könnt mich alle mal, ich bin Felicia, ich habe damit nichts zu tun, ich darf hier stehen. Verdammt. Ist das peinlich, ist das unerträglich! Tu was, Felicia! Öffne deinen Mund, weit, so wie ich es dir gezeigt habe, stütze dein Zwerchfell und sing! *Oh shit!* Sie würde nicht singen, denn sie wollte gar nicht singen … aber ich!

Mit ein paar Schritten löste ich mich aus dem Kreis und schnappte mir das dritte Mikro, das auf dem Verstärker lag. »*Come home! Don't you believe that people really change …?*« Dieser Text passte doch zu uns! Ich lächelte Felicia zu, die endlich näher an das Mikro ging. Na also! *Come home,* sang sie zaghaft. Den Refrain beherrschte sie, für die nächsten Zeilen musste sie auf den Notenständer schielen, doch mein Körper konnte einfach singen und so kam Felicia unheimlich gut rüber, auch ohne zu wissen, was sie da wirklich tat. Einen Moment lang bedauerte ich, dass Mum uns nicht sehen konnte, aber dann war ich dankbar, sie mit den Zwillingen und Otto in Portoferraio zu wissen. Cool bleiben. Wir waren gerade mal beim ersten Lied. Und ich hatte mit Felicias Sopran leider wesentlich weniger Power, als ich mir wünschte.

»Grazie!«, sagte Jacques, als das Lied zu Ende war und der Beifall begann. Ich hab's geschafft, Jacques, hast du's gehört, ich singe vor diesen Touris hier und ich kann es jetzt, meine blöde Angst ist weg!, wollte ich am liebsten ins Mikrofon rufen, doch das konnte ich natürlich nicht bringen, also klatschte ich stattdessen Felicia ab. »Du warst wunderbar! Danke!«, tuschelte ich ihr ins Ohr. Echt, Leute, dachte ich. Hätte mir das jemand vor einer Woche gesagt, dass ich das dünne furchtbare Mädchen vom Empfang jemals so loben würde … ich hätte ihn für verrückt gehalten!

Wir sangen *Volare*, wir sangen *Yesterday* und auch *I feel good*. Nach *Ain't nobody* von Chaka Khan stellte Felicia mich vor und damit sich selbst: »Unser eben gerade entdecktes Gesangstalent, unsere neue Freundin, Fé!«

»Felicia Paradiso! Von hier, von Elba«, sagte Jacques. Wieder applaudierten die Zuhörer und ich sah, wie Felicia meine Augen verdrehte. Sie wollte nicht, dass jeder unbedingt mitbekam, dass sie hier sang. Doch dafür war es irgendwie zu spät.

Nach einer Zugabe und vielen Verbeugungen legte Jacques die Gitarre weg und raunte mir ein »Wow, das wusste ich nicht!« ins Ohr. Seine Schwester Catta bekam einen beiläufigen Schmatzer auf die Wange. »Noch ausbaufähig«, hörte ich, »aber du hast es getan!« Ja, verdammt, ich hatte es getan! Zwar in einer anderen Besetzung, aber das war momentan Nebensache.

Jacques ging mit dem Hut herum und natürlich legten alle etwas hinein. Die Münzen klimperten nur so, sogar Scheine sah ich. Besonders die jungen Mädchen und die Frauen verwickelten ihn dabei in Gespräche. Plötzlich umarmte mich jemand von hinten: Raffaele. »Die Signorina Paradiso ist ja eine rrrichtige Rrrrakete!«, sagte er in seinem römischen Akzent, den ich so mochte. »Ich bin ehrlich erstaunt!«

»Korrekt. Aber die knuffige Catta ist auch klasse, oder?«

Wir beobachteten Felicia, die so tat, als ob sie nichts merkte. Drei Mädchen kamen auf mich zu und begrüßten mich mit Küsschen. Es waren die, die ich ein paar Tage zuvor getroffen hatte. »Fé! Wir haben dich gesehen! Du bist ja der Wahnsinn.«

Na ja, ich war gar nicht schlecht.

»Du singst!« Ach nee.

»In der Schule durftest du noch nicht mal die Triangel halten.« Wie nett, mich daran zu erinnern. Irgendwie beleidigte mich das, obwohl ich persönlich ja nicht dabei gewesen war.

Raffaele kannte die aufgestylten Hühner offenbar und unterhielt sich mit ihnen, sodass ich nur nicken musste.

»Leute, lasst uns das Equipment zu Paolo reintragen. Wenn wir morgen noch mal hier spielen, ist das doch entspannt«, sagte Jacques, als er zu uns kam. Er lächelte mich an.

»Ist er das? Ist das etwa dein Freund, Felicia?«, wisperte eins der Mädchen in mein Ohr. Ich zog vielsagend die Augenbrauen hoch und hielt mir den Zeigefinger auf die Lippen.

»O Dio!«, kreischte sie und ging in die Knie.

Die Mädchen sabberten, so himmelten sie meinen Bruder an. Okay. Ich hatte etwas für Felicias Ruf getan, musste nun aber zusehen, dass wir die Fans wieder loswurden, bevor sie sich an uns dranhängten. Klar, Jacques war cool. Doch für mich war Raffaele viel aufregender, und wenn er lächelte, zuckte irgendetwas in mir zusammen und freute sich wie irre …

»Hatten die beiden überhaupt eine Genehmigung?«, fragte er, als er uns beim Zusammenpacken half.

»Äh … ich glaube nicht …« Ich hatte es geschafft. Ich hatte gesungen und es hatte mir Megaspaß gemacht. Und wenn ich morgen vor einem ganzen Komitee übelst gelaunter Prüfer Geige spielen müsste? *So what?* Ich würde sie mit meiner geliebten Emily in Grund und Boden spielen!

»Felicia! Das kann Ärger geben. Warum gehst du nicht zu Onkel Tiziano, der arbeitet doch bei der Gemeinde. Wenn die Carabinieri sie erwischen, ist das nicht lustig.«

»Äh? Echt? Sind die so streng, die Carabinieri? Haben wir nicht auch noch jemand bei denen? Onkel, Tanten oder so?«

Er schaute mich strafend an. »Wo lebst du eigentlich?«

»Keine Ahnung.« Nicht hier. Ich grinste ihn immer noch so glücklich an. Es musste komisch aussehen.

»Carabinieri kommen immer aus einer anderen Stadt, wegen der Bestechlichkeit, weißt du doch.«

»Ach klar.«

Zu viert standen wir wenig später an der Hafenmauer, jeder mit einer Flasche Bier in der Hand. »Es war schon ziemlich gut, Mädels!«, sagte Jacques zum wiederholten Male.

»Ich habe gar nicht so oft den Text vergessen.« Felicia zwinkerte mir zu.

»Morgen gleich noch mal!« Jacques stieß mit dem Mädchen an, das er für seine Schwester hielt.

»Dann hol ihnen lieber 'ne Genehmigung bei der *comune,* Fé!«, sagte Raffaele. »Dann kriegen sie keinen Ärger!«

»Ach du meine Güte, das habe ich ganz vergessen!« Felicia schlug sich die Hand vor den Mund. Ich schnaubte unwillig. Ja, okay. *Ich* hatte es vergessen. Natürlich wollte ich auch so bald wie möglich wieder auftreten, aber ich konnte Felicia doch nicht jeden Abend mit Jacques losziehen lassen. »Könnt ihr denn die Zwillinge dauernd euren Eltern aufdrücken?«, fragte ich.

Jacques lachte auf: »Genau, Felicia. Warum sollten Eltern nicht mal auf ihre Kinder aufpassen? Aber erklär das mal meiner *sister* ... Mum geht es super, Catta. Du musst also nicht dauernd freiwillig den Babysitter spielen.«

»Nicht?« Felicia grinste. »Ich habe es wohl etwas übertrieben.«

»Also willst du lieber singen«, fragte ich und hörte selber meinen drohenden Unterton.

»Sie will doch in Amsterdam die Aufnahmeprüfung machen!«

»Und das wird sie jetzt auch!«, rief ich. »Nur ...«

»Na ja. Bis dahin muss sie das Lampenfieber noch besser in den Griff bekommen«, sagte Jacques und klopfte seiner vermeintlichen Schwester auf den Rücken. »Das wird schon!«

»Klaro! Aber ich weiß nicht, ob ich morgen dabei sein werde. Kann ja nicht immer aus der Küche weg«, sagte ich leiser. Mensch Felicia, dachte ich, was ist los? Warum sagst du nichts? Du musst die nächsten Auftritte absagen oder willst du etwa morgen wieder auftreten? Ohne mich?

»*I like boats!*«, sagte Jacques in diesem Moment. Wir schwiegen und schauten über die dunkle Meeresoberfläche und die Fischerboote. Die Wellen klatschten an die Kaimauer. Es hatte noch nicht zu regnen begonnen, aber in der Ferne hörte man leichtes Donnergrummeln und am Horizont flackerte es manchmal hell auf. »Was sind das für kleine weiße Lichter dort auf dem Wasser?«

»Da sind die Mastlichter der Segelboote«, sagte Felicia.

»Ach komm, Catta, woher weißt du das alles? Du nervst doch.« Jacques lachte und drehte sich zu ihr um. Felicia kicherte. War sie schon betrunken von dem halben Bier? So klein mein Körper auch sein mochte, er war stark und vertrug normalerweise ziemlich viel.

»Liegt unsere *Mayflower* eigentlich noch da draußen?«, fragte Raffaele mich. Und zu Felicia, die er für mich hielt: »Sie ist das schönste Segelboot, das ich kenne.«

»*Mayflower*? Das ist ja mal ein cooler Name für ein Boot.« Jacques grinste Raffaele an und ich schaute schnell zu Felicia. Wir mussten vorsichtig sein, mein Bruder verstand mehr Italienisch, als ich ihm zugetraut hätte. Und? Was sollte ich antworten? Lag unsere *Mayflower* noch da draußen?

Felicia nickte. Also nickte ich auch. »*Si. Certo.*« Sicher.

»Echt, ihr habt ein Boot?« Jacques klang begeistert.

»Sie gehört schon immer der Familie«, sagte Raffaele. »Das einzige Erbstück, über das mein Vater Federico nicht mit Roberto gestritten hat.« Er nahm einen Schluck Bier. »Bis jetzt.«

Felicia übersetzte für Jacques, der daraufhin auf mich zukam und mir die Ohren zuhielt, indem er ganz sanft seine Hände auf die blonden Haare legte, dort, wo er sie vermutete. »Sorry, Leute, aber sie kann singen und sie erbt ein wunderbares Hotel«, flüsterte er den andern zu. »Sie hat einen sympathischen Cousin und nun auch noch ein Boot! Ihr könnt mich schlagen, aber ich bleibe bei dieser tollen Frau!« Er nahm die Hände wieder weg, das Gesicht ganz nah, seine Augen bohrten sich in meine. Netter Anmachtrick, das mit dem Ohrenzuhalten, Jacques! Werde ich mir merken …

Ich sah aus den Augenwinkeln, wie Felicia mit meinen Füßen herumtrippelte und in den dunklen Himmel schaute. Klar stellte sie sich jetzt umso sehnsüchtiger vor, wieder in ihrem eigenen Körper zu stecken.

»Zeigst du mir das Boot?« Jacques nahm meine Hand. Alter! Was für ein Charmeur. Anscheinend mochte er sie wirklich, aber *ich* war es, die er da an der Hand hielt! Mann! Das war abartig. Seltsam. Krank. Wieder schaute ich zu der, in der alle außer mir Catta sahen. »Äh. Ich glaube, es ist …«

Ich sah, wie Felicia wie in Trance nickte. Nein! Das ging doch nicht! Ich befreite mich mit einem kleinen Schlenker von seiner Hand. »Was sollen wir da um diese Uhrzeit? Segeln?«

»Komm, wir gehen trotzdem mal ans Ende der Mole, von da aus konnte man es immer sehen.« Raffaele und Jacques schlenderten vor.

»Wir müssen das verhindern!«, zischte ich Felicia zu. »Mit den beiden Jungs auf dem Boot? Wo soll das enden?«

»Ja, aber ich liebe Segeln und die *Mayflower* ist so wunderwunderschön. Als Onkel Federico noch mit Babbo gesprochen hat und die Familie noch zusammenhielt, waren wir da oft …« Sie hielt mich fest. »Da war noch alles in Ordnung mit der Villa und dem Weingut. Ich will, dass alles wieder in Ordnung kommt!« Okay, sie *war* betrunken.

»Und außerdem war das sehr süß von ihm ... das mit dem Ohrenzuhalten.«

»Aber wie denkst du dir das? Er macht mich gerade an!«, zischte ich ihr zu. »Nur falls du es vergessen hast: Er ist mein Bruder!« Wir gingen am Hafenbecken entlang.

»Ich weiß.«

Na toll, dachte ich. So bist du mir überhaupt keine Hilfe. *Oh Shit,* ich dachte schon Sätze, die von ihrer Mutter stammen könnten.

»Da vorne muss es liegen.«

Raffaele begrüßte einige der Fischer, die ihre Boote für den Nachtfang klarmachten. Kannte ich die auch alle? Ich grüßte vorsichtshalber. Felicia schien nichts dagegen zu haben, sie lächelte nur vor sich hin.

»Hey, Carmelo, kannst du uns mitnehmen?«, fragte Raffaele einen dicken Typ mit Gummilatzhose, der gerade in ein Schlauchboot stieg. »Wir wollen rüber, zur *Mayflower.*«

Nein! Wollten wir nicht! »Nee, Raffa. Lass uns lieber ...«

»Komm, Felicia«, unterbrach er mich. »Wir waren früher so oft auf dem Boot. Vermisst du es denn gar nicht?«

»Ja, *come on!*« Das war Jacques, der zwar nichts verstand, aber blendend gelaunt war.

Catta, also Felicia, die die Jungs für Catta hielten, kicherte los.

»Doch natürlich«, sagte ich auf gut Glück. »Aber heute Abend muss das ja nicht unbedingt ...«

»Los, kommt!« Raffaele stand schon mit einem Bein in dem Gummiboot, das einen kleinen Außenbordmotor hatte. Er streckte die Hand nach uns aus, um uns beim Einsteigen zu helfen.

»Und wenn es anfängt zu regnen?«, versuchte ich, die drei zu stoppen.

»Gehen wir in die Kajüte. Ich weiß, wo der Schlüssel versteckt ist. Und was zu trinken gab es da auch immer … für die Erwachsenen!«

Felicia nahm Raffaeles Hand und hüpfte ins Boot, nun stand ich alleine auf der Mole und musste anscheinend auch alleine das Denken für Felicia und mich übernehmen. »Und wie kommen wir wieder rüber? Und was, wenn Roberto nicht will, dass wir …?«

»*Amici*, ihr könnt auch an Land weiterdiskutieren. Aber ich muss los.« Der Fischer drehte den Gashahn auf, der Motor heulte im Leerlauf.

»Jetzt bist du wieder so wie früher: die brave Felicia!« Raffaele verzog den Mund. »Ich dachte fast, du hättest dich geändert.«

Ich gab auf und stieg hinterher. Der Motor brummte, das Boot nahm Fahrt auf, schnell setzte ich mich. *»Come home! Don't you believe that people really change …?«*, sang Jacques.

19

Felicia

Oje. Zu viel Bier. Also eigentlich nur eine kleine Flasche, vielleicht hatte ich sie zu schnell getrunken? Vielleicht war es auch nur die Anspannung gewesen? Als ich es aus dem Beiboot auf die *Mayflower* geschafft hatte, war mir zwar nicht schlecht, aber ich merkte, ich war betrunken. Mit einem Mal verstand ich, warum Catta nicht auf das Boot gewollt hatte. Es war so eng hier. Fast wie in dem Campingbus. Und obwohl es angenehm war, das vertraute Klappern der Metallseile gegen den Mast zu hören und das Wiegen des Bootes zu spüren, war einer mir immer im Weg: mein angeblicher Bruder Jacques. Und ein anderer auch: mein wahrhaftiger Cousin Raffaele. Erst kletterten wir nur auf dem Boot herum und saßen draußen, doch dann fielen tatsächlich ein paar Regentropfen. Also suchte Raffa nach dem Schlüssel. Er lag noch immer im alten Versteck.

»Komm, wir gehen rein.«

Wir tasteten uns in die Kajüte hinunter, es war stockdunkel. Raffaele nutzte das aus und streichelte mir beruhigend über die Schulter. Mensch, Raffa, hör auf, du bist mein Cousin!, dachte ich, aber da so wenig Platz war, kam ich nicht weg von ihm. Die Jungs fummelten an ihren Handys herum, um Licht zu haben, dann fand jemand Streichhölzer. Es war schummrig, doch auf dem Tisch standen Kerzen, und als schließlich alle brannten, erkannte ich die vertraute Umgebung wieder. Nun ja …

»Aha!«, sagte Jacques nur.

»Da hat es sich wohl jemand gemütlich gemacht …« Wir sahen uns an und lachten verlegen. Die Koje gegenüber dem schmalen Tisch war mit mehreren Laken zu einem Lager verwandelt worden. Sie waren zerwühlt, als ob jemand sie in großer Hast verlassen hätte. Mitten darauf lag ein BH. Schwarz. Durchbrochene Spitze, sehr auffällig. Nichts für mal eben so zufällig drunter. Neben den Kerzen standen Flaschen. Wodka, Gin, Rum, eine ganze Hausbar. Zwei filigrane Sektkelche. Ich schnupperte daran. Benutzt.

»B-Cup, höchstens«, sagte Jacques und hob das schwarze Teil mit spitzen Fingern hoch. »Was meint ihr?«

»Lass das!«, sagte ich scharf. Ich durfte das, ich war ja angeblich seine Schwester, aber ich wollte auch nicht, dass die Jungs etwas Fieses über meinen Vater sagten. Oder meine Mutter? War *sie* es, die Babbo auf der *Mayflower* betrog? Oder er, mit einer anderen Frau, die sogar ihre Unterwäsche hier vergaß?

»Geraucht haben sie auch noch! Und nicht nur Zigaretten …« Raffaele hielt eine Selbstgedrehte aus dem Aschenbecher hoch, der auf dem Tisch stand. »Hier, riecht mal! Gras.«

»Du solltest zur Polizei gehen!«, sagte Catta und warf ihre unordentlichen Zöpfe zurück, zu denen sie mein Haar wieder gezwirbelt hatte. »Da, wo meine Patentante Konstanze arbeitet!« Das war an mich gerichtet. Ich versuchte, für Jacques zu übersetzen, aber ich glaube nicht, dass er alles verstand.

»Vielleicht war es auch jemand, der den Schlüssel entdeckt hat und das Boot seitdem als … na ja, ihr wisst schon, benutzt«, meinte er. Ich übersetzte nicht für Raffa. Er konnte sich diese Peinlichkeit selber denken. Babbo!

Oder Mama? Nein, der traute ich das nicht zu, obwohl der BH ihr hätte passen können.

»Lass uns was trinken!«, sagte ich laut.

»Fé … äh, Catta, du bist schon bisschen drüber, glaube ich«, sagte Catta. »Außerdem gibt es kein Eis!«

Doch Raffaele suchte bereits saubere Gläser. »Ich mix uns was. Ein guter Rum mit ein bisschen Orangensaft tut es auch … und, Moment, was haben wir hier?« Er zog weitere Flaschen aus dem Schrank hervor und hantierte damit herum.

»Meinst du?« Mir war gerade alles ziemlich egal, ich konnte nur noch an meine Eltern denken. Sie würden sich trennen. Das war mehr als offensichtlich. Sie stritten sich und mindestens einer von ihnen hatte eine Affäre!

Ich schaute umher, um niemandem in die Augen sehen zu müssen. Als Raffa die Gläser auf den Tisch stellte, griff ich mir eins und trank es zur Hälfte leer. War ja auch schon egal. *»Meravigliosa!«,* sagte ich zu ihm. »Du bist nicht nur ein guter Koch sondern auch ein … ein …«

»Guter Barmann«, half Catta mir aus und schob mein Glas außer Reichweite.

»Danke!« Raffaele setzte sich neben mich, während Jacques sich dicht neben Catta quetschte. Viel Platz war auf der Bank nicht.

»Auf unsere Sängerinnen!«

Catta und ich schauten uns an. Doch dann musste ich Raffaele abwehren, der meine Zöpfchen anfassen wollte. »Nur ganz kurz. Sind sie hart oder weich?«

»Ich liebe Felicias Haare«, sagte nun auch Jacques, nicht wissend, dass er seine Schwester vor sich hatte. »Selbst in Hamburg gibt es dieses helle, echte Blond nicht so oft.«

Er nahm ihre Hand. Also meine. Und wenn ich dort in

meinem eigenen Körper gesteckt hätte, wäre ich wahrscheinlich gar nicht abgeneigt gewesen, sie ihm zu lassen oder sogar ihm zu helfen, die eine oder andere Kerze auszupusten. Aber so!

»Was machst du?«, beschwerte sich nun auch Catta. »Jetzt ist es viel zu dunkel.«

»Reduziert die Brandgefahr!«, murmelte Jacques, beugte sich näher zu ihr und flüsterte ihr etwas ins Ohr.

»Na und? Ich weiß, dass ihr schon über eine Woche hier seid«, brummte sie und versuchte, von ihm abzurücken.

Auch Raffaele fuhr seine Verführungskünste hoch. Er war nicht ganz so selbstsicher wie Jacques, aber irgendwie auch sehr anhänglich ... Ich versuchte, einen klaren Gedanken zu fassen. »Ich hatte heute Gänsehaut, als ich deine Stimme hörte, echt!«, raunte er gerade und spielte an einem der kleinen Zöpfe, als ich aufhorchte. Regen! Dicke Tropfen prasselten plötzlich auf das Deck des Bootes und wehten zu uns in die Kajüte hinein. Und dann hörte ich auch den Wind!

»Wind!«, schrie ich. »*O Dio*, echter Wind! Und was für welcher.« Ich bekam vor Aufregung Schluckauf. »Wir müssen sofort los!«

Auch Catta war jetzt aufgesprungen und drängte sich an Jacques vorbei zum Ausgang.

»Lass uns die Luke zumachen, sonst ist gleich alles nass.« Doch bevor Raffaele die Öffnung zuziehen konnte, kletterten wir hinaus. »Wind!« Catta streckte die Arme in den Himmel, bevor sie sich festhalten musste, denn sonst wäre sie umgefallen, so schwankte das Boot unter den Wellen. »Nein! Ich glaube es nicht! Wind! Und wir sind hier! Ich habe es euch ja gesagt, aber nein, wir mussten ja aufs Boot. Was für ein Scheiß!«

Der Regen klatschte nur so auf uns.

»Wie kommen wir jetzt rüber?«, rief ich. »Das gibt's doch nicht! Das ist unsere Chance! Das ist *die* Chance und wir sitzen hier! Mist!« Das Wasser lief mir über das Gesicht, aber ich merkte es kaum.

»Sag ich doch! Das ist deine Schuld!«, schrie Catta gegen die Böen. »Wenn du auf deine sentimentalen Kindheitserinnerungen verzichtet hättest, wären wir jetzt schon längst unter dem bescheuerten Baum!«

»Wenn du mich nicht zum Singen gezwungen hättest, wären wir gar nicht hier!«

Erst jetzt bemerkten wir die beiden Jungs, die uns aus der Einstiegsluke heraus beobachteten.

»Mach, dass wir verdammt noch mal wieder rüberkommen, wir müssen ins Hotel, los!«, schrie Catta Raffaele auf Italienisch an. »Das war deine blöde Idee! Und jetzt verpassen wir wegen dir die wichtigste Chance, die es jemals in unserem Leben geben wird!«

»Hä? Aber was ist denn los?« Er starrte sie an. Fassungslos. Und da zuckte auch schon ein Blitz über den Himmel, gefolgt von einem satten Donner. »Kommt sofort rein!«, brüllte Jacques. »Ihr seid ja wahnsinnig!«

»Ich will hier weg!«, schrie ich verzweifelt. »Ich will das alles nicht mehr!«

»Irgendwer soll machen, dass das aufhört!« Catta brach draußen auf der Bank zusammen und verbarg ihr Gesicht in den Händen.

Eine Welle hob das Boot seitlich an und schleuderte mich neben sie. Ich schlang meine Arme um Catta, um meine schmalen Schultern mit den nassen Haaren. Ich hörte ihr Schluchzen und ihr Gestammel: »Ich will wieder ich sein!« Und dann weinte auch ich.

»*You take* Catta!«

Zwei starke Arme, die mich hochzogen: »Komm, komm rein, wir werden schon irgendwie an Land kommen.« Raffaele führte mich. Stufen. Kerzenschimmer. Kein Regen mehr. Eine Decke wurde um mich gelegt. Catta saß neben mir, sie hatte eins der Laken umgehängt.

»Können wir was Heißes zu trinken machen für die Mädchen?«, fragte Jacques auf Englisch.

»Nein, kein Strom. Dazu müssten wir den Motor starten.«

»Dann starte den Motor!«

O Dio, dachte ich, als mein Atem wieder ruhiger ging und ein weiterer Schluck des süßen Pfefferminztees meine Kehle wärmte. Wie sollten wir ihnen das alles erklären?

Ich wischte mir über die Augen. Puuh. Heulen tat manchmal wirklich gut. Ich grinste schwach zu Catta, die in ihre Tasse pustete.

»Krass.« Sie schniefte. »Ich hätte nicht gedacht, dass so viel Wut in mir drin ist.« Nun flüsterte sie nur noch: »Hast du gehört, wie ich Raffa angebrüllt habe? Das tut mir so leid …«

»Mich hast du auch angebrüllt.« Ich stieß sie versöhnlich in die Seite.

»Was war los? Wieso seid ihr so ausgerastet wegen dem bisschen Wind?«

»Habt ihr eine Gewitter-Phobie?«

»Und was ist denn *die wichtigste Chance …?*«

»*I don't understand!*«

Ich schüttelte den Kopf und hob die Schultern. Mein T-Shirt war nass und klebte unangenehm an mir, aber mir war nicht kalt. »Wir hätten was Dringendes erledigen müssen.«

»Bei der Villa.«

Raffaele stieß einen Schwall Luft aus. »Mann. Und deswegen so ein Theater?«

»Muss ja sehr wichtig gewesen sein.« Jacques runzelte die Stirn. »Ich hatte Angst, ihr springt gleich rein und versucht, an Land zu schwimmen.«

Catta wischte sich das Gesicht mit einem Zipfel des Lakens ab. Aus den blonden langen Zöpfen sickerte das Regenwasser in ihr Top. Eine ganze Weile sagte niemand mehr etwas. Dann ging Jacques vor ihr in die Hocke und legte nach einer Weile seine Hände auf das Laken in Höhe ihrer Knie, als sie aufsprang: »Und eben *das* geht nicht, verdammt noch mal!«

Er wich zurück und hob beschwichtigend die Arme, aber sie schrie weiter: »Du bist Jacques! Ich kann das nicht!«

»Ja klar bin ich *Jacques*. Ist das so schrecklich?« Er zuckte mit den Schultern, setzte sich auf die Bank und griff nach seinem Glas. »Kein Problem, Felicia. Ich lasse dich ab sofort in Ruhe.«

»Das will ich hoffen.« Catta setzte sich wieder.

»Nein!«, sagte ich. »Sie meint es nicht so!«

»Ach nein?« Jetzt wurde Jacques ärgerlich, das erkannte ich mittlerweile an seinem Blick. »Macht, was ihr wollt, aber auf euer kompliziertes Mädchen-Hin–und-Her habe ich keinen Bock. Wirklich nicht.«

»Erklär *du* es ihnen!«, sagte Catta.

Ich schüttelte den Kopf und sah dabei auf meine braunen Hände mit den kräftigen Fingern, die eigentlich ihr gehörten. »Ich denke nicht, dass sie uns glauben werden …«

»Sie müssen! Ich halte dieses Versteckspiel nämlich nicht mehr aus! Wir warten seit Tagen auf Wind und das, was dann passieren soll, und nun ist er endlich da, aber wir nicht!«

Große Fragezeichen in den Augen der Jungs.

»War jetzt nicht wirklich gut erklärt …«, murmelte ich.

»Also, alle mal herhören!« Wieder erhob sie sich. »Felicia und ich, also, wir sind vertauscht worden. Ich stecke in ihrem Körper und sie in meinem! So! Jetzt wisst ihr es. Und wenn ihr uns nicht glauben wollt …«

Draußen wurde es gleißend hell, das sah man durch die Bullaugen, Sekunden später krachte ein Donner durch die Nacht.

»*Dio!* Was für ein dramatischer Auftritt, *cuginetta.*« Raffaele schaute Jacques Hilfe suchend an, während er sich offenbar um die passenden englischen Worte bemühte. »Was sollen wir tun? Sie hat zu viel getrunken und es ist gefährlich bei Gewitter auf einem Boot.«

»Sollen wir lieber doch zurückschwimmen?« Jacques lachte auf. Aber er klang genervt.

»Siehst du?«, sagte ich. »Sie glauben uns nicht.«

»Dann beweisen wir es ihnen: Moment!« Sie starrte Jacques böse an. »Frag mich irgendetwas! Irgendwas! Na los. Was nur Catta wissen kann.« Sie zeigte auf mich.

»Hä? Wieso?«

»Weil *ich* deine Schwester bin. *Ich!* Hier drin steckt Catta! Deine Schwester Catta!«

»Was habt ihr genommen? War der Joint doch von euch?« Raffaele schaute irritiert in den Aschenbecher. Ich seufzte. Catta klang wirklich völlig durchgeknallt.

»Ich weiß, wie dein Meerschweinchen hieß und woran es gestorben ist, Jacques!«

»Pff. Das kann Catta dir ja erzählt haben.«

»Es hieß Jimmy und kam durch eine Glasscheibe ums Leben.«

»Na ja.« Er verzog den Mund. Den gleichen schön geschwungenen Mund, den ich in Cattas Gesicht jeden Morgen im Spiegel betrachten konnte. Den ich schon, seitdem ich ihn das erste Mal gesehen hatte, unbedingt küssen wollte … Mit meinen *eigenen* Lippen natürlich.

»Was passierte auf Mums und Ottos Hochzeit?«

»Ach nee, das mit dem Kleid und den Tauben? Komm, das sind alles Sachen, die du von ihr gehört hast! Was soll das Spiel?«

»Dann frag mich was, auf das sie nie, nie kommen würde!«

»Okay …« Jacques rieb sich über die Stirn. »Warte … In welcher Farbe war unser Kinderzimmer gestrichen, als wir noch in der … In welcher Straße wohnten wir, als Dad noch lebte?«

»In der Zimmerstraße 44. Und das Kinderzimmer war orange. Ich kann dir aufzeichnen, wo unsere Betten standen, wo die Fenster waren, die kleine Heizung in der Ecke, und den Rest der Wohnung dazu. Das Bad hatte hellblaue Fliesen und unter dem Spiegel klebten diese Aufkleber von dem Shampoo und vor dem einen, dem kleinen grünen, hatte ich immer Angst, weil du gesagt hast, er hätte Zauberkräfte und wäre …« Außer Atem brach sie den Satz ab.

»… ein Außerirdischer …« Sein Mund stand offen. »Wie hieß deine erste Puppe?«

»Die mit dem fehlenden Arm? Limsi.«

»Mein Stoffhund?«

»Welcher? Pontus oder Pontus Zwei?«

»Pontus Zwei! Dass du dich an den erinnerst …« Er schlug sich mit der Hand an die Stirn. »Das gibt es doch nicht!«

»Io non capisco niente!«

Ich erklärte Raffaele, dass er mein Cousin sei, da ich, Felicia, in Cattas Körper steckte. Er schaute mich nur an. Irgendwie enttäuscht, schien es mir.

»Glaubst du, das ist wahr?«, fragte er Jacques auf Englisch. Der nickte nur, während er ratlos die Schultern hob.

»Wie ist das passiert?«

»Der Baum, der *Zio Pino* heißt, war es!«

»Der, unter dem wir mit dem Bus stehen?«, fragte Jacques.

»Genau der.«

»Und da habt ihr die ganze Zeit … so getan, als ob …?« Er zeigte abwechselnd mit den Fingern über Kreuz.

»No!« Raffaele schüttelte den Kopf. »Ihr seid doch bescheuert! Verarschen kann ich mich alleine. Fand ich nicht witzig, euern Auftritt da eben unter freiem Himmel, während die Blitze über euch zuckten, ich hatte echt Angst um euch!«

»Raffa! Es ist wahr. Ich bin Felicia. Leider in Cattas Körper.«

Nun musste er doch grinsen und maß mich von oben bis unten. »Ich mag Cattas Körper!«

»Na, das will ich hoffen«, sagte die, die er bis jetzt für seine Cousine gehalten hatte.

»Also noch mal langsam: Ihr behauptet, ich habe mit dir, Catta, die ganze Zeit in der Küche gestanden.« Er und auch Jacques schauten hin und her zwischen uns. Von mir zu Catta in meinem Felicia-Körper und zurück. Raffaele kniff die Augen zusammen, um sie besser ins Visier nehmen zu können. »Obwohl …«, sagte er langsam, »es könnte vielleicht doch sein … Ich habe mich schon gewundert, wie heftig du Zio Roberto plötzlich angepfiffen hast. Außerdem kochst du mit mehr Leidenschaft als Felicia!«

Ich grinste. »Ist mir egal, *cugino*. Hauptsache, ihr glaubt uns!«

»Und warum wolltet ihr so unbedingt zu diesem Baum zurück? Funktioniert eine Rückverwandlung nur bei Blitz und Donner?« Jacques sah immer noch skeptisch aus.

»Nee. Aber an dem Morgen prasselte aus dem Baum ’ne Ladung Pinienzapfen auf uns runter. Und wir glauben, wir brauchen genau so einen Zapfenregen, um wieder zurückverwandelt zu werden.«

»Wir hatten uns gestritten«, erläuterte ich. »Na ja, nicht direkt.«

»Wir fanden uns scheiße!«

»Wo war ich da?«, fragte Jacques.

»Als wir uns scheiße fanden?«, kicherte ich, ohne es zu wollen. Der Alkohol machte sich wieder stärker bemerkbar.

»Mit Eli und Em duschen«, sagte Catta wie aus der Pistole geschossen. »Da war *ich* noch ich …«

»Wie schrecklich!«, entfuhr es ihm. »Da habe ich also …«

»… mit der falschen Catta Kakao getrunken«, beendete ich den Satz. »Im Bulli gelegen, gerauft, vor dem Zelt Bier getrunken …« Bei den Erinnerungen wurde mir ganz warm.

»Oh Gott.« Ich sah, wie er sich den Kopf zermarterte, wie nahe er mir gekommen war. »Und *dich* habe ich für Felicia gehalten.« Er zeigte auf Catta.

»Und deine Schwester angegraben und fast geküsst, genau«, gab sie empört zurück und verschränkte meine langen Felicia-Arme vor der Brust.

»Die Hand, der Verband … Das war alles *fake,* damit du nicht Geige spielen musstest?« Er schlug sich gegen die Stirn. *»Darum* hast du plötzlich so anders gesprochen und hast dir plötzlich Tomaten reingehauen, *darum* wusstest du so viel über Elba, *darum* warst du plötzlich so entspannt, was Mum anging …«

»He! Ich bin doch *auch* entspannt, was Mum angeht«, protestierte Catta.

»Nein«, sagten Jacques und ich wie aus einem Mund.

»Was machen wir?«, fragte Raffaele, als die Verwirrung sich etwas gelegt hatte. »Das kann doch nicht so weitergehen!«

»Nee. Das gibt es doch sonst nur in bescheuerten Filmen, die ich mir nicht anschaue …« Jacques wanderte auf und ab, soweit das in der engen Kajüte möglich war.

»Aber das ist noch nicht alles«, sagte ich. Und dann erzählte ich meinem Cousin die Geschichte unserer vertauschten Großmütter. Catta übersetzte für ihren Bruder.

»Bist du sicher? Sie ist *nie* mehr zurückgekehrt in ihren Körper?«

»Wir wissen es nicht hundertprozentig, nehmen es aber an. Ja.«

»Das erklärt einiges«, murmelte er. »Darum der Wettstreit, wer den tollsten Sohn und wer die tollste Schwiegertochter hat, der ewige Kampf zwischen Weingut und Villa, das Messen und Vergleichen.«

»Als dein Opa Umberto starb, wurde es noch schlimmer. Erinnerst du dich?«

»Ja klar.« Raffaele sah plötzlich traurig aus.

»Wie haben sich eure Väter denn verstanden?«, fragte Catta. »Denn Federico und Roberto waren doch auch Cousins, oder?«

»Eigentlich gut, oder?« Raffaele hatte es kapiert, denn er schaute mich tatsächlich in Cattas Körper an. Allerdings war er auch sofort etwas von diesem Körper abgerückt, nur ein bisschen, aber ich registrierte es dennoch. »Obwohl, da gab es noch diesen Streit um Tante Antje.«

Es war mir total unangenehm, über diese Geschichte zu reden. Ohne hinzuschauen, tastete ich nach dem schwarzen BH hinter mir in der Koje und stopfte ihn zwischen Polster und Schiffswand. Egal ob er jetzt Mama oder einer anderen Frau gehörte, peinlich war es so oder so.

»Aber dann hat er *meine* Mutter kennengelernt und zack, sofort war *ich* da!« Raffaele grinste verlegen. »Und als Onkel Roberto mit Klein Felitschina nachgelegt hatte, ging es dann wieder. Wir haben so manchen Samstagnachmittag zusammen hier auf der *Mayflower* verbracht.« Er seufzte. »Sie versuchten, sich nicht von dem Familienstreit beeinflussen zulassen. Aber nach Nonno Umbertos Tod wurde Simonetta unerträglich, wir sind nach Rom abgehauen und nie mehr zusammen hier auf dem Boot gewesen.«

»Und nun wissen wir auch, warum.« Catta nickte vor sich hin. Ihre Augen, also meine, sahen immer noch etwas verweint aus.

»Warum?« Jacques hatte durch das viele Italienisch und unsere schlampigen Übersetzungen offenbar nicht alle Zusammenhänge verstanden.

»Erst hatte sie den falschen Mann bekommen und dann starb der ihr auch noch so früh weg«, erklärte ich ihm. »Sie wollte ihren eigenen Giancarlo zurück!«

»Vergessen wir jetzt bitte mal den alten Familienstreit. Es wird bald noch mal Wind geben.« Raffaeles Stimme klang optimistisch. »Und dann werdet ihr unter dem Baum stehen. Versprochen!«

»Oder wir helfen nach!« Jacques rieb sich die Hände. »Und ich weiß auch schon, wie.«

20

Catta

Sie waren so *sweet!* Ich hockte eine ganze Weile vor dem Zelt und schaute den Zwillingen beim Schlafen zu. Es machte mich nicht mehr so sehnsüchtig, sie zu sehen, denn Felicia kümmerte sich ganz ordentlich um sie, und dann gab es ja auch noch Mum und Otto und Jacques.

Schließlich erhob ich mich und stellte mich zu den anderen unter den Baum. Zu viert standen wir im frühen Morgenlicht und blickten hoch in seine Krone.

»Mist. Ich hatte vergessen, wie hoch der ist. Das sind bestimmt fünf Meter, bevor überhaupt die ersten Äste anfangen …«, sagte Raffaele, der ein aufgerolltes Nylonseil wie ein Lasso in den Händen hielt.

»Und da wollt ihr hochklettern?« Felicia stemmte die Hände in die Taille. Meine schöne kurvige Taille …

»Warum nicht, schau, was ich mir gestern Nacht noch von meinem alten Kumpel Dante geliehen habe.« Raffaele zeigte auf die Metallkufen, die am Boden lagen.

»Steigeisen«, sagte Jacques und nahm eines davon in die Hand. »*Great stuff.* Damit kommst du auch den glattesten Holzmast hoch.«

»Niemals. Das tut ihm doch weh! Siehst du diese Zacken hier, die graben sich in den Stamm und verletzen ihn.« Felicia trat schützend vor den Baum und breitete die Arme aus, doch die Jungs beachteten ihren Protest nicht.

»Und oben setzt du dich auf einen Ast und schüttelst

dran und wie bei …«, er unterbrach sich. »Wie heißt Frau Holle auf Englisch?«

»Keine Ahnung«, sagte ich, »auf Italienisch heißt sie *Mamma Holle*. Wir hatten die Märchen in der Schule.«

»Okay, also wie bei *Mamma Holle* rieselt es dann runter. Allerdings Zapfen statt Schneeflocken.« Jacques lachte.

»Genau so!« Raffaele schlug die gebogenen Eisen aneinander.

»Nein!«, riefen wir zu dritt, denn nun war auch Nonno Giancarlo zu uns getreten.

Jacques sah erstaunt hoch. »Er hat euch verwandelt, aber er ist trotzdem nur ein Baum!«

»Eben nicht!«

»Okay, okay.« Raffaele hob die Hände. »Und was schlagt ihr stattdessen vor?«

»Etwa eine Leiter? Oder ’ne Seilwinde? Dann *tun wir ihm nicht weh!*« Wieder lachte Jacques, doch er verstummte schnell, als er unsere ernsten Gesichter sah.

»Mit *Zio Pino* ist nicht zu spaßen«, sagte Giancarlo. »Der hat schon ein paar Unvorsichtige auf dem Kerbholz … Stürze, Vergiftungen und so weiter.« Felicia und ich schauten uns an. Sollten wir ihm nicht endlich von unserem Verdacht erzählen, dass seine Verlobte Rosanna schon jahrelang in Simonettas Körper gefangen war?

Später, schlug Felicia mit einer drehenden Bewegung ihrer Hand vor. Okay, stimmte ich wortlos zu.

»Also keine Steigeisen«, sagte Raffaele bedauernd.

Giancarlo winkte ab. »Er würde dich sicherlich abwerfen!« Er leckte seinen Zeigefinger an und hielt ihn in die Luft. »Beobachten wir lieber das Wetter und warten auf Wind!«

Warten, warten, warten. Felicia und ich waren nervös und jeden Tag wurde es schlimmer! Zwar schien das Wetter tatsächlich umzuschlagen, Tief *Michael* würde von Spanien kommen und die Temperaturen ein wenig sinken lassen, doch warum ließ es sich nur so übelst lange Zeit damit? Auch Jacques und Raffaele hofften nun für uns. Wir hielten keine Zeigefinger in die Luft, sondern prüften beinahe jede Minute unsere Wetter-Apps und sandten uns untereinander Nachrichten. Dann war es so weit: Tief *Michael* entfaltete sich, Windstärke sechs war angesagt! *Dicke Äste bewegen sich, hohe Wellen mit brechenden Köpfen,* stand im Internet dazu. »Das wird für einen satten Zapfenregen reichen, ragazzi!«, schrieb Raffaele in unsere WhatsApp-Gruppe mit dem treffenden Namen *Switch*. Tausch.

Die Tage vergingen, wir zählten hinunter. Noch fünf, noch vier, noch drei bis zu unserer Abreise, doch *Michael* hatte es nicht eilig, er bewegte sich megalangsam, mittlerweile hasste ich den Namen regelrecht!

Um nicht völlig verzweifelt durch die Gegend zu rennen und laut zu brüllen, ging ich morgens im Pool schwimmen und prügelte meine ganze Wut und Ungeduld mit jedem Kraulschlag auf das Wasser. Es tat gut, änderte aber natürlich auch nichts. *Michael* verdödelte seine Zeit vor der spanischen Küste. Was blieb mir übrig? Ich schwamm jeden Tag und stand dann nach einem ordentlichen Frühstück an der Rezeption und schrieb Listen.

Listen! Besser als nichts. Für Maurizio, damit der wusste, was er tun konnte, wenn nichts zu tun war. Für die Hausdame Lucia und die neuen Zimmermädchen Stella und Giulia. Nachdem ich Antje vorgerechnet hatte, dass der Stundenlohn der beiden eine Frechheit war und sie deswegen immer weiter klauen würden, hatte sie zähneknirschend ihren Lohn erhöht, als Anerkennung für bisherige gute Arbeit. Denn putzen konnten sie. Sollten aber noch einmal Flaschen aus der Minibar mit Wasser aufgefüllt sein, ein Laken oder ein Kanister mit Putzmittel fehlen, würden wir die Schuldige finden und rausschmeißen, hatten wir angekündigt.

Jeden Morgen um elf gab es nun eine Teambesprechung (ein Tipp, den ich von Raffaele hatte), an der das Housekeeping, Antje und auch Roberto teilnahmen. In den ersten Tagen wurde noch erbittert gestritten (Antje und Lucia) und beleidigt (Roberto alle Anwesenden), dann aber wurde der Ton versöhnlicher, die echten Probleme kamen auf den Tisch und wurden meistens recht schnell gelöst.

Ich war auch dabei, als Antje neue Bewerberinnen für den Job als Rezeptionistin beim Vorstellungsgespräch interviewte, vier hatten wir schon gesehen, doch leider hatte Felicias Mutter eine völlig andere Favoritin als ich.

»Wir sollten nicht die mit der niedrigsten Gehaltsvorstellung nehmen, sondern die Einzige, die mit Leidenschaft dabei ist. Diese Claudia.«

»Leidenschaft«, schnaubte Antje, »für diesen Job?«

»Das soll es geben«, antwortete ich nur. Du hast keine, das ist schon klar ... »Wieso laden wir Claudia nicht zu einem Probetag ein?«

Doch Antje zögerte noch. Was sollte ich machen? Ich konnte sie doch nicht zu allem zwingen. Außerdem hatte ich selbst ja wohl genug Probleme!

Ab und zu machte ich einen Spaziergang hinüber zum Weingut, ich erzählte es niemandem, aber die vertauschte Rosanna zog mich irgendwie an. Ich wollte sie zähmen, wollte sehen, ob es mir nicht doch gelang, ihr ein paar Worte über den Tausch zu entlocken, ohne dass sie wieder Tassen schmiss.

Aber schon drei Tage später, als Raffas Auto nicht vor dem Tor stand, wagte ich mich hinein. Sie saß wieder in dem Sessel und schaute gar nicht hoch, als ich mich ihr näherte.

»*Scusami,* ich sehe zwar so aus, bin aber nicht Felicia. Stecke immer noch im falschen Körper.«

Sie grummelte nur vor sich hin.

»Hast du was gegen eine Runde Schach?« Immerhin war ich jahrelang in der Schach-AG meiner Schule gewesen.

»Aber ich bekomme Weiß. Ich bekomme immer Weiß«, knurrte sie.

»Kein Problem.« Wir spielten, sie war gut, aber ihre Züge vorhersehbar. Nach einer halben Stunde ging ich, versprach aber wiederzukommen. Das Spiel blieb stehen. Wir redeten auch am nächsten Tag nicht viel, dann begann ich, von Mums Krankheit zu erzählen. Ich erwartete keine Antwort, doch es tat trotzdem gut, endlich diese Angst in Sätze zu packen, die zu Hause niemand hören wollte, weil sie alle selber zu viel davon in sich trugen. Fast freute ich mich auf diese tägliche halbe Stunde mit Simonetta.

Auf Raffaele freute ich mich natürlich noch viel mehr, wenn ich abends mit ihm in der Küche stehen konnte. Obwohl … Zwar wusste er jetzt, wer in dem Körper seiner Cousine steckte, aber ich merkte, dass er in den letzten Tagen viel zurückhaltender geworden war. Mir tat das wirklich weh. Im Herz. Im Bauch. Überall. Wir hatten doch vorher so viel zusammen gelacht und ich hatte mich zwingen müssen, ihn nicht andauernd zu berühren. Und nun? Nichts mehr. Irgendwann, als ich ihm im Kühlhaus begegnete und er sich wortlos an mir vorbeidrücken wollte, sprach ich ihn darauf an.

»Es tut mir leid«, sagte er, »aber ich kann das nicht, ich bringe das nicht zusammen.« Er guckte auf die Stiege mit Austernpilzen in seinen Händen.

»Ich bin Catta!«

»Eben nicht. Ich komme durcheinander, weil ich trotz allem meine Cousine vor mir sehe ...«

»Kleb doch ein Foto von mir auf meine Stirn«, riet ich ihm, doch er lachte nur matt und sagte, das würde wohl auch nichts bringen.

Felicia war tagsüber weiterhin mit meiner Familie und Jacques unterwegs. Ihr ging es mit meinem Bruder ähnlich wie mir mit Raffaele. »Vorher war ich wenigstens noch die Schwester für ihn und er hat mich geärgert und diese ganzen Witze gemacht, du weißt schon ... Aber nun schaut er mich immer nur so kurz an und ist so vorsichtig mit mir, nun bin ich gar nichts mehr!«

Wir seufzten einstimmig. »Sie sind beide verwirrt«, sagte ich. »Sie sehen den Körper, der ihnen supergut gefällt ...«

Felicia kicherte verlegen und hielt sich die Hand vor den Mund.

»... in dem aber leider die Schwester oder die Cousine steckt. Das ist zu viel für sie.«

»Wäre es für mich wahrscheinlich auch«, gab Felicia zu. »Na, wenigstens hilft Jacques mir, bei euren Eltern nicht aufzufliegen.«

Ich nickte. Wir hatten beschlossen, unseren Eltern nur im allerschlimmsten Notfall von der Vertauschung zu erzählen.

»Und dieser allerschlimmste Notfall trifft in zwei Tagen ein, *ragazzi!* Denn an diesem Tag wird Familie Krüger-Kingston wieder nach Hamburg fahren. Und will ihre Tochter Catta natürlich mitnehmen. Und dann?«, fragte ich Felicia, Jacques und Raffaele, als wir uns wie jeden Abend an der Hotelbar trafen. »Was tun wir dann?«

Felicia stupste die Eiswürfel in ihrer Cola mit dem Strohhalm unter die Oberfläche. »Es ist furchtbar und ich will, dass es endlich zu Ende ist, aber es war trotzdem irgendwie schön. Ich habe das Elba meiner Kindheit in diesen zwei Wochen wieder kennengelernt, wir waren wirklich überall, oder?«

Jacques nickte. »Sehr coole Insel. Am besten haben mir die roten Eisenfelder gefallen, oben bei … wie hieß die Stadt?«

»Cavo«, sagte Felicia.

»Und dann natürlich unsere Bergwanderung zu der Kapelle«, fuhr Jacques fort. »Und Napoleons Bett. Und diese Gitterkäfige der Seilbahn, rauf zum Monte Dingsbums.«

»Monte Carpanne«, korrigierte Felicia.

»Und zu allem hattest du was zu erzählen … angeblich aus deinen Reiseführern. Pfff.« Er warf ihr einen Blick zu. »Ich wusste ja nicht, dass du die Geschichten über die Insel sowieso alle kennst.«

»Und jeden Morgen an einen anderen Strand! Die Kleinen waren immer total aufgeregt.«

»*Yes!* Die Strände! Wie hieß der mit den Felsen noch mal … in …?«

»Pomonte«, sagte Felicia leise und ich wusste, sie wünschte sich gerade sehnsüchtig, mit meinem Bruder dort noch mal alleine hinzufahren. Im eigenen Körper, mit allem, was dazugehörte, natürlich.

»Und Fetovaia, das war ja mal geil!«, fuhr Jacques mit der Aufzählung fort.

»Hallo! Könnt ihr mal aufhören?« Ich schüttelte den Kopf. »Ich habe einzig und allein den Strand von Marina di Campo gesehen und war *kein einziges Mal* im Meer!«

»Dafür bist du jeden Morgen im Pool geschwommen«, sagte Jacques.

»Und bist immerhin mit uns im *Club 64* tanzen gewesen.« Raffaele grinste.

»Ja. Das war super. Man konnte tanzen und gleichzeitig die Sterne sehen«, gab ich zu. Doch ich hätte dich allzu gerne geküsst, dachte ich. Aber das ging ja nicht. Weil ich vor ein paar Tagen und auch heute immer noch wie Felicia aussah. Wenigstens näher bei dir hätte ich gern gestanden, aber du warst irgendwie immer so weit weg von mir, und ich musste vor den Mädchen aus der Schule abhauen, die mich mit Fragen über meinen angeblichen *ragazzo* Jacques nervten.

Ich sah, wie Raffaeles Augen verstohlen zu meinem Körper wanderten, in dem Felicia steckte. *Fuck!* Wenn das noch länger dauerte, würde er bald gänzlich verwirrt sein und das Interesse an mir verlieren …

Roberto und Antje kamen durch die Halle. Beide hatten angespannte Mienen, doch sie sagten nichts, obwohl sie Raffaele und mich (wir Angestellten!) dort mitten unter den anderen (den Gästen!) sitzen sahen.

»*Signor* Paradiso!«, rief einer der Stammgäste in diesem Moment und erwischte Roberto am Ärmel. »Ich bin heute Abend an einem der Küchenfenster vorbeigelaufen. Es ist so schön, wieder ein Singen aus der Küche zu hören! Wie früher, als Ihr Vater noch da unten stand!«

»*Ma certo!* Wir haben gute Stimmung!«, sagte Roberto sofort. »Aber sicher. Singen wir den ganzen Tag, natürlich!«

»*Wir!* Ich glaub, ich spinne. Das ist Daniele, der da singt«, raunte ich Felicia zu. »Der hat jetzt endlich wieder bisschen Spaß beim Arbeiten.« Ich sah, wie sie meine Catta-Augen verdrehte. Doch da kam Roberto schon auf Raffaele zu, um ihm auf die Schultern zu klopfen: »Die *crespelle* heute Abend auf der Dessertkarte. Alle Achtung, Junge. Alle Achtung.« Dann drehte er sich um und zeigte auf Antje. »Wir fahren noch mal bisschen raus. Muss man ja. Um ab und zu mal den Kopf freizubekommen.«

»Viel Spaß!«, wünschten wir im Chor und sahen ihnen hinterher, als sie nacheinander aus der Halle trotteten.

»Na, den werden sie bestimmt haben.« Jacques grinste. »Sorry, Felicia, es sind deine Eltern, aber hast du ihre Gesichter gesehen? Freude pur.« Natürlich meinte er das Gegenteil: Sie sahen nervös und gestresst aus, als ob sie von jemandem verfolgt würden, vor dem sie Angst hatten.

Felicia sank auf ihrem Hocker ein Stück zusammen.

»Komm, das ist gemein«, sagte Raffaele. »Für seine Eltern kann man nichts.«

In diesem Augenblick rumste es auf der Terrasse, eine mit Lavendel bepflanzte Tonvase fiel um und zerbrach klirrend, gleichzeitig wurden beide Markisen mit einem Knall hochgewirbelt und einer der schweren Metallstühle tatsächlich ein Stück über den Boden geschoben. Wir sprangen auf. Was für eine heftige Bö! Die Gäste flohen mit ihren Gläsern von den Tischen nach drinnen und auch Roberto und Antje kamen durch den Haupteingang wieder hereingelaufen. »Ein Sturm!«, rief Roberto und fluchte. »*Merda!* Die teuren Markisen! Wir müssen sie sofort einrollen, warum hat das nicht jemand schon längst getan?«

Wir sahen uns an. Tief *Michael* war endlich da! Der Baum! Raffaele und Felicia liefen nach draußen, Jacques und ich hinterher. Wir sahen, wie sie an den beiden Metallstangen kurbelten, um die heftig schlagenden Markisen vor dem Zerreißen zu retten. »Jacques, übernimm von Felicia«, rief Raffaele gegen den Wind, »und ihr beiden lauft! Aber seid vorsichtig!«

»Wir kommen nach!«, rief Jacques noch, aber wir rannten schon unter den erstaunten Augen von Felicias Eltern davon.

»Es wird gelingen, es muss gelingen!«, schrie Felicia, so ausgelassen, wie ich sie noch nie gehört hatte.

»Aber so was von! Morgen wachen wir auf und sind wieder *wir!«* Ich rannte schneller, um sie einzuholen. Mein Schwimmtraining machte sich in Felicias Körper schon ein bisschen bemerkbar.

»Ich werde wieder in meinem Bett schlafen!«

»Ich werde die Zwillinge und Mum knutschen können.« Und vielleicht noch jemand anderen …

Über uns bogen sich die Kronen der Bäume. *»Shit!* Ich habe keine Lust, so 'nen dicken Ast auf den Kopf zu bekommen!«, schrie ich gegen das Heulen des Windes an.

»Gut, dass Em und Eli heute bei Marlene und Otto übernachten!«, rief Felicia zurück, während sie mit wippendem Dekolleté locker über den weichen Waldweg lief. Wie süß, sie benutzte die Kosenamen der Zwillinge! Ich streckte nur den Daumen hoch, zum Reden hatte ich schon keinen Atem mehr.

»Aua!«, lachte Felicia schallend. »Das war ein Zapfen! Mitten auf meinen Kopf, *aia,* und noch einer! Juchuuuh! *Zio Pino,* wir kommen!«

»*Finalmente!*«, keuchte ich, als wir das große Tor von Weitem sahen, der Bulli stand an seinem Platz, das kleine Zelt hatte den stürmischen Windstößen getrotzt und war noch nicht davongeflogen. Wir liefen auf den Hof, endlich, *finalmente* war der Moment gekommen, auf den wir fast zwei Wochen lang gewartet hatten! Unser Tausch, unser *switch,* die Rückverwandlung …

»Was ist *das* denn?«, rief Felicia.

Und nun sah ich es auch. Der Baum bewegte sich nicht! Rechts und links peitschten die Zweige, bogen sich die Kronen der anderen Bäume, auch das Zelt auf dem Hof wurde gehörig gebeutelt, doch er selbst … Nichts! Wie im schönsten Sommerwetter stand *Zio Pino* reglos inmitten des aufkommenden Sturms. Mir wurde innerlich ganz kalt und mein Herz wurde von einer Sekunde auf die andere zu einem eisigen Loch, in dem alles, was ich an Freude und Hoffnung noch in mir hatte, verschwand wie in einem schwarzen Gully. Das konnte doch nicht sein! Er musste! Er musste uns doch den Zapfenregen geben!

»Das ist eine Unverschämtheit!«, schrie ich, um nicht selber in das Gully meines Herzens hinuntergezogen zu werden, und drohte mit meiner Faust in Richtung Baumkrone. »Alter! Gib die Zapfen her! Das kannst du mit uns nicht machen!«

»Pass auf, nachher beleidigst du ihn noch!«, rief Felicia über das Getöse des Windes. »Dieser Baum hat magische Kräfte, glaubst du mir jetzt endlich?«

»Ach ja? Beleidigen? Und wennschon! Ich hab's kapiert, dieser Baum ist ein alter Klugscheißer, der irgendwas von uns will. Ich weiß nur nicht, was!« Ich sprang sogar hoch, damit er mich besser verstehen konnte. »Los, sag's uns!«, rief ich, meine Hände wie einen Trichter um den Mund:

»Wir sind zu bescheuert, um es zu kapieren, sag endlich, was wir tun sollen!« Irgendwann blieb ich stehen. Am liebsten hätte ich sofort losgeheult, nur der Gedanke, nicht ganz alleine in dem Schlamassel zu stecken, hielt mich davon ab. »Komm!«, sagte Felicia da auch schon und zog mich mit sich. »Giancarlo steht vor der Tür und will, dass wir reinkommen.«

Atemlos standen wir noch im Vorraum und diskutierten mit Nonno über den Baum, als es auch schon klopfte. Ich öffnete. Die Jungs standen vor der Tür, eine Sturmbö fegte ins Haus.

»Mach die Tür zu!«, rief Nonno, doch Jacques zeigte hinter sich in den Hof. »*What the fuck!* Das ist echt *spooky!* Guckt euch diesen Baum an!« Er grinste ungläubig: »Der Penner bewegt sich nicht einen Millimeter!«

»Er will nicht, dass ihr zurückgetauscht werdet!« Auch Raffaele war außer Atem. »Das ist ein Phänomen! Das ist gegen alle Naturgesetze!« Fasziniert starrte er zu der mächtigen Pinie hinauf. »Völlig still! Wahnsinn!«

Ich schüttelte den Kopf, nicht bereit, den beiden Jungs noch länger zuzuhören. Begriffen die denn nicht, was hier gerade stattfand? Seit zwei Wochen hatten wir diesen Moment herbeigesehnt! Und nun? War er da, doch alles war vorbei. Die totale Katastrophe war eingetreten, denn die Verwandlung würde nicht stattfinden!

Felicia hatte Tränen in den Augen und schluchzte wie ein kleines Kind. Sie tat mir so leid, doch ich konnte sie nicht trösten. Wir würden nie zurückkommen. Wir würden enden wie Rosanna, die hatte es auch nicht geschafft ... Wir fielen uns in die Arme. Wir weinten.

21

Felicia

Die Jungs waren gegangen. Catta und ich hatten irgendwann aufgehört zu weinen, aber nicht viel mit ihnen geredet, sondern uns die meiste Zeit nur stumm und fassungslos angeschaut. Was gab es auch schon groß zu sagen? Der Baum bestimmte über uns, über unser Leben! *Zio Pino* hatte entschieden, keine Zapfen regnen zu lassen. Er hatte sie uns auf höchst magische Weise verweigert.

»Die Zeit ist noch nicht gekommen«, sagte Catta zum hundertsten Mal, als wir uns auf den Sofas in Nonnos Wohnzimmer gegenüberlagen, eine Tasse Tee in der Hand, die Taschentuchbox zwischen uns auf dem Tisch. »Aber wann kommt sie, wann? Und wird sie überhaupt kommen?«

Ich antwortete nicht, sondern tupfte mir nur die Augen trocken.

»Die einzige lebende Person, die wir kennen, die jemals direkt etwas mit dem Baum zu tun hatte, ist Tante Simonetta«, sagte ich nach einiger Zeit.

»Also müssen wir zu ihr«, antwortete Catta.

»Ich hatte befürchtet, dass du das sagst.«

Doch was blieb uns anderes übrig? Sobald der Sturm ein wenig abgeklungen war, machten wir uns auf den Weg. Die Weinfelder lagen verlassen da, abgerissene grüne Weinblätter bedeckten den Weg zum Haus und wurden vor uns hochgewirbelt.

»Wie traurig, die schönen Blütenranken vom Fingerhut sind abgeknickt«, sagte Catta, als wir die breite Außentreppe hochgingen. »Und vom Rittersporn auch. Ich fühl mich so wie die!«

Vor ein paar Tagen wäre mir irgendetwas Abfälliges über ihren Pflanzenfimmel durch den Kopf gegangen, aber in diesem Moment dachte ich nur: ich mich auch.

Simonetta saß in ihrem Sessel vor dem Schachspiel.

»Schwarz zieht«, sagte sie anstatt einer Begrüßung und beugte sich wieder über die Figuren. »Wo bleibst du denn die ganze Zeit?«

»Ich war doch erst gestern da«, sagte Catta.

Ich stutzte, weil ich davon nichts wusste, doch Catta übernahm meine Zeichensprache: Erkläre ich dir später. Sie räusperte sich: »Simonetta, wir sind noch mal hier, um dich um Rat zu fragen. Der *Zio Pino* hat uns nicht vertauscht, obwohl dieser wahnsinnige Sturm tobte.«

»Mit genug Wind, um alle Zapfen dieser Welt von den Bäumen zu schütteln!«, fügte ich hinzu.

Simonetta sah auf. »Ach. Du bist auch da.« Hatte sie wirklich erst jetzt bemerkt, dass ich neben Catta stand?

»Hallo, *Zia!*« Ich versuchte, nett zu klingen. Ich versuchte es wirklich. »Was denkst du, worauf hat der Baum es abgesehen? Also, wenn ihr euch damals einig gewesen wärt, wann hätte der Baum euch zurückgetauscht? Was hat er von euch erwartet?«

Sie schaute mich ausdruckslos an. Die Falte über ihrer Nase vertiefte sich vor meinen Augen. »Woher soll ich das wissen? Nun mach endlich deinen Zug, Mädchen!«, forderte sie Catta auf. *Dio,* wie konnte die Alte jetzt ans Schachspiel denken?

»Ich frag ja nur, weil …«, setzte ich an. Doch niemand beachtete mich, denn nun schob Catta eine Figur über das Brett.

»Ha, das war ungünstig, Mädchen, das war ungünstig und nicht gut durchdacht!« Triumphierend machte die Tante einen Zug und kassierte Cattas Turm. Die seufzte. »Ich kann mich nicht konzentrieren, Simonetta, verstehst du das? Ich mach mir nämlich echt Sorgen! Wir stecken immer noch in der Haut der anderen!«

»Ach ja, ach ja.« Sie sang es fast, während sie die geschlagene Figur mit zufriedenem Lächeln hochwarf und wieder auffing. »Ach ja.« Wir schauten ihr stumm dabei zu, wie sie den schwarzen Turm an der Seite des Brettes neben Cattas anderen »Gefallenen« aufbaute. »Nun. Vielleicht ein kleiner Gedanke am Rande: Man sollte nicht nur den eigenen Figuren Aufmerksamkeit schenken, sondern sich auch immer in die andere Person hineindenken.« Aha. Was für eine großartige Belehrung …

»Und einen zweiten Ratschlag kann ich euch noch geben.«

»Ja!?«, fragten wir wie aus einem Mund und schauten uns an. Kam er jetzt endlich? Der geheimnisvolle Fingerzeig, der ultimative Hinweis, mit dem wir endlich die Magie des Baumes durchschauen und auflösen würden?

»Gewöhnt euch schon mal dran!«

»Was war das denn?«, fragte ich Catta, als wir draußen die Treppe hinunterliefen. Ich war entsetzt. »Hat sie das wirklich gesagt?«

»Sie hielt das wahrscheinlich für einen super Tipp.«

Aber ich konnte in Cattas Kopf genau dieselbe Frage herumtoben sehen: Galt das jetzt auch für uns? Würden wir die nächsten vierzig Jahre im Körper der anderen verbringen müssen, so wie sie?

Und länger?!

»Schau mich bitte nicht so an, sonst fange ich wieder an zu heulen!«, bat sie. Wir blieben gleichzeitig stehen und starrten uns verzweifelt in die Augen. *»O Dio!«*

»Was sollen wir denn nur tun, Felicia?«

»Es bleibt uns nichts anderes übrig, als es so zu machen, wie Nonno vorgeschlagen hat. Wir müssen Marlene und Otto überreden, noch zu bleiben! Sie sollen verlängern, eine Woche oder so …«

»Meinst du, das bringt was?«

»Keine Ahnung! Wir können jetzt nicht aufgeben! Noch nicht!«

Cattas Eltern waren tatsächlich einverstanden.

»Diesmal bezahlen wir aber!« Aber ja, dürft ihr, dachte ich. Hauptsache, ihr bleibt! Ohne meiner Mutter etwas zu sagen, schrieb Catta einen Spottpreis für eine weitere Woche in den Computer. Otto musste zwar für sein neues Sachbuch recherchieren, doch solange er WLAN hatte, konnte er das überall tun. Mit seinem Laptop an dem runden Tisch mit den Eisenstühlchen, auf der Terrasse oder sogar in der Hängematte unter den Pinien. Marlene war auch einverstanden, na, und die Zwillinge sowieso, denn jetzt, wo es Marlene besser ging, wohnten sie mit in der Suite und schliefen auf dem Gästesofa und waren natürlich jeden Tag am Pool.

Wir versuchten, weiterzumachen wie bisher und uns nichts anmerken zu lassen. Wir schlichen unter dem *Zio Pino* herum, sprachen zu ihm, baten ihn um ein Zeichen und redeten uns ein, dass schon das Richtige passieren würde, doch die Tage vergingen rasend, ohne dass etwas geschah, und schon begann »Woche drei« der neuen Zeitrechnung.

Es war später Nachmittag. Cattas Mutter lag am Pool und las, während ich unter den nahen Bäumen hin und her tigerte. Ich hörte die Zwillinge an der Tischtennisplatte lachen. Sie trafen fast nie den Ball, hatten aber eine unglaubliche Ausdauer darin, es wieder und wieder zu probieren. Auf dem Gelände der Villa gab es so viel Neues für sie zu entdecken; den ganzen Tag pirschten sie durch den Wald, schleppten Äste, ritten stundenlang auf dem Gummikrokodil im Pool oder spielten wie jetzt im Moment mit den zwei kleinen Mädchen aus Hannover, mit denen sie sich angefreundet hatten. Als Unterhaltungspersonal war ich uninteressant für sie geworden war, sie hatten mich gerade sogar weggeschickt!

Es war seltsam, hier so im Kreis zu laufen. Niemand wollte etwas von mir, selbst die gefürchteten Musikauftritte fielen ja jetzt weg … Wann in meinem Leben hatte ich in der *Villa Paradiso* schon so abhängen dürfen? Normalerweise hätte ich es auch genossen, aber mein Leben war ja alles andere als normal und ich war unruhig und bedrückt wie nie.

Was sollten wir tun? Von den sieben Tagen Aufschub, die wir durch Cattas Eltern bekommen hatten, waren drei schon wieder vergangen. Doch wie wir den sturen Baum überreden konnten, seine Zapfen auf uns fallen zu lassen, hatten wir noch immer nicht herausgefunden!

Ich gab der Hängematte zwischen den Bäumen einen Stoß, hörte dem langsamen Hüpfen des Tischtennisballs auf der Steinplatte zu und versuchte, meine innere

Dauerpanik nicht an die Oberfläche kommen zu lassen. Ommm, brummte ich, wie Catta es mir beigebracht hatte. Ommm! Ja, Mist. Ommm half hier nicht.

Plötzlich sah ich zwei Gäste den Weg zwischen den Bäumen entlangkommen. Zwei Männer, aber nein, es waren keine Gäste. Es war Raffaele. Und zwar mit seinem Vater, Onkel Federico! Was machte *der* denn hier? Schnell warf ich mich in die Hängematte und schaute unbeteiligt in den Himmel, der blau zwischen den Ästen hindurchschimmerte. Das war doch lächerlich, warum spielte ich überhaupt dieses Theater? Für ihn war ich ja nicht seine Nichte, sondern nur irgendein unbekanntes Mädchen. Die beiden besprachen etwas miteinander, sie lachten, ohne mich zu bemerken. Hatte Raffa nicht von einem bösen Streit mit seinem Vater erzählt? Der war anscheinend vergessen ... Onkel Federico klopfte ihm auf die Schulter, dann gingen Vater und Sohn getrennte Wege. Raffaele vermutlich zu seinem Dienst in Richtung Küche, Federico dagegen holte sein Handy heraus, tippte etwas ein und ging telefonierend in den Wald hinein.

»Ja, ich bin's«, hörte ich. »Alles so weit klar, ich habe gerade noch so einiges erfahren.« Er ging weiter, kam nun direkt auf mich zu. »Ja. Sage ich doch, das war eine gute Idee von ihm. Ja. Nein. Damit kriegen wir sie ...« Er nickte mir freundlich zu, als er an meiner Hängematte vorbeigestapft kam. »Mein Bruder weiß das noch nicht. Eben. Gut. Morgen Nachmittag. *Meravigliosa! Ciao, ciao. Ciao.*«

Was ging da vor? Hatte Onkel Federico eben mit dem Anwalt gesprochen? Wollte er Geld einklagen? Genau das hatte ja schon in dem Brief gestanden, der am Anfang meiner Ferien eingetroffen war. Mein Gott, dieser Morgen schien Monate her zu sein. Aber was hatte Raffaele damit zu tun? Ich beobachtete, wie Zio Federico sich umschaute und sich in Richtung Parkplatz auf den Weg machte, sprang aus der Hängematte und lief los.

»Felicia«, rief ich leise, als ich an die Rezeption kam.

»Ja?« Sofort streckte Catta ihren Kopf aus dem Hinterzimmerchen. Sie hatte meine Haare am Hinterkopf zu einem strengen Knoten geschlungen und die Bluse drei Knöpfe weit auf. Untertitel: sexy Sekretärin. Es fehlte nur noch die schwarze Hornbrille. »Hey, *ciao!* Gibt's was Neues? Du siehst so aufgewühlt aus! Hat der Baum dir etwa ein Zeichen gegeben?«

»Nein. Leider nicht. Ist sie da?«, flüsterte ich.

»Nee, deine Mutter ist weg, die macht jetzt nachmittags immer 'ne Pause. Gott sei Dank!« Sie kicherte. »Dann ist sie gechillter.«

Aha. Pause. Hmmm. Um was zu tun? Sofort sah ich die Koje der *Mayflower* wieder vor mir … Mit wem traf sie sich dort?

»Ich bin übrigens mit Claudia hier und zeige ihr alles, was ich weiß.«

»Ciao!« Eine junge Frau kam aus dem kleinen Büro und streckte mir ihre Hand hin: »Claudia Locatelli, *piacere!«*

»Angenehm«, wiederholte ich. Denn angenehm war sie wirklich. Sie hatte lachende Augen, halblange braune Haare und ein offenes Gesicht.

»Claudia war schon Empfangschefin in großen Hotels in Milano und Rom. Sie ist super und hat voll den Durchblick!«

»O grazie.« Claudia winkte bescheiden ab.

Catta entschuldigte sich bei ihr, bevor sie hinter dem Tresen hervorkam und anfing, Deutsch mit mir zu sprechen. »Deine Mutter findet, sie wäre überqualifiziert und würde zu viel Geld verlangen, aber so 'ne Person wie sie brauchen wir hier ganz dringend. Ich schwöre!«

Ich nickte nur. »Hast du Raffaele heute schon gesehen?«

»Ja, wieso? Hat mir kurz zugewinkt. War auf dem Weg in die Küche.« Sie lächelte, während wir durch die leere Halle wanderten, doch dann wurde ihr Blick ernst: »Wir sehen uns ja gleich und ich freu mich drauf, obwohl es nicht mehr so schön wie am Anfang ist. Er ist echt *strange* geworden. Er sagt, er kann das nicht auseinanderhalten, also deinen Körper mit mir dadrin ... Wie ist es mit Jacques? Kriegt der das besser hin?«

»Nein. Ähnlich besch...eiden«, sagte ich und musste einen kurzen Moment lang daran denken, was für einen Abstand er jetzt immer hielt, falls wir uns im Bulli begegneten oder im Auto nebeneinandersaßen, und dass er nur noch im Zelt bei den Zwillingen geschlafen hatte, seitdem er es wusste ... »Aber jetzt mal was anderes: Ich habe deinen Raffaele beobachtet. Hinten im Park. Mit Onkel Federico, also seinem Vater!«

»*Meinen* Raffaele ... wenn's doch nur schon so weit wäre! Das hört sich schön an. Aber Moment, Raffaele mit seinem Vater? Ich denke, die wohnen eigentlich in Rom?«

»Ja, genau, wohnen sie auch. Onkel Federico ist der, dem es egal ist, was aus der *Villa Paradiso* wird, der nur sein Geld will und sie dadurch zerstört!«

»Oh Gott. Wie sieht der aus?« Sie schaute sich um, als ob er jeden Moment hinter einem der Sofas hervorspringen könnte. »Was, wenn der an mir vorbeimarschiert ist und ich habe ihn nicht erkannt, wie bei deiner Patentante?«

»Na, aber er hätte dich ja gegrüßt, oder?«

»Stimmt.« Sie guckte verwirrt und betastete den blonden Dutt auf ihrem Kopf. »Und nun? Denkst du …? Du denkst doch nicht etwa …?«

»Ich weiß nicht. Hat Raffaele wirklich nur einen Ferienjob gesucht oder vielleicht schon mit seinem Vater geplant, uns auszuspionieren?«

»Nein, das kann ich mir nicht vorstellen. Ich habe ihn doch erst überreden müssen rüberzukommen, weißt du nicht mehr?«

Ich schaute sie nur schweigend an.

»Nein. Echt?« Sie riss die Augen auf. »Er ist doch so lieb, so was Fieses würde er doch nie machen … Was ist das überhaupt für Geld?«

»Also.« Ich atmete tief durch. »So wie ich es verstanden habe, geht es um eine sehr große Summe vom Urgroßvater, mit der die Villa Ende der Sechzigerjahre renoviert worden ist. Das Weingut, in dem er zu der Zeit noch wohnte, hat aber zum gleichen Zeitpunkt nichts bekommen.«

»Das Weingut, das er schon Simonetta zur Hochzeit geschenkt hatte oder Rosanna oder wem …?«

»Keine Ahnung. Wer auch immer wo mit seinem Mann lebte, ob Villa oder Weingut … irgendwer hat da offenbar zu wenig Geld bekommen. Und dieser Anwalt hat jetzt wohl auch noch die Zinsen auf die Summe draufgeschlagen, die im Laufe der Jahre angefallen wären, ach, keine Ahnung. Fest steht: Wenn Babbo und Mama auch nur die Hälfte davon zurückzahlen müssten, können sie das Hotel gleich schließen …«

»Oh nein, bloß nicht. Das wäre doch megaschade!«

»Na eben! Ich habe gerade ein Telefonat von Zio Federico mitgehört. Hörte sich an, als ob er mit seinem Anwalt gesprochen hätte. Ich glaube, sie wollen morgen Nachmittag herkommen. Wir müssen vorbereitet sein!«

»Lass uns sofort Raffa fragen, was da los war.«

»Nein. Ich will wissen, ob er wirklich nicht Bescheid wusste, was sein Vater vorhat. Du musst in sein Gesicht schauen, wenn du dabei sein solltest.«

Wir setzten uns auf zwei einander gegenüberstehende Sessel.

»Aber Jacques sagen wir es!« Mein Gesicht, das sonst so oft strahlte bei ihr, sah mit einem Mal sehr unglücklich aus. »Das gibt es doch nicht …«, flüsterte sie kopfschüttelnd. »Das hätte ich nicht von dir gedacht, Raffaele.«

Babbo kam in die Halle. Er schaute sich um, als ob er ein schlechtes Gewissen habe. *Er* ist auf dem Segelboot gewesen, nicht Mama, schoss mir durch den Kopf.

»Hallo!« Catta erhob sich und ging auf ihn zu. Ihre Rolle als Felicia hatte sie mittlerweile perfekt drauf, sogar meine kurzen, eindeutigen Sätze: »Raffaele ist schon unten. Ich komme auch gleich. Warte nur noch auf Mama.«

»Okay. Ich geh mich umziehen«, antwortete Babbo. Früher hätte er sich aufgeregt, dass seine Tochter mit einer Freundin in der Lobby herumsaß, aber heute? Kein Wort. Gute Erziehung, Catta! Ich winkte ihr quer durch die Halle zu und ging hinaus. Ich musste mit Jacques reden.

»Was hältst du davon?« Wir nahmen die Zwillinge zwischen uns, genug Sicherheitsabstand, sogar für Jacques, und schlenderten den Waldweg entlang auf das Häuschen von Nonno Giancarlo zu. Wir würden sie drüben bei ihm duschen, weil sie die Außendusche so vermissten, seitdem sie im Hotel wohnten. Und dann mit Otto und

Marlene nach Portoferraio fahren und Pizza essen gehen.

»Mensch, der Raffa, das hätte ich nicht von ihm gedacht«, sagte Jacques. »Dann lass uns heute Abend lieber nicht mit ihm reden. Aber morgen versuchen wir, in der Nähe zu sein, um so viel wie möglich mitzubekommen.«

»Na ja, sie werden ihr Familientreffen plus Anwalt nicht gerade in der Hotellobby abhalten, wenn wir danebensitzen«, gab ich zu bedenken und drückte Elieses kleine klebrige Hand, die sie in meine geschoben hatte.

»Aber *Felicia* wird hoffentlich dabei sein.« Er zwinkerte mir zu. Vor den Zwillingen konnte er ja nicht Cattas Namen sagen. »Vielleicht können wir sogar Nonno Giancarlo dazu kriegen, harmlos zu schauen und herumzusitzen, wenn die Brüder aufeinandertreffen.«

»Oh nein, oh nein. Ich bin nicht mehr gerne in der Villa«, sagte der Nonno. »Lasst mich damit in Ruhe.« Okay, das war eindeutig. Er tat mir leid und ich wurde noch einmal bestätigt in unserem Beschluss: Niemals würden wir ihm freiwillig von den nicht zurückgetauschten Schwestern erzählen!

Am nächsten Tag lungerten Jacques und ich am Bus herum. Er spielte Gitarre und ich war froh, dass er danach nicht sofort wegrannte wie in den Tagen zuvor. Ich setzte mich in gebührendem Abstand auf den Klapphocker an das Tor und zeichnete Nonnos Häuschen, den Bulli und ihn. Irgendwann kam er herübergeschlendert. »Wow, in Häusern und Autos bist du richtig gut.«

»Ich weiß, bei Menschen gebe ich mir nicht so viel Mühe …«

»Na super!« Er schaute mich strafend an, wollte das Blatt

aber unbedingt geschenkt haben, also gab ich es ihm. »Danke!« Nun seufzte er. »Felicia. Ey, glaub bloß nicht, dass das einfach für mich ist.« Seine Stimme war plötzlich ganz rau. »Oh Mann, du bist so … Was würde ich dafür geben, dass dieser alte Knacker euch wieder zurücktauscht!« Er zeigte mit dem Daumen hinter sich auf den *Zio Pino,* der uns mit seinen weit ausladenden Ästen Schatten spendete. »Aber so, wie es jetzt ist, geht es einfach nicht, es geht nicht! Du siehst aus wie Catta, riechst wie Catta, deine Stimme ist wie die von Catta. Okay, du benutzt andere Worte, hast andere Gedanken, und dann erkenne ich auch die Felicia in dir, aber nee.«

Er trat gegen einen Pinienzapfen und schoss ihn ein paar Meter weit über den Vorplatz. »Ich kann meine Schwester doch nicht anfassen. Also nicht *so.«*

»Verstehe ich. Wäre auch komisch.« Mein Herz jubelte kurz auf – er wollte mich also *so* anfassen –, bevor es wieder zurück in die Niedergeschlagenheit der letzten Tage fiel. Es war echt tragisch: Er war verliebt in mich, aber ich steckte im falschen Körper und kam da nicht heraus …

Jacques spielte noch mehr Lieder und wir machten ein paar Sportübungen zusammen. Situps und Liegestütz, ich schaffte erstaunlich viele davon. Dann kochten wir Spaghetti im Bulli und kippten ein Glas Tomatensoße aus Nonnos Vorrat darüber. Wir aßen gleich aus dem Topf und kratzten ihn gemeinsam aus. Mit ihm war es kein bisschen unappetitlich, im Gegenteil, es hatte etwas sehr Vertrautes, und ich dachte: Wenigstens das können wir noch, zusammen essen.

»Und nach dem Abi machst du die Hotelfachschule?«, fragte Jacques, als wir satt und zufrieden quer in der Hollywoodschaukel lagen. Die Köpfe zu beiden Seiten an den Armlehnen, auch unsere Beine berührten sich natürlich nicht. Er ist so weit weg, ging es mir durch den Kopf, niemals könnte ich ihn küssen, und das nur, weil ich nicht in meinem eigenen Körper bin.

»Keine Ahnung.« Ich schaute in die Krone von *Zio Pino*. »Da denke ich gerade echt nicht dran …«

Er folgte meinem Blick. »Ihr werdet das mit dem Tausch schon noch hinbekommen!«

»Zurzeit sieht's nicht danach aus, oder?«

»Aber tun wir mal kurz so, als ob du schon wieder die richtige Felicia im richtigen Körper wärst.«

Oh ja, tun wir mal kurz so …

»Du hast gar kein Bock auf dieses Hotelding, oder?«

»Warum denkst du das?« Ich schubste die Schaukel so stark an, dass sie empört quietschte.

»Du willst was ganz anderes machen.«

»Ja. Schon. Aber …« Wie sollte ich ihm die Sache mit der Hotelerbin und den Erwartungen meiner Eltern erklären? Er würde doch einfach nur fragen, wo ist das Problem?

»Kann man das nicht zufällig in Amsterdam studieren?« Er grinste.

»Ich weiß nicht«, sagte ich. »Aber wie war das mit diesen Frauen, die alles fallen lassen, nur weil sie einen Typen wie dich kennenlernen? Total unattraktiv, oder?«

»Könnte es sein, dass du mich als meine Schwester fies ausgehorcht hast und das jetzt alles gegen mich verwendest?« Er lächelte.

Ich wollte nie deine Schwester sein, dachte ich und schaute schnell weg. Sein Mund war zu schön und zu gefährlich.

Der Anruf von Catta kam gegen vier Uhr nachmittags. »Sie sind da!«, rief sie atemlos in ihr Handy. »Sie haben sich nicht angemeldet, aber jetzt sind sie da, das ganze Aufgebot, Raffas Vater, seine Mutter und dieser Anwalt!«

»Verstanden. Wo seid ihr?«

»Wir gehen nach oben in eure Wohnung. Raffa ist auch dabei.«

»Los«, sagte ich zu Jacques, »lass uns rennen!«

»Benimm dich ganz normal!«, raunte ich, als wir von der Halle leise die Treppe hoch in den ersten Stock gingen.

»Das sagst du so einfach.« Jacques warf einen Blick in den Flur. »Ich fühle mich wie ein Einbrecher. Sind hier oben auch Hotelzimmer?«

Ich nickte und zog den Schlüssel zur Verbindungstür hervor, die zu unserer Wohnung führte. »Den habe ich mir geholt. Habe schon geahnt, dass ich ihn als Catta mal brauchen würde.«

»Echt? Wir gehen da rein? Und was sagen wir denen, wenn sie uns erwischen?«

»Pscht. Seitdem ich ein Kind bin, schleiche ich mich schon an meinen Eltern vorbei. Wir gehen auf meinen Balkon, da bekommst du von Streits und Diskussionen mehr mit, als dir lieb ist, glaub mir.«

»Wie? Hast du früher wirklich alleine auf dem Balkon gehockt? Ey, ich dachte, als Einzelkind wird man verwöhnt!«

»Nein. Gott sei Dank hatte ich meine Großeltern.« Ich linste durch den Türspalt. »Ich vermute, sie sind alle in der Küche. Oder im *salotto.*«

»Oder?! Wäre schön, wirklich zu wissen, wo die sind!«

Ich grinste und hielt ihm die Hand vor den Mund, bevor

er zurückweichen konnte. Seine Lippen waren so warm und weich.

Sie waren in der Küche. Auf Zehenspitzen schlichen wir an der halb geschlossenen Tür vorbei und kamen ungesehen in mein Zimmer. *Dio!* Catta hatte eine furchtbare Unordnung hinterlassen, aber darum konnte ich mich jetzt nicht kümmern.

»Hier!« Ich zog an dem Laken unter dem Klamottenberg, der sich auf meinem Bett türmte. »Das hängen wir draußen hin, damit uns keiner von unten und von nebenan sieht.«

Jacques verstand sofort, was ich meinte. Er drapierte den weißen Stoff über die geschwungenen Gitterstäbe des Balkons, dann kauerten wir uns dicht dahinter auf den Boden und hörten dem Stimmengewirr und dem Geschirrklappern zu, das aus der Küche zu uns herüberdrang.

»Erst einmal einen *caffè* für alle«, flüsterte ich, während ich Catta eine WhatsApp aufs Handy schickte. *Sind auf meinem Balkon direkt neben euch.*

»Stell das Ding lieber auf stumm. Wenn wir *die* schon so gut hören …«, flüsterte Jacques zurück.

Es stimmte. Man hörte meinen Vater, Mama und Onkel Federico und sogar das leise »Pling!« von Cattas Handy, als meine Nachricht eintraf. »Ach, Tante Susanna, da sagst du was«, rief Catta in diesem Augenblick, »ich war wirklich zu dünn und bin froh um jedes Kilo!«

Ich kniff die Augen zusammen und machte mich noch kleiner, aber nicht wegen Cattas Gewichtszunahme in meinem Körper, sondern weil jemand nebenan den Balkon betrat. »Ach, und der Garten ist so herrlich, wie immer. Macht Giancarlo das noch?«

Das war Tante Susanna, Raffaeles Mutter.

»Ja, aber das ist auch alles, was er tut.«

Typisch Mama.

»Feli-tscha, warum hängt dein Laken da auf dem Balkon?«, rief sie jetzt und wir sahen eine Hand über dem Geländer auftauchen, die daran herumnestelte. Ich kauerte mich mit Jacques noch enger auf dem Boden zusammen. Mist, gleich würde sie uns entdecken!

»Häh? Mein was …? Oh! Habe ich wohl vergessen reinzuholen.« Jetzt stand Catta offenbar auch draußen. »Keine Ahnung, hab's ausgeschüttelt, da waren Krümel drin.«

»Mädchen, Mädchen, soll ich dir auch noch ein privates Zimmermädchen schicken, oder wie? Hol das rein, das verschandelt die Fassade. Was sollen die Gäste denken?« Die Hand verschwand, die Stimmen wurden leiser. Mein Herz klopfte bis hoch in meinen Hals und ich krallte meine Fingernägel in Jacques' Arm. Auch er sah nicht gerade entspannt aus. Plötzlich gab er mir einen Kuss irgendwo hin zwischen Stirn und Haaren.

»Wofür war der denn?«

»Für das Einzelkind, das da gerade in meiner Schwester hockt.« Er lächelte mich an und mir wurde ganz warm. Nach ein paar höflichen und belanglosen Sätzen ging es in der Küche dann endlich zur Sache …

»So, Federico. Schön, dass du uns mal besuchst, wo du doch sonst nur Briefe schreibst.«

Ich übersetzte für Jacques.

»Mit Diplomatie hat dein Vater es echt nicht so«, flüsterte er. Ich schüttelte den Kopf und schloss wieder die Augen, diesmal um besser zuhören zu können.

»Sollen wir die Kinder nicht rausschicken?«

»Tante Susanna«, flüsterte ich. »Raffas Mutter.«

»Nein!«, rief Roberto. »Lass sie hier! Sie sind ja schließlich die nächste *generazione,* die, die mal alles erben wird!«

»Aber nur, was ihnen zusteht!« Das war Mama. »Nur was ihnen zusteht!«

»Na, und euer Raffaele kennt sich gut aus, den hast du doch hier eingeschleust, oder etwa nicht!?« Wieder Roberto.

Es wurde still drüben. Auch Jacques und ich lauschten mit angehaltenem Atem.

»Ja. Also nein.«

»Ha! Ja, nein, nein, ja! Wusstest du nun, dass dein Sohn hier bei uns im *Paradiso* arbeitet, oder nicht?«

»Natürlich. Ich bitte dich, ich bin sein Vater. Natürlich wusste ich das! Er hat uns ja erst den entscheidenden Tipp gegeben. Und wir haben hier mal etwas Schriftliches ausarbeiten lassen, von meinem guten Freund hier, dem Avvocato Bellinzoni, damit du es endlich akzeptierst, dass wir ein Wörtchen mitzureden haben!« Man hörte Papier rascheln. Ich stieß Jacques in die Seite und atmete wieder aus. Also doch! Raffaele, du Verräter!

22

Catta

Also doch. Ich starrte in Raffaeles Augen und wollte es nicht glauben.

»Bellinzoni! Du! Du …« Fassungslos brüllte Roberto den Anwalt an, fauchend und brodelnd wie eine gigantische Espressokanne, die gleich explodieren würde. »Es nützt dir gar nichts, dich hinter deinem *dottore avvocato* zu verstecken, für mich bleibst du immer nur der kleine Franco aus La Pila, eine Klasse unter mir!«

»Aber was hat das jetzt damit zu tun?« Raffaeles Mutter versuchte, ihren Schwager zu beruhigen. »Raffa hat uns ja erst vor ein paar Tagen angerufen. Er hat es nur gut gemeint!«

Gut gemeint? Ich funkelte Raffaele fassungslos an. Findest du es richtig, dass deine Familie jetzt mit ihrem Anwalt ankommt?

Er schüttelte nur den Kopf und hob entschuldigend die Arme.

Ach, jetzt auch noch so tun, als könntest du nichts dafür?

Ich war wütend, obwohl es ja gar nicht mein Geld war, um das hier gestritten wurde.

»Wolltet ihr von eurem Sohn vorher noch hören, was es hier zu holen gibt, oder sollte er den Laden gleich übernehmen? Hä?! Gebt es doch zu!«, brüllte Roberto.

»Richtig, *cuginetto!* Er hat mir erzählt, dass hier eine

ziemliche Misswirtschaft läuft, dass deine Küche chaotisch ist, dass du selber *be-rufs-un-fä-hig* bist!« Er ließ sich die Silben auf der Zunge zergehen.

Oh, was für eine Gemeinheit! Roberto lief wie ein Verrückter durch die Küche … Ein kurzes »Ping!« ertönte auf meinem Handy, der Ton, den ich für Felicias Nachrichten eingestellt hatte: *Che stronzo!* Was für ein Arsch, schrieb sie. Ich hielt es nicht länger aus und stand auf. Auch Antje war jetzt aufgesprungen, ich stellte mich neben sie.

So standen wir uns ein paar Sekunden gegenüber, die eine Familie hier, die andere da. Mir tat innerlich alles weh, ungefähr da, wo mein Herz war. Ich merkte, wie sehr ich die *Villa Paradiso* mochte und wie schwer Raffaeles Verrat mich traf. Ich hatte ihm auch noch die Tortendiagramme von Felicias Mutter gezeigt! Und nun nutzte er sein Wissen so übel gegen uns aus …

»Nein, Papa!«, rief Raffaele plötzlich. »Das war anders abgemacht!«

Alle Köpfe wandten sich ihm zu.

»Jetzt rück endlich mit deinen Plänen raus«, rief er, »sonst bin ich nicht mehr dabei!«

»Aha! Pläne!«, heulte Felicias Vater auf. »Du hast unseren Bankrott also schon geplant!«

»Ja. Pläne, Roberto.« Federico grinste vor sich hin. »Ach, herrlich. Du warst schon immer so leicht zu provozieren!«

»Federico!«, sagte Raffaeles Mutter scharf. »Du bist zweiundvierzig Jahre und diplomierter Architekt, kein Kleinkind. Nun sag es ihm schon!«

»Okay, okay. Du bist wahnsinnig ungeduldig, Robby, aber auch ein genialer Sturkopf vor dem Herrn, so wie ich. Also hör zu: Wir wollen euer Geld nicht.«

»Nicht?« *Robby* hielt im Herumtoben inne und ließ sich rückwärts auf einen der Küchenstühle kippen.

»Nein. Und das hast du nur unserem lieben Sohn zu verdanken. Der hat dich seit jeher bewundert, schon als kleines Kerlchen wollte er immer nur rüber in die Villa!«

»In die Villa wollten so manch andere auch!«, schnaufte Roberto.

»Wir haben es ihm sogar verboten, aber er hat seinen Weg gefunden und uns überzeugt. Er liebt das Hotel, das *Adamo,* deine Küche, alles.«

Ich schaute Raffaele an, der verlegen in die Runde grinste.

»Vorschlag zur Güte«, fuhr Federico fort, »wir lassen das Geld, wo es ist, verkaufen das Weingut und investieren richtig in die Villa! Na, wie wäre das? Ich habe hier mal was entworfen ...«

Was?! Ein jahrelanges Theater um Geld und jetzt wollten die es gar nicht? Unglaublich!

Aber Roberto hatte keinen Blick für das Tablet, das Federico vor ihm aus seiner Hülle holte. »Kein Geld? Ich meine, ihr wollt wirklich kein Geld?« Er sprang auf und breitete die Arme aus: »Oh, komm her, mein Cousin!« Er klopfte ihm auf den Rücken.

»Tut mir leid mit deiner Nase!«, sagte Federico und klopfte zurück. »Das kommt bestimmt wieder in Ordnung, ich bin mir sicher!« Die beiden Cousins sahen sich schon irgendwie ähnlich, wie sie da zusammenstanden.

»Und hier, euer Sohn, ja, der hat Talent, aus dem kann mal was werden!« Roberto drehte sich zu Raffaele um, doch den hatte ich gerade in den Armen, so eng und fest, wie es sich für eine Cousine gerade noch gehörte.

Nach der Arbeit trafen wir am Bulli zusammen. Raffaele hatte Bier und Cola aus der Hotelbar mitgebracht. »Ich habe Onkel Roberto vorher gefragt«, betonte er. »Im *Adamo* wird nicht mehr geklaut, nur noch legal mitgenommen!«

Wir saßen im Gras vor dem Zelt auf den Isomatten, stießen die Flaschen aneinander und die Jungs machten sich über die erste von zwei Tüten Chips her, die ich in Hamburg so gut in einem der Schränke versteckt hatte, dass sie noch niemand gefunden hatte. Sie konnten es nicht fassen: »Was für ein verrückter Nachmittag!«

»Ist das nicht genial?!«

»Und ihr habt die ganze Zeit nebenan auf dem Balkon gesessen?«

»Die Nummer mit dem Laken hätte auch schiefgehen können. Ich dachte immer, so hoch ist das Geländer gar nicht, die muss uns doch sehen!«

»Wer hätte das gedacht, dass das Ganze so gut ausgeht?«

»Tja, was das Hotel angeht wenigstens …« Felicia hielt die ganze Zeit schon den Kopf gesenkt und knibbelte an dem Etikett ihrer Flasche herum. Auch mir ging es nicht besonders. Ich hatte sogar schon »Körpertausch« gegoogelt, doch aus den bekannten Filmen und den paar albernen Videos von Filmstudenten nichts Brauchbares ziehen können. Es gab immer Blitze, Erdbeben, irgendwas mit Strom oder auch gar keine Erklärung und am Ende tauschten die Hauptdarsteller beim gleichen Szenario (Blitze, Erdbeben, Strom oder gar keine Erklärung) eben wieder zurück. Nur für uns schien das nicht zu gelten!

Die Jungs redeten noch eine Weile, während wir immer stummer wurden.

»Und Nonno Giancarlo wird sich auch freuen!« Raffaele

ließ seine Flasche noch mal gegen die von Jacques klirren. »Sein Roller ist weg. Wo kurvt der immer so alleine rum?« Er kratzte sich am Kopf.

»Was für Pläne waren das denn nun eigentlich von deinem Vater, Raffa?«, fragte Jacques zurück. »Wie praktisch, dass er Architekt ist ...«

»Oh, wir sind gar nicht dazu gekommen, da draufzugucken.« Raffaele sah zu mir rüber. »Catta hat mich so schnell aus dem Raum gezogen, rüber zu euch ins Zimmer, und dann war es auch schon höchste Zeit, in der Küche anzufangen.« Er wühlte in der Chipstüte herum. »*La famiglia* sitzt übrigens immer noch am Tisch. Jedenfalls gerade eben, als wir rübergegangen sind.«

»Unsere Eltern, echt?« Felicia lächelte endlich mal und fuhr sich durch meine Zöpfchen.

»Ja! Sie haben das Menü gegessen und fanden es richtig gut. Dabei ist meine Mutter echt kritisch, was Essen angeht! Und sie reden, reden, reden.« Raffaele schaute nach oben in die Äste und die Sterne, die dazwischen funkelten. »Das wurde auch Zeit!«

»Was würde man denn am Hotel verbessern wollen?«, fragte Felicia. »Sag *du* doch mal, Catta, du hast doch den vollen Durchblick!«

»Oh, meinst du echt? Danke schön!« Die Freude über ihr Kompliment drängte die trüben Gedanken in meinem Kopf tatsächlich beiseite. »Du meinst, was ein Architekt planen könnte?« Ich überlegte einen Moment. »Äh, ich habe zwar keine Ahnung von Architektur, aber nee ... Nichts! Das ist ja gerade das, was die Gäste so mögen; der alte Charme der Villa, die unterschiedlichen Möbel, das Persönliche, nicht so Perfekte.«

»Nein, große Umbauten sehe ich hier auch nicht.«

Jacques riss die nächste Chipstüte auf. »Die sollen bloß alles so lassen.«

»Na ja, vielleicht nicht absolut alles. Ich hätte zum Beispiel nichts gegen einen kleinen Aufzug für die Teller zwischen Küche und Saal«, schlug Raffaele vor. »Dann müssen die Kellnerinnen nicht so weit laufen. Oder eine stärkere Abzugshaube?«

»Gute Idee!« Oh, Mann, Raffaele war einfach supersüß und dabei cool. Als angehender Koch, als Typ, als alles eben … Ich kam nur gerade nicht an ihn ran. »Oder man könnte das Kühlhaus renovieren und vielleicht auch …«

»*Please, don't!* Verschont uns mit dem Küchenkram!«, rief Jacques auf Englisch. »So viel Italienisch verstehe ich inzwischen, immer geht's bei euch ums Kochen.«

Ich zuckte mit den Schultern. Ja, leider um nichts anderes mehr. Kein Flirten, keine Andeutungen … Fast sehnte ich mich nach der Zeit zurück, als Raffaele mit Felicia in meinem Catta-Körper geflirtet hatte. Daran hatte ich wenigstens sehen können, dass er mich auch toll fand. Aber jetzt … »Okay. Auf jeden Fall werden sie keine Mühe haben, das Geld zu investieren!«

»Moment.« Felicia zeigte mit dem Finger auf mich. »Das haben wir ja ganz vergessen! Das Geld! Sie wollen das Weingut verkaufen. Haben sie überhaupt die Zia Simonetta gefragt? Wo soll die dann hin?«

»Eigentlich ja Zia Rosanna«, berichtigte ich. Wir schauten uns an.

»Sollte Nonno Giancarlo nicht doch von uns erfahren, was wir wissen?«, fragte ich.

»*O Dio,* lieber nicht. Vielleicht überlebt er es nicht!« Felicia blickte sich um, doch keine Vespa kam den Waldweg entlang.

»Auf jeden Fall sollten wir ihm sagen, wie schön alles wird!«, sagte ich.

»*Wird* denn alles schön?« Sie schaute zweifelnd in die Runde.

»Wir brauchen die Entwürfe deines Vaters. Kannst du die holen, Raffaele?«, fragte Jacques.

»Ja natürlich.«

»Und unsere Möchtegern-Architektin Felicia kann sie uns dann erklären.« Ich lächelte, plötzlich wieder besser gelaunt.

»Woher weißt du …? Ich habe das noch nicht mal meinen Eltern gesagt!«

»Ich wohne seit über zwei Wochen in deinem Zimmer, Baby.«

Alle lachten. »Es ist zwar äußerst nervig, deinen Körper bewohnen zu müssen, aber ein bisschen was weiß ich jetzt von dir.«

»Ich hole die Pläne!«

Zwanzig Minuten später war Raffaele wieder da. »Typisch mein Vater, er wollte mir sein blödes Tablet nicht geben … Und hat so rumgeeiert, dass er der Familie erst morgen in Ruhe erklären will, was er vorhat.«

»Und was ist das da?«, fragte Felicia und zeigte auf den langen Gegenstand in Raffas Hand.

»Na, die Pläne!« Er grinste, während er die gerollten Bögen aus der Papprolle hervorzog. »Papa tut immer so modern, aber im Grunde ist er altmodisch und vertraut dem ganzen Internet nicht. Darum hat er immer noch ’ne analoge Absicherung dabei. Und sein Auto schließt er nur in Rom ab, auf Elba nie …«

»Cool!«, sagte Jacques, als wir im Licht von drei Handys und einer Campingleuchte auf die oberste Zeichnung starrten. »Das hier soll wohl die Villa sein.« Er tippte mit dem Zeigefinger auf den Kasten, der aussah wie ein eckiges C. »Und das da?«

»*Wellness*«, las Felicia.

»Noch mal *Wellness*.«

»*Massage*.«

»*Ruheräume*.«

»Mitten im Wald.«

»Nur dass da kein Wald mehr ist …«

»… denn der Pool wird riesig. Steht hier wirklich *fünfundzwanzig Meter*?«

»Was soll das? Wird das ein Sporthotel?«

»Wo sind die Bäume?«

»Na wenigstens den *Zio Pino* will er stehen lassen. Guck mal, das mit dem Kreuz und dem Fragezeichen drauf müsste Nonnos Hütte sein …«

»Was steht da am Rand des Bogens? *Entwurf Erwachsenenhotel*.«

Wir schauten uns an.

»*Das* will er aus der Villa machen? Ein Erwachsenenhotel?«

»Was ist denn ein …? Geht es da den ganzen Tag nur um das, was ich denke?«

»Nein, Raffa, das ist *kein*, ach … Das heißt einfach nur: ohne Kinder! Kinder haben keinen Zutritt«, erklärte ich ihm.

»Ach komm! So was gibt es?«

»Na, den knöpfe ich mir vor!« Felicia sprang auf. »Ich dachte immer, mein Onkel ist ein super Architekt. Pah. Wie kann man so einen Scheiß entwerfen? Ohne Kinder! Stellt euch vor, Em und Eli dürften nicht in unsere *Villa*

Paradiso!« Sie ließ sich dicht neben Jacques auf die Isomatte fallen.

Ich musste grinsen und ein warmes Gefühl stieg in mir auf. Vor genau siebzehn Tagen hatte sie die Zwillinge noch aus dem Pool geworfen. Jacques empfand offenbar nicht so wie ich, denn er vergrößerte sofort den Abstand zu ihr: »Oh Mann, Felicia. Jetzt siehst du nicht nur aus wie meine Schwester, jetzt hörst du dich auch noch so an.«

Sie sah verletzt aus, schnell fragte ich: »Was werden deine Eltern dazu sagen, Fé? Werden die den Entwurf gut finden?«

Sie zog den Kopf zwischen die Schultern, zog die Beine an, machte sich ganz klein. »Ich weiß es nicht. Ich weiß gar nichts mehr.«

»Unter diesem Baum scheinen die meisten Dinge nicht wirklich gut auszugehen«, sagte Raffa und rollte seufzend die Papierbögen zusammen.

»Ja. Ist vielleicht wirklich so«, sagte Jacques. »Wollen wir rübergehen und deinen Vater zur Rede stellen?«

»Ich denke, sie haben schon zu viel Wein getrunken«, sagte Raffaele. »Und Grappa. Und noch mehr Wein. Lass uns morgen nach den Plänen fragen.«

»Und nun?« Felicias Stimme klang megaenttäuscht.

»Und nu', min Deern«, sagte Jacques, »könnte man wohl tanzen gehen oder an den S-trand, ein Mitternachtsbad nehmen.« Er imitierte das Hamburger Platt so echt, dass selbst Felicia lachen musste. »Aber ihr seid vertauscht und alles immer noch'n büschen schwierig, nech?«

Wir nickten einstimmig. Ja. *Shit.* Das war es. Meine Augen trafen die von Felicia, doch sie guckte schnell beiseite. Verdammt. Die Jungs waren von uns gerade so weit entfernt wie die Hamburger Elbbrücken.

Niemand sagte ein Wort, doch in diesem Moment tauchte ein Scheinwerferlicht auf. Der Nonno auf seiner Vespa? Aber dafür war das Licht zu hell, ein Auto also. Federico, der seine wunderbaren Hotelpläne vermisste? Nein, es waren die Carabinieri, die vor uns auf dem Hof stoppten und Nonno vom Rücksitz holten. *»Buona sera!«*

»Buona sera, Maresciallo!« Raffaele war aufgesprungen und griff dem schwankenden Giancarlo unter die Arme.

»Was ist mit ihm?« Eine ziemlich unnötige Frage.

»Nur zu viel Alkohol. Wir haben ihn auf der Straße zwischen Sant'Ilario und La Pila aufgegriffen.«

»Ich hatte kein' verdammt'n Sprit mehr. Sonst wärich scholängshier!«

»Oh Nonno!« Felicia machte mir ein Zeichen. Ich stand auf, um Giancarlo von der anderen Seite zu stützen.

»Wir wissen natürlich, wer er ist, deswegen sehen wir von einem Fahrverbot ab, aber ... beim nächsten Mal können wir kein Auge mehr zudrücken!«

»Danke, *Maresciallo!* Ich bin seine Enkelin, wird nicht wieder vorkommen!«, sagte ich.

Die beiden Polizisten stiegen wieder ein, wendeten und fuhren davon.

»Auch ich bedankmichrechtherzlich!«, rief Giancarlo ihnen hinterher. »Ihr Sesselfurzer!«

»Super, wenn der Opa betrunken von den Carabinieri nach Hause gebracht wird.« Felicia lachte, doch es klang nicht amüsiert. »Sollte das nicht eher mein Job sein?!«

Dein Job sollte darin bestehen, Felicia zu sein. Und meiner Catta, dachte ich – und fühlte mich ihr nahe wie nie. Genauso mutlos und verzweifelt.

23

Felicia

Es ist zum Verrücktwerden, dachte ich. Immer wenn in letzter Zeit etwas Wichtiges in meinem Leben passiert, hocke ich auf einem Balkon hinter einem Laken und bin zum Schweigen verurteilt!

»Vertrau mir«, hatte Catta geflüstert. »Ich sage nur das, was du auch sagen würdest!« Damit hatte sie Jacques und mir zugeplinkert und war in meiner Gestalt in die Küche hinübergegangen, um mit Raffa, seinen und meinen Eltern einen ersten *caffè* zu trinken und sich von Federico die Entwürfe erläutern zu lassen.

»Buongiorno!« Drüben hörte man Stühle rücken und die Espressokanne auf dem Herd röcheln. Kaffeeduft wehte zu uns auf den Balkon. Jemand öffnete den Kühlschrank, stellte ein paar Teller auf den Tisch. Butter, Marmelade, Toast? Richtig gefrühstückt wurde in meiner Familie kaum. Bevor Catta kam. Sie konnte nicht ohne Frühstück überleben, das wusste ich von Jacques, der wieder neben mir kauerte und verstohlen gähnte.

»Was tust du?«, hörte ich da auch schon meine Mutter.

»Sorry? Ich mache mir ein Spiegelei, wieso?«

»Gleich zwei und auch zwei Scheiben Brot? Mit Ketchup? Weißt du, wie viel Zuckerstücke in einer Flasche Ketchup stecken?«

»Nein. Ich weiß nur, dass ich heute Morgen einen Bärenhunger habe!«

»War wohl ’ne harte Nacht?« Onkel Federico schien gut gelaunt.

»Nö«, hörte ich Raffaele. »Nur zwei Bier.«

»Ach, und das soll ich dir glauben?« Federicos tiefe Stimme schien zu grinsen. Ja. Konnte er ruhig. Wir waren gestern wirklich nicht mehr losgegangen. Raffaele hatte sich schnell verabschiedet und auch Jacques war in sein Zelt gekrochen. Allein natürlich.

»Machst du mir auch zwei, Catt…, äh Felicia?«, sagte Raffaele.

»Certo!« Wir hörten Eier, die aufgeschlagen wurden und sofort anfingen zu brutzeln.

»Morgens so viel Cholesterin ist aber …«

»Mama! Lass es einfach, okay?« Cattas Deutsch klang leise und freundlich, aber die kleine Prise Schärfe darin verfehlte nicht ihre Wirkung. Meine Mutter hielt tatsächlich den Mund.

»Ich find’s toll, wie unsere beiden sich wieder verstehen!« Das war Tante Susanna.

»An uns lag’s nicht«, sagte Raffa. Offenbar hatte er den Mund voll. »Zeigst du uns jetzt die Pläne, Babbo? Bin dafür extra früher aufgestanden!«

»Oh, ich weiß diese Ehre zu schätzen, *figlio mio*. Dann macht mal den Tisch ein bisschen frei und hilf mir! Hier auf dem Papier kann man es besser sehen.«

Wir hörten Papier rascheln, Stühle rücken, dann andächtige Stille.

»Aha?« Babbo schnaufte vor sich hin. »Aha. Aha.«

»Ein ganz neues Konzept! Eine lukrative Marktlücke, die hier auf Elba noch niemand nutzt: kinderfreier Urlaub!«

»Aha. Aha.«

»Das Ganze nennt sich Erwachsenenhotel und läuft rasend gut. In Südtirol, in Deutschland sowieso, aber auch hier in der Toscana: Die Nachfrage ist riesig! Die sind immer ausgebucht, zu jeder Jahreszeit, da können wir auch im Herbst und Winter punkten … wenn alle anderen geschlossen haben. Die Deutschen würden doch auch so gerne im Winter nach Elba kommen, aber wohin? Die meisten Hotels haben zu, weil sie nichts bieten außer Meer und Pool. Aber wir, wir offerieren demnächst das, was sie lieben: Wellness!«

»Und zwar in neu geschaffenen Räumen! Schau mal, Antje!« Tante Susanna erläuterte meiner Mutter offensichtlich die vielen Gebäude, die sich im Wald verteilten, oder das, was vom Wald noch übrig sein würde. »So mögen wir Frauen es doch: Man muss nur über einen kleinen Weg vom Hotel oder dem *casa* zu den verschiedenen Beauty-Centern hinüberhuschen. Hier und hier und hier. Alles wird sich ganz harmonisch in die Landschaft einfügen!«

»Großartig!«, sagte Mama.

»Landschaft, was für eine Landschaft, wenn sie den Wald dafür plattmachen?«, zischte ich. Jacques hielt mir den Finger vor den Mund. Ich schloss die Augen und hoffte, er würde mal für den Bruchteil einer Sekunde *mich,* Felicia, sehen und vergessen, dass ich aussah wie seine Schwester. Umsonst gehofft. Schon nahm er den Finger weg.

»Sehr schön! Aber was hat es mit dem Fragezeichen auf sich?«, kam es von drüben.

»Nun, das ist Giancarlos Häuschen«, antwortete Onkel Federico, »dort könnte man natürlich ein ganz anderes Projekt starten, Moment, das haben wir hier …«

Offenbar zog er einen anderen Bogen unter dem oberen hervor: *»Appartamenti!* Zehn Stück, was meint ihr?«

»Roberto, das ist alles sehr schön ausgedacht, aber du

wirst die Bäume nicht fällen dürfen!« Ich traute meinen Ohren kaum. Mama fand die Pläne anscheinend toll, sie klang nicht mal ein kleines bisschen empört!

»Wir fällen ja nicht alle. Aber ein paar schon. Der große hier, der müsste natürlich weg!«

Jacques und ich schauten uns an. Der große? *Zio Pino?*

»Wie willst du das anstellen? Der ist auf Elba bekannt, steht sogar unter Naturschutz.«

»Ach, das hat mein Nachbar in Rom auch gemacht. Riesenbaum in seinem Garten, dicke Platane, nahm alles Licht weg. Beim nächsten Sturm hat er bisschen nachgeholfen, stell dir vor, da gibt es Firmen, die haben sich auf so was spezialisiert. Ganz diskret natürlich!«

»Dann ist ja alles gut.« Mein Vater lachte.

Nein! Nichts ist gut! Das könnt ihr nicht machen! Ich schüttelte meinen Kopf so wild, dass mir schwindelig wurde. »Mensch Jacques, weißt du, was das bedeutet«, wisperte ich. Klar wusste er das. Wenn sie ihn fällten, konnten wir nie wieder zurückgetauscht werden. »Außerdem killt der Baum sie, wenn sie dem was tun. Was denken die sich! Warum sagt Catta nichts? Ich kletter da gleich rüber.«

Pscht. Leise. Lass uns zuhören, gab er mir mit den Händen zu verstehen.

»Und Giancarlo?« Wieder meine Mutter.

»Der kann ja immer noch in die Villa ziehen, das habt ihr ihm doch angeboten?«

»Ja, aber er will ja nicht …«

»Ach, Tante Simonetta will auch nicht. Nichts will sie! Da gibt sie plötzlich vor ihrem Ableben ihr Erbe an mich frei, sagt aber nicht, was mit ihr selber geschehen soll. Na ja, wir kümmern uns natürlich um sie. Wir machen das schon.«

Wie gnädig, Onkel Federico! »Ich muss da rüber!«, flüsterte ich Jacques ins Ohr. »Die machen ja alles kaputt! Das halte ich nicht aus!«

»Catta fällt schon was ein!«

»Glaubst du? Ich höre nichts!«

In den nächsten Minuten hörte man wirklich nichts von ihr, nur verhaltenes Besteckgeklapper und das Gerede der Erwachsenen: finanzielle Sicherheit, einmalige Lage, Beziehungen zum Bürgermeister, Vollmacht, Notar, Einverständniserklärung …

Doch endlich fing Catta an zu sprechen: »Was so ein, zwei Spiegeleier ausmachen! Mann, bin ich satt.«

»Was sagt sie?«, fragte Jacques leise.

»Sie ist satt«, übersetzte ich tonlos. *Dio,* hatte die denn nichts anderes als ihren Magen im Sinn?

»Tja!« Man hörte einen Stuhl über den Boden schrappen. »Das sind ziemlich viele krasse Neuigkeiten. Super! Ich weiß, dass ihr beiden erwartet, dass ich die Hotelfachschule abschließe, um die Villa dann einmal übernehmen zu können. Und ich find's total cool, dass die Familie ihren Streit begraben hat und wir hier so schön zusammen abhängen.« Sie machte eine Pause. Ich stellte mir vor, wie sie alle der Reihe nach anlächelte. »Aber wenn ihr meint, dass *wir,* die nächste Generation, wie Babbo das gestern nannte, in einer *Villa Paradiso* leben wollen, die nicht mehr die *Villa Paradiso* ist … Leute, ernsthaft? Wir wollen keine reichen Gäste, die bei Kindergeschrei ausrasten und nur noch in Bademänteln und Schlappen durch einen zubetonierten Wald latschen, niemals.«

»Nein. Wollen wir nicht!« Das war Raffaele. »Mehr kann ich dem nicht hinzufügen!«

»Na, wenn das so ist.« Onkel Federico schien unbeeindruckt.

»Kann es sein, dass das Schweizer Internat ihr nicht guttut?«, hörte ich Tante Susanna. »Sie spricht so seltsam …«

»Antje, äh Mama, und du, Babbo!«, ließ Catta sich jetzt wieder vernehmen. »Was sagt ihr denn dazu?«

»Ja, genau, fragen wir sie doch mal!«, sagte Onkel Federico und es klang irgendwie so triumphierend, dass mir ganz flau im Magen wurde. Sie würden sich trennen und er wusste es! Einer von beiden würde gar nicht mehr hier sein, wenn unsere Villa bis zur Unkenntlichkeit modernisiert und umgekrempelt wurde …

»Wir müssen euch was sagen, also dir, Felicia.«

Oh Gott, ich hatte es ja gewusst. Seitdem wir auf der *Mayflower* gewesen waren, hatte ich es geahnt! »Entschuldigung!« Obwohl ich wusste, dass er es nicht mögen würde, versteckte ich meinen Kopf an Jacques' Hals, da, wo er so warm und lecker roch, und hielt mir die Ohren zu.

»Tja, also Antje und ich …« Mist. Ich hörte sie trotzdem noch.

»Antje und ich, wir haben beschlossen … wir gehen weg. Wir kamen da ganz unabhängig voneinander drauf. Wir brauchen eine Auszeit und denken, das ist eine gute Gelegenheit.«

Totenstille da drüben.

Jacques schob meinen Kopf sanft beiseite. »Sorry!«

»Äh … also heißt das jetzt, ihr trennt euch?«, hörten wir Cattas Stimmchen.

Noch mehr Stille. Ohne zu überlegen, stand ich auf. Ich war kurz davor, über die Brüstung zu klettern, bis zum Küchenbalkon war es nur ein knapper Meter: Ein Kinderspiel, als Neunjährige hatte ich das einmal gemacht, um meine Eltern beim Frühstück zu überraschen. Und dafür von Mama die erste und einzige Tracht Prügel meines Lebens bekommen.

Besser also der andere Weg. Ich rannte aus dem Zimmer bis vor die Küchentür. Durch den Spalt sah ich meine Eltern vor mir stehen. Allerdings von hinten. Sie hielten sich an den Händen und versuchten, ihrer Tochter zu erklären, dass sie auf Weltumsegelung gehen würden.

Alleine.

Ohne sie.

24

Catta

Weltumsegelung?«

»Doch nicht etwa mit der *Mayflower?«*, fragte Raffaele.

»Doch.«

»Aber die Auszeit voneinander?«

»Nein, nein. Die machen wir zusammen.«

»Wir haben uns in den letzten Wochen wunderbarerweise wieder ineinander verliebt.« Antje klang total schüchtern, wie krass, so hatte ich sie noch nie gesehen.

»Und das Hotel?«

»Das wird umgebaut und du bist ja im Internat …« Sie war wieder ganz die Alte. »Das bekommen wir schon irgendwie hin!«

»Aber ihr könnt doch nicht weggehen, weg … sein!«

»Vielleicht lassen wir das auch mit der Umsegelung und sind nur ein halbes Jahr unterwegs. Wir lassen uns treiben.«

»Im wahrsten Sinne des Wortes.« Roberto lachte. Wow. Er sah auf einmal viel jünger aus.

»Ist euch denn gar nicht wichtig, was mit der Villa passiert?«

»Wir hatten unseren Traum vergessen und nun ist er uns wieder eingefallen.« Roberto legte tatsächlich seinen Arm um Antjes Schulter.

»Aber da ist noch was.« Antjes Gesichtszüge wurden ganz weich und ich streckte den Kopf so schnell vor, dass mein Haarknoten wippte. Was denn nun noch?

»Wir gehen danach nach Hamburg, mein Antrag ist bewilligt worden. Ich kann wieder im Schuldienst anfangen.«

»Nein! Das ist doch alles Blödsinn!«, schrie jemand mit meiner Stimme, die Tür ging auf und Felicia stand da. Na ja, für die anderen war es natürlich Catta, die da rumbrüllte. »Ihr dürft den *Zio Pino* nicht fällen, ihr dürft nicht weggehen!« Nun kam auch noch mein Bruder Jacques und versuchte, sie wegzuziehen, aber sie wehrte sich: »Lass mich, du weißt doch auch, was das bedeutet!« Oh *shit*. Gleich würde sie die beiden noch Mama und Babbo nennen! Und dann? Hätten wir erst mal ’ne Menge zu erklären ... und der Drogentest, auf den die komische Patentante so scharf gewesen war, würde unumgänglich werden.

»Was machen die zwei hier oben in der Wohnung?«, fragte Antje auf Deutsch. »Feli-tscha, erklär uns das bitte! Haben die etwa hier übernachtet?«

»Nein, wir wollten nur was aus ihrem Zimmer holen«, antwortete Jacques. »Felicia hat uns den Schlüssel gegeben. Sorry! Sind schon wieder weg!« Er zog Felicia mit sich.

Alle redeten wild durcheinander.

»Wer war diese kleine Person?«

»Was hat sie da von dem Baum gesagt?«

»Was mischt die sich hier ein?«

»Also so was! Schlüssel ausleihen! Das geht dann in Zukunft aber auch nicht mehr«, sagte Raffaeles Mutter aufgebracht.

»Ich hau ab!«, rief ich. »Komm, Raffa! Das ist mir hier alles zu viel!«

»Nein, nun bleibt doch mal ...« Allgemeiner Protest kam auf, wieder redeten alle, doch Raffaele hatte schon meine Hand gepackt und lief mit mir hinter den beiden her.

Als wir am Pool vorbeikamen, hörten wir es unter den Bäumen pfeifen. Felicia und Jacques saßen im Drehkarussell. Wortlos setzten wir uns auf die beiden freien Plätze und zogen die Beine an. Das alte Ding fuhr uns ein paar Runden, während wir wieder zu Atem kamen, man hörte nur die Vögel und das leise Quietschen des Kugellagers, ab und zu eine Biene, die durch den nach Harz duftenden Wald surrte. Schließlich sprang Raffaele ab, breitete die Arme aus und sah sich dramatisch um. Er sagte nichts, doch ich würde es mal so übersetzen: *What the fuck?* Was wollen die mit der *Villa Paradiso* machen?

Jacques brachte es schließlich mit zwei Worten auf den Punkt: *»Total desaster«*, sagte er ruhig. Das Englisch war für Raffaele, der aber schon längst verstanden hatte.

»Was machen wir denn?«, fragte er aufgeregt.

»Ich glaube, spätestens jetzt müssen wir ihnen sagen, was mit uns los ist!« Felicia stoppte das Karussell und stellte sich mit meinem Catta-Körper neben Raffaele. »Weil der Rücktausch ja vielleicht nie mehr stattfindet.« Ich sah, wie sie schluckte.

«Nee. Dann weisen sie uns alle vier ein!«, sagte ich.

»Na und? Die wollen aus der Villa doch sowieso eine Heilanstalt machen!« Jacques drehte uns zwei Schritte vor, zwei zurück.

»Die einen machen das *Paradiso* zu 'nem Wellnesstempel und die anderen hauen einfach ab!« Ich seufzte.

»Felicia, du musst ihnen ins Gewissen reden. Du bist diejenige, die den Laden übernehmen wird!« Raffaele schüttelte die kleine Person an den Schultern, total zart, wie er das machte. Ich grinste, ohne es zu wollen, mein Körper passte gut zu dem von Raffa.

»Ach, es ist alles ein großer Scheiß, aber irgendwie bin

ich auch froh, dass sie sich nicht trennen!« Felicia legte ihre Stirn an Raffaeles Brust, ohne ihn mit meinem restlichen Körper zu berühren. Man sah, dass er sie am liebsten umarmen wollte, doch er hielt sich zurück und ließ seine langen Arme einfach runterhängen.

»Catta, als Felicia kannst du natürlich nicht mit nach Hamburg. Du musst wohl erst einmal bleiben.« Jacques war immer noch ruhig. »Ihr müsst für die andere da sein, bis dieser verf... bis dieser charmante Baum da drüben endlich einsieht, dass ihr es verdient habt, wieder zurückgetauscht zu werden.«

Ich nickte. Aber was sollten wir denn *noch* tun, um es zu verdienen?

»Catta, du musst in meinem Namen sagen, dass ich alles für das Hotel tun werde.« Felicia richtete sich auf. »Durch dich weiß ich doch jetzt erst, wie gut es laufen kann, wenn man fair zu den Angestellten ist.«

»Und Gäste nicht wie lästigen Herpes behandelt«, ergänzte ich grinsend.

»Booah, Catta, du bist hart!« Alle lachten. Doch es klang ziemlich dünn.

»Und du fragst meine Mum bitte, ob du in den restlichen Ferien ein Praktikum in der Küche machen darfst«, bat ich Felicia.

»Klar. Mache ich. Dann muss ich nicht sofort mit euch nach Hamburg ...«

»Und falls wir es jemals zurück in unsere eigenen Körper schaffen, werde ich die Aufnahmeprüfung in Amsterdam versuchen.« Ich hob die Hand, als ob ich schwören würde. »Durch den Auftritt mit dir ist meine Angst endlich weg! Ehrlich.«

Ein Kinderlachen durchbrach die Stille. Schon von Weitem sahen wir die bunten Fleecejacken der Zwillinge, die sich Hand in Hand durch die Bäume bewegten. Natürlich entdeckten sie uns: »Ihr fahrt Karussell!«

»Ja, und leider ist nichts mehr frei«, sagte Felicia und warf sich auf einen der Sitze. Raffaele machte es ihr nach.

»Ihr seid aber gar keine Kinder!« Sie verschränkten ihre Arme und betrachteten uns mit grimmig zusammengekniffenen Augen.

»Aber das macht uns trotzdem Spaß!«

»Ihr seid gemein! Wir haben nur noch heute und morgen und übermorgen und dann den Tag zum Karussellfahren. Danach müssen wir schon nach Hause!«

»Tja, wem sagst du das?«, flüsterte ich vor mich hin.

»Wo sind Mum und Otto?«, fragte Felicia und breitete die Arme aus. Eliese lief mit einem Lachen zu ihr und kletterte ihr auf den Schoß. Émile machte dasselbe bei Jacques.

»Die haben gesagt, wir dürfen vor dem Frühstück noch Ping-Pong spielen.«

»Und Mum hat uns versprochen, sie malt zu Hause ganz viele Bilder und verkauft sie und dann fahren wir wieder hierhin!«

Jacques und ich lächelten uns zu.

Zusammen drehten wir weitere Runden. Niemand sagte ein Wort, aber ich wusste, was wir alle dachten: Wie lange wird es gut gehen, wenn der Baum uns wirklich nicht mehr tauschen will? Wie sollen wir dann bloß weiterleben?

»Komm, Eliese, die sind langweilig.« Émile sprang von Jacques' Schoß.

»Aber wo sind eure Schläger?«, fragte Jacques.

»Die hat Maurizio uns in eine Tüte an den Baum gehängt, ganz tief, damit wir ihn nicht dauernd danach fragen müssen.«

»Der ist lustig, der Maurizio!«

»Der knurrt immer wie ein Hund, wenn er uns sieht. Und der ist nicht lustig, sondern *sehr* lustig.«

»Oder *sehr sehr* lustig …«

Die beiden verschwanden zwischen den Bäumen.

»Ich habe einen Plan«, sagte Felicia in die entstandene Stille.

»Aha. Lass hören!«, sagte Raffaele.

»Er heißt: eins nach dem anderen.«

»Wow. Klingt super-erwachsen-vernünftig.« Jacques schaute Felicia skeptisch an.

»Da wir unseren Tausch nicht erzwingen können, konzentrieren wir uns zunächst auf das Hotel.«

»Vielleicht wird dem sturen Bock von einem Baum dann klar, dass wir ihn vor dem Abholzen retten …«, murmelte ich.

»Wir rufen alle zusammen. Wir gehen hin und nehmen Marlene und Otto gleich mit, das geht sie ja auch etwas an.«

»Stimmt. Denn du wirst ja erst mal auf Elba bleiben müssen!« Raffaele verdrehte den Hals, um mich sehen zu können.

»Sieht so aus.« Ich nickte.

Da fuhr Felicia schon fort: »Wir werden sie morgen ordentlich unter Druck setzen. Babbo, Mama, Zia Susanna, Zio Roberto. Ohne uns, die junge Generation, läuft hier nichts mehr. Das hat Babbo selbst gesagt. Unser Motto: Wenn ihr Wellness wollt, sind wir weg!«

Raffa verbog immer noch seinen Hals und ich sah, wie

er grinste. So viele schöne Ws in einem Satz, dachte er vermutlich. Felicia bemerkte das und wurde ärgerlich. »Ich weiß nicht, was daran so lustig ist, Raffaele. Auch du musst das fordern. Ohne dich geht es in der Küche nicht, das kannst du als Druckmittel einsetzen!«

»Ey, denkst du, das habe ich nicht längst verstanden? Ich kreiere eine schöne kleine Speisekarte für die *Villa Paradiso* mit ihren Stammgästen und bunt gemischtem Publikum. Nicht für einen exklusiven Laden, den sich Familien mit Kindern sowieso nicht mehr leisten können!«

Zwei Bäume weiter hörte man einen Ball auf der Steinplatte springen.

»Okay. Also erst das Hotel. Und dann, wenn gar nichts mehr geht, sagen wir ihnen das mit dem Tausch«, fasste ich zusammen.

»Versprochen!« Wir hievten uns aus den Kindersitzen und stapelten die Hände über dem Karussellkreuz wie ein Berg Pfannkuchen übereinander. Versprochen.

Die Stunden rasten dahin. Schon war es wieder Abend. Nun gab also nur noch »morgen, übermorgen und dann den Tag«, bevor unsere Abreise unausweichlich wurde.

Wir hatten hin und her überlegt, wo wir die Familien zusammenrufen sollten. In der Lobby? Zu öffentlich. Fremde Ohren konnten wir nicht gebrauchen. Oben in der Wohnung? Zu privat für Mum und Otto und die Zwillinge. Die Restaurantküche? Nicht feierlich genug. Und Émile und Eliese würden alles anfassen wollen und irgendwas umreißen. Das Restaurant. Und zwar mittags um eins, wenn das Frühstücksbuffet abgebaut und die Tische für den Abend eingedeckt waren.

Am Abend betete ich wie jeden Tag um ein Wunder bei *Zio Pino* und dem Universum, doch niemand hatte anscheinend Lust, mich zu erhören, denn am nächsten Morgen wachte ich wieder in Felicias Bett auf. Inzwischen liebte ich das beruhigende Weiß der Wände, die Geräusche des Hotels und das Gezwitscher der Vögel, die in den Pinienwipfeln sangen. Ein paar Minuten hatte ich noch, bevor ich aufstehen musste, umso besser, so konnte ich mir schon mal die Sätze zurechtlegen: Also, lieber Babbo, liebe Mama (immer noch ein bisschen schwer, diese Worte über die Lippen zu bringen, aber es musste sein!): Ich finde es nicht gut, dass ihr geht, denn es ist auch eure *Villa Paradiso*. Aber ich bleibe und werde für das Hotel kämpfen, denn jetzt weiß ich, wie. Dabei würde ich Felicia zuzwinkern. Ich malte mir die Szene in allen Einzelheiten immer wieder aus. Dafür *musste* uns der Baum doch mit einem prasselnden Zapfenregen belohnen! Ach, das wäre so fantastisch! Ich würde endlich die Zwillinge in die Arme nehmen und wieder Geige spielen und Mum drücken können! Und klar, natürlich mit meinem richtigen Körper den richtigen Jungen küssen! Raffaele! Ich umarmte das Kopfkissen, küsste es, schmiss es dann von mir und stand auf.

Um elf sagte ich Antje Bescheid, dass ich eine kleine Pause brauchte. Sie lächelte mir zu und nickte, ohne noch einen einzigen blöden Kommentar abzugeben. Ich grinste zurück. Jetzt wusste ich ja, wo sie ihre Nachmittagspausen verbracht hatte. Mit ihrem Ehemann auf dem Segelboot. Krass. Warum hatten die da so ein Geheimnis drum gemacht?

Ich schlich mich ungesehen an Giancarlos Häuschen vorbei. Ich wusste, Felicia saß dort mit Jacques vor dem Bulli, doch ich war zu nervös, um noch mit ihnen zu sprechen. Wir hatten gestern alles wieder und wieder durchgekaut. »Und du, Catta, was würdest du Mum und Otto sagen?«, hatte Jacques mich gefragt. »Na, dass ich mich nun doch in Amsterdam bewerbe!« Felicia hatte sich sogar Notizen gemacht und auch diesen Punkt notiert.

Nein, ich hatte keine Kraft mehr für eine weitere Runde, ich ging zu Simonetta hinüber, unser Schachspiel stand kurz vor einem Schachmatt für Schwarz. Und das war ja nun mal meine Farbe.

Aber was war los? Simonetta hatte den Sessel verlassen! Sie hatte sich sogar richtig angezogen, stand im Beet vor dem Haus und schnitt Blumen.

»*Ecco: speronella, dalie, lino*. Für deine kranke Mutter.«

»Danke.« Verwundert nahm ich den üppigen Strauß aus Rittersporn, Dahlien und den kleinen blauen Blüten, die wohl Flachs waren, entgegen.

»Musst ihr aber eine passende Vase dazu bringen. Kann sie das? Blumen binden?«

»Ich weiß nicht, Mum liebt Blumen, aber sie stellt sie immer einfach so rein.«

»Sträuße muss man arrangieren und vorher gewissenhaft auswählen, da verträgt sich nicht jede Blume mit jeder!« Mit der Gartenschere schnappend, bewegte sie sich durch ihre Stauden, die sich vom Sturm recht gut erholt hatten, ohne mir noch einen weiteren Blick zu schenken.

»Du kannst so viel … Rosanna!« Sie drehte sich blitzschnell zu mir.

»Nein! Sag diesen Namen nicht. Der ist einfach nicht mehr wahr. Ich habe mich im Laufe der Jahre an Simonetta gewöhnt wie an einen Mantel, den ich auf der Straße gefunden habe. Nicht meiner und ein bisschen schmuddelig, erfüllt aber seinen Zweck.«

»Okay.« Ich suchte nach einem weiteren Satz für sie, um sie gesprächiger zu machen. »Ich werde heute Federico und Roberto sagen, dass wir die neuen Ideen für das Hotel absolut schrecklich finden.«

»Wieso erzählst du mir das?«

»Keine Ahnung. Vielleicht, damit du uns Glück wünschst?«

»Ach, Glück. Das Glück zieht man mit der Zange nicht herbei und das Unglück kommt ganz von selbst.«

Oje. Was sollte das denn bedeuten? Aber irgendwie mochte ich diese pessimistische Alte, die an diesem Morgen in ihrem schwarz-weiß gestreiften Kleid eher wie Mrs McGonagall aus *Harry Potter* und auch gar nicht mehr so alt aussah.

Ich suchte in der Wäschekammer nach einer Vase, fand in dem Chaos tatsächlich eine, stellte den Strauß ins Restaurant und sah auf die Uhr. Noch zwei Stunden bis zu unserer Familienversammlung. Was würde passieren? Würden alle miteinander streiten und herumschreien, wie gestern anfangs in der Küche, und am Ende vielleicht auseinanderrennen? Ich sah Ottos und Mums erstaunte Gesichter schon vor mir, vielleicht war es doch besser, die Zwillinge bei den Mädchen aus Hannover zu lassen, damit deren Eltern sie im Auge behalten konnten? Ach was, Felicia würde sich darum schon kümmern. Sie hatte Mum ja bereits gesagt, es gehe um etwas sehr Wichtiges.

Kurz vor ein Uhr kamen die Ehepaare nach und nach herein. Federico und Susanna, elegant und businessmäßig gekleidet. Dann Mum und Otto, die besten Eltern überhaupt, ganz entspannt, weil sie keine Ahnung hatten, was hier gleich passieren würde. Sie hatten Émile und Eliese mit ihren Malsachen auf die Terrasse gesetzt. Ich konnte ihre dunklen Haare und die Filzstifte durch das Fenster sehen. Raffaele stellte ein Tablett mit einer gigantischen Espressokanne und seinen Florentinern auf den Tisch, schenkte die Tässchen voll und rührte sogar nach Wunsch Zucker hinein, bis jeder von uns versorgt war. Dann machte er es sich neben Jacques bequem, indem er seine langen Beine unter den beiden zusammengeschobenen Tischen ausstreckte. Felicia hatte zur Feier des Tages mein einziges langes Kleid in matt schillerndem Grün angezogen. »Gefällt es dir?«, fragte sie, als sie mich umarmte. »Ich dachte, das passt: Grün ist die Farbe der Hoffnung! Hey, du zitterst ja!«

»Ja. Merkst du das? Aber sicher, das Kleid ist heiß!« Ich hatte Bauchschmerzen vor Aufregung; ich würde den Anfang machen müssen.

»Keine Panik, wir machen es wie besprochen. Ich habe mir ein paar bombige Sätze ausgedacht, um deinen Eltern zu erklären, wie viel die Musik mir bedeutet! Also *dir!*«

Bombige Sätze? Sagte man das so in ihrem Internat in der Schweiz?

Roberto und Antje kamen erst zehn nach eins angehetzt und ließen sich auf die beiden freien Stühle fallen. »Entschuldigt. Gäste!«

Entschuldigung angenommen.

»So. Wir sind alle da. Also fangen wir an!« *Fuck.* So eine Rede war ja fast schlimmer als ein Auftritt. Aber es war okay, denn ich tat es für Felicia! Ich trat hinter das schmale

Schränkchen, in dem Servietten, Besteck und andere Sachen für den Service bereitlagen. Es reichte mir bis knapp unter die Brust und sah aus wie ein kleines Rednerpult, natürlich ohne Mikrofon, nur die Vase mit dem Blumenstrauß von Simonetta stand neben mir. So konnte ich wenigstens ein bisschen Abstand zwischen mich und meine Zuhörer bringen und meinen Spickzettel ablegen.

»Cattas Eltern sind heute auch da. Für die von euch, die sie noch nicht kennen: Meine ... also, das sind Marlene und Otto Krüger-Kingston, Eltern von: Catta.« Ich zeigte auf Felicia, die mir aus meinem Gesicht entgegenlächelte und mir einen erhobenen Daumen gab. Gut. Ich wiederholte den Satz schnell auf Deutsch, stotterte aber auch dabei ziemlich rum. Mist. Der Anfang war schon mal übel gelaufen. Ich schaute auf meine Notizen. »Aber um die geht es später«, sagte ich, nun wieder auf Italienisch. »Jetzt geht es erst einmal um die *Villa Paradiso* und um mich!«

Raffa lachte, Jacques auch, Felicia hatte anscheinend übersetzt. Die Erwachsenen lachten nicht. Roberto sagte etwas zu Antje und in Federicos Gesicht sah ich die genervte Frage, was das alles hier sollte. Was stand auf meinem Zettel, was hatte Felicia mir diktiert? *Verantwortung für die Villa, Erbe! Großeltern. Nicht einverstanden mit Wellness-Hotel, aber keine Flucht! Ihr bekommt mich hier nicht weg!* Gut. Ich öffnete den Mund, doch dann dachte ich, stopp, Moment! Ich schloss meinen Mund wieder. Atmete tief durch die Nase ein, stieß die Luft wieder aus. »Nee, Leute.« Mist, das klang nicht nach Felicia. Egal. »Also, ich wollte eigentlich was anderes sagen. Ich wollte sagen, dass ich es total unfair von Roberto und Antje, also meinen Eltern, finde, dass sie abhauen. Dass sie mich hier in der – *scusate* – Scheiße stehen lassen, in einem umgebauten Hotel, das niemand will und niemand braucht. Aber nun denke ich: Richtig so!« Ich hörte ein Geräusch von Felicia, es *musste* Felicia sein, doch ich wagte es nicht, sie anzuschauen. »Jeder von uns, auch wenn er schon so uralt wie meine Eltern ist …«, nun linste ich doch in Robertos und Antjes Richtung und sah erleichtert, dass sie wenigstens ein bisschen lächelten. »… jeder von uns sollte die Möglichkeit haben, frei zu entscheiden! Und deswegen finde ich es cool, dass die beiden nicht das machen, was sie müssen, sondern das, was sie wollen; von dem sie ihr ganzes Leben lang geträumt haben!«

Ich klatschte in die Hände, aber nur Mum und Otto klatschten mit. »Danke!« Sie hatten wahrscheinlich kaum was verstanden.

»Ich weiß nicht, können wir uns das leisten, dass ihr auf Weltreise geht? Keine Ahnung. Ich weiß nur: Ich liebe die *Villa Paradiso,* mit den vielen Bäumen und dem Garten und dem Pool, das ist alles total *retro,* ist euch das überhaupt schon mal aufgefallen? Wir werden Onkel Federico hoffentlich davon abhalten können, diese *Vintage*-Atmosphäre mit Beton zu übergießen.«

»Naturstein!«, warf Federicos Frau Susanna ein.

»Aus Naturstein baust du auch keinen Wald. Sorry.« Ich war gerade so schön in Fahrt: »Wir werden ihn alle zusammen davon abbringen müssen, aus dem Hotel ein zweites Gibellina zu machen!« Wir hatten das sizilianische Dörfchen in der Schule durchgenommen. In den Sechzigerjahren war es von einem Erdbeben völlig zerstört worden; ein Künstler hatte es als Mahnmal mit einer dicken weißen Betonschicht überdeckt.

Allgemeines Geraune. Auf Felicias Gesicht sah ich Entsetzen, bei Raffa Ungläubigkeit. Jacques grinste, doch seine Augen sagten: »Ich verstehe zwar nicht viel, aber ich hoffe, du weißt, was du tust.«

Ich nickte. Ja, wusste ich! »Ich wollte dich eigentlich erpressen, Onkel Federico. Ich wollte dir sagen: Wenn du nicht von deinem komischen Nur-für-Erwachsene-Wellness-Tempel ablässt, dann kette ich mich an die Rezeption und mache dir das Leben zur Qual.« Ich legte eine Pause ein. Einundzwanzig, zweiundzwanzig. Alle schienen sich vorzubeugen, um meine nächsten Worte nicht zu verpassen, genau die Wirkung, die ich erzielen wollte. Dreiundzwanzig, vierundzwanzig. Okay. Jetzt: »Mache ich aber doch nicht. Denn genau wie meine Eltern, von deren Träumen ich bisher echt nix wusste, habe auch ich einen ganz anderen Traum!« Pause. »Ich werde *nicht* auf die Hotelfachschule gehen, ich werde Architektur studieren, wie du, Federico, denn das wollte ich schon, als ich klein war und mich mit Raffaele in dein Zimmer geschlichen habe!«

»Wirklich?« Felicias Onkel fixierte mich durch seine kleine coole Brille, die auf seiner Nasenspitze saß.

»Wirklich! War bis gestern leider unmöglich, das vor meinen Eltern zuzugeben … aber jetzt.« Ich warf Felicia einen kurzen Seitenblick zu. Ihr Mund stand offen und sie schüttelte den Kopf.

Federico sprang auf, kam auf mich zu und wollte mich anscheinend umarmen, alle anderen erhoben sich auch und redeten durcheinander.

»Moment«, rief ich. *»Fate silenzio, ragazzi!«* Das schrie unsere *professoressa* Tomasello in Erdkunde immer. Erstaunlicherweise funktionierte es viel besser als in ihrer Stunde, schlagartig war es ruhig. »Ich fände es cool, wenn du mich dabei unterstützt, Onkel Federico, und wir noch mal ganz neu über die Pläne reden! Es gibt nämlich Ex-

perten, die viel besser wissen als wir, was Gäste wollen.«
In diesem Moment klopfte es von außen an die Scheibe. Die Zwillinge drückten ihre Nasen und zwei Blätter dagegen und lächelten schüchtern, aber stolz. Viel Blau und ein gelbes Krokodil. Das war ganz klar der Pool, bei Émile. Zwei Männchen mit langen Haaren an einem Tisch, die große Pfannen in der Hand schwenkten: Eliese hatte sich an der Tischtennisplatte versucht. Ich winkte ihnen zu. *Alle* winkten ihnen zu. Bei kleinen Kindern schmolzen auch einbetonierte italienische Erwachsenenherzen.

Ich lächelte. »Cool, da seht ihr es: Die Gäste selber! Ob nun die jungen oder die älteren, wir sollten in jedem Fall mehr auf die Wünsche unserer Gäste hören. Danke, das war's schon von mir! Und jetzt wollte Catta noch etwas sagen!«

Felicia erhob sich. Meine dunklen Augen funkelten mich an: Bist du wahnsinnig? Was sollte *das* denn?! Ich hatte echt ein bisschen Angst vor ihr. Wortlos gingen wir aneinander vorbei.

25

Felicia

Ich war fassungslos! Sie hatte mich verraten, sie hatte kaum etwas, ach was, *nichts* von dem gesagt, was wir abgemacht hatten. Und gleichzeitig hatte sie mich auch so dermaßen durchschaut … unglaublich. Diese gemeine … nein, dick war sie ja nicht, dazu lebte ich schon zu lange in ihrer Haut … aber dennoch, das hätte sie nicht tun dürfen!

»Tja.« Ohne zu wissen, was ich sagen würde, stellte ich mich hinter das Pult, und weil der Körper der dreisten Catta leider so klein war, auf die Zehenspitzen. »Tja«, sagte ich noch einmal, diesmal schnaubend und wohl auch immer noch kopfschüttelnd. Reiß dich jetzt zusammen, Felicia! Du bist für die, die da sitzen, Catta. Die Gedanken schossen kreuz und quer durch meinen Kopf und ließen sich nicht fassen. Sag *du* wenigstens das Richtige! Tu es für Catta! Halte *du* dich wenigstens an eure Absprache, an dein Wort! »*Allora* … Also … Das waren interessante Neuigkeiten, Felicia! Wir kennen uns jetzt fast drei Wochen und ich muss sagen, ich hatte noch nie eine … Freundin, die mich immer wieder so … so überrascht hat.« Ich versuchte, meine Gedanken zu sammeln, doch in mir schrie eine Stimme: Sie hat es ihnen erzählt, sie hat ihnen tatsächlich all das erzählt, was ich mich niemals getraut hätte, und es ist die Wahrheit! Ich bin gar nicht die brave Tochter, ich will nicht mein Leben lang in der Villa an der Rezeption stehen, ich will Architektur studieren. Sie dürfen diese Wahrheit nicht wissen, doch sie hat sie verraten … *O Dio!*

Ich blieb an Jacques' Gesicht hängen, er lächelte, als ob er sagen wollte: Na und? Ist das wirklich so schlimm? Deine Eltern wissen jetzt, was du wirklich willst. Das ist alles.

Ja, das war alles. Es hatte mir solche Angst gemacht und nun fühlte es sich plötzlich unheimlich gut an. Und befreiend. Unendlich befreiend.

»Ich habe auch gar nicht viel zu sagen, nur, dass auch *ich* einen Traum habe, den ich mir erfüllen möchte. Dafür habe ich meine Eltern mit in die Runde geladen, damit ich die Sache nicht zweimal erzählen muss!« Verhaltenes Lachen. Zu tief saß der Schock der Enthüllung, die Catta da gerade rotzfrech unter meinem Namen durchgezogen hatte. »Mum, Otto, ich übersetze euch das gleich …« Cattas Eltern nickten, wie immer recht gelassen. Ich wandte mich wieder meinem italienischen Publikum zu: »Ich wollte Musik machen, zeit meines Lebens, aber ich wollte nie auf der Bühne stehen. Obwohl mein Vater Musiker war, hatte ich große Angst davor. Alles, was ich konnte, war weg, wenn ich vor Publikum spielen sollte. Aber hier, auf Elba, habe ich es plötzlich geschafft, ich konnte singen, trotz der vielen Leute vor mir. Mit Felicias Hilfe! Ja, Fé, guck nicht so bescheiden, das habe ich dir zu verdanken!« Ich legte meine Hände zusammen wie der Dalai Lama und verbeugte mich in Richtung Catta. Ich fand, die Geste passte zu ihr. Sie lächelte dankbar. Wahrscheinlich dachte sie, ich hätte ihr verziehen. Hatte ich ja auch schon. Fast …

»Aber was hat das mit der Villa zu tun, fragt ihr euch? Tja, irgendwie finde ich die Villa *cool.«* Ich grinste wieder zu Catta rüber. Jedes zweite Wort war bei ihr doch »cool«. »Und zwar, wie sie *jetzt* ist! Ich durfte mal so ein bisschen in das Hotelleben reinschnuppern, auch bei Raffaele unten in der Küche, als der Chef nicht da war, sorry!« Wieder verbeugte ich mich entschuldigend. Diesmal in Richtung Babbo. »Und ich habe mich verliebt!« Ich machte eine Pause. Was Catta konnte, konnte ich schon längst. Ein paar Sekunden erfreute ich mich an Raffaeles verlegenem Blick und auch dem von Catta, doch dann erlöste ich beide: »Ins Kochen! In die Küche, den Lärm dort, die Hitze und den Stress. Es macht mir total viel Spaß!«

Schnell schickte ich eine abgekürzte deutsche Version für Marlene und Otto hinterher und fuhr dann fort: »Also wenn Sie mich in der Villa nehmen, *Signora* Paradiso, *Signor* Paradiso, würde ich gerne noch zwei Wochen Praktikum hinterherschieben, bis meine Schule in Deutschland wieder losgeht. Das wäre echt genial! Denn ich weiß jetzt, was ich vorher nicht glauben wollte: Meine Familie liebt mich, aber sie braucht mich nicht als Babysitter, sie schafft es auch ohne mich.« Ich grinste Catta zu. »Und noch etwas habe ich gelernt, außer dass man Spinat sieben Mal hintereinander waschen muss … sehr viel Sand in so 'nem Spinat, ehrlich!« Ich war stolz; meine Catta-Imitation war mittlerweile richtig gut. Nach der Übersetzung für Otto und Marlene sprach ich auf Italienisch weiter: »Ich darf wählen. Ich muss nicht das machen, was während der letzten Jahre zu einem großen Zwang in meinem Kopf geworden ist. Ich werde mich noch einmal ganz neu entscheiden: Mache ich in Zukunft nur für mich Musik? Studiere ich wirklich Geige in Amsterdam? Oder mache ich vielleicht auch etwas ganz anderes? Ich habe super Eltern, die mir die Wahl lassen. Ich *darf* mir die Wahl lassen und ich habe das Gefühl, auch du, Dad, da oben in deinem Universum, du lässt mir alle Entscheidungen dieser Welt. Mir allein.«

Ich sah, wie Catta aufsprang. »Hör auf!«, rief sie und kam auf mich zu. Sie trug Rock und Bluse, ganz die Hoteltochter. »Lass gefälligst meinen Dad aus dem Spiel!«, zischte sie zwischen den Zähnen hervor, als sie vor mir stand.

»Pscht«, sagte ich zu ihr, ebenso leise. »Du verrätst uns noch!«

»Das sieht mir nach einem nicht ausgelebten Konflikt aus«, hörte ich Marlene und auch Otto fragte sich, was los war.

Ich stützte meine Hände in die Taille von Cattas Eieruhr-Figur, die ich irgendwie lieb gewonnen hatte. Das grüne Kleid fühlte sich herrlich weich und glatt an. »Wenn du schon so weit in mich hineinkriechst, dass du meinen Eltern meinen Studientraum verrätst, kann ich doch wenigstens andeuten, dass du dich frei entscheiden kannst und nicht fremde Träume leben musst.«

Catta ballte die Fäuste, griff dann zu und krallte ihre Hände rechts und links in meine Oberarme. Tja, das hatte in ihrem Körper vielleicht funktioniert, doch mit meinen schwachen Muskeln kam sie da nicht weit … weil sie aber größer war als ich, sah es von außen vermutlich trotzdem bedrohlich aus. Ich registrierte aus den Augenwinkeln, wie Jacques aufstand und zu uns nach vorne kam.

»Du weißt doch gar nicht, wie es in mir aussieht!«

»Doch.« Catta wehrte sich gegen die Hand ihres Bruders, die sie von mir wegziehen wollte, aber ich grinste sie einfach an. »Wenn nicht ich, wer dann?«

Meine blauen Augen weiteten sich, dann entspannten sich meine Gesichtszüge mit einem Mal und Catta lachte mich an, während ihr Bruder noch immer versuchte, mich von ihr zu befreien. »Ist schon gut, Jacques«, sagte sie, »sie hat recht. Sie hat verdammt noch mal recht!«

Catta, für die anderen natürlich Felicia, wurde von Jacques zurück an ihren Platz geführt. Meinen Babbo irritierte das besonders. »Wer ist dieser junge Mann eigentlich?«, fragte er meine Mutter alarmiert. »Warum hält er unsere Tochter an der Hand? Gibt es da irgendwas, was ich wissen sollte?«

»Alles in Ordnung«, beruhigte ich die Versammlung. Und beendete mit einem »Mehr habe ich nicht zu sagen« meine Rede.

Doch nun nahm Raffaele meinen Platz hinter dem Rednerpult-Regal ein. »Wir möchten niemanden erpressen, würden aber gerne die beste Lösung für die Villa finden«, sagte er. Höflich war er schon immer gewesen. »Jeder, der hier arbeitet, sollte es freiwillig tun und nicht aus irgendeiner familiären Verpflichtung heraus. Ach, Papa, da fällt mir Nonna Simonetta ein. Was wird nun eigentlich aus ihr, wenn ihr das Weingut verkauft? Hast du mit ihr gesprochen?« Er zeigte auf seinen Vater.

»*Madonna mia,* sie ist ja so stur.« Federico war aufgestanden und drehte sich, um Aufmerksamkeit heischend, in den Hüften. »Manchmal denke ich, sie ist nicht ganz zurechnungsfähig.

»Kann dir ja egal sein«, brummelte Babbo, »das Erbe hat sie dir ja schon gegeben, warum auch immer.«

Federico ging nicht auf die Worte seines Cousins ein. »Sie benimmt sich wie ein kleines Kind. Ich habe ihr schon verschiedene Möglichkeiten angeboten, sie kann zu uns nach Rom ziehen oder sich eine eigene kleine Wohnung nehmen, wo auch immer … sie könnte sogar ein lebenslanges Wohnrecht im Weingut bekommen. Aber selbst darauf geht sie nicht ein.«

»Lebenslang?« Catta stand auf und spielte die Rolle der

Hoteltochter mal wieder formvollendet: »Ich glaube, sie hatte bisher genug ›lebenslang‹.«

Ich wusste, ich würde Catta, Raffaele und Jacques spätabends am Bulli treffen, doch irgendwie hatte ich das Gefühl, als ginge mir jeder von ihnen aus dem Weg. Catta verschwand hinter der Rezeption und später in die Küche, Jacques brach zu einem langen Joggingausflug auf, Raffa ging zum Weingut hinüber. Auch Marlene und Otto umarmten mich nur recht kurz und sagten etwas von: Nimm dir die Zeit für deine Entscheidung, die du brauchst.

Ich saß alleine am Campingbus, fegte ihn aus, hängte die Schlafsäcke in die Sonne und redete mir ein, die Ruhe nach dem Sturm der Emotionen zu genießen. Im Restaurant war noch eine ganze Weile hin und her überlegt worden, eine richtige Lösung war aber natürlich nicht in Sicht.

Doch in Wahrheit ging mir die Stille auf die Nerven und schließlich klopfte ich bei Nonno Giancarlo an die Tür. Er öffnete sofort, als ob er mich erwartet hätte.

»Steckt in dieser kleinen Person immer noch meine Enkelin Felicia?«, fragte er, während er mich rechts und links auf die Wangen küsste.

»Ja, leider.«

»Aha. Deswegen also das betrübte Gesicht?«

»Ach, Nonno.« Ich fiel ihm in die Arme. »Du weißt ja noch von nichts! Es ist so kompliziert und irgendwie auch aussichtslos! Babbo will abhauen! Rate, mit wem? Mit Mama! Sie wollen mit der *Mayflower* eine Weltumsegelung machen. Zio Federico ist seit gestern mit Tante Susanna da. Simonetta hat ihm sein Erbe schon vermacht, er kann mit dem Weingut also anstellen, was er will. Ich weiß nicht, ob er es wirklich verkauft, Simonetta irgendwo in eine kleine Wohnung verfrachtet und die Villa umbaut. Aber das ist zumindest sein Plan! Ich weiß nicht, ob der Baum noch dazu kommt, uns zu verwandeln, denn Federico will ihn vielleicht sogar fällen! Alles ist gerade so was von furchtbar!«

»Ich halte mich da raus.«

Ich biss die Zähne zusammen, doch meine Antwort schaffte es trotzdem, zwischen ihnen hindurchzuschlüpfen. »Ja, und solange du betrunken mit dem Roller durch die Gegend fahren kannst, ist dir alles schön egal! Irgendwann fährst du jemanden an oder wirst umgefahren!«

»Ich habe meine Bienen, ich habe meinen Garten und mein Häuschen.«

»Das ist doch zu wenig für einen Menschen wie dich, Nonno!«

»Woher willst du das wissen?«

»Du bist erst dreiundsechzig! Will man mit dreiundsechzig nichts mehr?«

»Und du? Weißt du, was du willst?«

Typisch. Mit Gegenfragen zu kontern, war immer einfacher, als eine Antwort zu geben.

»Na sicher. Wieder in meiner Felicia-Haut stecken!«

»Und dann?«

»Architektur studieren!«

»Oh. Das ist neu.«

»Das ist das, was Catta heute einfach herausposaunt hat. Ich hätte mich das nie getraut!«

Nonno lächelte. »Manchmal sehen andere mehr als man selbst. Und manchmal ist es auch richtig, keine Rücksicht zu nehmen!«

»Ja. Ich war erst ziemlich sauer, dass sie es getan hat. Und dann war es aber auch irgendwie befreiend.« Ich lachte, doch ich wollte die andere Hälfte nicht verschweigen, und so erzählte ich Nonno von meiner Revanche. »Ich habe das ganze Ding mit dem Auftreten-Wollen und Studieren nie so richtig geglaubt. Sie ist zwar besessen von der Musik und bestimmt eine tolle Musikerin, aber die Vorstellung, irgendwo vorspielen zu müssen, hat ihr alles verdorben. Immer ging es nur um Jacques und die Mum und den verstorbenen Daddy, die sie damit glücklich machen wollte, denen sie was beweisen wollte. Aber eigentlich ist es doch nur die Musik selber, um die es geht und mit der *sie* glücklich werden soll.«

»Manchmal hört man der inneren Stimme einfach nicht zu, weil irgend so ein Idiot herumkrakeelt und etwas ganz anderes ruft.«

»Stimmt. Was ruft *dein* Idiot?«

Er lächelte nur.

»Ist da nicht doch diese weise Stimme in dir, die sagt: Komm wieder in die Küche der Villa? Jetzt, wo Babbo geht, könnte Raffaele deine Hilfe sehr gut gebrauchen. Catta sagt, er ist großartig. Aber alleine schafft er es nicht! Komm! Fass dir ein Herz!«

Er schüttelte den Kopf. »Ihr jungen Leute macht das schon.«

Sein stilles Lächeln hatte ich immer an ihm gemocht, doch nun machte es mich wütend. Warum half er uns nicht?

»Wir jungen Leute? Und was wäre, wenn wir vielleicht niemals mehr zurückkönnen in unsere Körper?!«

»Na na, irgendwann wird *Zio Pino* schon ein Einsehen haben! Bei Rosanna und Simonetta hat es doch auch geklappt!«

Eben nicht, hätte ich um ein Haar gesagt! Es ist gar nicht Simonetta, sondern Rosanna, die dort drüben seit über vierzig Jahren auf dem Weingut ausharrt. Du bist die ganze Zeit mit einer anderen Frau verheiratet gewesen. Ich atmete tief ein und wieder aus, um bloß den Mund zu halten.

»Der Baum hat ihnen eine Lektion erteilt, weil sie das wollten, was die andere hatte ... Wie ist das bei dir und Catta? Wart ihr neidisch aufeinander?«

»Nein. Besser gesagt, wir waren es, sind es aber nicht mehr. Wir wollen beide zurücktauschen! Hundertprozentig! Dann muss uns der Baum diesen Wunsch doch erfüllen, meinst du nicht?«

Wenn er nicht vorher gefällt wird, dachte ich.

Wenn wir nicht vorher durchdrehen.

Wenn wir bis dahin nicht vor Liebeskummer sterben.

26

Catta

Ich möchte heute nicht alleine in Felicias Zimmer da oben schlafen«, sagte ich zu Raffaele, als wir Küche und Kühlhaus in Ordnung gebracht hatten. Daniele stand mit dem letzten Eimer Putzwasser an der Tür und scheuchte uns raus: *»Buona notte! A domani!«*

»Buona notte, Daniele! *Grazie!«*

Ich lächelte Raffaele an. Immer noch bedankte er sich bei allen am Ende des Abends, obwohl er hier schon fast als Chef angesehen wurde. Oder vielleicht gerade deswegen?

»Wo willst du denn schlafen?«, flüsterte er mir jetzt theatralisch zu. »Doch nicht etwa drüben bei mir, auf dem Weingut? Du siehst zwar äußerst unverdächtig aus, fast könnte man meinen, du wärst meine Cousine, aber vergiss es!«

»Nein, du kleiner Blödmann! Das will ich bestimmt nicht. Also nicht so …«

»Ich weiß.« Er schaute mich an. »Jetzt hätte ich doch gerne ein Foto von deinem wahren Ich auf deiner Stirn!«

»Ach ja?« Ich lachte und boxte ihn mal kurz auf den Oberarm. Er mochte das. »Eigentlich dachte ich eher an unseren Bus, bevor meine Eltern wieder abreisen …«

»Ach so. Verstehe! Komm, wir gehen rüber und fragen die anderen, was sie vorhaben!«

Felicia und Jacques waren nicht scharf darauf auszugehen. Wir beschlossen, am Bulli zu bleiben, sammelten Zweige und Äste und machten ein Feuer. Felicia blinzelte. Ihre Augen waren klein und ihr Gesicht (genau genommen meins) wirkte etwas zerknautscht. Schon sagte sie etwas von Schlafengehen.

»Aber jetzt doch noch nicht, Fé! Nur ein Viertelstündchen.«

Obwohl ich auch ziemlich kaputt war, Küchenarbeit ist echt stressig, klopfte ich neben mich auf eine der Isomatten, die wir um das Feuer gelegt hatten.

»Ist doch unser letzter Abend«, sagte nun auch Jacques. »Morgen wollen wir noch mal mit der *famiglia* essen gehen. Und am Montag fahren wir. Du als Catta bleibst allerdings ...«

Felicia nickte und setzte sich neben mich. Wir schwiegen. Wie lange würden wir das Spiel mit unseren Familien noch durchhalten können?

»Wie sieht es heute Nacht mit Wind aus?«, durchbrach Jacques irgendwann die Stille.

»Ist doch egal«, antwortete Felicia. »*Zio Pino* entscheidet! Hast du doch beim letzten Sturm gesehen.«

»Vielleicht sollten wir ihm ein Opfer bringen?« Raffa schaute sich suchend um.

»Die letzte Flasche Bier, oder was?«, fragte Jacques, nachdem ich für ihn übersetzt hatte. »Es sind nur noch drei da.«

Die Gespräche flackerten auf, erstarben aber immer wieder. Ich war erschöpft, müde und leer. Felicia auch, so wie sie aussah ... Und die Jungs? Wussten immer noch nicht, was sie mit uns anfangen sollten.

Kurze Zeit später stand ich auf. *»Ragazzi,* ich kann nicht mehr. Ich muss ins Bett. Darf ich heute Nacht hier bei dir schlafen, Felicia?«

»Na klar. Ich komme gleich mit, bin auch total fertig.« Felicia lächelte mich an. »Es ist anstrengend, sich gegen die Eltern aufzulehnen, auch wenn man es nicht selber macht, oder?«

»Ja«, antwortete ich. »Aber noch anstrengender ist es, vernünftiger als sie zu sein.«

»Oder nichts von dem zu tun, was sie gar nicht verlangt haben …«

»Komm, du kleine Dickmadame …«

»Va bene, dürre Gräte, ich bin dabei.«

Wir putzten uns am Wasserhahn draußen am Schuppen die Zähne und schlüpften in den Bulli.

»Moment, ich hole eben noch meine Gitarre raus, oder stört's euch, wenn ich spiele?«, fragte Jacques.

»Nein. Du singst so schön«, nuschelte Felicia, die schon unter der dünnen Decke verschwunden war, als ich mich neben sie legte.

»Es riecht nach Émile und Eliese.« Gierig schnupperte ich an dem Laken.

»Und nach verschütteter Milch, sorry«, murmelte Fé.

»Völlig in Ordnung«, sagte ich und hörte Jacques, der *Come home* anstimmte, bevor ich einschlief. *»Do you believe that people really change …?«*

27

Felicia

Es regnete, es regnete so heftig, dass ich davon wach wurde. Und es war dunkel. War ich im Zelt? Nein, im Bulli. Waren die Kinder etwa draußen? Ich musste sofort nach ihnen schauen, sie hatten bestimmt Angst bei dem Lärm … Ach, nein, sie schliefen ja bei Marlene und Otto. Es war Catta, die neben mir lag. Ich erkannte den hellen Schopf meiner Haare auf dem Kissen.

In diesem Moment setzte sich der Schopf plötzlich senkrecht auf. »Das ist kein Regen!«, schrie sie und ich wusste, sie hatte recht, denn nun prasselte es noch stärker auf das Dach.

»Er hat's getan, er hat's getan und er ist noch dabei! Los, raus!«

Wir öffneten mit Schwung die Schiebetür und sprangen in die Dunkelheit. Das Feuer war aus, nur die funzelige Lampe neben Nonnos Haustür brannte und warf einen matten goldgelben Kreis in die Nacht, durch den die Zapfen fielen.

»Juchuuu!«, brüllte Catta und streckte meine langen schlanken Arme nach oben. Der Baum bewegte sich! Er bewegte seine Äste, obwohl kein Wind ging! »Ja, triff mich ruhig! Wirf alle runter, her damit!«

»Grazie!«, rief ich immer wieder über das laute Geprassel und tanzte mit ausgebreiteten Armen durch den Zapfenhagel. *»Grazie!«* Wir fassten uns bei den Händen, lehnten uns zurück und drehten uns wie verrückt im Kreis

herum, während die Zapfen auf uns niederregneten. *»Aie!«* Wir wurden im Gesicht getroffen, auf dem Kopf, an Schulter, Armen und Beinen. Wir prusteten nur und lachten. »Ja, mehr davon!«

»Wow, der meint es echt ernst!«

Das Prasseln ließ nach, verebbte dann ganz. Wir ließen uns los und ich holte tief Luft. »Meine Güte!«

»Hast du das gesehen? Das war extrem krass!«

»Was für eine Menge Zapfen. Und wie laut!«

»Er hat es getan!«, riefen wir, strahlten uns an und umarmten uns hüpfend.

»Ich habe es doch gesagt!« Nonno Giancarlo kam in seinem gestreiften Morgenmantel aus seinem Häuschen und reihte sich in unseren Umarme-Reigen ein.

»Was ist mit Jacques und Raffa eigentlich? Warum sind die bei dem Lärm nicht aufgewacht?« Ich kniete mich vor das Zelt.

»Wahrscheinlich hatten sie Angst, gleich auch noch vertauscht zu werden.« Catta tanzte immer noch auf der Stelle. »Kommt raus, Leute, der Zapfenhagel ist vorbei!«

Hastig zog ich am Reißverschluss. Was? Ich riss die Augen auf und versuchte, in der dunklen Höhle mehr zu erkennen. Aber es war niemand da. »Beide weg! Auch Jacques' Schlafsack.«

»Kein Zettel, keine Nachricht?«

»Doch hier. Auf Deutsch.« Ich stand auf und hielt den Zettel von Jacques in das spärliche Licht, an das meine Augen sich mittlerweile gewöhnt hatten: *»Diese verdammten Lutscher! Sie haben uns rüber ins Weingut getrieben. Nun merket euch aber eins: Opfergaben müssen erbracht werden!«* Dahinter ein wackelig gemalter Smiley. »Verstehst du das?«, fragte ich Catta.

»Wie viel Bier haben die noch getrunken?«, gab sie statt einer Antwort zurück und übersetzte den Text für Nonno.

»Keine Ahnung. Es war doch gar nicht mehr so viel da.«

»›Verdammte Lutscher‹? Wen meinen sie denn?« Jetzt kniete Catta sich vor den Eingang und tastete über den Zeltboden. Aber erst als sie Émiles Pinguintaschenlampe fand, löste sich das Rätsel. »Guck mal, Ameisen! Eine ganze Straße, da an der Kante! Und wo laufen die hin?« Sie verfolgte die Massen mit dem Lichtstrahl und landete am Kopfende der Isomatten.

»Oh nein! Igitt!«, entfuhr es mir. Auf einem Klumpen mit zwei Stielen tummelten sich Hunderte von schwarzen Ameisen, so viele, man sah die rosa Zuckermasse darunter kaum noch. »Die Himbeer-Lollys der Zwillinge … Da kann man natürlich nicht schlafen, deswegen sind sie rüber zum Weingut.«

»Booah, wie ekelig. Aber egal, oder?« Catta sprang auf. »Ey, ich wünsch mir so, dass das funktioniert hat! Hoffentlich sind wir morgen früh wieder normal und können die Jungs überraschen! Ich gebe mir echt die Kugel, wenn nicht …« Mit einem tiefen Seufzer umarmte sie Nonno Giancarlo, der ihr beruhigend auf die Schulter klopfte.

»Ich darf gar nicht daran denken!«, stimmte ich ihr zu. »Aber was meint Jacques eigentlich mit *Opfergaben müssen erbracht werden?*« Ich drehte den Zettel in den Händen.

»Na, so wie es da steht: Man muss nur genug Opfer bringen!« Wie eine Wilde pflügte Catta nun durch die Pinienzapfen vor dem Bulli, als wären sie Herbstlaub. »Und das haben wir ja auch! Weißt du noch, am Anfang war es wirklich schlimm«, rief sie.

»Orribile! Furchtbar!«

»Aber dann … haben wir uns zusammengerissen und Opfer gebracht!«

»Singen auf der Straße, mitten in Campo, oh mein Gott!«, fiel mir ein.

»Deine Mutter ertragen …«

»Die Kleinen ertragen und Gutenachtgeschichten erzählen.«

»Deinen Vater neu erziehen …«

»Ragazze …« Nonno kam hinter dem Bus hervor. »Ich habe da etwas gefunden … Bringt die Taschenlampe mit!« Er brachte uns hinter den Bus und bat Catta, mit dem Taschenlampen-Pinguin auf den Stamm des *Zio Pino* zu leuchten. Nein. Nicht euer Ernst!, dachte ich. *Opfergaben müssen erbracht werden*. Da waren sie, die Opfergaben! In einem Meter Höhe hingen eine Flasche Bier und eine halb leere Tüte Chips, säuberlich mit rotem Isolierband umwickelt, wie an einen Marterpfahl gebunden. »Sind die wahnsinnig?«, rief Catta.

»Würde mich nicht wundern, wenn der Baum beleidigt wäre und uns nun nicht zurücktauscht!« Mein Herz klopfte ängstlich und ich wurde sauer auf Raffaele und Jacques. »Der arme *Zio Pino,* wir müssen das sofort wegmachen!«

»Ich weiß nicht!«, warf Catta ein und hielt mich zurück. »Wenn er es allein deswegen hat regnen lassen?«

»Wegen Chips und Bier?«

»Na klar, danach hat er sich schon jahrelang gesehnt!«, sagte Catta und brachte mich zum Kichern.

»Na okay. Vielleicht hast du recht«, gab ich zu. »Das sehen wir spätestens morgen früh. Wir müssen auf jeden Fall versuchen zu schlafen.«

»Fuck! Wie soll *das* denn gehen?«, fragte Catta. Sie umarmte mich und sprang dabei mal wieder vor lauter Nervo-

sität auf und ab. »Also los, *ragazze!«*, mischte sich Nonno ein. »Mehr als inständig darauf zu hoffen, könnt ihr nicht tun. Jetzt wird geschlafen, es ist gerade mal drei. *Buona notte!«* Er verabschiedete sich.

Ich sah erst den Sternenhimmel, dann Catta an. »*O Dio*. Ich weiß nicht, was wir tun sollen, wenn …«

»Es wird gut gehen, komm! Bier und Chips, wer kann da schon widerstehen.« Sie nahm meine Hand und wir stiegen in den Bus.

28

Catta

Es war einfach viel zu warm, ich strampelte mich frei, doch die Hitze blieb. Langsam öffnete ich die Augen. Bunt gestreifte Vorhänge, ein graues Dach dicht über mir. Unser Bulli fiel mir wieder ein, natürlich, ich lag im Bulli, und nun wusste ich auch, warum es so heiß war. Die Sonne knallte morgens drauf, irgendwer sollte bald die Schiebetür aufmachen, sonst würden wir ersticken. Ich drehte mich um und da waren sie: schwer und einfach perfekt! Meine Brüste, ich hatte sie wieder! Meine Haut, meine Haare!

»Felicia!« Sofort langte ich hinüber und rüttelte sie. »Felicia! Es hat geklappt!« Wie konnte man nur so fest schlafen, wo man doch nach drei Wochen wieder im eigenen Körper steckte?

»Ja?« Sie setzte sich auf.

»Ich bin wieder ich – und du bist du!«

»*O Dio!* Ja!« Sie tastete an ihrem Gesicht herum, befühlte ihre Haare, grinste mich an, mit diesem Mund, mit diesen blauen Augen, die ich so oft im Spiegel gesehen hatte. Wir fielen uns in die Arme, bisschen schwierig im Sitzen, aber es ging.

»Es hat funktioniert!«

»Wow. So genial!« Es sah bestimmt komisch aus, wie wir unsere Körper von oben bis unten abtasteten. Meine Haare, meine Beine, meine Lippen, meine Kurven! Ich war wieder in meinem Körper zu Hause, wieder da, wo ich hingehörte. »Meine Geige! Die Zwillinge! Mum und Otto! Oh, alle sind wieder da! Für mich, nur für mich!«

»Und ich kann … Mist. Ich muss ja …«

»An die Rezeption?«

»Ja, aber nein. Mach ich nicht!« Felicia schüttelte den Kopf.

Ich schaute sie bewundernd an, doch dann fiel mir etwas ein. *»Fuck.* Ich habe gestern zwar Bescheid gesagt, dass ich rübergehe, aber nicht, dass ich hier schlafe. Die suchen mich bestimmt schon. Also *dich!«*

»Lass sie suchen!« Felicia warf sich zurück auf ihr Kissen und sah an die Decke. »Mann, wie ich diesen Bus vermissen werde. Und die Zwillinge. Und … jetzt kann ich auch endlich mit deinem …«

»… mit meinem Bruder loslegen«, kam ich ihr zuvor. *»Finalmente!«*

»Und du mit meinem Cousin … na ja, nähere Bekanntschaft schließen …« Wir kicherten los.

»Komm, lass uns rüber zum Weingut laufen und gucken, ob sie noch schlafen!«

Wir wühlten uns aus den Laken, doch plötzlich hielt Felicia mich am Arm fest. »Warte mal, das ist jetzt schon seltsam, oder?«

»Ihnen so richtig zu begegnen?«

»So mit allem … Ja.«

Ich nickte. Auch mir kribbelte es unerträglich im Magen, wenn ich nur an Raffaele dachte. Gleich würde ich mit meinem eigenen Körper vor ihm stehen, kleiner als vorher, na klar, aber er würde mich anschauen! Mich! Ich war wieder ich selbst! *»Shit,* was ziehe ich an? Das ist doch ein besonderer Moment!«

»Die kurze Jeans von gestern geht für heute noch mal und das rote Top draußen auf der Leine müsste trocken sein. Vergiss den BH nicht! Der rote, bequeme liegt da vorne.« Wieder grinsten wir uns an. »Das ist so komisch«, sagten wir wie aus einem Mund. »Aber auch fantastisch!« Felicia lachte.

Ich schaute mich um. »Und dass es hier so aufgeräumt ist, auch!«

»Das könnt ihr meinetwegen alles wieder schön durcheinanderbringen«, sagte Felicia. »Und obwohl ich den Bus vermissen werde, freue ich mich auf mein Zimmer! Mein Bett, mein Kleiderschrank ... Mal sehen, was du mir von meiner Garderobe übrig gelassen hast. Ich meine, was davon nicht abgeschnitten und verstümmelt ist ...«

»*Oh shit,* tut mir leid.«

»Nein, schon okay. Von außen sah das immer gut aus. Die besten Ideen habe ich mir gemerkt.«

»Du darfst meinen Style ruhig kopieren«, sagte ich und beobachtete, wie Felicia ihren Körper von oben bis unten abcheckte. »Habe ich ja schließlich exklusiv für dich entwickelt.«

»Ist mehr geworden.« Sie klopfte sich seitlich an die Hüften.

»Aber doch okay, oder?«, fragte ich besorgt. Natürlich hatte sie mehr Fleisch auf den Rippen als vorher und ein paar mehr Muskeln, gerade an den Oberschenkeln ...

»Auf jeden Fall!« Sie umfasste ihren Bizeps und spannte ihn an. »Nicht zu vergleichen mit deinem, aber ich weiß ja jetzt, wie ich trainieren muss!«

»Bereit für die Jungs?«, fragte ich.

»*O Dio, no.*« Sie grinste. »Na ja, irgendwann müssen wir hin.«

»Ich habe ziemlich lange darauf gewartet, um ehrlich zu sein.«

»Mmmh. Ich auch.«

Wir zogen uns an und sprangen gerade aus dem Wagen, als sie durch das Tor auf den Hof kamen. Ich krallte meine Hand in Felicias dünnen Oberarm und zitterte vor Aufregung, doch dann hielt ich es nicht mehr aus. »Jacques!«, rief ich und rannte los. Mein Bruder! Endlich konnte ich ihn wieder wie einen Bruder umarmen! Doch er wich mir aus und hielt mich eine Armlänge von sich ab! »Hey hey, langsam! Was ist los? Du weißt doch, das geht nicht …«

»Ich bin wieder Catta! Ich bin's, deine Schwester, alles ist wieder an seinem Platz, Kopf und Körper, wir sind getauscht!« Doch er ließ mich immer noch nicht an sich heran. »Nee«, sagte er nur.

»Doch, Catta und ich sind wieder geswitcht«, rief nun auch Felicia. »Gestern Nacht, guck, die ganzen Zapfen hier auf dem Boden!«

»Wie? Und ihr seid sicher?« Raffaele blinzelte gegen die Sonne und schaute mich aus seinen hellbraunen Augen an. »Du bist Catta? Ganz und gar?«

»Absolut!«

»Echt?« Jacques ließ mich los, ging sogar einen Schritt zurück, um uns von oben bis unten zu mustern. Felicia und ich schauten uns an. Das gab es doch nicht! »Ja, sagt mal, freut ihr euch gar nicht?«

»Doch. Aber …«

»Wir wollten gerade rüberkommen, um euch zu überraschen!«, sagte ich und hörte, dass meine Stimme, meine eigene tiefe wunderbare Stimme!, ein bisschen beleidigt klang.

»Das ist euch auch *so* gelungen.«

Raffaele starrte mich an. »Wir haben überhaupt nicht pennen können. Erst die Ameisen und dann …« Er unterbrach sich, starrte mich immer noch an, schüttelte aber den Kopf. »Ich möchte es ja glauben, aber ich bin total durcheinander.«

»Geht mir genauso.« Jacques schaute zu Felicia hinüber. Mann, so schüchtern kannte ich ihn ja gar nicht! »Ist da jetzt wirklich die Felicia drin – oder bist es noch *du*, Catta?«

»Ja, sag doch mal was, was nur wir wissen können«, bat Raffaele mich. »Was nur *wir* erlebt haben.«

»Jetzt müssen wir euch das auch noch beweisen?« Felicia wurde wütend. »Wir warten drei Wochen auf diesen Tausch und dann gibt's auch noch ein Verhör, oder was?«

»Lass ihn!«, winkte ich ab. »Die beiden haben das nicht am eigenen Körper erfahren, ist vielleicht schwierig, sich das alles richtig vorzustellen. Also, okay!« Ich lächelte Raffaele an, er war so süß und sah toll aus, wie er da so verpennt vor mir stand. »Erinnerst du dich an die ersten Tage in der Küche? Ich steckte in Felicias Körper und wusste nichts vom Kochen, hatte gerade mal gelernt, wo das Kühlhaus war. Irgendwann sollte ich drei Dessertteller machen, hatte Felicias Vater verlangt, und ich habe ein totales Chaos angerichtet und sie richtig schön vermurkst, und du hast mir gezeigt, wie man mit dem Esslöffel die Nocken aus der Mousse sticht. Und ich habe dich gefragt, ob ich die anderen Teller wegschmeißen soll, und du hast geantwortet, was dein Chef immer gesagt hat … weißt du das noch?«

»Das kann das Personal später noch essen …«

»… oder die Katze!«, beendeten wir den Satz gemeinsam.

»Ja, okay, und was beweist das jetzt?« Jacques schaute zwischen Felicia und mir hin und her.

»Dass ich jetzt nicht mehr im Körper deiner Schwester stecke und du das verdammt noch mal ausnutzen könntest, du Idiot!« Felicia wandte sich ab und kletterte zurück in den Bus.

»Oh, okay. Diese Sprache verstehe ich«, sagte Jacques, grinste uns an und kletterte ihr hinterher.

Die Befangenheit dauerte nicht lange. Nach einem Milchkaffee bei Giancarlo, in dessen Armen Felicia in Freudentränen ausbrach, hatten die Jungs sich schon wieder ein wenig mehr an uns und unser richtiges Aussehen gewöhnt. Raffa und ich traten aus dem Haus, und als unsere Hände sich aus Versehen berührten, klammerten die Finger sich ineinander, wie zwei, die übelst lange getrennt gewesen waren, dabei kannten wir uns ja auch noch nicht ewig. Doch es war so schön, endlich seine Haut zu spüren und seinen Atem an meinem Gesicht, als er mich das erste Mal umarmte. Küssen trauten wir uns noch nicht.

Das wäre auch seltsam, dachte ich und schaute zu Felicia, die mit Jacques neben mir stand. Mein frecher Bruder war schon etwas weiter bei ihr, er hatte beide Arme auf ihre Schultern gelegt und streichelte über ihr blondes langes Haar, das mich jetzt nicht mehr nerven konnte – und Fé schien das sehr gut zu finden. Sie guckte jedenfalls total happy.

So standen wir eine Weile vor Nonnos Häuschen in der wärmenden Morgensonne herum. Es würde wieder heiß werden. »Was ist heute für ein Tag?«, fragte Raffaele.

»Samstag«, antwortete Jacques. »Montag fahren wir.«

»Nein!«, sagte Felicia energisch.

»Nein?« Er flüsterte ihr etwas ins Ohr. Sie lächelte ihn an.

»Oder geht das nicht? Musst du dich jetzt statt Catta an die Rezeption stellen?«

»Klar geht das. An die Rezeption stell ich mich nicht mehr.« Wieder mit dieser total überzeugten Stimme, die mir schon an diesem Morgen an ihr aufgefallen war.

»He, was habt ihr vor?«, rief ich. »Flüstern gilt nicht!«

»Felicia und ich fahren nach Amsterdam! Ich zeig ihr, wie cool man in dieser Stadt leben und studieren kann.«

»Super Idee.« Ich drückte Raffaeles Hand. »Hast du verstanden?«, fragte ich ihn auf Italienisch.

»Ja, die beiden machen Urlaub.«

»Und wir? Was machen wir?«

»Das, was wir am liebsten mögen: Kochen … und so!« Er zwinkerte mir zu.

29

Felicia

Wohin jetzt? Was tun? Wo ich nun endlich wieder in meinem Körper steckte? Jacques übernahm die Führung und brachte mich zu der Bank, auf der wir am ersten Morgen gesessen hatten. Diesmal hatten wir keinen Blick für die Sonne, die schon über den Bergen von Lacona stand, sondern nur für uns. Es war so fremd, aber auch superschön, ihm endlich intensiv in die Augen zu schauen und zu wissen, er sah nicht seine Schwester vor sich, sondern blaue Augen, blonde Haare, meinen Mund und meine Nase! Jacques war anscheinend der gleichen Meinung, denn er kam meinem Gesicht immer näher. »Sorry, aber darf ich?«

»Ja.«

Ich hatte erst wenige Jungs geküsst. Vielleicht war ich gar nicht gut darin … Da nahm er meinen Kopf in die Hände. Einen winzigen Augenblick musste ich an die Szene am Hafen denken, als er Catta die Ohren zugehalten hatte, die damals ja noch in meinem Körper steckte. Wie eifersüchtig ich gewesen war… Aber in diesem Moment legte er schon seine Lippen auf meine. Ich schloss die Augen. Wie wunderschön. So weich. Ich spürte seinen Atem. Eine Weile blieben wir so. Nun mach, dachte ich, ich halte es nicht mehr aus, und betete doch gleichzeitig, dieser Moment solle endlos dauern. Ich war es schließlich, die begann, ihn richtig zu küssen. Diese vollen Lippen, die ich jetzt endlich spüren konnte. Alles in mir kribbelte und ich hätte explodieren können vor Glück. Das war der beste Kuss meines Lebens und hoffentlich nicht der letzte …

30

Catta

Jaques und Felicia gingen weg, wir sahen sie noch von hinten, schon waren sie aus dem Tor und verschwunden. Ich musste lachen. »Wie schnell er sie mal eben entführt hat.«

»Pass auf, ich mache jetzt das Gleiche mit dir.« Auch wir gingen aus dem Tor, schlugen aber die andere Richtung ein, mitten in den Wald. Ich war aufgeregt, klar, ich konnte mir denken, was Jacques und Felicia jetzt machten und was Raffaele hoffentlich auch gleich mit mir anstellen würde. Wir liefen ein bisschen im Wald herum. Die Sonne fiel in einzelnen Strahlen durch die Baumkronen. Eine ganze Zeit lang sagten wir nichts, suchten nur langsam unseren Weg durch die Bäume. Es war herrlich ruhig, die Kiefernnadeln knackten unter unseren Füßen, es war schön, es war kühl, aber eigentlich war es völlig egal, wo wir waren. Hauptsache, er war neben mir.

»Was für ein ungewöhnlicher Sommer«, sagte Raffaele.

»Stimmt.«

»Und jetzt? Fährst du etwa sofort nach Hamburg, wo du doch wieder …?«

»Weil ich wieder ich bin? Nein, na, das wäre auch schön blöd, oder? Ich bleibe bis Mitte August, wo ich mich doch in das Hotel verliebt habe … wie Felicia ja schon in meinem Namen verraten hat.« Und in dich, dachte ich, aber das weißt du sicher schon.

Er schaute mich an. »Das ist ...«

»Toll?«

»Si, meragvliosa!«

Ich beschloss, dass genug gesagt worden war, immerhin wartete ich seit zwanzig Tagen darauf, wieder in meinem Körper und alleine mit ihm zu sein. Ich drehte mich um: »Komm mal runter!« Er beugte sich zu mir. Unsere Lippen fanden sich sofort. Wir küssten uns. Endlich! Er schmeckte köstlich nach Milchkaffee und Karamell und war wirklich ein ausgezeichneter Küsser. Ich hatte da so meine Vergleiche ... Wow. Außer Atem hielten wir inne, um gleich wieder anzufangen. Ich war so was von glücklich! »Wir haben zwei Wochen!«

»Nicht reden, geht alles von unserer Zeit ab!« Er hob mich hoch, obwohl ich doch eigentlich schon schwebte.

31

Felicia

Früher hätte ich es einfach nicht für möglich gehalten und von vornherein aufgegeben, doch bis Montag hatten wir alles geregelt. Ich durfte mit Cattas Familie für drei Wochen zurück nach Hamburg fahren, von dort würden Jacques und ich einen Abstecher nach Amsterdam machen. Alleine. *Alles* musste ich meinen Eltern ja auch nicht verraten, oder? Marlene hatte ein langes Gespräch mit meiner Mutter geführt und sie überzeugen können. »Was für eine bewundernswerte Frau!«, sagte Mama danach. »Wie mutig und offen sie über ihre Krankheit spricht! Sie wird gut auf dich aufpassen, das hat sie mir versprochen.«

Ich lachte innerlich, als ich das hörte. Bei den Krüger-Kingstons passte jeder auf jeden auf. Das hatte ich wochenlang erfahren dürfen.

»Sie hat mir zu unserer Entscheidung gratuliert«, sagte Mama und strahlte. Endlich hatte ihr mal jemand gesagt, dass sie etwas richtig gemacht hatte. »Und sie hat auch betont, dass man nicht erst auf etwaige Katastrophen im Leben warten sollte, bevor man ungute Zustände abschüttelt.«

Ungute Zustände, ich musste grinsen. Die hatten in der Villa wirklich geherrscht. Doch seitdem Catta da war und nun auch Claudia Locatelli die vorläufige Leitung des Hotels übernommen hatte, blühte unser *Paradiso* wieder auf.

Mama hatte die neue Geschäftsleiterin gebeten, eine weitere Angestellte für die Rezeption einzustellen. »Eine ist zu wenig, wir brauchen zwei!«, war ihre Antwort gewesen. »Ich teile hier keine Zehn-Stunden-Schichten ein!« Mama hatte auch dazu nur genickt.

Federico hatte die Wellness-Pläne für die *Villa Paradiso* zunächst auf Eis gelegt und einen Teil des Geldes in die Personalkosten investiert. Für diese Saison, bis Ende September. Nach den Ferien würden wir zusammen mit dem Steuerberater darüber reden. Wir! Damit meinte er mich, als Erbin. Auch wenn ich noch nicht volljährig war.

»Nicht schlecht«, sagte Catta, die mich schon dreimal im Voraus umarmt hatte, um sich zu verabschieden. »Sie nehmen dich ernst!«

»Ich werde Zio Federico vorschlagen, sich doch am Weingut auszutoben. Vielleicht kann man daraus ein Haus voller Appartements machen. Oder noch ein Retro-Hotel.«

»Wo sind die Zwillinge?«, fragte Raffaele, der neben Catta auf dem weißen Kiesvorplatz das Abschiedskomitee bildete. Beide trugen schon ihre Kochklamotten. Weiße Kochjacke, grau-weiß karierte Hosen, lange Schürze, ein blaues Bandana um den Kopf. »Eben waren sie doch noch hier.«

»Sind noch mal reingelaufen.« Catta lachte. »Die müssen noch der Tischtennisplatte Auf Wiedersehen sagen. Und dem Pool. Und dem Karussell. Und Maurizio. Schon seit heute Morgen sind sie damit beschäftigt!« Raffaele beugte sich zu Catta hinunter und küsste sie. Sofort sah ich zu Jacques, der auf dem Fahrersitz des vollgepackten Bullis saß und lässig auf dem Steuerrad herumtrommelte. Jetzt ließ er davon ab und streckte die Arme nach mir aus und irgendwo zwischen Zwerchfell und meinem Herzen wurde mir ganz heiß. Ich sah mich um – kein Babbo zu sehen –, ging hinüber, stieg zu ihm hoch und wir küssten uns halb über dem Sitz liegend.

»Und wo sind Marlene und Otto?«, kam es nach ein paar Sekunden von draußen. »Das Auto steht hier doch schon.«

»Ihr stört!«, sagte Jacques nur, um sofort da weiterzumachen, wo wir aufgehört hatten. Die beiden kicherten.

»Sollten wir sie nicht holen?«, fragte Catta. »Hallo, bekommt ihr eigentlich noch irgendwas mit?«

»Okay, *basta*. Meine Schwester ist 'ne Spielverderberin, ich wusste es ja schon immer.«

»Ey, ihr habt noch die ganze Fahrt!« Catta kam auf uns zu und ich stieg aus dem Fahrerhaus des Bullis.

»Stimmt. Und bis Pisa sitzen wir sogar alleine im Leihwagen«, sagte Jacques.

»Oh, das hört sich aufregend an!« Catta grinste.

»Ihr seid so ein schönes Paar!«, sagte ich leise zu ihr, während wir uns ein paar Schritte vom Bus entfernten.

»Ja! Aber ihr seid ganz knapp hinter uns, auf Platz zwei!«

»Oh, danke! Sehr freundlich.«

Wir lachten. »Wie war es heute Nacht?«, fragte sie.

»Schön! Und bei dir?«

»Auch!«

»Habt ihr etwa …?«

»Nein. Ihr?«

»Nein!« Das wäre zu früh gewesen. Aber auch so war die gemeinsame Nacht mit Jacques im Zelt das Romantischste, was ich jemals erlebt hatte. Noch wenn ich achtzig war und vielleicht mit ihm in der Hängematte im Garten der Villa lag, würde ich mich daran erinnern.

»Wo hast du die Kochjacke und die anderen Sachen her?«, fragte ich, um die Ereignisse der Nacht wenigstens für die nächsten Minuten aus meinem Kopf zu drängen. »Raffaele kenne ich ja schon so, aber du, mit deiner dunklen Haut, siehst darin besonders süß aus!«

»Nur süß?«

»Natürlich auch wie ein Profi!«

»Das Zeug lag in der Wäschekammer, hab's zufällig gefunden, Mann, was für ein Chaos dadrin!« Sie rollte ihre großen Augen. »Sorry«, raunte sie dann in mein Ohr, als ob sie noch ein Geheimnis mit mir zu teilen hätte. »Es ist total super, hierzubleiben und dass du mit nach Hamburg fährst und alles. Echt! Aber es fühlt sich nicht richtig an!«

Ich bekam einen Schreck: »Was meinst du damit? Alle sind doch gerade endlich mal *felice!*« Sofort musste ich über meinen Sprachmix grinsen. Ich war so glücklich, ich war so gut gelaunt, so verliebt, ich hätte schreien können!

»Nee. Eine Sache stimmt noch nicht.« Sie schaute sich um und knabberte an ihrer Unterlippe herum, als ob sie überlegte. »Jacques«, rief sie. »Ich brauche den Bulli, nur zehn Minuten! Fährst du mich?«

»Jetzt? Aber wohin denn? Marlene und Otto kommen gleich und deren Gepäck muss noch hier rein.«

»Rüber«, wisperte sie mir zu. »Ich hole sie.«

»Wen? Simonetta? Äh, Rosanna?«

»Sie will nicht Rosanna genannt werden.«

»Woher weißt du das?«

»Ich war doch noch paarmal bei ihr. Um sie beim Schach gewinnen zu lassen.«

»Und was soll sie hier?«

»Ich will ihr nur mal zeigen, was wir in der Villa für sie haben.«

»Was haben wir denn für sie?«

»Eine Wäschekammer zum Ordnen. Blumen zum Arrangieren, Menschen zum Quatschen, Gäste zum Schachspielen, keine Ahnung.« Sie drehte sich zum Bulli. »Jacques! Bitte!«

Jacques ließ den Motor an. »Kommst du mit?«, fragte er mich.

»Nein. Das ist Cattas Ding.«

»Super!« Sie strahlte. »Bin gleich wieder da!«

Raffaele und ich schauten dem Bus nach, der die Kiesauffahrt hinunterfuhr. Es fühlt sich noch nicht richtig an …, hörte ich Cattas Stimme in meinem Kopf widerhallen. Nein, wenn ich ganz genau in mich hineinfühlte, auch für mich noch nicht. »Ich habe auch noch etwas zu erledigen! Wenn du Cattas Familie siehst, dann sag denen, wir sind gleich alle wieder da«, bat ich Raffaele. »So in zehn Minuten.«

»Okay.«

Ich lief ins Hotel hinein, durch die Lobby und wieder hinaus in den Garten. Meine Beine trugen mich, mein Atem war gleichmäßig, wenigstens die ersten Meter bis zum Beginn des Waldes fielen mir leicht.

»Nonno!«, rief ich, als ich keuchend das offene Tor erreichte. »Wo bist du? Bist du da?«

Der Roller stand am Schuppen, ich klopfte an die grüne Haustür, doch sie öffnete sich nicht. Mist. Ich hatte doch nicht so viel Zeit! Wo war er? Ich hämmerte lauter. Nichts. Die Arbeit im Hotelgarten machte er nur vormittags. Wo konnte er also sein? Bei den Bienen vielleicht? Ich schnupperte und meinte, etwas von dem aromatischen Rauch seiner Imkerpfeife in der Luft riechen zu können. Schnell rannte ich weiter in den Wald hinein, bis das Bienenhaus auf der Lichtung in Sicht kam.

Vorsichtig trat ich ein, ich hatte zwar keine Angst vor Bienen, doch richtig angenehm war mir das Gesumme, das hier herrschte, auch nicht.

»Wir haben uns ja gerade schon verabschiedet, aber ich wollte dich bitten, mit nach vorne zur Villa zu kommen!« Er trug seinen Imkerhut mit dem Schleier und pustete statt einer Antwort den beruhigenden Qualm der Pfeife auf den geöffneten Bienenstock. Auf der gerahmten Wabe in seinen bloßen Händen wimmelte es braun. Ich atmete tief ein, ich liebte diesen Geruch, der auch oft in seinen Kleidern und in den Räumen des Häuschens hing. »Bitte, ich kann sonst nicht fahren!«

»Ach, mein Mädchen! Fällt es dir so schwer? Es sind doch nur drei Wochen.«

»Ja, ich weiß, Nonno! Aber trotzdem. Kommst du?«

»Ich muss erst das Volk hier wieder zumachen, einen Moment.«

Er hängte den Rahmen mit der Wabe wieder an seinen Platz. Mit einem kleinen Handfeger fegte er vorsichtig die Bienen weg, die sich auf dem Rand des Kastens befanden, doch es dauerte noch endlos, bis er den Deckel aufgelegt, Schleier und Hut abgelegt und sich am Schuppen die Hände gewaschen hatte.

Wir gingen den Waldweg entlang. Ob Catta und Jacques schon wieder da waren? Sicher warteten schon alle auf mich. Meine Eltern. Und – etwas peinlich – Marlene, Otto und die Kinder, die mich doch netterweise mitnahmen! Es war verrückt. Erst hatte ich mich fast drei Wochen bemüht, so zu tun, als ob ich die Familie in- und auswendig kannte, und musste nun die nächsten drei Wochen vorgeben, kaum etwas über sie zu wissen … Aber Jacques würde mir helfen. Jacques! Plötzlich wollte ich vorauslaufen, um ihn ganz schnell wiederzusehen, doch ich zwang mich, noch etwas langsamer zu gehen, als wir durch das kleine Törchen den Garten betraten. »Wir gehen von hinten durch die Lobby.«

Gemeinsam grüßten wir die Gäste, die uns begegneten und die auf der Terrasse saßen. Ich legte meine Hand auf seine Schulter und führte ihn. In der Halle schaute er sich um. »Du willst mich aber nicht nach unten in die Küche locken?«

Ich zuckte mit den Schultern. Ich wusste gar nicht mehr so recht, was ich eigentlich mit ihm vorgehabt hatte. »Nein, aber vielleicht solltest du gleich mal reinschauen. Raffaele kann bestimmt noch den einen oder anderen Tipp von dir gebrauchen …«

Catta kam mir entgegen. Gott sei Dank! Sie breitete die Arme aus und umarmte Nonno. *»Si!«*, rief sie. *»Si! Benvenuto!«* Herzlich willkommen!

»Come sei bella!«, antwortete Nonno Giancarlo. Er machte ihr noch mehr Komplimente über ihr Aussehen in der Kochuniform. Sie bedankte sich, drehte sich im Kreis und vollführte gerade ein paar komische Hip-Hop-Bewegungen mit ihrem Körper, als Raffaele vom Vorplatz hereinkam.

Er stieß einen kleinen Pfiff aus, als er Catta auf diese Art posen sah.

»Hat mich jemand gerufen?« Claudia Locatelli steckte ihren Kopf aus dem Büro. Wir lachten.

»Jetzt verstehe ich, warum du gar nicht wegwillst«, sagte Nonno.

»Sie will ja unbedingt«, sagte Catta. »Aber überleg dir das noch mal, Fé! Nonno und ich werden dich hier sehr vermissen.« Sie hakte sich bei ihm unter. »Wir könnten ein echt gutes Team werden! Und wir werden lachen und Spaß haben und jeder bringt dem anderen was bei!«

»Okay. Wo ist sie?«, fragte ich leise auf Deutsch.

»Lei?«, antwortete sie um so lauter auf Italienisch. »Sie? Wenn du Simonetta meinst, die steht in der Wäschekammer, da musste unbedingt mal aufgeräumt werden! Sie liebt es, Ordnung zu machen und aufzuschreiben, was in den Schränken ist, sie wird eine wunderbare Miss McGonagall des Housekeepings abgeben, mit dem Blick fürs Ganze, noch über Lucia.« Sie blinzelte mir zu und sagte beiläufig auf Deutsch: »Sie weiß es nur noch nicht.«

Jacques kam herein, seine Augenbrauen zogen sich erfreut in die Höhe, als er mich sah. *»Ciao bella,* da bist du ja, sollen wir los? Alle stehen schon draußen und wollen Auf Wiedersehen sagen und die Fähre geht um siebzehn Uhr.«

»Ja.« Ich seufzte, aber es war ein herrliches Gefühl, gleich aus der Villa spazieren zu können und zu wissen, dass sie in guten Händen war. In viel mehr guten Händen als je gedacht.

»Und du sagst, sie ist in der Wäschekammer?« Nonno schaute sich um, als ob er die Halle und ihr Gewölbe zum ersten Mal bewundern würde. »Und würde hier mitmachen?«

»Ja klar«, antwortete Catta. »Die Kammer ist hinten im Flur, wenn du …«

»Er weiß, wo die Wäschekammer ist, Catta!«

»Allerdings. Dort konnte man sich immer besonders gut unterhalten. Ganz früher, meine ich.« Er löste sich von Cattas Arm und umarmte mich stattdessen. »Mach's gut, *gioia,* wir sehen uns in drei Wochen!«

»Ciao Nonno! Ti amo!« Warum hatte ich ihm das eigentlich noch nie gesagt? Er lächelte und gab mir einen groß-

väterlichen Kuss auf die Wange. »Na, dann wollen wir das neue Mitglied des Teams mal begrüßen.« Er steuerte mit festen Schritten an den Sofas vorbei.

»Wir sind gleich unten in der Küche. Also, falls deine Zeit es dir erlaubt«, rief Raffaele hinter ihm her und wurde dafür schon wieder von Catta geküsst.

»Andiamo, Amore!« Jacques reichte mir seine Hand.

»Du kannst ja Italienisch!«, sagte ich zu ihm und warf einen letzten Blick auf die Rezeption. Hand in Hand gingen wir hinaus.

»Ragazzi«, sagte mein Vater und tätschelte mir und Jacques abwechselnd den Rücken.

»Na, bist du zufrieden mit deinem Schwiegersohn?«, fragte Federico, peinlich, wie Erwachsene nun mal sind. Ich war nur froh, dass Jacques das Wort für Schwiegersohn nicht verstand.

»Und wie ist es bei dir und der Schwiegertochter?«, gab Roberto zurück.

»Bleibt irgendwie in der Familie, habe ich den Verdacht.«

Großes Gelächter. Ich wusste, dass es meinem Vater nicht wirklich recht war, dass ich mit Jacques zusammen war, aber Mama hatte sich für mich eingesetzt. »Sie ist sechzehn, Robby«, hatte sie gesagt. »In dem Alter hatte ich schon ...«

»Stopp, das will ich gar nicht wissen«, hatte er gerufen und sein väterliches Okay zu meinem ersten Freund und der Reise gegeben.

»Italiener eben ...«, hatte ich zu Catta gesagt, die sich kaputtlachte bei dem Gedanken, bei Otto um Erlaubnis zu fragen, mit Raffaele zusammen sein zu dürfen.

»Geht es los? Wir würden dann nämlich auch gleich runter nach Campo fahren«, sagte mein Vater in diesem Moment.

»Die *Mayflower* flottmachen! Hach, irgendwie beneide ich dich ja!« Federico zog eine Zigarre in einem Pappröhrchen aus seiner Hosentasche.

»Das tust du doch dein ganzes Leben schon, und zwar um meine tolle Frau, oder?« Mein Vater umarmte meine Mutter, die rot wurde wie ein kleines Mädchen.

Catta und ich schauten uns erschrocken an. Bitte nicht!

»Nein, mein Lieber, nein. Antje ist wunderbar, aber ich bin sehr glücklich, mich mit meiner Susanna gleich an den Pool legen zu können und diese prachtvolle Zigarre zu rauchen. Gäste-Profiiiling nennt man so was, mittendrin.« Er lachte. Catta und ich lachten auch und verdrehten gleichzeitig die Augen. Ein tolles Englisch, was er da sprach! Profiiiling …

Der Bulli stand direkt vor dem Eingang des Hotels, der Fiat Panda mit weit geöffneten Türen daneben. Émile und Eliese turnten im Bus herum und sortierten ihre Kuscheltiere um. Ich durfte mich auf der Fahrt nicht verquatschen, sondern musste erst einmal alle ihre Namen lernen, die ich ja längst kannte.

Jacques räumte die letzten Sachen aus dem Panda in den Bulli. »Und sag mal einer Maurizio, er soll mich nicht so kritisch anschauen, ich fahr ihm schon keine tiefen Reifenspuren in seinen Kies …«, sagte er gerade. Der Rest der Familie Krüger-Kingston stürzte sich auf Catta. Ein endloses Umarmen begann. Ich lächelte, das kannte ich ja schon. Melde dich, Catta, schreib uns ganz oft über WhatsApp, schick Fotos! Otto schnäuzte sich in ein Taschentuch.

Ich umarmte Mama. »Besuch die Großeltern mal in

Hamburg«, sagte sie. »Und deine Tante Barbara! Und die Konstanze vielleicht auch ... die meint es ja immer nur gut.«

»Ja. Irgendwie schon.« Prompt erwartete ich genaue Anweisungen, wann ich wen anrufen und zu besuchen hatte, doch plötzlich hielt sie inne und schaute mich nur an. »Ach, du machst das schon richtig, Felicia. Du machst das alles sehr richtig!« Fast wären mir die Tränen gekommen, doch dann war der Moment vorbei. Babbo und Mama würden erst aufbrechen, wenn *ferragosto*, der Höhepunkt der Saison am 15. August, vorbei und ich wieder zurück war. Doch irgendwie waren sie jetzt schon ganz weit weg.

»Schreib du mir auch, Felicia!« Catta hing an meinem Hals, mit diesem Körper, mit dem ich nur allzu gut vertraut war.

»Bring Raffa mit, wenn du nach Hamburg zurückkommst! Dann haben wir dort noch ein paar Tage zusammen!«, sagte ich.

Wir umarmten uns ein letztes Mal und drückten unsere Körper fest aneinander. »Ich werde dich vermissen!«, sagten wir wie aus einem Mund. *»O Dio!«* Ich musste lachen.

»Ich werde euch *alle* vermissen«, rief Catta nun, zog das karierte Küchentuch aus ihrer Schürze und begann damit zu winken.

»Cattaaaa!« Die Zwillinge kamen wieder aus dem Bus geklettert und klammerten sich an sie. Vielleicht hatten sie in diesem Moment erst verstanden, dass ihre geliebte Schwester nicht mitfuhr. Ich sah, wie auch Marlene mit den Tränen kämpfte, kniete mich zu Cattas Füßen und griff nach den Händen der Kinder: »Kein Grund zum Weinen! Jetzt, wo wir uns so gut kennen, werden wir alle immer wieder und ganz oft in die *Villa Paradiso* zurückkommen!«

Italienisches Glossar

(alphabetisch)

Abbiamo una …	Wir haben eine …
al Paradiso	zum Paradies
allora	also, nun
aperitivo	Aperitif
appartamenti	die Appartements
applauso	Applaus
aspetta!	warte!
avanti	vorwärts
basta	genug
bellissima!	wunderschön!
benvenuti!	Willkommen!
buongiorno	guten Tag
Buona sera a tutti!	Guten Abend zusammen!
buono come il pane	ein herzensguter Mensch (wörtlich: gut wie Brot)
il caffè	der Kaffee
cameriere	der Kellner
Cavolo!	Verflixt! (wörtlich: Kohl, Mist)
Che (cosa) dici?	Was sagst du da?
che sorpresa!	was für eine Überraschung!
chef di cucina	Küchenchef
cicatrice	die Narbe
Come va?	Wie geht's?
come sei bella	wie schön du bist
il comune	die Gemeinde
crema di vaniglia	Vanillecreme
cuginetto/-a	kleiner Cousin/Cousinchen
cugino/-a	Cousin/Cousine
culo	Hintern, Arsch
le dalie	die Dahlien

Dio mio	mein Gott
e allora?	na und?/also was?
ecco	hier, da
è solo una amica	sie ist nur eine Freundin
è successo	es ist passiert
C'era una volta tanti, tanti anni fa …	Es war einmal vor vielen, vielen Jahren
esatto	richtig, exakt
Fate silenzio, ragazzi!	Leute, seid leise!
felice	glücklich
Ferragosto	Mariä Himmelfahrt
figa	vulgäres Wort für weibl. Geschlecht; Schimpfwort für eine Frau/ ein Mädchen
finalmente	endlich
la forestiera	die Fremde, die Ausländerin
la generazione	die Generation
la gioia	Freude
(io) non capisco niente	ich verstehe gar nichts
Io?	Ich?
lei	sie
Liceo Alberghiero	gymnasialer Schulzweig im Hotelfach
il lino	der Flachs
ma certo	aber sicher
la magia nera	die schwarze Magie
ma perché?	aber warum?
ma sì!	aber ja!
Madonna mia!	Meine Madonna!/Heilige Madonna!
il melangolo	Bitterorange, Pomeranze
meravigliosa	wunderbar
la merda	Scheiße
mi dispiace	es tut mir leid
molto simpatica	sehr sympathisch
niente	nichts
Non posso lavorare così	So kann ich nicht arbeiten
la nonna	die Oma
il nonno	der Opa
O Dio!	Oh Gott!

orribile	grässlich, schrecklich
Parla italiano? … inglese?	Sprechen Sie Italienisch? … Englisch?
piccola	klein, Kleine
il pino	die Pinie
Dio cane	Schweine-Hund-Gott (Fluch)
la professoressa	die Lehrerin
le ragazze	die Mädchen (Plural)
salotto grande	großer Salon
salotto piccolo	kleiner Salon
Scusa!	Entschuldige! (du)
Scusami!	Entschuldige mich!
Scusate!	Entschuldigt!/Entschuldigen Sie! (Plural)
sì, volentieri	ja, gerne
la speronella	der Rittersporn
la straniera	die Fremde
stronza/-o	Idiotin/Arschloch/Arsch
stupida	dumm, blöd
sugo di pomodori	Tomatensoße
tedeschi	Deutsche (Plural)
torsolo (di mele)	Kerngehäuse, Apfelbutzen
Un paradiso davvero!	Ein wahres Paradies!
uno, due, tre	ein, zwei, drei
un momento	einen Moment
vi prego	ich bitte euch
Vieni!	Komm!
la zia	die Tante
il zio	der Onkel

Stefanie Gerstenberger / Marta Martin

Zwei wie Zucker und Zimt

Charlotte, genannt Charles, ist einfach nur wütend! Wie kann man nur so nachgiebig sein wie ihre Mutter Marion? Da passiert es: Am Morgen nach einem Streit wacht Charles plötzlich in Marions Jugendzimmer auf. Charles ist in der Zeit zurückgesprungen und sieht sich ihrer fünfzehnjährigen Mutter gegenüber! Marion trägt grässliche Latzhosen, badet nackt und tobt sich aus in den wilden Achtzigern. Charles ist erst fassungslos – und dann fasziniert. Wird sie jemals zurück in die Zukunft gelangen? Und will sie das überhaupt?

Muffins & Marzipan

Ella will das große Glück. Da passiert es: Sie wird für eine Hauptrolle bei einem Kinofilm gecastet! Dabei bekommt sie Unterstützung von unerwarteter Seite. Familienhund Ewan spricht plötzlich mit ihr! Er hilft Ella mit trockenen Kommentaren durch den Alltag am Set und bewahrt sie vor peinlichen Szenen mit Jeremy, in den sie sich verliebt hat. Doch was beim Dreh gelingt, führt noch lange nicht zum Happy End ...

344 Seiten • Klappenbroschur
ISBN 978-3-401-51013-2
Beide Bände auch
als E-Books erhältlich

Arena

376 Seiten • Gebunden
ISBN 978-3-401-60218-9
www.arena-verlag.de